Als eines Tages zwei junge Leute in Aganetha Smarts Altenheim auftauchen, um sie – die einst kühne Pionierin – für einen Film über weibliche Athleten zu interviewen, sagt sie bereitwillig zu. Trotz ihrer Gebrechlichkeit sehnt sie sich nach Abenteuer. Oft denkt sie an ihre Erfolge zurück. An ihre Goldmedaille bei den Olympischen Spielen. Durch die beiden Besucher wird Aganetha nun wieder mit den Erinnerungen an ihr Leben konfrontiert, auch mit einer Lüge, die bis zum heutigen Tag Bestand hat. Und ihr wird mehr und mehr klar, dass die beiden nicht die sind, für die sie sich ausgeben …

CARRIE SNYDER ist Mutter von vier Kindern, Autorin, Organisationstalent, Träumerin, Läuferin, Lehrerin, Fotografin. Sie veröffentlichte zwei Bücher mit Kurzgeschichten, die mehrfach ausgezeichnet wurden. Ihr erster Roman »Die Frau, die allen davon rannte« stand bereits wenige Wochen nach Erscheinen auf der Shortlist des Rogers Writers' Trust Fiction Preises und wurde in zahlreiche Sprachen übersetzt. Carrie Snyder lebt mit ihrem Mann, ihren Kindern und zwei Hunden in Waterloo, Ontario.

Carrie Snyder

Die Frau, die allen davon rannte

Roman

Deutsch von Cornelia Holfelder-von der Tann

btb

Die kanadische Originalausgabe erschien 2014 unter dem Titel
»Girl Runner« bei House of Anansi, Toronto, Kanada.

FSC www.fsc.org
MIX
Papier aus verantwortungsvollen Quellen
FSC® C014496

Verlagsgruppe Random House FSC® N001967

1. Auflage
Genehmigte Taschenbuchausgabe November 2017

Neumarkter Str. 28, 81673 München
Covergestaltung: semper smile, München
Covermotiv: © Mark Owen/Arcangel Images
Druck und Einband: GGP Media GmbH, Pößneck
AH · Herstellung: sc
Printed in Germany
ISBN 978-3-442-74987-4

www.btb-verlag.de
www.facebook.com/btbverlag

Für Kevin, der mir geholfen hat, meine innere Athletin zu finden. Und für unsere Kinder, Angus, Annabella, Flora und Calvin, die immer wussten wie man spielt.

STAMMBAUM DER SMARTS

⚭ 1890

Tilda
geb. 1871
gest. 1902

Robert Smart
geb. 1870
gest. 1957

Zwillinge,
männl.
geb. u. gest. 1891

Robert
geb. 1893
gest. 1916

Fannie
geb. 1895
gest. 1918

⚭ 1931

Herbert Gunn

Olive
geb. 1904
gest. 1999

⚭ 1903

Jessica Eve (geb. Liddell)
geb. 1876
gest. 1951

Edith
geb. 1896
gest. 1978

Säugling,
männl.
geb. u. gest.
1898

James
geb. 1900
gest. 1902

George
geb. 1902
gest. 1931

⚭ 1915

*

Carson Miller
geb. 1890
gest. 1955

»Tattie«
geb. 1909
gest. 1963
*unverheiratet

Cora
geb. 1906
gest. 2003

Aganetha
geb. 1908

VORWORT

Liebesgesang

Dies ist nicht der Liebesgesang der Aganetha Smart.

Nein, und erzählt mir nichts von Müdigkeit oder wohlverdienter Ruhe.

Mein ganzes Leben war und ist Bewegung, immer auf einen Fixpunkt am Horizont zu, der nie näher zu kommen scheint. Anfangs habe ich ihn mit Begeisterung und Zuversicht gejagt, etwas später dann frustriert, noch später voll Trauer und schließlich mit der inneren Klarheit einer Entfesselungskünstlerin. Es ist viel zu spät, um damit aufzuhören, auch wenn ich nur noch im Kopf renne, aus Gewohnheit.

Man tut, was man tut, bis man das Seine getan hat. Man ist, wer man ist, bis man nicht mehr ist.

Ich heiße Aganetha Smart und bin hundertvier.

Glaubt nur nicht, dass das ein Privileg wäre.

Ich habe alle überlebt, die ich je geliebt habe und die mich je geliebt haben. Und ich habe mich auch nicht besonders gut gehalten. Schaut mich doch an.

Ich bin von Fremden umgeben. Tagsüber sitze ich im Rollstuhl in einem Zimmer, das nach Hühnerfett und Windeln riecht. Für die Nacht hieven sie mich in ein ungemütliches Bett und sperren mich unter einer festgestopften Decke ein, die nach Chlorbleiche stinkt. Ich will gar nicht schätzen, wie lange das schon so geht. Ich bin ein bisschen schwerhörig – wenn auch nicht so schwerhörig, wie die

Leute hier glauben – und beinah blind, also muss ich zugeben, dass meine Beschreibungen nicht ganz korrekt sind. Es könnte durchaus sein, dass ich in einer lichtdurchfluteten Suite wohne und in einem breiten Himmelbett schlafe und es nur nicht zu würdigen weiß. Aber ich glaube nicht, dass das so ist: Mein Geruchssinn ist noch intakt.

Was das Sprechen anbelangt, kommen die Worte nicht ganz so aus meinem Mund, wie ich es will. Nur mit großer Mühe kann ich mich verständlich machen. Viel leichter, einfach irgendwas vor mich hinzubrabbeln, eine Kette unzusammenhängender, aber vertrauter Floskeln, die auf der Zunge bereitliegen, für den Notfall oder eine Situation, die irgendwelche Artigkeiten erfordert: »Tja, also, ich weiß nicht, ach, wieso denn ...«

Es ist eine Einschränkung, das will ich gar nicht verhehlen.

Ich bin in einem Zustand, der schlicht wirkt. Aufs Nötigste zusammengestutzt. Reduziert. Eingedampft.

Das Erstaunliche ist, wie wenig übrig bleibt. Was an Beweisen? Ein klappernder Schuhkarton voller versengter Medaillen und niemand, der sie haben will. Mein Name in einer vergessenen Bestenliste. Tägliche Wortergüsse, unter Termindruck produziert, auf Zeitungspapier gedruckt, beim Abendessen schon überholt.

Meine Leistung ist es, so lange gelebt zu haben, dass ich mein eigenes Leben verschwinden sehe. Wer wird einen Nachruf auf mich schreiben? Das beschäftigt mich wohlgemerkt nicht übermäßig. Aber trotzdem.

Es ist zu spät, um die Taktik zu ändern, Probleme zu umlaufen, mir die große Tempoexplosion für das letzte Stück aufzuheben. Dieses Rennen kann man nicht noch mal laufen. Und ich laufe immer noch. Ich laufe und laufe, ohne auszuruhen, als ob selbst jetzt noch Zeit wäre und ein

Ziel, und ich doch noch – bevor die große Stille beginnt – erreichen werde, wovon ich noch gar nicht weiß, was es ist.

1

Besuch

»Gehen wir, Aggie?« Fannie drückt meine Finger.

Wir laufen den staubigen Fahrweg entlang, ich an ihrer Hand. Fannie ist nicht wie die anderen. Sie bewegt sich wie das Wasser eines schlammigen Bachs. Wir bleiben stehen, um Wildblumen zu pflücken, reißen ihre starken Stängel ab. Die zarten Blüten hauchen in unseren Händen ihr Leben aus. Hohes Gras vibriert vor Hitze. Wir bahnen uns einen Weg durch Himbeersträucher und am vorderen Feld entlang, wo Mais steht, der mir bis über den Kopf geht und Fannie auch.

Fannies Haar löst sich aus dem Knoten. Feine Strähnchen umstrahlen sie. Ich blicke in ihr Gesicht; es ist wie der Mond, der auf mich herabblickt.

Wir gehen auf den Friedhof. Wir gehen immer auf den Friedhof.

»Da sind wir«, sagt Fannie zufrieden. Ich klettere über den bemoosten Zaun. Das dunkle, zerfurchte Holz ist feuchtkühl an meinen Knien. Fannie geht durchs Eingangstor. »Hallo, ihr«, sagte sie. »Hallo, Jungs. Guten Morgen, Mutter.«

Ich springe vom Zaun und lasse die sterbenden Wildblumen fallen. Mein Job ist es, die Holzäpfel zu entfernen, die von den überhängenden Ästen fallen. Fannie rafft ihren Rock aus dem Weg und kniet sich auf ein Grab, um das Unkraut auszurupfen. Das ist ihr Job.

Ich schmeiße Holzäpfel, jeweils eine ganze Handvoll, und mache dazu Geräusche wie von Geschützfeuer, von explodierenden Granaten, so wie ich mir vorstelle, dass Krieg klingt. Unser Bruder Robbie ist im Krieg – mein Halbbruder, Fannies Ganzbruder.

Fannie klopft aufs Gras, damit ich zu ihr komme. Ich beiße in einen Holzapfel, spucke das Stück aus.

»Zu früh geboren«, hebt Fannie an. Ich kenne ihre Geschichten in- und auswendig. »Zu früh geboren«, sagt sie noch mal, während sie auf mich wartet, jetzt auf dem Boden sitzend, die Knie mit den Armen an den Busen gezogen. »Ihre Haut war dünner als Krepp, blau wie die Haut von Vogelbabys.«

Jetzt hat sie meine volle Aufmerksamkeit. Ich knie mich hin und streichle das Gras über den Zwillingen, die zusammen in einem winzigen, kastenförmigen Sarg begraben sind. Ich sehe schon fast seine Umrisse im Boden, das dünne dunkle Holz, auf das von allen Seiten die Erde eindrückt.

»Waren es Jungen oder Mädchen?«, frage ich. Fannie wartet darauf, dass ich das frage.

»Jungen natürlich.«

Ich weiß es ja längst, aber ihre Antwort macht mir dennoch Gänsehaut. Das hier ist ein Friedhof voller toter Kinder, alles Jungen, meine Halbbrüder. Ich bin froh, dass ich als Mädchen auf die Welt gekommen bin.

Die Zwillinge: die ersten beiden Kinder unseres Vaters Robert Smart und seiner ersten Frau, die Fannies Mutter war – meine nicht – und, wie ich weiß, Tilda hieß. Die Zwillinge lebten jeweils ein paar Minuten, noch nicht mal eine Stunde, geschweige denn einen Tag.

Danach kam Robbie, der am Leben und gesund ist und auf den Schlammfeldern Frankreichs kämpft. Seine Briefe an uns sind nicht sehr ausführlich, außer, wenn es um den Schlamm geht. Er schreibt, dass er immer nasse Füße hat und dass die Soldaten am »Grabenfuß« leiden. Zehen werden schwarz.

Das wüsste ich gern genauer. Ich denke jetzt darüber nach.

»Fallen ihnen die Zehen ab?«, frage ich Fannie.

»Wem?«

»Den Soldaten im Krieg, dort im Schlamm.«

»Darüber sagt Robbie nichts.«

»Kannst du ihm schreiben und ihn fragen?« (Ich kann noch nicht schreiben.)

»Wir haben doch in unseren Briefen nettere Sachen zu sagen, oder? Robbie will bestimmt nicht drandenken, dass ihm die Zehen abfallen könnten.«

»Vielleicht sind sie ihm ja schon abgefallen.«

»Das würde er uns erzählen.«

Aber ich frage mich: Würde er? Ich kann es kaum erwarten, heimlich seine Füße zu inspizieren, wenn er wieder da ist, wann auch immer das sein mag. In der Zeitung steht, unsere Jungs sind Weihnachten wieder zu Hause, aber Weihnachten ist noch lange hin.

Nachdem Robbie auf der Welt war, kamen Fannie und dann Edith, eine Glückssträhne.

Fannie ist älter als Edith, aber Edith wohnt nicht mehr bei uns. Im Herbst hat sie einen Mann namens Carson Miller geheiratet, und sie wohnen auf der anderen Seite vom Maisfeld, auf der nächsten Farm dort drüben. Wenn ich die Augen zumache, sehe ich Edith unter der Hochzeitslaube stehen, die unser Vater für sie gebaut hat – ich finde die Laube schön, und ich verstehe nicht, warum es meiner Mutter solchen Kummer machte, dass der Bogen angeblich zu kahl war. In meinem Kopf steht Edith allein da, mit einem Strauß von frisch geschnittenen Herbstblumen. Ihr eigens genähtes Kleid ist eng an den Unterarmen und hochgeschlossen, rabenblau.

Fannie rutscht zum nächsten Grab hinüber und zieht mich

mit. Ich fahre mit dem Finger die Buchstaben in dem flachen Stein nach, kratze mit dem Nagel Moosflecken weg.

Hier liegt noch ein Junge. Nach Ediths Geburt war die Glückssträhne zu Ende.

»Fieber«, sagt Fannie, und ihre Finger zupfen winzige Unkrautpflänzchen. »Nur ein halbes Jahr.«

Aber ein halbes Jahr ist nicht *nur*, ich weiß das.

Ediths Baby ist schon ein halbes Jahr. Ich darf das strampelnde, protestierende Kerlchen herumtragen, sooft ich will. Ich darf auch rübergehen, wann ich will, solange ich es Mutter sage – sie gibt mir dann gern ein Körbchen mit irgendwas mit: frischen Salzbrötchen oder einem Klumpen Butter oder Bohnen und Tomaten aus unserem Garten. Zu Hause bin ich die Jüngste, und es gefällt mir, zur Abwechslung »Little Robbie« zu hüten – so nennen wir ihn, um ihn von Robbie, meinem Bruder, und Robert, meinem Vater, zu unterscheiden.

Ich bin immer hin- und hergerissen, wenn ich bei Edith bin. Das Haus und der Garten haben so was Unfertiges, und es fühlt sich anders an als zu Hause. Komisch.

Ediths Gemüsegarten ist halb so groß wie unserer und voll Unkraut. Die Blumen in den Blumenbeeten sind mickrig, als hätten sie es aufgegeben zu wachsen. Das Haus ist vollgestopft und riecht nach Feuchtigkeit und dreckiger Wäsche und Suppe.

Edith begrüßt mich, wenn ich überraschend auftauche, mit einem irritierten »Oh, Aggie«, rot im Gesicht, hektisch, mit schweißfeuchtem Haaransatz. Sie setzt sich nie hin und bietet mir nie einen Keks an. (Vielleicht bäckt sie ja keine?) Sie drückt mir das Baby in die Arme und eilt, vor sich hinmurmelnd, davon, um irgendwas anderes zu machen – Kekse zu backen jedenfalls nicht.

Little Robbie und ich sehen sie dann eine ganze Zeitlang

nicht – es ist, als wäre sie verschwunden –, bis er heult und ich schwitze und ihn nicht beruhigen kann und mir die Arme wehtun und ich am liebsten auch losheulen möchte. Da taucht dann plötzlich Edith auf. »*Da* seid ihr!« Ärgerlich, als ob sie uns schon die ganze Zeit überall gesucht hätte.

Ich könnte also hingehen, sooft ich will, aber ich gehe nicht so oft hin.

Fannie wendet sich langsam von dem Baby, das am Fieber gestorben ist, dem nächsten Grab zu, dem, das für sie das schlimmste ist und zu dem wir uns jetzt beide vorgearbeitet haben: dem Grab des kleinen James.

»Es war Heuernte«, sagt Fannie und zieht jedes Wort in die Länge. »Vielleicht hat er ja geschwitzt und wollte sich abkühlen. Vielleicht hat er sich auch verlaufen. Er war ja erst zwei – wie hat er übers hintere Feld zum Teich zurückgefunden? War schon ertrunken, bevor wir überhaupt merkten, dass er nicht mehr da war, so schnell ging das. So schnell kann es gehen.«

Nachbarsjungen, die am Teich angelten, sahen James bäuchlings im Wasser treiben, zogen ihn heraus und schleppten ihn schreiend zum Farmhaus.

Als sie ihn im Hof ablegten, war der kleine James noch nicht starr, so kurz war er erst tot.

»Ich war sieben«, sagt Fannie. »Älter als du. Die Nachbarsjungen – jetzt sind sie im Krieg, aber damals waren sie noch Jungen – Jerry und Jack – ich höre sie jetzt noch schreien. Sie legten ihn auf das Stück Gras vor der Tür zur Sommerküche. Alle kamen angerannt, meine Mutter kniete sich neben ihn, versuchte, ihn hochzuheben, redete auf ihn ein, er solle atmen, atme doch, bitte. Und da wusste ich, er musste tot sein. Also rannte ich weg und versteckte mich in der Scheune, in den Bansen, unterm Stroh. Der Schock. Der hat meiner Mutter das Herz gebrochen.«

Kurz vergesse ich, dass Fannie, wenn sie »meine Mutter« sagt, die erste Mutter meint, nicht meine, und es erschreckt mich, mir auch nur einen Atemzug lang, auch nur irrtümlich vorzustellen, dass irgendetwas meiner Mutter das Herz brechen könnte.

Von den Kindern meiner Mutter ist keins gestorben, keins der Gräber ist ihre Trauerstätte. Ich glaube, das liegt daran, dass meine Mutter nur Mädchen bekommen hat, uns drei: Olive, dann Cora und zuletzt mich, Aganetha.

Ich bin zu dem Schluss gekommen, dass meine Mutter nicht so ist wie die erste Mutter. Die erste Mutter – *Tilda*, forme ich lautlos ihren Namen – ist undeutlich, in einen schwarzen Schleier gehüllt von all ihren Trauerjahren. Die Geschichten über Tilda handeln nicht wirklich von ihr. Sie ist im Hintergrund, weint um ihre toten Babys, und dann, plötzlich, ist sie selbst unter der Erde.

»Kindbettfieber«, sagt Fannie, aber ich verstehe etwas anderes. Für mich ist die erste Mutter am Kind-weg-Fieber gestorben.

Das alles ist fast gleichzeitig passiert: dass der kleine James ertrank, dass unser Bruder George zu früh kam – »So winzig, dass wir ihn in eine Schublade legten« – und die erste Mutter starb.

Ich stelle mir Fannie vor, wie sie sich unterm Stroh versteckt, auch nach dem Dunkelwerden noch, wie ein Kätzchen im Nest. Wer zieht sie schließlich hervor? Fannie sagt es nicht.

Die Männer aus der Nachbarschaft kamen, um fertig zu heuen. Vater saß schweigend am Tisch und aß alles, was ihm die Nachbarsfrauen vorsetzten. Fannie und Edith, sieben und sechs Jahre alt, löffelten dem winzigen Neugeborenen Milch in den Mund – meinem Halbbruder George. Alle sahen zu, wie Vater aß und aß und aß, als hätte sein Magen ein Loch, durch das alles Essen hinausfiel, und fragten sich, ob er je wieder sprechen würde. (Muss er getan haben; noch vor dem nächsten Frühling heiratete er meine Mutter.)

Mir ist so etwas Trauriges noch nie passiert.

»Dass James ertrunken ist, das hat meine Mutter umgebracht«, sagt Fannie. »Ich glaube, es war gar nicht George. George konnte nichts dafür.«

Ich weiß, was sie als nächstes sagen wird, und warte darauf.

»Ich hätte auf ihn aufpassen müssen, Aggie. Auf ihn aufzupassen war mein Job. Und was habe ich getan?«

Wir sind jetzt fast fertig. Gleich werde ich wieder Holzäpfel aufsammeln und in die Gegend werfen. Nur eins muss Fannie noch sagen, während wir nebeneinander hier knien.

Dünnes gelbes Haar hebt sich von meiner Kopfhaut. Ich kann mein Gesicht nicht sehen und weiß nicht, dass es voller Sommersprossen ist und jetzt, wo es schweigend zu meiner Schwester aufblickt, lang und feingemeißelt aussieht. Fannie lächelt und ist gleichzeitig ernst.

»Auf dich werd ich immer aufpassen, Aggie. Versprochen.«

Das war's.

Die Luft ist so klar. Der Himmel so friedlich. Die Insekten sirren und summen. Die Sonne scheint.

»Besuch für Sie, Mrs. Smart!«

Die Pflegerin hat mich geweckt. Eben noch lag ich in einem leicht driftenden Strom von Schlaf, kein unangenehmer Ort, und es ärgert mich, in dieses Zimmer zurückgezerrt zu werden.

»Hallo, aufwachen, Mrs. Smart!«

Mein Mund ist trocken, die Lippen lösen sich mühsam voneinander, als ich ansetze, das allseits Bekannte zu sagen: *Ich war nie verheiratet.*

Ich sage es ihnen immer wieder, aber sie bestehen auf *Missus*, als wäre es beschämend für mich, unverheiratet zu sein. Üben sie ihr Zwitschern vor dem Spiegel, diese Pflegerinnen? Die hier zupft meine Wolljacke zurecht, als wäre ich ihr Spielzeug, eine Apfelkopfpuppe, die sie selbst gebastelt hat und jetzt anderen Kindern vorführen will, die zum Spielen gekommen sind.

Ich höre mich brabbeln: »Du liebe Güte, also wirklich …«

»Mrs. Smart, wir haben heute Morgen eine tolle Überraschung für Sie! Sie haben Besuch! Das ist doch was, oder?«

Wo sie recht hat, hat sie recht. Das ist allerdings *was*. Wer soll mich denn besuchen kommen? Ich kenne doch niemanden mehr. Alle sind doch tot.

Ich versuche zu erklären, dass ich großen Durst habe. Ich erwische sie am Unterarm, aber sie ist stärker. Sie entzieht sich mir, tritt hinter mich, um die Bremse zu lösen – ich höre das Klicken –, und schiebt den Rollstuhl aus der Ecke, in die sie mich gestellt haben, beim Fenster, das nie geöffnet wird und an kalten Tagen völlig beschlägt. Der Heizkörper gluckert. Ich habe nichts gegen das Plätzchen. Geliefert bin ich erst, wenn sie mich vor dem verflixten Fernseher parken.

»Ich habe Durst«, krächze ich.

Nein, sie hört es nicht. Sie beugt sich mit verhaltener Erregung vor und säuselt in mein Haar – das, was noch davon übrig ist, hier ein bisschen, da ein bisschen, wie die Wurzelfäden eines alten Rettichs.

»Da sind ein junger Mann und eine junge Frau für Sie, Mrs. Smart. Sie möchten Sie ein bisschen mit nach draußen nehmen. Und es ist ja auch ein herrlicher Tag dafür. Wir packen Sie gut ein. Ich habe die Namen vergessen. Aber da sind sie ja schon. Machen Sie ein freundliches Gesicht, Mrs. Smart. Sagen Sie Ihrem Besuch Guten Tag.«

Aus Prinzip weigere ich mich zu tun, was man mir sagt.

Der Duft frischgeschrubbter Haut weht mir entgegen. Ich fühle, wie sich eine Hand zaghaft auf meine legt, als hätte sie Angst vor alten Knochen, Sehnen und Adern, Angst, mich zu zerbrechen. Haar schwingt leuchtend rot zwischen unseren Gesichtern. Das Mädchen nennt einen Namen, und meiner ist es nicht, aber vielleicht ja ihrer. Er sagt mir nichts. Kein Klingeln.

»Sprechen Sie lauter, junge Frau, sie ist fast taub. Stimmt doch, Mrs. Smart?« Mit erhobener Stimme. »Aber wir wissen, dass sie uns hört. Ist doch so, Mrs. Smart, oder? Sie ist nicht völlig in ihrer eigenen Welt.«

»Noch mal hallo«, sagt das Mädchen zu mir, dann sagt sie zu der Pflegerin: »Ist schon eine ganze Weile her. Sie erinnert sich vielleicht nicht mehr an uns.«

Ich sage nichts.

»Und Sie kennen Mrs. Smart woher?«, fragt die Pflegerin.

Ich könnte es ihr sagen, weil ich mir ganz sicher bin – dieses Mädchen kennt mich überhaupt nicht. Kann sie gar nicht, so jung, wie sie ist. Alle, die mich kannten, sind tot, unter der Erde, dahin, weg, aus meinem Leben getilgt, Bande gekappt, Brücken verbrannt, alle verschwunden, verschollen.

»Das ist eine lange Geschichte«, höre ich das Mädchen sagen. Sie sei eine entfernte Verwandte, setzt sie hinzu, aber ihr Lachen ist nervös, das Lachen eines Teenagers. Das Mädel lügt, befinde ich, und versuche, ein Rumpeln unter meinem Brustbein zu deuten, das vielleicht nur Aufregung ist. Ich sitze seit Jahren in diesem Rollstuhl, tagein, tagaus, während das Licht draußen vor dem Fenster weniger wird und mehr wird und wieder weniger wird und die Jahreszeiten vorbeizuckeln und der Himmel düster wird von Schnee und matt von Sommerhitze. Hier gibt es nur minimale Veränderungen. Was das Erscheinen des Mädchens zu etwas Monumentalem macht.

Sie sagt etwas – nicht zu der Pflegerin, sondern zu mir.

»Gehen wir?«, fragt sie, als ob ich in meinem Rollstuhl irgendeine Wahl, irgendeine Handlungsfreiheit hätte. Sie berührt wieder meine Hand, ihre Finger gleiten unter meine, um meine herum, so leicht, dass ich ihren Druck gerade eben spüre.

Ich sage zu ihr, du erinnerst mich an jemanden. Komm näher, ich flüstere es dir in Ohr.

Fannie.

Fannie ist immer noch so jung. Sie ist geblieben, wie sie war, und ich nicht. Aber wenn sie mich besucht, das Gesicht stets abgewandt, versteckt hinter ihrem Haar, hinter einem Schatten, dann fühle ich das Mädchen in mir, lösen sich die Jahre in nichts auf. Ich fühle den Trost, wenn meine große Schwester mir die Hand entgegenstreckt.

Gehen wir, Aggie?

Sie ist schon fast hundert Jahre tot, aber sie schreitet mühelos durch meine Gedanken, mit gelöstem Haar, breiten Hüften, weißgebleichter Schürze.

»Gehen wir?« Die Hand des Mädchens streift sachte mein Handgelenk, wie ein Angebot, wartend.

Ich schiebe meine Hand in ihre.

2

Geschwister

Wir sind unterwegs, aus dem miefigen Zimmer in den antiseptischen Flur.

Die vertrauliche Stimme der Pflegerin: »Wissen Sie, Sie sind der erste Besuch, den sie bekommt, seit ich hier arbeite. Nett, dass Sie gekommen sind!« Diesen Ton kenne ich, von Stimmen, die über meinen Kopf hinweg sprechen. *Sie hat das Suppenschälchen vom Tisch gerissen, auf ihren Schoß. Sie hat ins Bett gemacht. Sie ist auf dem Gang herumgelaufen, hätte stürzen und sich wer weiß was brechen können. Wer hätte gedacht, dass sie noch gehen kann!*

Sprich ruhig weiter. Solange ich nur auf dem Weg irgendwohin bin, auf Gummirädern dahinquietsche, weg von dem plärrenden Fernseher, dem gedämpften Raum, dem Pfeifen und Keckern, Rülpsen und Stöhnen. Kurz bleibt der Rollstuhl an der Schwelle hängen, aber ein professioneller Schubs mit den Handgelenken, und wir sind drüber und draußen.

Ich höre ein freudiges Glucksen aus meiner Kehle kommen, aber es klingt ziemlich erstickt. Still, Alte, denke ich. Sie haben vergessen, dass du hier bist.

Wir bleiben im Flur stehen, im Neonlicht und Desinfektionsmittelgeruch. Die Pflegerin will mich noch nicht weglassen. Sie ist beunruhigt wegen dieses Glucksens.

Sie sagt: »Wenn Sie bitte hier Ihren Namen eintragen, mit Datum, Uhrzeit und Unterschrift.«

Diese Informationen könnte ich auch brauchen. Und wenn

ich Geburtstag hatte und jetzt schon hundertfünf bin? Wenn das Frühstück schon vorbei ist und niemand mir meinen Tee in den Mund gelöffelt hat? Wie heißt das Mädchen? Den Namen zu wissen wäre vielleicht nicht schlecht. Könnte ich womöglich gebrauchen.

»Kaley«, liest die Pflegerin von dem Blatt ab. »Das ist ja ein ungewöhnlicher Name.«

»Nicht besonders«, sagt das Mädchen.

»Heutzutage ist wohl gar nichts mehr ungewöhnlich, nicht wahr?« Die Pflegerin will, dass die Leute sie mögen, was, wie ich ihr sagen könnte, meistens die Garantie dafür ist, dass die Leute einen nicht mögen.

»Kaley«, sagt das Mädchen, »ist gälisch.« Und wir sind wieder bei dem Namen.

Kaley. Ich summe das Wort im Kopf. Kaley, wie *Kale*, Grünkohl, bitter bis zum ersten Frost und danach praktisch unverwüstlich. Kaley, und der andere – da ist noch jemand, ein junger Bursche – sagt, er heißt Max. Es ist das erste Mal, dass er den Mund aufmacht. Zu Max sagt die Pflegerin nicht, dass er das Formular unterschreiben soll. Zu mir auch nicht.

Jetzt beginnt ein kompliziertes Ausgehritual, das ich mir nicht ausgesucht habe. Das Feststopfen der Flanelldecke. Das Schließen des Taillengurts, damit ich nicht aus dem Rollstuhl kippe. Noch mehr Zurren und Zupfen, noch mehr Gemache an meiner Strickjacke, mit meinen Händen. Die Pflegerin zieht mir eine Wollmütze bis über die Ohren, was mit Sicherheit nicht besonders vorteilhaft aussieht. Es juckt jetzt schon.

Das Mädchen sagt: »Fertig?«

Sie zieht die Wollmütze ein bisschen anders hin, was zwar überflüssig, aber trotzdem von beruhigender Wirkung ist. Ausgezeichnet. Ich fühle, wie die Pflegerin sich entspannt. Sie wird uns gehen lassen, gleich. Sie wird uns zusammen hinausgehen lassen.

Als sich das Mädchen in meine Blicklinie beugt, ist ihr Gesicht plötzlich nicht mehr trüb-verschwommen, sondern etwas klarer. Ich würde sagen, ihr Haar ist gefärbt, nicht naturrot. In meiner Familie hatte niemand rote Haare, wenn auch Edith einen rothaarigen Mann geheiratet hat. Carson, so hieß er. Aber ihr Sohn war dunkelhaarig, wie die meisten von uns – alle außer mir. Ihre Tochter war blond, wie es das Mädchen hier wahrscheinlich auch ist, aber jetzt bringe ich Sachen durcheinander. Sie ist zu jung, um Ediths Tochter zu sein, viel zu jung, wenn ich so alt bin, wie ich glaube.

»Wann dürfen wir Mrs. Smart zurückerwarten?«, fragt die Pflegerin.

Das Mädchen sieht den schweigsamen Burschen, diesen Max, fragend an und sagt dann: »Weiß nicht. In ein, zwei Stunden?«

»Prima! Ein kleiner Spaziergang, ein bisschen Sonne, ein Tässchen Tee vielleicht? Tee mag sie sehr gern, stimmt's, Mrs. Smart?« Sie ist so leichtgläubig, diese Pflegerin, ganz damit beschäftigt, ihre Autorität herauszukehren, ihr Wissen um anderer Leute Vorlieben und Abneigungen.

Aber ich habe es an der Stimme des Mädchens gehört, an dem Stocken, dem kurzen Anlauf, um die Lüge geschmeidig herauszubringen. Ich wage es kaum zu glauben. Sie haben nicht vor, mich zurückzubringen.

Lügen. All die verschiedenen Sorten.

Da gibt es die Auslassungslüge, die Vermeidungslüge, die glatte Lüge, das Aufschneiden, das leichte Schönen oder Frisieren, das schlitzohrige Vertun, das Auf- oder Abrunden, die Schmeichelei und die kleine Nettigkeitslüge, da gibt es die kühne, großangelegte Lüge, die durch tausend kleine Lügen untermauert wird, die Verschleierungslüge, die vermischt und vermengt, die Ablenkungslüge, die Lüge, die schon weiß, dass sie auffliegen wird, die kaltblütige Lüge und die geistesgegenwärtige Lüge und die panische Lüge, die Lüge, die immer weitere Lügen braucht, um ihre Spuren zu verwischen, und natürlich die Lüge, der sogar der Lügner selbst aufsitzt, weil er gar nicht weiß, was er da verbreitet.

Die letzte Sorte ist die allergefährlichste, weil sie so ziemlich jeden täuschen kann. Sie kann am Ende wie die Wahrheit wirken.

Und so denke ich jetzt an eine weitere Lüge. Die Lüge, die ich selbst gewählt habe, die immer noch fortlebt, mit mir und ohne mich. Die Lüge, die schützt. Die behütet. Die sich ein fragiles Versteck aus Liebe erschafft.

Fannie scheucht mich weg.

»Aber wo willst du denn hin?«, frage ich. »Kann ich nicht mit? Warum nicht?«

Sie geht den Fahrweg entlang, ohne Eile selbst jetzt, wo sie mich abwimmelt. Gelassen.

»Ist es wegen Robbie? Bist du traurig? Bist du sauer?« Ich verfolge sie durch die Himbeersträucher. In diesem Sommer wächst auf unserem vorderen Feld Weizen, der sich dicht und grün hin- und herwiegt.

Fannie bleibt nicht am Friedhof stehen. Sie geht weiter. Ediths Mann, Carson, hat auf dem Feld der beiden wieder Mais angepflanzt, und dorthin scheint Fannie zu wollen.

»Warum sagst du nichts? Warum kann ich nicht mit?«

Sie ist schon ein ganzes Stück am Zaun vorbei, als sie sich umdreht. »Aggie, ich gehe jetzt weiter. Du darfst mir nicht hinterherlaufen.«

»Aber warum denn nicht?« Mein Gesicht verzieht sich. Ich blinzle heftig gegen die Tränen an. Fannie ist der einzige Mensch auf der ganzen Welt, der mich nie abweist, mich nie wegstößt, der den Wirbel, den ich nun mal ständig mache, zu genießen scheint.

Sie ruft mich zu sich, und ich renne hin, weil ich glaube, dass sie sich's anders überlegt hat. Sie drückt mich an ihre warme, weiche Brust. Ich hole von der Größe her auf, gehe ihr schon bis übers Kinn. Ich bin neun und im Wachstum, sie ist zweiundzwanzig und längst ausgewachsen. Sie hält mich mit gestreckten Armen von sich und schaut mir in die Augen, und ich sehe wie durch ein mit Essig und Einwickelpapier frischgeputztes Fenster, dass sie etwas verbirgt.

Fannie verbirgt etwas – Fannie, die mich an allem teilhaben lässt, was sie weiß, die so durchsichtig ist wie Glas.

Etwas in mir verdreht sich, zieht sich zusammen, jäh. Das Schwatzen der Insekten im Gras um uns herum wird lauter und leiser. Fannie streicht über mein widerspenstiges Haar. Ich mag ihr Gesicht so sehr.

Sie sagt: »Komm mir nicht nach.«

Sie wartet, dass ich gehe. Ich gehe zum Friedhof und betrete ihn durchs Tor, stehe da, die Arme steif am Körper, stumm, verraten. Sieht sie's? Oder nicht?

In diesem Sommer ist da ein neuer Stein, für einen weiteren toten Smart-Sohn. Das Gras auf seinem Grab ist nicht frisch: Da ist nicht gegraben worden, weil es nichts zu begraben gab. Der Stein ist flach wie die anderen, mit seinen eingemeißelten Initialen und seinem Geburts- und Todesjahr. R. S. 1893–1916. Ich schaue auf die Initialen und denke: *Robbie Smart*. Ich werde nie erfahren, ob seine Zehen nur schwarz geworden oder abgefallen sind.

Ich sammle eine Handvoll Holzäpfel auf und werfe sie als

Schnellfeuersalve auf einen Vogel im Geäst eines der Bäume. Als ich nachschaue, ist Fannie weg.

Sie ist nicht mehr zu sehen, aber ich erkenne deutlich den Pfad, den sie ins Gras getreten hat, das auseinandergedrückte Unkraut, das anzeigt, wo sie entlanggegangen ist. Also tue ich, was sie mir verboten hat, und gehe ihr nach. Ich ducke mich, tue so, als wäre ich ein Soldat im Krieg, ein Spion. Hinter den Linien. Oder im Niemandsland, wo Robbie gestrandet war, als er erschossen wurde. In dem Telegramm stand kaum etwas Konkretes. Zum Beispiel stand da nicht, an welcher Stelle des Körpers Robbie der tödliche Schuss getroffen hatte.

Ich glaube, es muss der Kopf oder das Herz gewesen sein. Ich glaube, es muss ein durchgehendes Loch gewesen sein, wie eine Röhre, durch die man das Tageslicht am anderen Ende sehen konnte, und so lag er da am Boden, und ein einziger Tropfen Blut kullerte ihm über die Stirn, und seine Augen starrten in den Himmel.

Ich habe aufgeholt.

Ich sehe Fannie, gar nicht so weit vor mir, und sie ist nicht allein. Sie ist fast so groß wie der Mais auf dem Nachbarfeld, und der Mann ist größer.

Ich erstarre wie ein Kaninchen, das sich auf einer freien Fläche versteckt.

Es ist keiner von den jungen Männern, die der Krieg ausgespuckt hat, weil ihnen ein Bein fehlt oder ein Auge oder weil ihre Lunge vom Gas pfeift. Aber so alt ist er auch noch nicht. Er ist angezogen wie der Farmer, der er ist – ich kenne ihn, gut sogar. Ich sehe, dass er Fannies Hand hält. Ihr Kopf ist geneigt, das Gesicht nicht zu sehen, ihr zusammengenommenes Haar streift seine Schulter, und sie gehen miteinander in den Mais. Sie sind verschwunden, einfach so, die hohen Stängel wackeln, lange Troddeln von braungoldenen Fäden an den hängenden Köpfen.

Ich richte mich auf, als wollte ich ihnen folgen. Aber ich weiß, das Maisfeld ist ein verwunschener Ort, die ordentlichen Reihen hüten seine Geheimnisse, und ich folge den beiden nicht.

Ich denke, dass Fannie doch recht hatte: Sie wollte weitergehen, ohne mich, und ich hätte sie gehen lassen sollen. Ich hätte sie nicht im Mais verschwinden sehen sollen, mit einem Mann, der zur Familie gehört, wenn auch nur angeheiratet.

Ich kann ihn nicht beim Namen nennen, nicht mal im Kopf.

Ich kann gar nichts außer rennen – nur weg.

Ich renne über das zertretene Unkraut.

Ich renne an den Gräbern vorbei.

Durch die Himbeersträucher, die nach mir greifen und mich zerkratzen. Durch den aufgewirbelten Staub des Fahrwegs, der mir die Kehle verstopft. Unser großer schwarzer Hund umkreist mich im Scheunenhof, bellend, verwirrt. Mein Atem geht schwer, mein Herz hämmert, Haar peitscht mein Gesicht. Aber meine Füße berühren den Boden kaum.

Ich wusste gar nicht, dass ich so schnell rennen kann – fliegen kann, so schnell bin ich. Jetzt weiß ich's. Ich weiß, dass Schock sich in etwas fast schon Rauschhaftes verwandeln kann, durch bloße Geschwindigkeit.

Das Gehirn ist ein primitives Instrument. Seine ältesten, wildesten Lieder spielt es am besten.

Ich sause in den Stall – der nach Mist riecht – und die Leiter zur Tenne mit den Bansen hinauf.

Atme. Klettere. Atme. *Niese, niese.*

Ich arbeite mich durch das locker fast bis ans Gebälk aufgehäufte Stroh, weil ich weiß, wo ein Nest mit ganz kleinen Kätzchen ist. Scharfes Stroh, das feine rote Linien in nackte

Haut kerbt. Mir läuft die Nase, meine Augen tränen, und ich bin fast blind vor Heuschnupfen, aber ich stolpere zu dem Nest, reibe mir das Gesicht fest mit den Handrücken. Die Kätzchen sind noch keine Woche alt, mit Augenschlitzen und enganliegenden Öhrchen, ein Durcheinander von suchenden, hungrigen Fellknäulen. Ohne mich bei der Katzenmutter zu entschuldigen, hocke ich mich hin, ziehe ein rotgetigertes Dingelchen aus der Masse und drücke mir seinen warmen Körper ans Kinn. Es maunzt und ist blind, und ich schmiege Mund und Nase in sein staubiges Fell, bis sich mein Herz beruhigt. Die Rippen des Kätzchens fühlen sich an wie das Gerippe eines winzigen Boots, so zerbrechlich wie ein Boot aus Zweigen. Sein Herz rast. Sein durchdringendes Schreien und sein offenes Maul bringen mich wieder zu mir.

Ich drücke den weichen Kopf des Kätzchens an die weiche Haut unter meinem Kinn. Ich gebe beruhigende Laute von mir. Aber ich kann nicht lange stillsitzen. Meine Beine sind immer unruhig, die Muskeln zucken, meine Füße kicken von allein. Es kommt vor, dass ich meine Schwester Cora unter dem Tisch trete, nicht weil ich sauer auf sie bin, sondern einfach nur, weil mein Fuß hervorschnellt und ich nichts dagegen machen kann.

»Au! Aggie hat mich getreten!«

»Nicht mit Absicht!«

»Geh raus, Aggie. Das dulden wir hier nicht.« Es ist Mutter, die mich zurechtweist; Vater ist langsam mit Strafmaßnahmen, ist überhaupt langsam, wenn es darum geht mitzubekommen, was um ihn herum passiert. Jetzt, wo Robbie tot ist, bewegt sich Vater noch mehr wie jemand, der in einem Traum gefangen ist. Ihn interessiert nur eins: eine selbsterfundene Maschine, die von einer Windmühle angetrieben werden soll und die er in der Scheune baut, auch jetzt gerade.

»Geh und miste den Hühnerstall aus, was du heute Nachmittag schon hättest tun sollen.«

»Aber –«

»Keine Widerworte. Geh.«

Aber Mutters Strafe ist milde: Sie hebt mir einen Teller Essen auf. Sie lässt nie jemanden von uns hungrig ins Bett gehen. Sie musste als Kind hungern, hat sie uns erzählt, und diesen Schmerz sollen wir nie kennenlernen.

Mutter hat es nicht mit Geschichten, und mehr erzählt sie nicht, auch wenn ich's gern wüsste, auch wenn ich frage: wie lange gehungert und warum und wann, und wie hat es sich angefühlt? Sie spricht kaum von ihrer Familie, obwohl ihr Vater und ihre Brüder noch leben und ihre Farm im County gleich westlich von unserer liegt. Sie könnten in einem anderen Land leben, so wenig bekommen wir von ihnen mit.

Das Kätzchen schnurrt an meinem Hals.

Vater arbeitet ganz in der Nähe, irgendwo über mir. Ich höre ihn. Wahrscheinlich hat er mich auch gehört, wie ich holterdiepolter auf den Heuboden geklettert bin. Er wird sich nichts dabei denken. Es ist ein sengend heißer Julinachmittag, und Vater sollte beim Heuen sein, aber er hat Leute für die Sommerarbeit angestellt, jetzt, wo Robbie tot ist. Im letzten und im vorletzten Sommer sah es so aus, als ob Robbie irgendwann heimkommen würde, wenn auch nicht so bald. Ediths Mann, Carson, hat mitgeholfen und Fannie auch und Mutter, und sogar George musste den Ochsenwagen fahren, während Olive und Cora und ich Brote und Eistee machten und aufs Feld brachten, drei kleine Mädchen in staubigen Kleidern, das Haar von Hauben zurückgehalten.

Wir haben es ohne Robbie geschafft.

Aber diesen Sommer nicht.

Im letzten und im vorletzten Sommer wussten wir, dass

Robbie bald wiederkommen würde. Und jetzt wissen wir, dass er nicht wiederkommt. Nicht da sein und verschwunden sein sind zwei Paar Stiefel.

Das Kätzchen bohrt mir eine spitze Kralle in den Daumen, wie wenn man sich an einer Stecknadel sticht. »Au!« Es tut nur ein bisschen weh, aber ich setzte das Kätzchen wieder zu seiner Mutter und stecke den Daumen in den Mund. Ich fühle mich seltsam erholt und steige schnell auf die gefegte Tenne hinunter.

»Hallo!«, rufe ich zu Vater hinauf.

Vater nickt zum Zeichen, dass er es gehört hat. Er baut gerade eine Treppe, die sich bis zum Scheunendach hinaufwindet. Wenn er die Treppe fertig hat, wird er ein Loch ins Dach schneiden und darüber ein Häuschen bauen, wie ein kleiner Turm, zum Schutz für das Räderwerk der Windmühle. Die Treppe führt dann direkt in das Häuschen, sodass er die Mechanik dort drinnen warten kann.

Draußen, oben drauf, werden die Windmühlenflügel kreisen und so Vaters Maschine antreiben.

Wenn wir am Esstisch sitzen, driftet Vater mitten im Satz weg. Er geht seinen Gedanken nach und lässt uns zurück. Aber hier in der Scheune ist sein Vorhaben sichtbar. Das tröstet mich, auch wenn sein Plan in Einzelteilen – Bretterstapeln – daliegt, um die ich jetzt vorsichtig herumgehe.

»Kann ich dir helfen?«, rufe ich hinauf.

»Nicht auf die Stufen treten«, warnt er mich, obwohl er sie selbst gerade runtersteigt, zu dem Plattformgerippe vier Meter über mir. Dort wird seine Erfindung stehen: eine windgetriebene Maschine, die man als Drehmaschine, Scheibensäge oder Mahlwerk nutzen kann. Die Plattform dient dann zugleich als Decke für ein Getreidesilo. Ich bin sicher, mein Vater hat alles genau durchdacht.

Ich habe seine Pläne studiert, mit Bleistift gezeichnete Pläne auf der Rückseite von Reklamezetteln für Mittel gegen Blähsucht, Strahlfäule oder Kolik. Seine Maßangaben sind geheimnisvoll und ganz genau. Ich vertraue meinem Vater felsenfest.

Ich sehe zu, wie er schweigend die Wendeltreppe hinaufsteigt, eine Ladung grob zugesägter Bretter auf den Armen.

Ich mag den Geruch von frischgesägtem Holz. Ich habe Fannie vergessen, hier inmitten der rauen Bretterenden, des Sägemehls und der Abfallstücke. Ich denke überhaupt nicht an sie. Auf einem Tisch aus zwei Sägeböcken und einer alten Tür klopfe ich mit dem Hammer krumme Nägel gerade, die einzige Arbeit, die Vater mich jederzeit machen lässt.

Ich ignoriere Cora, die aus dem Stall heraufgestiegen ist und jetzt schnaufend neben mir steht.

»Was machst du?«, fragt sie.

»Wonach sieht's denn aus?«

»Du kriegst sie nicht gerade.« Sie inspiziert den Nagel, mit dem ich gerade fertig bin.

»Wohl.« Ich schnappe ihr den Nagel weg. Das Metall fühlt sich noch heiß an. Ich hämmere weiter darauf ein. Cora verschränkt die Arme und beobachtet mich. Ich fühle ihr Urteil, und der Hammer trifft falsch auf, federt zurück.

»Schau mir nicht auf die Finger.«

»Du hast deine Chance gehabt, jetzt bin ich dran. Das ist nur fair.«

Ich renne los, um vor Cora an der Leiter zu sein. Sie scheint gar nicht schneller sein zu wollen als ich, tritt mir aber beim Runtersteigen auf die Finger. Ich habe sie unterschätzt.

Wir stürmen gleichzeitig zur Stalltür raus, und Cora flötet: »Hier sind wir, Mutter. Wir haben Vater geholfen.«

»Will er denn Hilfe?« Mutter runzelt die Stirn. »Du solltest im Garten arbeiten, Aggie. Und, Cora, da ist Wäsche auf der Leine, die abgenommen und gebügelt werden muss.«

»Mit dem Garten bin ich fertig«, sage ich, wohl wissend, dass es völlig unmöglich ist, mit dem Garten jemals fertig zu sein.

»Das Bügeln macht Olive« sagt Cora. Wir sind gleich groß, auf Augenhöhe, obwohl ich zwei Jahre jünger bin. Man sagt uns oft, wir sähen uns so ähnlich, *wie Zwillinge*, was keine von uns als Kompliment auffasst.

»Ich suche Fannie«, sagt Mutter, »Habt ihr sie gesehen?«

»Nein«, sage ich schnell.

»Ich hab sie mit dir den Fahrweg entlanggehen sehen.« Cora mustert mich scharf, und ich sage, »Das ist ewig her«, und Cora sagt, »Jedenfalls war das das letzte Mal, wo ich sie gesehen hab«, und Mutter sagt: »Dass, Cora, das letzte Mal, dass. Es war das letzte Mal, dass du sie gesehen hast.«

»Ja«, sagt Cora. »Es war das letzte Mal, dass ich sie gesehen hab.«

Mutter wartet. »Also?«, fragt sie mich, und ich schüttle den Kopf, um die Verlegenheit von meinem Gesicht zu schütteln, was besser geht, als ich dachte.

»Ihr zwei könnt was für mich erledigen, an Fannies Stelle. Bringt das hier schnell zu Edith rüber. Sagt ihr: zwei Teelöffel in einem Glas Wasser, dreimal täglich, ab sofort.« Mutter gibt Cora ein braunes Glasfläschchen, das mit einem Korken zugestopft ist. Cora schüttelt die Flüssigkeit, wie Mutter es eben getan hat. »Könnt ihr euch das merken?«

»Zwei Teelöffel in einem Glas Wasser, dreimal am Tag«, sagt Cora, und ich spreche jedes Wort mit einer klitzekleinen Verzögerung mit. Ich weiß, Cora würde mich am liebsten treten.

»Wenn Edith schlecht aussieht, müsst ihr mir's sagen«,

sagt Mutter. »Und bleibt noch dort, und macht ihr den Abwasch.«

»Sie hat gesagt, wir sollen schnell machen«, sage ich zu Cora, sobald wir aus Mutters Blickfeld sind, und sause los, den Fahrweg entlang. Ich renne am Friedhof vorbei, an der Stelle, wo Fannie ins Maisfeld gegangen ist, und zwinge mich, nicht dorthin zu sehen. Ich zwinge mich weiterzurennen.

Cora versucht gar nicht, mit mir mitzuhalten. Es macht keinen Spaß, sie zu schlagen, wenn sie sich gar nicht anstrengt. Vielleicht tu ich's ja deshalb. Ich weiß nicht, warum ich's tue, aber als mein Vorsprung immer größer wird und Cora einfach nur hinterherzuckelt, beschließe ich, mich im Mais am Wegrand zu verstecken. Ich werde Cora einen kleinen Schrecken einjagen. Im Nu stehe ich im Mais, horche auf mein stoßweises Atmen und mein bummerndes Herz und das Rascheln schwankender Maisstängel.

Ich bin aufgeregt, ungeduldig. Ich versuche, den Atem anzuhalten. Ich taxiere Coras Entfernung, ihre Schrittlänge. Da kommt sie, mit gerecktem Kinn, stolz die Flasche mit Mutters Tinktur vor sich hertragend – warum sollte Mutter Cora die Flasche anvertrauen, nur weil sie älter ist? Da kommt sie, immer näher heran, und sieht aus, als ob sie vergessen hätte, dass wir diese Aufgabe zusammen erfüllen sollen.

Mein Timing hätte nicht besser sein können.

Cora ist genau auf Höhe meines Verstecks, als ich mit ohrenbetäubendem Geheul aus dem Mais hervorbreche.

Cora schreit auf. Die Flasche fliegt durch die Luft.

»Bin doch nur ich!« Ich lache.

Aber sie lacht nicht, und ich lache auch nicht mehr, als ich sehe, wo Mutters Flasche gelandet ist. Sie ist auf einen Stein geknallt und zersprungen. Wir starren auf die dunkle Flüssigkeit, die in den Staub des Fahrwegs rinnt. Wir überlegen, was wir jeweils dafür abkriegen werden. Cora kann sagen, es ist alles meine Schuld, weil ich sie erschreckt habe, aber sie war diejenige, die die Flasche getragen hat, und wir wissen beide, dass unsere Mutter Strafen gleichmäßig verteilt. Wenn unsere Mutter etwas ist, dann gerecht.

Cora sieht mich an. Wir kommen im selben Moment zum selben Schluss: Wir sagen es nicht. Niemand wird es je erfahren. Gemeinsam kicken wir die Scherben mit unseren vom Barfußgehen abgehärteten Füßen in den Straßengraben und bestreuen den feuchten Fleck auf dem Weg mit Erde, als rechneten wir damit, dass jemand nach Spuren sucht.

Schweigend gehen wir weiter zu Ediths Haus. Diesmal renne ich nicht vorneweg.

Als wir die Zufahrt entlanggehen, sagt Cora: »Du spielst mit Little Robbie, und ich mach den Abwasch.«

Ich sage: »Little Robbie kann beim Kehren helfen. Er ist ganz geschickt mit dem Handfeger.«

Es kommt selten vor, dass wir einer Meinung sind. Ich weiß nicht genau, ob es mir gefällt. Ich fühle mich nicht wohl in meiner Haut.

Ediths und Carsons Zufahrt ist kahl, ohne Bäume, und im Hof und im Garten ums Haus herum wachsen auch keine, noch nicht mal junge Schösslinge. Das Gras ist von der Sonne weggesengt. Ich sehe mich kurz um, kann Carson aber nirgends entdecken und hoffe, dass ich ihm auch nicht begegnen werde, denke dann voll Schreck: Und was ist mit Fannie? Mir graut davor, sie beide hier zu sehen, zusammen, es fühlt sich an, wie irgendwo zu sein, wo es spukt, so als könnten ihre trägen Gestalten den Mais teilen und auf uns zugeschwebt kommen, Hand in Hand. Ich bin zittrig, fast schon froh, dass Cora da ist. Wo ich hinschaue sehe ich, was bis jetzt verborgen war, ist da immer noch etwas hinter dem, was ist, und die Umrisse verschwimmen, und mir wird schlecht.

Little Robbie spielt allein im Schatten auf der Eingangsveranda. Er kommt über die hartgebackene Erde angerannt, als er uns sieht, direkt in meine Arme, und das beruhigt mich, wie vorhin das Kätzchen.

»Hol den Handfeger«, kommandiere ich ihn herum. »Wir spielen Vater-Mutter-Kind. Du kannst der große Junge sein, und ich bin die Mutter.«

Er rutscht an mir runter, schaut Cora an und versucht, etwas zu sagen. Er kann erst ein paar Wörter und lutscht den ganzen Tag am Daumen. Aber ich verstehe, was er fragt, auch wenn Cora es nicht kapiert.

»Cora kann die kleine Oma sein«, beantworte ich seine Frage.

Das gefällt Cora gar nicht, und ich bin erleichtert, als ob jetzt etwas wieder seine Ordnung hätte.

»Hallo, Edith!«, ruft Cora munter und geht als erste ins Haus. »Ich und Aggie sind hier!«

Edith sagt hallo, steht aber nicht auf, um uns zu begrüßen. Die Küchentür fällt hinter uns zu. Sie hat kein Fliegengitter, und drinnen ist es stickig und wimmelt von Fliegen – kein Wunder, überall steht dreckiges Geschirr herum.

Cora und ich machen gemeinsam Ordnung. Edith sitzt im Schaukelstuhl in der Ecke, im Schoß eine Handarbeit. Sie zeigt sie uns: Sie stickt klitzekleine Blumen und Ranken auf den Saum eines weißen Nachthemdchens, wie ein Neugeborenes es tragen könnte. Sie sieht aus wie immer, so groß wie Fannie, die ja ihre richtige Schwester ist, aber mit dünnen Armen und Beinen und dickem Rumpf. Sie und Fannie sehen sich bis auf die Größe nicht besonders ähnlich, obwohl sie beide sehr hübsch sind, viel hübscher, als es Olive, Cora und ich je sein werden. Ihre Mutter muss hübscher gewesen sein als unsere, das ist die simple Wahrheit. Doch Ediths Schönheit ist dahingeschwunden, als hätte man sie draußen in der Sonne vergessen und zusammenschrumpeln lassen. Edith ist jünger als Fannie, aber das würde man nie denken.

Cora und ich bleiben so lange, wie wir es aushalten.

Little Robbie will meine Hand nicht loslassen. Er folgt mir nach draußen auf den Fahrweg, und ich drehe um und bringe ihn wieder zur Eingangstür zurück, dann noch mal, und schließlich bin ich es leid und sage streng: »Little Robbie, ich gehe jetzt! Du kannst nicht mit!« Ich muss ihn schreiend und tobend zurücklassen. Ich will rennen, um schnell wegzukommen, bin aber plötzlich ganz erschöpft. Ich sehe mich immer wieder um, ob Little Robbie mir doch wieder nachläuft. Als er's nicht tut, ist mir selbst zum Heulen. Er hat aufgegeben.

Cora schweigt, bis wir an den verwischten Spuren auf dem Fahrweg vorbeikommen, an der Stelle, wo die Flasche zerschellt ist, da sagt sie: »Hast du das Brot gesehen? Schimmlig. Ich hätte es wegschmeißen sollen, aber ich wusste nicht, ob Edith noch welches hat.«

»Ich finde, Edith sah schlecht aus«, sage ich.

Cora schüttelt den Kopf. »Edith sieht immer schlecht aus.«

Ich sage: »Sie ist nicht mal aus dem Schaukelstuhl aufgestanden.«

»So ist sie jetzt doch immer«, sagt Cora und schaut mich stirnrunzelnd an.

Ich will widersprechen, aber Cora wiederholt: »So ist Edith jetzt immer, wenn wir sie besuchen. Das weißt du doch. Ist doch nichts Neues, was wir Mutter sagen müssten.«

»Stimmt«, sage ich langsam. Ich will nicht, dass Mutter herausbekommt, was wir getan – oder nicht getan – haben, so wenig wie Cora.

Anscheinend ist Fannie wieder da, denn kaum dass wir zu Hause ankommen, ruft sie uns zum Tischdecken rein. Ich sage, ich muss erst noch die Hühner machen. Das ist eine sichere Ausrede. Ich muss praktisch immer die Hühner machen. Ich will Fannie jetzt nicht sehen, gar nicht.

Cora sagt, okay, dann deckt sie den Tisch. Wir schauen uns kurz an, und ich denke, *wie Zwillinge.*

Das ist es, was man Cora und mir zur Last legen kann: Wir haben die Tinktur nicht abgeliefert. Wir haben unserer Mutter nicht gesagt, was mit der Flasche passiert ist. Wir haben ihr nicht gesagt, dass Edith schlecht aussieht (schlechter als sonst?).

Aber Edith geht es schlecht, und als sie am nächsten Morgen aufwacht, ist es noch schlimmer. Das erfahren wir, als Carson noch vor dem Frühstück auftaucht und an unsere Tür bummert, wie es die Ehemänner tun, und nach Mutter ruft.

Da ist Blut! Das hören wir ihn sagen, Cora und ich.

Wir beide machen gerade Rührei und Brötchen für die Erntehelfer zum Frühstück und unterbrechen unsere Arbeit nicht. Olive, die gerade am Buttern war, läuft vom Esszimmer nach draußen zur Tür und macht Carson auf. Ich kann kaum atmen. Ist das meine Schuld? Cora rollt den Brötchenteig und schneidet ihn in Scheiben, mit gesenktem Kopf und geweiteten Augen, und ich weiß, sie denkt dasselbe.

Fannie ist noch nicht wach, aber das ist nicht außergewöhnlich. Fannie steht immer als letzte auf. Sie ist nicht wie wir anderen, ich weiß nicht genau, warum. Vielleicht hat sie's ja einfach nur nie eilig, irgendwohin zu kommen.

Meine Mutter hat es eilig. Sie schnürt ihre Stiefel. Sie hat immer eine stabile Segeltuchtasche mit Henkeln im Garderobenschrank neben der Esszimmertür stehen, fertig gepackt, für den Fall, dass sie plötzlich los muss. Bei ihrer Arbeit muss sie fast immer plötzlich los. Sie schaut noch mal in die Küche. »So ist's gut. Macht den Männern Frühstück, und schickt Fannie zu mir rüber, wenn sie runterkommt.« Ihr Ton ist ernst, aber nicht ängstlich.

Ich überlasse es Cora, Fannie Bescheid zu sagen. Ich höre nicht, was Fannie antwortet, nur ihre Schritte auf der Treppe und die Tür, die hinter ihr zufällt, als sie losrennt – als Fannie, die es nie eilig hat, losrennt, um Mutter zu helfen und Edith und vielleicht auch Carson, denke ich, und dann sage ich mir, *aus Scham.*

Vater scheint von dem ganzen Aufruhr nichts mitzubekommen, aber er rührt sein Frühstück nicht an.

»Du hast zu viel Salz drangetan«, sagt Cora zu mir und meint das Rührei.

»Du hast die Brötchen verbrennen lassen.«

Vater zieht sich schweigend in die Scheune zurück.

Als wir das versalzene Rührei und die verbrannten Brötchen den Männern aufgetischt haben, die sich nicht beschweren, und die Küche gesäubert ist, sagt Olive, wir sollten uns an die Bohnen machen, auch wenn Mutter und Fannie weg sind. Cora sagt: »Wer hat gesagt, dass du das Sagen hast?« Und Olive sagt: »Okay. Dann machen es eben Aggie und ich. Aggie ist fleißig, stimmt's, Aggie?« Von George sagt keine von uns etwas. Er trödelt absichtlich mit seinem Tee. Doch als er uns in der Küche streiten hört, kommt er mit Tasse und Untertasse rüber und sagt, »Ich helf dir, Aggie«, und ich freue mich, obwohl ich mir von Georges Hilfe nicht viel verspreche und sie mir auch wirklich nicht viel nützt. Aber Gesellschaft ist ja auch etwas wert. Nachdem Olive und ich eine Riesenmenge Bohnen gepflückt haben, putzen und brechen George und ich sie im Schatten auf der langen Veranda, die sich auf drei Seiten ums Haus zieht.

Olive bereitet die Gläser und das heiße Wasser vor. George und ich reden nicht darüber, was drüben bei Edith vor sich gehen könnte. Vielmehr erzählt mir George, dass er einen Jungen kennt, der mit fünfzehn zur Armee geht.

»Warum will er das?«

George sagt: »Ist besser, als Bohnen putzen.«

»Willst du schwarze Zehen kriegen?«

»Ich werde meine Füße trocken halten.«

»Ich sag's Mutter.«

»Wehe.«

»Du tust es ja doch nicht«, sage ich.

George sagt eine Weile nichts. Dann hustet er. Sein Husten ist im Hintergrund immer da, ein leises Pfeifen und Röcheln, das sich verschlimmert, sobald irgendwo sowas ist wie Spreu oder Staub oder Gras oder Blütenknospen oder Bäume oder Unkraut oder Heu oder Rauch. Er sieht mich an und sagt: »Warum nicht, Aggie? Warum glaubst du, ich würde es nicht tun?«

Es wird ihn verletzen, wenn ich es sage. Ich zögere.

»Warum, Aggie?«

Weil du mit mir Bohnen putzt. Wegen deinem Husten. Weil du so dürr bist wie eine Vogelscheuche. Weil du gern am helllichten Tag ein Schläfchen im Schatten machst. Weil sie dich nicht nehmen werden.

»Weil du dich nicht umbringen lassen darfst«, knurre ich mit solcher Heftigkeit, dass mir die Kehle wehtut.

Mutter sagt wenig, als sie am Spätnachmittag ohne Fannie zurückkommt. Sie will nur frische Bettwäsche holen und einen Tee aus getrockneten Kräutern bereiten, die sie im Keller hängen hat. Wenn sie gemerkt hat, dass die Tinktur, mit der sie uns gestern rübergeschickt hat, nirgends ist, sagt sie es nicht. In Ediths Haus gehen Sachen leicht unter, man würde dort nicht damit rechnen, etwas auf Anhieb zu finden.

Aber meine Hände zittern bei dem Gedanken.

Mutter schickt mich mit einer Kerze in den Keller, bestimmte Kräuter holen. Ich mache die Augen zu und orte sie dem Duft nach: Calendula, Frauenwurz und Wanzenkraut, Anis, Kamille, Himbeerblätter. Als ich Mutter die Kräuter bringe, liest sie die Angst auf meinem Gesicht, wenn auch nicht das Schuldgefühl, und streichelt mir, als sie sich bedankt, sachte die Wange.

»Deine Schwester wird wieder gesund.«

Ich schaffe es nicht, nach dem Baby zu fragen, das hätte kommen können.

Ich breche in Tränen aus.

3

Verschwörer

Wir sind jetzt am Lift.

Halte die Pflegerin am Reden, lenk sie ab, Mädel, so ist's gut. Das ist der lahmarschigste Fahrstuhl der Welt. Ich fahre manchmal damit runter und rauf. Sie schieben uns nach draußen, zum »Luftschnappen«, wie sie es nennen, arrangieren uns alle in einer Reihe wie Schnäppchen vor einem Billigkaufhaus. Wer soll uns denn wollen? Die Jungen und Gesunden marschieren vorbei, festentschlossen, sich nicht von unserem Anblick deprimieren zu lassen, dieser Mahnung, was auf sie zukommt – *wenn sie Glück haben*, sage ich und versuche, den Witz der verhutzelten Alten im Rollstuhl neben meinem zu übermitteln, doch da uns die Fähigkeit abhandengekommen ist, Worte durch die Luft zu stoßen, versuche ich es auf telepathischem Weg. Es sind schon seltsamere Dinge passiert. Wenn sie leise lacht, weiß ich, sie hat mich verstanden. Und dann werden wir wieder reingekarrt, um mit dem lahmarschigsten Fahrstuhl der Welt wieder raufzufahren.

Das passiert in der Schönwetterzeit täglich und das ganze übrige Jahr nie.

In letzter Zeit ist es nie passiert, wenn ich meinem Gedächtnis und meinem Zeitgefühl trauen kann, was wohl nicht unbedingt der Fall ist. Wenn ihr mich fragen würdet, welchen Monat wir haben, könnte ich es nicht sagen. Ich könnte sagen, welche Farbe der Himmel hatte, draußen vor dem Fenster, an dem ich abgestellt war, bevor mich die Pflegerin weckte, um mir zu sagen, dass ihr hier seid: Er war weiß. Das kann alles heißen.

Die Lifttür geht auf.

»Lassen Sie sie gut eingepackt, und wenn Sie das Gefühl haben, sie friert, bringen Sie sie gleich wieder nach Hause.« Will sie mich wirklich gehen lassen? »Viel Spaß, Mrs. Smart!« Die Pflegerin beugt sich herab, um mich auf den Kopf zu küssen oder, genauer gesagt, auf die Wollmütze, von der meine fast kahle Kopfhaut juckt.

Ich habe gehört, was sie gesagt hat: *nach Hause*. Ich weiß nicht, warum mich das so erbost. Ich habe schon schlimmere Orte mein Zuhause genannt.

Das Mädchen schiebt jetzt, und wir holpern zu schnell in den ächzenden Aufzug, sodass meine Knie gegen die Rückwand gequetscht werden.

Sie kommt nicht auf die Idee, mich umzudrehen.

Ich höre sie hektisch auf den Knöpfen herumdrücken. Aber das ist doch jetzt nicht der Moment, in Panik zu geraten. Warum hat sie's so eilig? Mich erfüllt, während wir in Zeitlupe abwärts fahren, eine freudige Gewissheit: dass die beiden mich hier herausholen wollen. Dass das hier ein Coup ist. Ich lächle mein trübes Spiegelbild in der silbrigen Kabinenwand an.

Bin ich eine Mitverschwörerin oder ein Beutestück? Wie kann ich das feststellen?

Sie flüstert – vor sich hin, glaube ich, nicht an ihn oder mich gerichtet, aber ich nicke dennoch, um sie zu beruhigen, während sie mich rückwärts aus dem Lift zieht. Die Räder bleiben an einer Teppichkante hängen, und mit ihrem Gewurstel schafft sie es beinahe, mich aus dem Rollstuhl zu kippen, nur der Gurt verhindert es.

Ich höre, wie der Atem des Mädchens immer schneller geht, während wir durch die vergammelte Eingangshalle eilen.

Der junge Mann hält die Tür auf.

Max.

Na, bitte, ich weiß es noch, und das Mädchen ist ein grünes Blattgemüse, so was wie Mangold, aber doch kein Mangold. Bitter. Ich bin im Garten meiner Mutter, arbeite mich flink die Pflanzreihen entlang und pflücke Paprika, Tomaten und Bohnen, während mein Bruder George, beschattet von seinem Hut, neben dem großen Korb liegt, den ich zu füllen versuche.

»Sehr gut!« George verputzt eine Einlegegurke, die ich in den Korb gelegt habe. Er soll mir ja eigentlich helfen, aber für mich ist es okay so. Ich habe eine Arbeit zu verrichten, und ich habe gern etwas zu tun. George nicht. Also sind wir beide zufrieden. Weißkohl, Rotkohl, Brokkoli, Petersilie, Sellerie, Schalotten, Grünkohl – *Kale*.

Sie heißt Kale oder nein, nicht ganz, aber so ähnlich. Kaley, so wie ich Aggie genannt werde und nicht Aganetha, ein Kosename, eine Verkleinerungsform, meistens nett gemeint wenn auch nicht immer. Kommt drauf an, wer es sagt.

Sie manövriert uns ohne anzuecken durch die Tür, und wir sausen die Rampe runter, ins Helle. Die Luft ist feucht, aber kalt. Ich bin verwirrt, versuche mich zu erinnern, welche Tageszeit wir haben, welche Jahreszeit und überhaupt, versuche mich zeitlich zu verorten. Meine Hände befummeln die Decke über meinen Knien, und ich merke, dass ich bis an die Brust eingepackt bin. Die Sonne sticht mir in den Augen. Der Wind verweht meinen Atem.

Ich öffne den Mund, um die dichte Luft zu trinken.

Durst. Ich habe Durst.

Wir überqueren eine Straße, ohne anzuhalten, und das Mädchen schimpft auf einen Autofahrer, der uns zu nah kommt, obwohl sie eindeutig selbst schuld ist. Wir rumpeln gegen und über den Bordstein. Ich knurre. Sie hat mich komisch gedreht, weil sie zurückschaut, nicht nach vorn. Sie will sicher sein, dass wir diesem Ort entronnen sind. Erst als sie es ist, bleiben wir stehen.

Ich denke, *Wir sind unter einem Baum*. Ich denke, *Der Baum hat Blätter*. Ich denke, *Es sind junge Blätter*. Jede Menge Hinweise.

Ich höre, was das Mädchen sagt, obwohl es nicht mir gilt. Sie spricht mit dem jungen Mann, Max, dessen Namen ich problemlos behalten kann, während ihrer mir schon wieder entschlüpft ist, zwischen den Pflanzenreihen verschwunden.

Sie sagt: »Das ist Aganetha Smart. Wir haben sie! Es ist Tatsache sie!«

Da kommt Fannie den Fahrweg entlang.

Ich balanciere auf dem Zaun, barfuß, meinen Rock an der Seite geknotet.

Das vordere Feld ist in diesem Sommer eine Pferdeweide, aber heute sind da nur die alte Stute und ihr Fohlen unter einem der Schattenbäume am Zaun. Die anderen Pferde sind bei der Arbeit – der leichtfüßige Wallach zieht Mutter dorthin, wo sie an diesem Morgen gebraucht wird, und das Gespann schleppt den Mäher über die Heuwiese, geführt von einem der Erntehelfer.

Fannie kommt immer näher.

Ich bleibe mit einem Bein auf einem Zaunpfahl stehen, winke aber gar nicht erst. Fannie ist in Gedanken, das sehe ich daran, wie sie vor sich hinstarrt. Sie scheint mich gar nicht zu sehen, geht direkt an mir vorbei und biegt zum Friedhof ab, aber ich denke, vielleicht will sie ja noch weiter, zu Carson und Edith rüber. Ich komme mir unsichtbar vor. Vielleicht bin ich auch sauer.

Ich hüpfe vom Pfahl auf den Zaun und renne in Richtung

Straße, mit hastigen Schritten, die zu Wanken, Stocken und wildem Armrudern werden. *Schau, ich falle, Fannie, schau her!*

George liegt unter einem Schattenbaum in der Nähe der Stute und ihres Fohlens. Er hat es gesehen. Er springt auf.

Aber ich falle nicht – ich tue nur so. Ich biege mich vor Lachen, als er ängstlich angelaufen kommt.

»Hey«, ruft er. »Aggie!«

Ich fange mich wieder. Es freut mich, dass ich jemanden hereinlegen konnte: Dafür mag ich George nur noch mehr. Ich drehe mich um und renne an ihm vorbei bis ans Ende des Zauns, nah beim Haus, und sehe Olive eine Ladung weiße Laken aufhängen.

Sie sieht mich auch. »Hast du den Hühnerstall ausgemistet?«

Ich tue so, als hätte ich es nicht gehört, und renne zu George zurück, der grinsend am Zaun lehnt und der Stute eine Handvoll Korn aus seiner Tasche verfüttert. »Wie machst du das, Aggie?«

»Ist ganz leicht«, sage ich, und es ist die Wahrheit.

Alles, was mit Bewegung zu tun hat, fällt mir leicht. Vielleicht geht es ja anderen so mit Rechenaufgaben und Gleichungen oder mit Worten oder mit Gefühlen, mit Entscheidungen, mit Richtig und Falsch. Vielleicht geht es ja meiner Mutter so, wenn sie einer Frau hilft, ein Kind auf die Welt zu bringen. Vielleicht geht es ja meinem Vater so, wenn er eine seiner Erfindungen baut.

Was ich mache, ist nichts Bleibendes. Es verschwindet in dem Moment, in dem es entsteht. Man kann es nie zweimal haargenau gleich machen. Wie könnte mir das je langweilig werden?

»Ich glaube, du fällst überhaupt nie«, sagt George.

»Klar falle ich nicht.«

Die alte Stute steht gleich daneben, schubbert ihren dicken Bauch an den Zaunbrettern, und aus einem Impuls heraus steige ich vom Zaun auf das Pferd hinüber.

»Boah, Aggie!« George sieht mich erschrocken an, und ich mag ihn noch mehr. »Was machst du da?«

»Schau her.«

Aber die Stute tritt nervös auf der Stelle. Sie ist kitzlig. Es gefällt ihr nicht, wo ich gelandet bin. Ich gehe in die Hocke und breite die Arme aus, um das Gleichgewicht zu halten. Meine Zehen krallen sich fest, die Fersen graben sich ein, die Fußgewölbe krümmen sich. Ihr dünnes Sommerfell ist fettig, glitschig. Ihre Schultermuskeln arbeiten unter meinem Gewicht. Ich fühle jedes Zucken von ihrem Körper durch meinen gehen, und ich gehe mit, richte mich in den Stand auf.

»Los, George! Führ sie!«

George schaut sich um, aber wer soll uns schon hier draußen unsere Zeit vertrödeln sehen, an diesem Sommernachmittag?

Er schlingt den Arm um den Kopf der Stute, hält die harte Vorderplatte ihres riesigen Schädels fest umfasst. Ein Pferdekopf ist so lang wie der Rumpf eines Kindes und wunderschön geformt. George schnalzt mit der Zunge, sieht aber mich an. Wir machen einen Schritt, noch einen und noch einen, bewegen uns auf die Mitte der Weide zu. Das Fohlen bleibt neben seiner Mutter.

Ich schaue nicht nach unten.

George führt die Stute in großen Kreisen über die Weide, und ich stehe kerzengerade da, lasse mich von ihrem sachten Schritt dahintragen. Es ist fast wie Zauberei. Es gibt keinen Grund, das zu tun, außer es eben zu tun. Aber es ist zu leicht.

»Schneller«, sage ich.

George sieht zu mir herauf.

»Schneller!«, befehle ich.

Er ist älter, aber er gehorcht. Er bringt die Stute zum Traben, aber seine Lunge taugt nicht zum Rennen, und schon im nächsten Moment bleibt er zurück. Ich schaue mich nicht nach ihm um. Ich will nun mal, was ich will, und zwar sofort: »Schneller!« Ich gehe in eine stabilere Hockstellung und brülle die Stute an: »Schneller! Los!«

Sie fällt in einen behäbigen Kantergalopp, ihre schweren Hufe schneiden in den unebenen Boden. Ich werde nicht fallen. Ich werde nicht fallen. Ich werde nicht fallen. Ich bin in meinem Körper und außerhalb, sehe uns auf den Zaun zugaloppieren, frontal und ungebremst. Ich bin sicher, dass die Stute springen wird. Ich glaube es mit jeder Faser und bereite mich drauf vor, mache mich locker in den Knien, um den Absprung, den Bogen, die Landung abzufedern.

Aber die Stute sieht es anders. Für die Stute ist der Zaun die Grenze.

Sie kommt mit drei kurzen Schritten bebend zum Stehen. Ich nicht. Ich schieße weiter. Meine Arme breiten sich aus, und ich fliege über die angelegten Pferdeohren, über den Zaun, wo das Gras am dichtesten ist, senke mich wie ein geworfener Stein und lande fast schon elegant – erst Zehenspitzen und Hände, dann Knie und Kinn – im weichen Misthaufen hinter der Scheune.

Uuh.

Ich kann nicht glauben, dass ich runtergefallen bin. *Will* es nicht glauben. Glaube es jetzt schon nicht.

Ich bin aufgestanden, sicher, dass ich mir nichts getan habe. Ich reibe mein Kinn ab, meine Knie. Mein Kleid ist mit Mist verklebt, das ist alles, auch wenn es mir ein bisschen Ärger einhandeln wird, sobald Olive es sieht. Mistflecken gehen nicht raus, da kann man schrubben, so viel man will.

George kommt angekeucht. Schon von weitem höre ich seinen pfeifenden Atem. Die Stute steht still da, senkt den Kopf, um ein Maulvoll saftiges grünes Gras abzurupfen. das Fohlen streckt die hübsche Nase unter den Bauch der Mutter, um zu trinken. Ich klettere auf den Zaun und stelle mich auf das obere Zaunbrett.

Ich sehe, wie George sich abmüht. Er gibt einem das Gefühl, die Weide wäre tausend Meilen lang oder ein Meer, das er nicht durchschwimmen kann. Er schlurft jetzt nur noch vorwärts, hält sich die Seite.

Ich verbeuge mich.

George lacht.

Ich verbeuge mich wieder, ganz tief nach rechts und links. Ich verbeuge mich zum Misthaufen hin, zum Haus, zum Weizenfeld, zu den Vögeln in den Bäumen, zu den Hühnern in ihrem Auslauf, der entmistet werden muss und um den ich mich nicht gekümmert habe. Ich verbeuge mich zum Garten hin, zu den Laken, die an der Leine flattern. Ich verbeuge mich zu Cora hin, die gerade schlecht gelaunt aus dem Haus kommt und die Fliegentür hinter sich zuknallt. Vollauf mit dem beschäftigt, was sie da gerade ganz allein machen muss, sieht sie mich nicht, was wohl nur gut ist.

Die alte Stute hebt den Kopf und beäugt mich. Tja, sagt sie, das war's wohl mit deiner Angeberei.

Da kommt Fannie den Fahrweg entlang. Sie beschirmt ihre Augen mit einer Hand – sie ist noch ein ganzes Stück weit weg –, und ich denke, sie wird irgendwas rufen, eine sanfte Ermahnung, aber sie geht einfach nur weiter, ihren Sonnenhut an den Bändern schwingend, geduldig und langsam, weil der Tag lang ist. Ich drehe mich zu George um, mühelos. George, der meine Vorführungen zu schätzen weiß, der von meinen Kunststückchen beeindruckt ist, sagt: »Ich dachte schon, jetzt ist es aus mit dir! Du bist ja regelrecht geflogen.«

»Stimmt«, sage ich, die Hände in die Hüften gestemmt, als hätte ich die ganze Zeit vorgehabt zu fliegen.

Na ja, hatte ich doch, oder?

4

Geschwindigkeit

»Das ist sie!«, sagt das Mädchen. »Aganetha Smart! Es ist Tatsache sie!«

Es ist tatsächlich sie, denke ich.

»Ich wusste, wir schaffen es«, sagt Max. Ich sehe, wie er mich gespannt ansieht, und stelle mich stocktaub.

»Glaubst du, sie sagt ja?«

»Ich bin mir nicht sicher, ob sie überhaupt etwas sagt.«

»Angsthase. Sei bitte nicht so ängstlich, das kann ich nicht ertragen.«

»Ich bin nicht ängstlich, Kaley. Nur eins nach dem anderen.«

Das Mädchen schweigt. Denkt nach. Versucht irgendetwas zu entscheiden. Es wäre nett von ihr, sich ein bisschen zu beeilen. Mir fällt es wieder ein: Ich habe Durst.

Ich öffne den Mund und sage: »Ich habe Durst.«

Ich sehe, wie er sich herunterbeugt und mir erstaunt ins Gesicht schaut.

»Hast du das gehört?«, fragt er.

»Du auch?«

Vor lauter Verblüffung darüber, dass ich einen sinnvollen Satz von mir gegeben habe, scheinen die beiden den Inhalt nicht zu kapieren.

»Ich habe Durst!«, brülle ich.

»Gib ihr was zu trinken!« Das Mädchen sieht sich panisch nach allen Seiten um, wie nach möglichen Zeugen.

»Zu trinken, klar.« Max kramt in der großen Tasche, die er über der Schulter hängen hat, und zieht eine Aluflasche mit einem schwarzen Plastikmundstück heraus. Er denkt, ich könnte sie nehmen und an den Mund heben, was schmeichelhaft ist, aber nicht hilfreich. Ich taste nach seinem Arm. Er versteht es, setzt mir das Mundstück an die Lippen, kippt die Flasche, bis ich fast ertrinke. Aber ich weiß das Bemühen zu schätzen, weiß ich wirklich.

Ich weiß es zu schätzen, dass mich endlich jemand hört.

»Danke.« Meine Stimme ist heiser, aber deutlich, freudig erregt. Hey, ich habe *danke* gedacht, und ich hab's gesagt! Ich werde übermütig und will einen Witz machen, so was wie: Ich habe seit Jahren keinen ganzen Satz mehr zustande gebracht, da muss etwas in dem Wasser sein, aber ich höre mich vom Weg abkommen und weiß, ich hab mich schon verirrt: »Menschenskind, ist das nicht ...«

Das Mädchen beugt sich über meine Schulter und tätschelt mir die Hand. »Mrs. Smart?« Ihre Stimme hebt sich am Ende jedes Satzes, was ihr etwas Unschuldiges gibt, und ihr offenes Haar streift meine Wange. »Wir möchten Sie um etwas Wichtiges bitten? Einen Gefallen?«

»Noch nicht, Kaley.« Er spricht über meinen Kopf hinweg. »Nichts überstürzen.«

Sie fährt hoch, entfernt sich von mir. Ihr Ton klingt beleidigt. »Red nicht so mit mir. Ich bin kein Kind.«

Ich erwische ihre Hand und ziehe sie wieder runter. »Ich kenne dich«, sage ich, obwohl ich keine Ahnung habe, warum. Ich weiß ja nicht mal mehr ihren Namen.

»Na ja, gewissermaßen«, sagt sie ziemlich atemlos. »Ich meine, wir kennen Sie. Wir dachten nur nie, dass Sie ...«

Ich sinke in meinen Rollstuhl zurück und halte ihre Hand fest. Ich sehe meine große Schwester Fannie auf dem Bürgersteig an uns vorbeigehen und öffne die Augen weit, um sie regelrecht aufzusaugen. *»Schau mich an, Fannie, schau her!«* Aber sie schaut nicht her.

Ich höre ein elektronisches Geräusch, so ein *Wuup-Wuup*, und an einem dunkelblauen Wagen ein Stück weiter an der Straße leuchten Lichter auf. Erinnern mich an die Blitzlichter in einem Meer von Kameras, die auf mich gerichtet sind.

»Komm schon, Kaley. Wir haben nicht den ganzen Tag Zeit.«

»Das ist unser Auto, Mrs. Smart. Kommen Sie.« Das Mädchen versucht, ihre Hand wegzuziehen, und ich versuche, sie festzuhalten. Aber sie ist genau wie alle anderen. Sie reißt sich los.

»Ich glaube, ich kenne dich doch nicht«, sage ich, plötzlich müde bis in die Knochen. Das hier ist anstrengender, als es scheint.

»Gute Arbeit, Miss Smart.« Das Lob des Trainers ist wie sein Äußeres, flott und lässig. Er raucht eine selbstgedrehte Zigarette.

Die Hände in den Seiten, vornübergebeugt, bin ich zu ausgepumpt, um zu antworten.

»Eine Minute Pause, dann wieder los. Sie haben noch dreißig Sekunden, neunundzwanzig, achtundzwanzig.«

Wieder los? Ich kann nichts sagen, aber der Trainer liest die Ungläubigkeit in meinen Augen.

»Sie halten sich jetzt schon für schnell? Warten Sie ab, wie schnell Sie sein werden, wenn ich mit Ihnen fertig bin, Schätzchen.«

Schätzchen.

»So, Herzchen, jetzt machen Sie Ihren Job, und ziehen Sie eine Spur um die Bahn. Drei, zwo, eins – los.«

Herzchen.

Ich hasse ihn schon fast. Wie kann ich jemanden hassen, den ich gerade erst kennengelernt habe? Ich kenne noch nicht die Tricks, die Art, wie ein guter Trainer den Ärger seiner Athletin über die eigenen Grenzen auf sich lenkt, sie nicht dazu kommen lässt, an sich selbst zu zweifeln, und in ihr dieses kleine Extra an nötiger Wut entzündet, das sie zum Weitermachen treibt. Er ist gut, dieser Trainer. Er ist gut, aber ich weiß sein Können nicht zu würdigen, nicht in diesem Moment, da ich nach Luft schnappe, das Kinn an die Brust ziehe und der Anweisung folge: wieder los.

Der Anfang fühlt sich mühelos an, aber in der ersten Kurve hat mein Atem schon das Tempo meiner Schritte. Ich komme aus dem Gleichgewicht, stolpere, fange mich, richte mich auf die Gegengerade aus. Jetzt zieht mein Atem meinen Beinen davon, überrundet sie. Meine Lunge rasselt – das Geräusch ist alles, was ich höre, erschreckend abgehackt und außer Kontrolle.

Ich zwinge meine Füße, den Takt zu halten wie eine Trommel.

Ich laufe auf den Zehen, grabe sie in den Streifen von harter Erde in der Mitte der Grasbahn, den Streifen, der den effizientesten Weg um die Bahn markiert. Die Haut über meiner linken Achillessehne ist aufgescheuert – *warum nur links?,* frage ich mich benommen, als ich in die letzte Kurve gehe.

»Weiß nicht, ob ich eine Sprinterin aus Ihnen machen kann«, hat der Trainer nach meiner ersten Runde gesagt, die jetzt Stunden her zu sein scheint, eine ferne Erinnerung, verblasst neben dem Glühen der jüngsten Wiederholung, »aber mal sehen, ob sie den Mumm für die Mittelstrecke haben. Haben nicht viele Mädels.«

»Mittelstrecke?« Ich stelle mir vor, dass das etwa so weit ist, wie von der Pension, in der Olive und ich in Toronto wohnen, an den See und wieder zurück zu laufen, was ich manchmal mache, obwohl Olive sich aufregt: »Was sollen denn die Leute denken – ein Mädchen, das am hellichten Tag durch die Straßen rennt?« Olive ist da komisch. Man kann tun, was man will, solange nur die Leute nicht irgendetwas denken. *Bloß nicht auffallen*, das ist das Motto meiner Schwester Olive.

»Achthundert Meter«, sagt der Trainer. »Bei der Olympiade in Amsterdam ist das die weiteste Strecke, die Mädchen laufen dürfen. Und es ist wesentlich mehr als gar nichts.«

»Achthundert Meter?«

»Zwei Runden.«

»Aber das ist doch so kurz!«

»Es ist kurz, bis Sie 's unter Wettkampfbedingungen laufen, Miss Smart. Dann werden Sie's lang genug finden.«

»Ich könnte den ganzen Tag um diese Bahn laufen«, prahle ich. »Bis die Sonne untergeht.«

»Das werden wir ja sehen, Mädel. Sind das da die einzigen Schuhe, die Sie haben?«

Ich schaue auf meine Füße: schwer in den schwarzen Stiefeln. Andere Schuhe habe ich nicht. Wäre es besser, barfuß zu laufen, so wie zu Hause auf der Farm? Ich bücke mich rasch und schnüre einen Stiefel auf, um ihn auszuziehen.

»Nein, nein! Nicht!«

Ich erstarre vor Schreck. Der Trainer geht verlegen ein paar Schritte weg, in Richtung Fabrik – drei Stockwerke aus rotem Backstein mit Fenstern, die uns anstarren. Die Ränder seiner Ohrmuscheln werden genauso rot wie der Backstein.

Ein unbeschuhter Fuß erscheint plötzlich obszön, entblößt, nackt. Zwischen uns stehen zwei harte Fakten, die ich bisher nicht zur Kenntnis genommen habe: Er ist ein Mann, und ich bin ein Mädchen.

Auch mein Gesicht fängt an zu glühen. Ich ramme den Fuß tiefer ins harte Leder und ziehe die Schnürsenkel stramm, als hätte ich das von Anfang an vorgehabt. »Ist es wichtig, was ich für Schuhe trage?«, murmle ich tief in Richtung Boden.

»Heute nicht.« Der Trainer hält den Blick immer noch auf die Rückseite der Fabrik gerichtet.

Wir sind mitten auf dem Sportplatz von Rosebud Konfekt, wo der von Mr. P.T. Pallister, dem Eigentümer der Fabrik, gesponserte Rosebud-Damensportclub trainiert. Auf einmal sehe ich alles, als schwebte ich darüber: Roter Backstein, Maschendraht, halbtotes Herbstgras, Sprunggruben, Holzbänke, eine niedrige Tribüne, und der Trainer ist ein Mann in den Dreißigern oder Vierzigern (keine Ahnung) mit einem dünnen schwarzen Oberlippenbärtchen, einem gutgeschnittenen hellblau-weiß gestreiften Anzug und einer weißen Schiebermütze, und ich bin ich, ein Mädchen in weiten Flanellhosen, einem Männer-Baumwollhemd und schwarzen Stiefeln, das lange goldene Haar zu einem strammen Zopf geflochten, die Brüste mit mehreren Lagen Jersey flachgewickelt (was man natürlich nicht sieht).

Das Unbehagliche der ganzen Situation verdichtet sich plötzlich, fühlt sich existenziell an und völlig außerhalb meiner Kontrolle. Ich weiß, ich stehe in der Schuld der Konfektfabrik, die ja nicht mein Arbeitgeber ist, und somit in der Schuld von Mr. P.T. Pallister, auf dessen Einladungsschreiben ich hierhergekommen bin. Aber mit Abstand am meisten schulde ich offenbar diesem Mann hier, diesem Fremden, den ich beeindrucken muss, wenn ich eine Chance haben will, ins Rosebud-Damenleichtathletikteam zu kommen. Wenn ich die Chance haben will, richtig zu laufen.

Oh, wie ich mir das wünsche: laufen, laufen, laufen.

»Was soll ich denn tun? Nachts im Dunkeln laufen, damit

mich keiner sieht?«, höre ich mich Olive verzweifelt fragen. Meine Schwester und ich arbeiten bei Packer's Meats, in der Fabrikation von Konserven aus Schweinehack. Packer's hat keinen Leichtathletikclub, aber die letzten beiden Sommer habe ich in der dortigen Damen-Softballmannschaft gespielt: pflichtschuldig Bälle aus dem Park gedroschen, Bases erlaufen und mit meinem durch die Holzäpfel trainierten Arm gegnerische Schlagfrauen aus der Tiefe des linken Felds ausgemacht. Trotzdem verliert unser Team oft. Ich hasse es zu verlieren. Meine Fähigkeiten und mein Ehrgeiz haben mir in meinem Team keine Freundschaften eingetragen.

Und durch das Laufen in der Stadt habe ich mir auch keine Freunde gemacht.

Ich laufe Wege zwischen Hinterhöfen entlang, wo ich Hühner und Hunde und Wäsche aufhängende Mütter aufscheuche. Ich laufe geteerte Straßen entlang, wo ich Automobilen, von Pferden gezogenen Lieferwagen und kleinen Jungen auf Fahrrädern ausweichen muss. Ab und zu bekomme ich eine Handvoll Steine ab oder eine faule Frucht, und einmal hat mich sogar eine Glasflasche hinterm Ohr getroffen. Ich laufe am geschwungenen Seeufer ostwärts, vorbei an den Hafenanlagen und Lagerhäusern, bis ich durch Sumpf und Schilf renne, außerhalb der Stadt. So lange dauert das gar nicht. Ich atme den weiten Himmel. Aber ich muss doch jedes Mal kehrtmachen und in die Stadt zurücklaufen. Dann fühle ich sie um mich herum wie ein greifbares Dunkel, etwas Schweres.

»Du könntest nach Hause zurückgehen«, sagt Olive sanft, aber selbst wenn ich's wollte – was nicht der Fall ist –, glaube ich nicht, dass ich's könnte. Ich habe mein Zuhause verlassen.

Der Trainer wartet, dass ich die Schuhe zugebunden habe und mich aufrichte.

Als ich's tue, fast schon ohne Hoffnung, sieht er mich an. Ich bin so groß wie er – nein, größer. Ich habe nicht die geringste Ahnung von meiner eigenen Wirkung. Ich schaue kaum je in den Spiegel. Der Trainer streicht sich das dünne Bärtchen. Er scheint irgendwie unglücklich – bedrückt oder traurig, oder vielleicht ist es ja eine Art Sehnsucht, die ich in ihm spüre, Brauchen, Verlangen – und ich fühle ein Ziehen unterm Brustbein, so etwas wie Mitleid. In diesem Moment will ich, dass er zufrieden mit mir ist, dass er glücklich ist.

»Fertig?«, fragt er, plötzlich munter, klatscht einmal in die Hände und reibt sie sich dann erwartungsvoll. Vielleicht habe ich seinen Gesichtsausdruck ja völlig falsch gedeutet. »Also, dann noch mal durch die Paces.«

Ich bin doch schon so viele Runden in wechselnder Pace gelaufen, dass ich aufgehört habe zu zählen. Bereue ich meine großen Worte? Nein. Das hier ist eine andere Art zu laufen, und wenn ich sie beherrschen will, werde ich leiden müssen. Das verstehe ich instinktiv, und ich gebe alles. Ich gehe in den Schmerz hinein, bis ich auf der anderen Seite herauskomme, in der letzten Kurve, und meine Beine sich wie von selbst heben.

Er erwartet mich an der Ziellinie und schwingt einen Arm im weiten Bogen, um mir zu bedeuten, dass ich noch eine Runde laufen soll. »Lassen Sie mal die vollen achthundert sehen, Fräuleinchen!«

Fräuleinchen! Ha! Mein Gehirn ist vor lauter Sauerstoffmangel aufs Elementare reduziert. Ich werde diese Extrarunde in Grund und Boden laufen.

Du bist zu ernst, höre ich eine Stimme sagen. *Du bist zu groß. Mit dir hat man keinen Spaß. Du kannst nicht tanzen.* Es ist keine Männerstimme. Es ist die Stimme einer Frau. Es könnte sogar meine eigene sein. *Du bist noch nie geküsst worden.*

Wünsche ich mir, geküsst zu werden? Warum sollte ich? Ich bin nicht wie andere Mädchen.

Ich stürze mich in die letzte Kurve. Ich fühle meine Beine nicht, aber sie arbeiten flüssiger als während des gesamten Trainings. Ich scheine nur zwei Alternativen zu haben, weiterzulaufen oder tot umzufallen, und mir ist bewusst, dass dieser Mann an der Ziellinie auf mich wartet. Ich denke: *Er wartet auf mich.* Er wartet auf mich. Möglich, dass ich seine Aufmerksamkeit mit Zuneigung verwechsle. Ich höre ihn, fühle ihn, fühle, wie er will, dass ich einen starken Schlussspurt hinlege.

Ja, er ist ein guter Trainer.

Ich könnte mich auf den letzten Metern einfach nur von meinem Schwung tragen lassen, aber ich laufe durch bis zum Ende.

Er ist ein bisschen verschwommen. Das Blut schießt mir in den Kopf, als ich abrupt stehenbleibe.

»Das nächste Mal in den Schultern stabiler bleiben. Weniger schwingen, nicht so viel Bewegung hier.« Er bewegt seine Ellbogen. »Klar?«

Ich beuge mich vor, keuchend, die Hände auf den Knien. Mir ist nur klar, dass mir schlecht zu werden droht. *Bitte nicht kotzen, Aganetha, bitte nicht.*

Und in dem Moment sehe ich sie.

Ich sehe sie aus dem Augenwinkel, in Bewegung. Sie muss aus dem Hinterausgang der Fabrik gekommen sein und trabt jetzt über die Grasfläche heran; ihr Laufschritt ist so leicht und natürlich wie meiner. Ich drehe den Kopf, und da kommt sie, direkt auf mich zu. Ich habe noch nie eine andere Läuferin getroffen, noch nie ein anderes Mädchen laufen sehen, außer bei Picknicks und Volksfesten, Wettrennen, die keine echte Herausforderung sind, weil die anderen Mädchen nur zum Spaß mitmachen, oder wegen einer Wette – dumme Gänse in meinen Augen. Mädchen, die so tun, als wäre ihnen das Ergebnis egal, oder die nicht mal so zu tun brauchen, weil es ihnen wirklich egal ist.

Das Mädchen kommt direkt zu mir. Ich bin mir immer noch nicht sicher, ob mir schlecht wird oder nicht, und habe Angst, mich zu schnell aufzurichten.

»Was haben Sie mit ihr gemacht. Mr. Tristan?«, sagt das Mädchen tadelnd, lacht aber dabei. Sie klopft mir auf die Schulter. »Wie ich sehe, hast du unseren Zuchtmeister schon kennengelernt. Lass dich von ihm nicht fertigmachen, auch wenn er's versucht.«

Ich richte mich schwankend auf. Das Mädchen streckt mir die Hand hin. »Ich bin Glad.«

Mädchen schütteln sich nicht einfach die Hand – wir müssten voreinander knicksen –, aber andererseits hat ja keine von uns einen Rock an. Meine festgegurtete Hose gehört meinem Bruder George, der gesagt hat, ich solle sie abschneiden, was ich aber nicht getan habe. Wir sind im Jahr 1926. Es gibt keine Kleidung für Läuferinnen.

»Sehr erfreut«, sage ich und gebe ihr die Hand. Sie bewegt sie auf und ab wie einen Pumpenschwengel.

Sie ist so gekleidet, wie ich es auch bald sein werde: kurze schwarze Hosen, die ein ganzes Stück über dem Knie enden, und ein dunkelrotes Sporthemd mit V-Ausschnitt und kurzen Ärmeln – Schwarz und Rot sind die Farben des Rosebud-Damensportclubs. Vorn auf dem Hemd steht in weißen, mit schwarzem Faden aufgenähten Stoffbuchstaben ROSEBUD. An den Füßen hat sie leichte Schuhe mit Gummisohlen und weiße, bis zum Gelenk heruntergerollte Socken. Ihr Haar ist auf Kinnlänge geschnitten, und sie schiebt sich eine Strähne hinters Ohr.

»Du musst Aganetha Smart sein. Die Neue.«

»Oh – ich, äh, bin noch nicht ins Team aufgenommen«, murmle ich. Ich bin nassgeschwitzt von meinen Spurts um die Bahn, und obwohl die Sonne immer noch hoch steht, ist der Wind jetzt kalt.

»Was meinen Sie, Mr. Tristan?« Glad grinst. »Ich weiß, ich kenne sie erst seit eben, aber ich mag sie.«

»Sie werden Sie vielleicht nicht mehr ganz so mögen, wenn Sie sie laufen sehen«, sagt der Trainer. Ich fühle, wie meine Anspannung weicht. Und seine auch. Glads Werk.

»Betrachten Sie sich als Rosebud-Mädchen«, sagt der Trainer zu mir und macht dabei eine winzige Verbeugung. »Glad braucht Konkurrenz.«

»Stimmt!«, sagt sie. »Bin ich für heute zu spät dran?«

»Für Sie habe ich immer noch Zeit, Glad«, sagt der Trainer. Ich werde rot, als hätte ich ihn gerade ihr Gesicht berühren sehen, aber sie beachtet ihn gar nicht und drückt noch mal kurz meine Hand, ehe sie sie loslässt. Als ob wir bereits Freundinnen wären. Für mich ist es eine unglaubliche Vorstellung, mit jemandem wie Glad befreundet zu sein, einer Person, die ein solches Selbstbewusstsein ausstrahlt. Sie scheint völlig im Reinen damit, ein Mädchen zu sein *und* Laufsport zu machen.

»Auf geht's«, sagt sie einfach nur.

Ich habe Durst. Ich habe Hunger. Meine Muskeln brennen, und meine Füße sind voller Blasen. Ich habe nichts mehr gegessen seit dem Frühstück bei Mrs. Smythe, deren Portionen nie sonderlich großzügig bemessen sind, auch wenn sie nur aus einem Klecks grauem Porridge mit Melasse und einer Spur Milch bestehen.

»Ja«, antworte ich.

Der Trainer weist mir die Innenbahn zu. Glad neben mir dehnt sich, lässt die Arme kreisen, beugt sich in der Taille nach allen Seiten, schwingt die Beine wie eine Tänzerin auf der Bühne.

»Zwei Runden«, sagt der Trainer. »Auf Los.«

Und schon sind wir gestartet.

Ich fühle, wie sie mir die Führung überlässt. Sie ist höflich, bietet mir förmlich an, vorn zu laufen. Hält sich gönnerhaft zurück. Es passt mir nicht. Ich bin beleidigt. Aber es ist gut, mit einer leisen Wut im Bauch zu laufen.

Als wir in die erste Kurve gehen, wird mir bewusst, dass ich so ein Rennen noch nie gelaufen bin. Meine härtesten Vergleichskämpfe waren die auf dem Schulhof gegen Jungen, einfache Wettrennen ohne jede Art von Taktik dabei. Ich war entweder die Schnellste oder nah dran, das war eine allgemein akzeptierte Tatsache, so wie es auch allgemein akzeptiert war, dass mit zunehmender Streckenlänge auch der schnellste, größte und stärkste Junge immer weniger Chancen hatte, mich zu schlagen.

Aber ich bin noch nie gegen jemanden wie Glad gelaufen – mein Gegenstück. Zwischen uns fließt eine emotionale Unterströmung, die ich noch nicht erfassen und mir noch nicht zunutze machen kann. Ich weiß nur, dass ich vor Glad in die erste Kurve gegangen und vorn geblieben bin, auch wenn sie förmlich an meiner Schulter klebt, mich ein bisschen bedrängt. Nicht dass sie mich berührt, aber ich fühle ihre Präsenz, fühle, wie sie mir Willen und Kraft entzieht, Tropfen um Tropfen, als ob sie mich anzapft. Ich muss ihr entkommen.

Auf der Gegengeraden setze ich mich ein Stück ab, aber in der Kurve hängt sie sich wieder an mich, mühelos, und nur in einer Art Wutanfall kann ich ihr davonziehen, als wir am Trainer vorbeikommen. Ich sehe ihn kurz wie auf einem Standfoto, die Hände neben dem Körper zu Fäusten geballt, die Schultermuskeln angespannt, der Mund offen. Vielleicht ruft er ja Anweisungen oder feuert uns an, aber ich bin taub dafür.

Ich höre meinen eigenen Atem, schnelle Stöße. Die Kurve fühlt sich fließend an. Diesmal habe ich keinen Boden verloren. Sie ist nicht herangekommen. Ich bin vorn und schnell, und etwas in mir lockert sich – und in dem Moment greift sie an. Ich fühle sie nicht mal kommen, aber plötzlich höre ich den Trainer rufen, und ich weiß, er feuert nicht mich an, er feuert Glad an. Er will, dass sie gewinnt.

Es ist, wie gegen eine Wand aus Wasser zu laufen, als ob sich ein Meer vor mir aufgetürmt hätte und ich hineinrenne. Wir sind in der letzten Kurve, und Glad vor mir wird immer schneller, scheinbar mühelos, während ich mich durch schwer und dunkel anrollende Wellen kämpfe. Ich bin mir nicht mal sicher, ob ich mich dieses letzte Stück noch auf den Beinen halten kann.

Sie hat einen uneinholbaren Vorsprung. Trotzdem gebe ich noch mal alles. Ich komme auf den Beinen ins Ziel. Ich muss im Kreis gehen, um in der Senkrechten zu bleiben. Ich komme mir wie eine Idiotin vor: so leicht ausgetrickst und geschlagen, vorgeführt.

»Prima Rennen!« Glad tanzt um mich herum, grinsend, kaum außer Atem.

»Noch zwei Mal, dann arbeiten wir am Start«, instruiert der Trainer Glad, und sie salutiert und geht allein auf die Bahn, spurtet los. Ich sehe sie die erste Kurve nehmen: kompakt und machtvoll, ihre Schritte verkürzend, mit einer Kraft, die ich eindeutig nicht habe.

»Es ist Ihr erster Tag heute«, sagt der Trainer tröstend. »Jeder fängt mal an.«

»Mm-hm.« Ich bin niedergeschlagen – für meine Verhältnisse. Ich neige nicht zur Verzweiflung. Was ich vor meinem inneren Auge sehe, sind der Fahrweg und die Wiesen und Felder meiner Kindheit. Ich sehe den Weg durch den Wald, den ich immer gerannt bin, die Abkürzung in den Ort.

»In einem Jahr haben Sie sie eingeholt.« Die Stimme des Trainers ist ganz tief und ruhig. »Und das weiß sie. Sie weiß es.«

Schweigend sehen wir sie vorbeiziehen, das Haar ordentlich hinter den Ohren. »Noch mal!«, ruft er und sagt dann genauso tief und ruhig zu mir: »Sie ist ein prima Mädel, die Glad. Sie haben Glück, dass Sie mit ihr laufen dürfen. Ihrem Onkel gehört das alles da.« Mr. Tristan zeigt mit dem Daumen auf die Backsteinfabrik.

Ich kann vor lauter Ehrfurcht gar nichts sagen.

Wir stehen stumm da und schauen Glad zu, dann räuspert er sich und erklärt mir knapp, dass ich den Damen-Umkleideraum im Gebäude benutzen darf. Der sei gleich beim Hintereingang, nicht zu verfehlen. Ich merke jetzt erst, dass ich im kalten Wind am ganzen Körper zittere. Er erklärt mir, dass das Team-Training, solange es hell genug ist, abends stattfindet, ansonsten morgens und sonntags nie. Bei tiefem Schnee benutze das Team eine Turnhalle in der Fabrik. »Die ist kaum mehr als ein unterirdischer Bunker«, sagt er, als müsste er sich bei mir dafür entschuldigen. Ich müsse zu jedem Training erscheinen, da lasse er keine Ausrede gelten. Er erwarte, dass ich im nächsten Sommer für das Team anträte. Er sagt, man werde mir demnächst eine Arbeitsstelle bei Rosebud anbieten. Das ist Teil des Deals: dass ich eine Loyalität gegen die andere eintausche, fettes Schweinefleisch gegen wachsige Schokolade, Schnitte von blitzenden Klingen gegen Verbrennungen an heißen Gussformen, Softball gegen Laufsport.

Ich weiß, wie gern ich zu Rosebud will, aber nicht, wie gern

Rosebud mich will, und doch höre ich mich mit einem Ansinnen herausplatzen.

»Meine Schwester – meinen Sie, die könnte auch hier arbeiten?«

Der Trainer sagt so leichthin, als wäre das keine große Sache, er werde nachfragen, glaube aber, dass es schon klappen werde. »Dann bis morgen?« Als wäre er derjenige, der sich nicht sicher ist.

Da flutet es plötzlich auf mich ein: Obwohl ich so jung und unerfahren bin, obwohl ich gerade das erste Rennen meiner jungen Karriere verloren habe, das Rennen, das ich unbedingt gewinnen wollte, will er mich haben. Will mich Rosebud haben. Will mich Mr. P.T. Pallister haben. Ich habe geschafft, wofür ich hier angetreten bin.

Ich komme gar nicht auf die Idee, dass er mich ja vielleicht nicht trotz, sondern wegen meiner Jugend und Unerfahrenheit und meiner Niederlage haben will. Ich bin mir so sicher, meiner selbst und des Weges, auf dem ich jetzt bin. Ich bin mir sicher, dass es nicht mehr bedeutet als brennende Muskeln und zusammengebissene Zähne und Arbeit an meiner Kurventechnik, nichts Schwereres als das Laufen selbst, das mir ja leichtfällt, selbst wenn es hart und schmerzhaft und gnadenlos ist. Ich könnte auch jetzt noch weiterlaufen, das weiß ich. Ich könnte laufen, bis die Sonne untergeht, genau wie ich gesagt habe. Ich weiß, mir wird die Kraft nicht ausgehen.

5

Projekt

Wir sind jetzt bei dem blauen Wagen: ein Allerweltsauto, würde bei einem Polizeialarm nicht auffallen.

Der junge Mann, Max, öffnet eine der hinteren Türen, und das Mädchen schiebt meinen Rollstuhl direkt daneben.

Ich frage, wollen wir irgendwohin?

Keine Antwort.

Das Mädchen fummelt an meinem Gurt herum: »Wie sollen wir sie da reinkriegen?«

Max bückt sich, schiebt seine Arme unter meinen durch und zieht versuchsweise. Ich sträube mich nicht, obwohl ich schon gern wüsste, wo sie mich hinbringen wollen. Der Rollstuhl flutscht rückwärts weg, und ich sacke gegen den fremden jungen Mann, ungewollt intim. Das Mädchen hat vergessen, die Bremse festzustellen. Max keucht. »Hilf mir mal, Kaley!«

Man kann wohl getrost davon ausgehen, dass sie sich mit Alten und Behinderten nicht auskennen.

»Wenn du ihren Arm um deinen Nacken kriegst –«

»Können Sie sich an mir festhalten, Mrs. Smart? Mit den Händen?«

Kann ich nicht. Die Gelenke meiner Extremitäten sind geschwollen, versteift.

»Dreh sie so rum!«

»Halt fest!«

Beide haben nicht die leiseste Ahnung, wie man jemanden

hochhebt, und ich frage mich, ob sie mich gleich fallen lassen. Und wenn ja, wenn ich in diesem alten Körper auf den Boden falle, wird er dann mit einem weichen Plumps landen wie eine Lumpenpuppe oder zerspringen wie eine Glasflasche?

»Wir haben sie drin.«

Jeder auf einer Seite, haben sie mich durch die offene Wagentür bugsiert, auf einen Plastiksitz, wo ich so schief hänge wie ein Haus mit verrottetem Fundament. Max müht sich, mich in eine richtige Sitzposition zu zerren, ohne das letzte bisschen meiner und seiner Würde zu ruinieren. Sein Geruch, nach rostig-herbem Rasierwasser, wird immer stärker, je länger er rackert. Zu viel für meinen Geschmack – er überdeckt damit irgendetwas –, aber der Geruch des Mädchens ist vertraut, saubergewaschene Haut mit einem Hauch von Salz, verdunsteter Schweiß. Sie verändert vorsichtig die Position meiner Beine, ich fühle ihre Berührung.

»Okay«, sagt er, und sie verstummen beide.

Ich schließe die Augen und versuche, ein bisschen zu ruhen. Vogelzwitschern.

»Wann sollen wir sie fragen?«, fragt das Mädchen.

»Ich glaube, sie schläft.« Jemand tätschelt meine Hand.

Mit einem Grunzen öffne ich die Augen. Da sitzen sie, rechts und links von mir, verunsichert durch mein reptilienhaftes Schweigen. Aber was hätte ich ihnen zu sagen? Smalltalk ist anstrengend. Was wissen wir denn übereinander? *Was wisst ihr über mich?*

Den letzten Satz muss ich laut gesagt haben, denn das Mädchen antwortet.

»Ich weiß, dass Sie eine große Läuferin sind«, sagt sie, und ich bin verwirrt. Sie spricht im Präsens. *Machen wir jetzt Konversation?*

»Nein?«

Er sagt: »Mrs. Smart, Kaley möchte Sie etwas fragen. Es ist wichtig.«

Ich warte. Ich kann geduldig sein. Ich gehe inzwischen davon aus, dass mich nichts mehr überraschen kann – aber das Mädchen schafft es doch.

»Mrs. Smart«, hebt sie an, und ich fühle ihre Finger leicht und zittrig auf meinen. »Ich möchte Ihre Geschichte erzählen.«

Meine Geschichte?

»Ich bin keine Journalistin«, sagt sie schnell, als könnte ich sie dafür halten. »Ich bin Läuferin, wie Sie.«

»Marathon«, übernimmt er jetzt das Reden. »Wir machen eine kurze Dokumentation – einen Film – über Kaley, über das, was sie anspornt und inspiriert. Sie waren eine Wegbereiterin, Mrs. Smart. Kaley tritt in ihre Fußstapfen. Aber der Punkt ist, Ihre Geschichte ist quasi … na ja …«

»Vom Nebel der Zeit verschluckt?«, bringe ich hervor.

»So in der Art«, erklärt er und lacht erleichtert, weil ich etwas gesagt habe.

»Machen Sie mit?«, fragt sie. »Bitte?«

Ich habe keine Veranlassung, ihnen zu trauen, ganz im Gegenteil. Sie wollen etwas von mir und haben dafür einiges auf sich genommen, so viel ist klar, aber ich werde ihnen auf den Zahn fühlen. Mich wickeln sie nicht ein.

Ihr möchtet eine Story über mich machen. Glaubt ihr, das wäre die erste Anfrage dieser Art? Geht ihr davon aus, dass ich einwillige?

Klopf-Klopf-Klopf.

Cora ist in der Küche, eine Dose Suppe warmmachen. Sie ist näher bei der Tür, also macht sie auf.

Ich bin im großen Zimmer, dort, wo unsere Betten stehen,

weil wir den Rest des Hauses stillgelegt haben. Es ist ein zugiges altes Monstrum, und wir bewohnen nur die unteren Räume und auch davon nur ein paar. Das große Zimmer heizen wir mit einem Holzofen, den ich installiert habe. Vater wäre gar nicht einverstanden. Der Ofen steht schief auf rohen Steinplatten, die ich selbst gelegt und verzementiert habe. Er macht die ganze Ästhetik des Zimmers zuschanden, aber das ist uns egal, weil wir warm schlafen und sitzen können. Cora beschäftigt ihre Hände, indem sie Mützchen für afrikanische Kinder strickt, und ich beschäftige mein Gehirn, indem ich Kreuzworträtsel mache und Radio höre. Wir sind uns nie einig, welcher Sender eingestellt werden soll. Cora will Gospel und Country, ich immer nur Wortsendungen.

Meistens lasse ich sie machen. Ich fülle die kleinen Kästchen des Kreuzworträtsels mit kleinen Buchstaben und verbrenne es dann. Cora macht den Haushalt und ich alles andere, was erklärt, warum das Haus in einem solchen Zustand ist. Wir sind kaum in der Lage, Besuch zu empfangen, und es kommt auch kaum je jemand. Wenn sich mal ein Auto auf unserer Zufahrtsstraße nähert, wissen wir, es ist niemand für uns. Es ist wieder jemand, der sich verfahren hat und nach dem Weg fragen will. Cora erklärt gerne Leuten den Weg.

Aber diesmal geht es nicht darum. Diesmal höre ich Cora sagen: »Ja, das ist sie. Meine Schwester. Ja, sie wohnt hier. Ja, wir sind allein, nur wir beide.« Coras Verstand lässt mit den Jahren immer mehr nach, darin schlägt sie nach unserem Vater. Ich stelle meinen Becher Schwarztee auf den Ofen und stapfe hinaus, in meinem alten Pelzmantel, zu meiner vollen Größe aufgerichtet, mit verkniffenem Mund.

»Was wollen Sie?« Mit der Frage überspiele ich mein Erstaunen darüber, dass da eine Frau vor unserer Tür steht. Über der Schulter hat sie eine schwere Tasche, die sie fast umzureißen droht. Sie ist dünn und hohlwangig, Raucherin. Ihr Haar ist professionell toupiert und festgesprayt, blondiert. Ich weiß sofort, was sie will, weil ich auch mal in dem Metier war, vor langer Zeit.

»Ich möchte zu Mrs. Aganetha Smart.«

»Sie sind Journalistin«, sage ich.

»Bin ich.«

»Was wollen Sie denn von Aganetha Smart?«, sage ich unbeteiligt. »Aganetha Smart hat nichts zu sagen.«

»Ich schreibe einen Artikel über Sportpionierinnen, im Hinblick auf die Olympiade im Sommer.« Sie nennt den Namen ihrer Zeitschrift. Es ist eine Frauenzeitschrift.

»Schön für Sie. Aber Aganetha Smart hat dazu nichts zu sagen.«

»Ms. Smart, ist Ihnen bewusst, dass Sie das letzte noch lebende weibliche Mitglied des kanadischen Olympia-Teams von 1928 sind?« Sie wartet, aber ich beiße nicht auf den Köder an. Nein, das ist mir nicht bewusst, und es trifft mich wie ein Schlag mit einer Schaufel vor die Brust. Aber ich denke nicht daran, mir meine Unwissenheit oder meinen Schock anmerken zu lassen. »Ms. Smart, soweit ich weiß, war Ihre Spezialität der Langstreckenlauf, aber Sie durften aufgrund Ihres Geschlechts nicht an Langstreckenläufen teilnehmen. Möchten Sie sich dazu äußern, dass bei den diesjährigen Sommerspielen Frauen erstmals die Marathon-Distanz laufen werden.«

Ich sage nichts. Ich weiß nicht, was das für eine Emotion ist, die meinen Körper überschwemmt, aber ich fühle mich plötzlich ganz schwach.

Cora kommt endlich zu sich. »Meine Schwester hat nichts zu sagen.«

»Das finde ich sehr bedauerlich«, sagt die Journalistin. »Kein Kommentar? Gar nichts?«

»Sie redet nicht über damals«, sagt Cora. Sie wächst manchmal über sich hinaus. Bevorzugt dann, wenn ich es am wenigsten erwarte. Was sie sagt stimmt, ich rede nie über damals. Es gibt keinen Grund zur Verbitterung, keinen Grund zu irgendetwas anderem als Stolz, Stolz auf diesen einen verdammten Lauf. Das Problem ist nur, dass es mir wehtut, darüber zu reden. Meine Belohnung ist schnell und lichterloh verbrannt, die Asche zu kostbar, um sie durch nostalgisches Geschwätz zu entweihen.

»Ist das ein Leuchtturm, dort drüben auf der Wiese?«, fragt die Journalistin. Sie ändert die Taktik, spielt auf Zeit – ein Manöver. Ich kenne ihre Tricks, weil ich sie selbst mal perfekt beherrscht habe.

»Nein«, sage ich, obwohl es eindeutig einer ist: Leugnen ist leichter als Erklären.

»Was soll denn ein Leuchtturm auf einer Wiese, wo weit und breit kein Wasser ist?«, setzt die Frau nach, als hätten Cora und ich diese Frage unserem Vater nicht oft genug gestellt und immer vergeblich. Als ginge unser merkwürdiges Erbe sie irgendetwas an.

Schweigend macht Cora der Frau die Tür vor der Nase zu und verriegelt sie. Ich sollte mich bei meiner Schwester bedanken, tu es aber nicht. Sie sieht mich müde an, schüttelt den Kopf und schlurft in ihren Pantoffeln ins warme Zimmer zurück. Wir setzen uns wieder auf unsere Plätze beim Ofen. Wir warten, dass draußen der Motor anspringt, dass wir den Wagen den Fahrweg zurückfahren hören.

»Ich werde nie verstehen, warum du das wolltest – weggehen, davonrennen, rennen und immer nur rennen«, sagt Cora gereizt. »Du siehst doch, was es uns eingebracht hat.«

»Dein Leben war deine Sache«, sage ich ebenso gereizt. Wir sind wieder da, wo wir immer waren, von Anfang an: im unauflöslichen Gegeneinander.

»Wärst du doch bloß nie weggegangen«, sagt sie.

Und ich sage: »Dein Problem ist, dass du immer zurückschaust.«

»Na ja, was ist denn schon vor uns, Aggie? Sag!«

Der Punkt geht an sie. Wir sind beide fast achtzig. Die Antwort ist ja wohl ziemlich klar. Ich trinke meinen Tee aus und male das letzte Wort in die letzten leeren Kästchen des Kreuzworträtsels, bringe dann meinen Becher in die Küche, wo ich ein bisschen herumklappere, was aber auch alles ist. Dann stakse ich steifbeinig an Cora vorbei ins eisige Badezimmer, um mich umzuziehen, stakse wieder zurück und sage: »Ich gehe raus!«

Cora antwortet nicht. Das hätte ich auch nicht erwartet.

Das Auto der Journalistin steht auf dem Fahrweg, so herum geparkt, dass sie notfalls schnell verschwinden kann. Sie ist noch nicht weg. Ich folge ihren Stiefelspuren im Schnee, zierlichen kleinen Abdrücken mit einem tiefen punktförmigen Loch, wo sich der Absatz durch die Kruste gebohrt hat. Mit diesem Schuhwerk kann sie noch nicht weit gekommen sein. Ich beuge einen Arm über den Kopf und ziehe mit der anderen Hand am Ellbogen, dann dasselbe umgekehrt. Ich rolle den Kopf, um den Hals zu lockern, und mache mehrere lange tiefe Dehnschritte für die Achillessehnen und Wadenmuskeln. Ich laufe auf der Stelle und strecke dabei die Füße bis in die Zehenspitzen, um den Schmerz in meinen Fußgelenken, der nie ganz verschwindet, zu lindern. Ich trage einen Trainingsanzug mit bis ans Kinn zugezogener Jacke, dünne Handschuhe, eine leichte Strickmütze, einen Anorak, zwei Paar Socken und Laufschuhe mit dünnen Sohlen.

Ich folge den Spuren der Journalistin, bis ich sie hinter der leeren alten Scheune – oder dem, was davon übrig ist – dabei erwische, wie sie Fotos vom Leuchtturm schießt.

»Was wollen Sie wirklich hier?« Meine Stimme schallt über den Schnee, und sie zuckt zusammen.

»Ich bin wegen einer Story hier, Ms. Smart.«

»Ist das die Story, wegen der Sie hier sind?« Ich zeige auf den Leuchtturm.

»Ich glaube nicht, aber vielleicht ja doch.«

»Nein«, erkläre ich klipp und klar.

»Sie gehen laufen«, sagt sie. »Darf ich Sie fotografieren, auch wenn Sie nichts sagen möchten?«

Ich zucke mit den Achseln. Ich habe nie etwas dagegen gehabt, fotografiert zu werden, und es ist eine ganze Weile her, dass es jemand wollte. In meiner Jugend habe ich mich gern fotografieren lassen. Mein Gesicht war zwar nie hübsch, erwies sich aber als überraschend fotogen, seltsam eindringlich auf Bildern. Ich habe mich immer gefreut, es in der Zeitung zu sehen. Ich hatte nie das Gefühl, mich zu betrachten, sondern eine Version von mir, die geradezu unsterblich war, die Projektion des Besten in mir. Diese Eitelkeit ist mir schlecht bekommen, und doch muss ich zugeben, dass ich davon immer noch nicht ganz frei bin. Wer sagt, dass Erfahrung klug macht?

Was passiert mit den Fotos von heute, wenn die Journalistin denn wirklich welche macht? Ich werde es nie herausfinden. Cora und ich sind nicht der Typ, der Frauenzeitschriften abonniert, und wir kennen auch niemanden, der vor lauter Begeisterung darüber, ein vertrautes Gesicht auf Hochglanzpapier zu entdecken, den Artikel ausschneiden und uns schicken würde.

Ich laufe los, ermahne die Frau aber noch: »Wenn ich zurückkomme sind Sie hier weg, und belästigen Sie ja meine Schwester nicht noch einmal.«

Ich schlage meine übliche Strecke ein, am Feldrand entlang, wo verdorrtes Unkraut aus dem Schnee ragt und mit den blassgoldenen Samenrispen wedelt.

Heute überquere ich das Land, das meiner Schwester Edith und ihrem Mann gehört hat. Wer jetzt die Felder bestellt, weiß ich nicht, aber das Haus schläft, mit Brettern vernagelt, auf seinem kahlen Grundstück vor sich hin. Ich mustere es auf Spuren tierischer Eindringlinge oder jugendlicher Einbrecher: Es steht jetzt schon fast zehn Jahre leer. Nach Ediths Tod wollte ihre Tochter nicht hierbleiben. Wer könnte es ihr verdenken, dass sie ihre Kleine genommen und sich auf und davon gemacht hat? Cora hat das Gerede natürlich auch mir zugetragen – dass die Tochter von Ediths Tochter keinen Vater habe. Vielleicht, sinnierte Cora, liegt so was ja im Blut? Vielleicht, sinnierte ich zurück, waren es ja versauerte alte Klatschbasen wie du, die die jungen Leute vertrieben haben?

Ich umrunde das Haus einmal, steure dann direkt den Waldweg an.

Meine Strecke variiert immer ein wenig, je nach Jahreszeit, meiner Laune und meinen Kräften. Mal lege ich sie länger an, mal kürzer, mal laufe ich ein Teilstück, das ich besonders mag, mehrfach. Es hat sich so viel verändert. Siebzig Jahre sind vergangen, und der Wald, durch den ich als Kind gerannt bin, ist geschrumpft, wenn auch nicht verschwunden. Der Ort hat sich von der anderen Seite hineingefressen, also nehme ich fast nie diesen Weg, und wenn doch, drehe ich um, bevor sich der Wald so weit ausdünnt, dass man Häuser an Sackgassen sieht, monströse Dinger mit glitzernden Gartenpools, die jetzt im Winter mit schwarzem Plastik abgedeckt sind. Die Häuser und Gärten sind ordentlich, adrett und so still, als wäre niemand zu Hause.

Aber ich will auch niemandem begegnen.

Wenn ich auf dem Weg jemanden treffe, der seinen Hund ausführt, oder im Winter ein Paar auf Ski oder Schneeschuhen, rechne ich nicht damit, diese Leute zu kennen. Aber es ist wahrscheinlich, dass sie mich kennen, grob wissen, wer ich bin. Das ist im Ort so. Cora und ich sind dort bekannt, wie Exzentriker eben bekannt sind, als Kuriositäten, die man meidet oder aus der Ferne beäugt. Ruhm überlebt sich schnell. Macht einen irgendwann nur noch zu jemand Absonderlichem. Die Leute vergessen, was war, oder es interessiert sie nicht mehr. Man wächst in eine andere Form der Einsamkeit hinein.

Selbst im Sommer sehe ich selten jemanden in den stillen, glitzernden Pools schwimmen.

Ich würde ja bei schönem Wetter gerne selbst hineinspringen und muss jedes Mal, wenn ich vorbeilaufe und der Versuchung widerstehe, an Glad denken, als ob sie »Los, spring!« rufen würde – und ich vermisse sie. Es ist ein ziehender Schmerz, ohne Tränen. Es ist das Ziehen, das man spürt, wenn man weiß, man verlässt einen Ort, an den man nie zurückkehren kann. Oh, wie stark dieser ziehende Schmerz heute ist. Ich kann ihm nicht davonlaufen, das weiß ich. Ich trage ihn mit mir, er sitzt in mir, in meiner Kehle, dehnt sich auf meinen ganzen Brustkorb aus. Bis heute wusste ich es nicht. Ich denke daran, wie die Journalistin an meiner Tür stand und mir, ohne die Bedeutung zu ermessen, mitteilte, dass Glad gestorben ist – und ich weiß nicht, wann und wie und kann auch nicht nach Einzelheiten fragen. Auf sie wird es keinen Nachruf geben, jedenfalls nicht von mir. Wieso habe ich es nicht mitbekommen? Dass ich es nicht im Radio gehört habe, lässt darauf schließen, dass auch mein Tod keine Nachricht wert sein wird. Und das nach allem, was wir geleistet haben, Glad und ich.

Ich habe Glad so viele Jahre vermisst, dass es mich erstaunt, wie anders ich sie jetzt vermisse, jetzt, da ich weiß, dass sie nicht mehr in dieser Welt herumläuft, dass es endgültig ist. Ich werde sie nie wiedersehen, nicht als die, die sie war. Vielleicht habe ich ja bis heute geglaubt, es könnte passieren.

Und was ist mit Johnny? Ist er auch tot?

Ich verliere mich, verliere mich im Laufen. Meine Füße in den Laufschuhen sind feucht von Schnee und Schweiß, nicht kalt, obwohl meine Hände so steifgefroren sind, dass ich sie in die Achselhöhlen pressen muss, was meine Schritte schwerfällig macht. Ich wähle meinen Weg sorgsam, ermahne mich aufzupassen: Wurzeln, Steine, unsichtbares Eis. Als meine Hände aufgetaut sind, jedenfalls weit genug, schwinge ich der Balance wegen die Arme und ziehe das Tempo an, finde einen vertrauten Rhythmus, zwei Schritte pro Atemzug, ein und aus, *tack, tack, tack*, wie ein Metronom.

Die Welt liegt in trübem Winterzwielicht, der Himmel ist schwer, die Bäume schütteln ihre Zweige, während ich unter ihrer Aufsicht dahinknirsche, meine Knochen ihren Ästen nicht unähnlich, Licht absorbierend, grau, bedächtig. Wir sind alt.

Aber wir machen weiter.

6

Nach Hause

»Mrs. Smart? Was meinen Sie? Möchten Sie nicht irgendetwas sagen?«

Sie haben mich nicht gehört.

Ich schaue in ihr Gesicht und sehe ein ganz normales Mädchen, noch sehr jung, das mit den eigenen Nerven kämpft. Sie verbirgt etwas, einen großen Wunsch. Das kenne ich. Es weckt Mitgefühl in mir, und ich strecke die Hand nach ihrer aus. Da, ich habe sie.

»Oh!«, sagt sie, weil sie mich missversteht, und umarmt mich im Überschwang. »Toll! Danke, Mrs. Smart! Hey, wir machen einen Film!«

»Super«, sagt der junge Mann und kramt in seiner schwarzen Tasche. »Also, los. Wir brauchen ein paar Ankerszenen mit euch beiden auf der Farm.«

Das Mädchen krabbelt wie ein kleines Kind über die Lehne nach vorn und setzt sich ans Steuer. »Gib mir die Schlüssel.«

»Es ist etwa eine halbe Stunde Fahrt – okay, Mrs. Smart?«, fragt Max und lehnt sich von mir weg. Ich sehe, dass er eine kleine schwarze Kamera in der Hand hält, mit einem kurzen, dicken Objektiv, in dem sich mein Gesicht spiegelt, lang und weich, wie etwas Zerfließendes. Ich habe keine Angst, weil es mir nicht gegeben ist, Angst zu haben. Ich fühle einfach nicht, was alles Schlimmes passieren kann, und das hat nichts mit meinem Alter zu tun. Es scheint immer schon eine Grundeigenschaft von mir gewesen zu sein, von Geburt an. Es hat mich mein Leben lang vorwärtsgetrieben: das Verlangen nach Prüfungen und Herausforderungen, nach dem Extremen, die Unfähigkeit, die Folgen vorher zu bedenken. Macht mich das stumpf und kalt oder mutig?

Ich höre meine Stimme, schwach aber unerschüttert, in aller Höflichkeit fragen: »Könnten Sie mir vielleicht sagen, wo Sie mich hinbringen?«

»Nach Hause«, sagt das Mädchen über die Schulter.

Ich schweige. Nach Hause. Ich sehe mein Zuhause vor mir: eine Flickendecke aus Feldern, die aufgelesenen Steine an den Rändern aufgehäuft, der Wald dahinter. Das Steinhaus. Sie muss wirklich noch sehr jung sein, wenn sie es für möglich hält, nach Hause zurückzukehren.

Als ich von Zuhause fortgehe, weiß ich nicht, dass ich fortgehe.

Ich bin noch nie zuvor Zug gefahren. Schwarzer Kohlenrauch, beißender Rauchgeruch, der durch offene Fenster hineindrängt. Ich sitze auf der Kante einer Bank mit einem Stoffbezug, der sich wie Samt anfühlt, und esse ein Sandwich, das mir meine Mutter gemacht hat. Der Saft von Pfirsichen, frisch aus unserem Obstgarten, rinnt mir über das Kinn. Beobachtet mich jemand? Wenn ja, merke ich es nicht. Ich fühle mich unsichtbar, durchsichtig, ohne feste Form, so als könnte ich mich ohne jegliche Konsequenzen bewegen.

Ich bin jetzt sechzehn, zu meiner vollen Länge herangewachsen, schlank und kräftig. Mein Haar ist ordentlich. Ich habe einen Strohhut mit einem blauen Band auf. Ich wäre ganz überdreht vor Aufregung, wenn jemand bei mir wäre. Ich lese immer wieder die Briefe von Olive und George. Ich denke nicht an Zuhause. Was ich hinter mir gelassen habe ist wie Staub, aber was vor mir liegt kann ich mir überhaupt nicht vorstellen, also beruhige ich mich immer wieder, indem ich tief durchatme – »Mach's gut, mach's gut«, flüstere ich, während das Farmland vorbeizieht.

Die Stadt ist dreckig, ganz Staub und Rauch und Hitze. Aber die Geräusche. Ich trete aus dem metallischen Rattern und Quietschen des Zugs in die Geräusche der Stadt hinein, die für mich wundersam vielfältig klingen. Ich muss wohl mit offenem Mund dagestanden haben, staunend, überwältigt: Automobilmotoren, Hupen, das laute Rufen von Kindern, die Zeitungen verkaufen oder Schuhe putzen wollen, allgemeines Stimmengewirr und etwas, das ich in meinem Körper fühle, ein Brummen, das von der Stadt selbst ausgeht, ihrem vibrierenden Asphalt und Beton.

Die Stadt ist genauso ruhelos wie ich.

»Aggie! Hey! Hierher!«

Es ist George, der mich wie versprochen abholt, um mich zu Olives Zimmer in einer Straße namens Bathurst Street zu bringen. Wir werden mit der Straßenbahn fahren, aber zuerst kauft er mir einen spitzen Pappbecher mit geschabtem Eis, auf das ein Mann, dem ein Finger fehlt, roten Sirup aus einer Blechkanne gießt. Es sieht aus wie eine Leckerei für Kinder, und ich esse es zwar, bedanke mich aber nicht dafür – *ich bin doch kein Kind*. Es ist fünf Jahre her, dass ich George das letzte Mal gesehen habe, und ein Jahr, dass Olive von Zuhause weggegangen ist. Olive konnte mich nicht am Bahnhof abholen. »Sie ist auf Arbeit«, sagt George, und für mich klingt das seltsam. *Auf Arbeit*. Zu Hause sind wir nie auf Arbeit, wir machen einfach unsere Sachen, das, was getan werden muss. Ich weiß nicht, ob mir die Vorstellung von einem zweigeteilten Leben gefällt, wo man entweder angekettet oder für eine gewisse Zeit befreit ist.

Wir drängeln uns in die Straßenbahn. George dirigiert

mich am Ellbogen. Wir fahren nach Westen, dann nach Norden und zwängen uns wieder hinaus. Es ist ein beunruhigendes und irgendwie aufregendes Gefühl, fremde Leute anzurempeln.

»Da sind wir!«

Wir sind gerade erst wieder auf festem Boden gelandet. Ein kleiner Junge rennt hinter einem langsamen Karren mit altem Gerümpel her. Das Kind will hinten auf den Karren aufspringen, um mitzufahren, aber seine Beine sind zu kurz, und der Sprung ist es auch: Der Kleine fällt auf den Asphalt, schlägt mit dem Kinn auf. Hinter ihm donnert ein motorisierter Lieferwagen heran. Die Hupe klingt wie das Quieken eines Schweins. Ich will hinstürzen, um den Jungen wegzuziehen, aber George packt mich grob am Arm und hält mich fest, und wir sehen, wie der Junge sich aus dem Weg rollt – gerade noch – und gegen den Bordstein kracht.

»Siehst du, alles in Ordnung«, sagt George, als ob so etwas jeden Tag vor seinen Augen passiert.

Ich reiße mich los, laufe zu dem Jungen und wische ihm den Mund mit meinem Taschentuch ab. »Behalt es«, dränge ich ihn. Er erinnert mich an meinen Neffen, Little Robbie. Trotz statt Tränen. Wild blickende Augen. Er rappelt sich auf, und mit einem kurzen, blutigen Grinsen flitzt er davon, unheimlich frei, wie mir scheint.

»Du bist zu nett, Aggie. Du musst die Leute machen lassen«, sagt George.

»Ich lasse ihn ja machen!«, wehre ich mich.

»Du hast ihm dein Taschentuch gegeben.«

»Ich säume mir ein neues, wenn ich eins brauche, aber ich brauche keins.«

George zeigt mir nicht, wo er wohnt, was mir aber in dem Moment nicht komisch vorkommt. Es fällt mir wohl gar nicht auf. Haben wir beide uns je verstanden? Ich kann mir's kaum vorstellen. Ich mag seinen Pork-Pie-Hut nicht und seine dünn gedrehte Zigarette. Seine Jacke ist aus einem glänzenden Stoff, und sein Haar klebt von Pomade, als ob er abgedichtet sein will. Mir scheint, er tut so, als wäre er jemand anders, nicht der George, den ich kenne.

Wie stehen auf dem Bürgersteig vor einem Reihenhaus mit einer Verkleidung aus dunkler rot-schwarzer Teerpappe, die aussehen soll wie Backstein. Die Häuser sind alle aneinandergebaut, dreistöckig, mit Giebeldächern und winzigen Fenstern. Hinter uns rattert eine Straßenbahn vorbei.

»Dieses reizende Rattenloch habe ich Olive besorgt. Die Pensionswirtin ist hochgelobt für ihre Mieten, wenn auch nicht für ihre Suppe – Mrs. Smythe. Sie hat bestimmt nichts gegen eine zusätzliche Person für ein, zwei Wochen. Wie lange bleibst du denn, Aggie? Willst du einen richtigen Job? Richtiges Geld?«

»Warum sollte ich denn Geld wollen?« Ich trage meine Tasche selbst. George hat nicht angeboten, sie mir abzunehmen, wobei ich das auch gar nicht gewollt hätte. Ich lasse sie leicht gegen meine Beine schwingen, an meine Knie schlagen.

»Geld will doch jeder, Aggie. Selbst die Besten unter uns.«

»Ich nicht.«

»Was du nicht sagst. Dann mal rein in die Luxusherberge. Was glaubst du denn, wer dein Zimmer bezahlt, Schwesterchen?«

Es ist wirklich so, ich kann ihn nicht ausstehen. Meinen eigenen Bruder.

Mr. Smythe bringt mich in Olives Zimmer. Es ist sauber: weiße Wände, weißer Dielenfußboden und eine ordentlich ausgebreitete, leichte Quiltdecke auf einem Doppelbett. Es gefällt mir auf Anhieb. Ich stelle meine Tasche ab und gehe wieder nach unten, um mich von George zu verabschieden. Ich werde rot, als Mrs. Symthe sagt, er sei schon weg. Soll ich meinem Bruder auf der Straße hinterherrennen? Das werde ich nicht tun. Es ist heiß im Eingangsflur, dunkel selbst mitten am Nachmittag. Ich traue mich nicht, Mrs. Smythe zu fragen, ob George ihr Geld gegeben hat. Ich weiß nicht, was ich bezahlen muss und wem, aber ich habe Geld, ein bisschen, das mir meine Mutter anvertraut hat. Ich weiß, es ist von Olive, die Geld nach Hause schickt.

Ich entschuldige mich, beschließe verwirrt, das Geld Olive zurückzugeben. Olive wird wissen, was sie damit zu tun hat.

Trotz alldem habe ich, als ich die Treppe hinauflaufe und wieder in das saubere weiße Zimmer gehe, ein ganz seltsames Gefühl: Ich fühle mich zu Hause. Ich breite mich auf dem Bett aus wie ein langarmiger Seestern und sinke in einen friedlichen Halbschlaf.

Die anderen Mädchen in der Pension sind Fabrikarbeiterinnen wie Olive. Ich wache auf, weil ich ihre Stimmen auf dem Gang höre. Und dann Olive selbst, die hereinkommt und einen Entzückensschrei ausstößt, der zu Hause überhaupt nicht zu ihr passen würde, hier aber schon. Sie wirft sich aufs Bett und auf mich, küsst mich auf die Wangen.

»Ähm, hallo«, sage ich schüchtern.

»Ich glaub's nicht, du bist da! Du bist wirklich da!« Olive richtet sich auf, setzt sich auf die untergeschlagenen Beine. Ein Mädchen bleibt an der offenen Tür stehen, beugt sich herein. »Schau, das ist meine kleine Schwester!«

»Sieht aber enorm groß aus«, sagt das Mädchen affektiert. »Freut mich, Sie kennenzulernen, kleine Schwester. Ich selbst habe keine Schwestern.«

»Das erklärt vieles«, sagt Olive. Ich verstehe mit Mühe, dass Olive einen Witz macht und das Mädchen darüber lacht. Ein zweites Mädchen schaut herein, ein drittes, dann gehen sie. Ich muss auf die Toilette, also geht Olive auf den Gang hinaus und bummert an die Toilettentür.

»Da drin ist Mary Alice, die sich vor Liebeskummer die Augen ausheult«, sagt eins der Mädchen im Vorbeigehen. »Dauert bestimmt ewig.«

»Mach dir nicht in die Hose, Herzchen«, sagt ein zweites Mädchen.

»Ja, mach dir nicht in die Buchs, Baby«, sagt das erste.

»Mach kein Pfützchen, Mädchen.«

»Das reimt sich nicht.«

»Deins hat sich doch auch nicht gereimt. Wer reimt denn hier?«

Das alles löst große Heiterkeit aus. Ich spiele nicht richtig mit. Ich kann ja im Kopf verstehen, dass es lustig ist, aber ich kann nicht mitlachen. Selbst Olive setzt noch eins drauf: »Strull nicht in deinen Schlüpfer, Schätzchen.«

Erneutes Bummern an die Tür. Kohlgeruch, der uns zum Essen ruft.

Ich bin größer als die anderen Mädchen im Haus, sogar größer als Mr. Smythe, der stumm am Esstisch sitzt wie jemand, der sich, wenn auch widerstrebend, von einem geschmacklosen, irgendwie schmuddeligen Geschehen distanziert.

Eins der Mädchen – nicht Mary Alice – ist im Softballteam ihrer Fabrik und hat an diesem Abend ein Spiel. Mrs. Smythe hat darum das Abendessen heute früher gemacht, und wir beeilen uns, schaufeln unsere Portion in uns hinein, »schlingen«, wie Mrs. Smythe sagt, und sie erklärt uns, dass diese Art zu essen unserer Verdauung schadet und wir davon aufgehen werden wie Hefekuchen. Das Mädchen, das Joannie heißt, flitzt nach oben, um ihre Spieluniform anzuziehen: bauschige

Kniehosen, Bluse, weiße Söckchen und Segeltuchschuhe. Ihr Haar steckt unter einer Kappe. Natürlich gehen wir mit, Olive und ich.

Wir fahren mit der Straßenbahn zum Sportplatz, ein Haufen schnatternder Mädchen (nur ich schweige, weil ich, was schlagfertige Bemerkungen und witzige Anspielungen angeht, ein hoffnungsloser Fall bin).

Das Licht fällt langsam durch die dicke, feuchte Luft, die jetzt durch den Wind vom See her kühler wird, und da ist das beruhigend stete Schwirren von Stimmen und Geräuschen, das das Schwirren meines Herzens aufnimmt. Das Spiel ist nur ein Teil des Ganzen. Was mich fasziniert, sind die vielen Leute, die sich versammelt haben, um den Fabrikmädchen zuzuschauen und sie anzufeuern. Kleine Jungen verkaufen Erdnüsse und Popcorn, Männer schieben tropfende Eiskarren mit sprudelndem Sodawasser; Olive kauft welches für uns alle zusammen.

Ich fühle mich auf eine ganz neue Art wohl. Da sind so viele Menschen – niemand wird mich sehen, außer ich will gesehen werden. Außer ich beschließe wie Joannie, eine Spieluniform anzuziehen, am Schlagmal zu stehen und den dicken, runden Ball über den Zaun zu dreschen oder im Infield einen geschlagenen Ball aus der Luft zu fischen und ihn unter dem Jubel der Zuschauer direkt vor dem Läufer in den Handschuh einer anderen Spielerin zu feuern. Es ist meine Entscheidung. Ich kann unsichtbar sein so wie jetzt, oder ich kann hervortreten, um zu spielen und mich beurteilen zu lassen.

In dieser Nacht in Olives Zimmer flüstere ich: »Ich finde es hier himmlisch.«

Aber sie schläft schon. Ich liege auf der Decke und höre zu, wie die Straßengeräusche leiser werden. Im Zimmer bleibt es trotz des offenen Fensters heiß, als ob die Asphalt-, Beton-,

Stahl- und Blechschichten der Stadt die Sonne aufgesogen haben, um sie für immer aufzubewahren, so wie ich.

Ich weiß noch nicht, dass ich hierbleiben werde. Dies ist ein Ferienaufenthalt, etwas Besonderes. Ich halte mich für zufrieden, weil ich es bin – im Hier und Jetzt, ohne zu überlegen, was danach kommt, ohne an die Rückkehr zu denken.

Am Sonntag fahren Olive und ich mit der Straßenbahn westwärts in den High Park. Ein riesiges weißes Zelt steht auf einer Grasfläche, die nur ein Großstadtmensch als Wiese bezeichnen würde. Fabrikmädchen tragen ihren Sonntagsstaat, und im Wind flattert ein großes Segeltuchbanner: PACKER'S MEATS. Wir beladen unsere Teller mit Butterbrötchen, Dosenschinken und einem süßen Salat aus Kartoffeln und Eiern und füllen unsere Becher mit zuckrigem Eistee. Als Nachtisch gibt es einen riesigen Blechkuchen, und jemand hat den Job, mit einer großen Serviette die Fliegen wegzuwedeln.

Olive und ich essen auf einer der karierten Decken auf dem Gras, und andere Mädchen, die mit Olive am Fließband arbeiten, setzen sich zu uns. Das Stadtleben scheint in diesem Moment eingefangen – Essen, Gras, Luft zum Atmen, Platz zum Spazierengehen, Sonne, Spaß, alles da, alles gratis. Eine Welt, in der ich mich nach Belieben tummeln kann.

»So ist es nicht immer«, sagt Olive, als könnte sie meine Gedanken lesen.

Ich weiß, was sie meint, wische es aber weg. Ich gehe mir ein Stück Blechkuchen holen.

»Aggie!« Olive findet mich, wie ich mir grünen Zuckerguss von der Hand lecke. Sie ist ganz aufgeregt. »Die Mädchen machen einen Wettlauf. Du solltest mitmachen!«

»Einen Wettlauf?«

»Sie machen auch Eierlaufen und Dreibeinlauf, aber ich

meine einen richtigen Wettlauf. Für Mädchen unter zwanzig. Komm!«

Der Himmel, wahrhaftig. So muss es im Himmel sein: eine Laufstrecke über eine sanft gewellte Rasenfläche, mit weißen Bändern als Start- und Zielmarkierung. Im Himmel steht eine Schar Mädchen am Start, ein Bein vorgestellt, die Röcke gerafft, bereit für das »Auf die Plätze, fertig, los«. Im Himmel stehen auf beiden Seiten johlende Kinder und auch ältere Leute. Aber ich bin im Himmel nicht alt. Ich bin noch nicht ganz sechzehn, das größte Mädchen im Feld, und beflügelt von dem Gefühl, wie leicht es ist, nach vorn zu kommen, fast allein über das stachlige Sommergras zu rennen, mit einem explosiven Spurt dieses letzte Mädchen vor mir einzuholen. Vom Gefühl, wie das weiße Band nachgibt und zu Boden sinkt und sich um meine Füße schlingt.

Ich bin kaum gestartet, als es auch schon vorbei ist.

Wer war das?

Olive umarmt mich, sagt, während sie mich regelrecht in die Luft hebt, sie hätte ja gewusst, dass ich gewinne würde. »Ahnst du überhaupt, wer dieses Mädchen war, das du geschlagen hast? Sie hat zwei Jahre in Folge die Stadtmeisterschaft gewonnen!«

Der Ton der fremden Stimme ist bewundernd: *Wer war das Mädchen mit dem goldblonden Haar?*

In dem Moment weiß ich es. Ich gehe nicht nach Hause zurück.

Ich verfasse einen Brief an meine Eltern. Was drinsteht, kann ich nicht mehr genau sagen. Nur, dass Olive mir hilft, den Brief zu schreiben. Sie hat ein Jahr zuvor selbst einen geschrieben, aber das war etwas anderes. Sie hat geschrieben, sie habe einen Job gefunden und schickte etwas Geld mit als Unterstützung.

Ich war dabei, als Mutter Olives Brief öffnete. Sie wurde rot und steckte das Geld in den Umschlag zurück. »Das haben wir nicht nötig«, sagte sie.

Ich schreibe in meinem Brief nach Hause nicht, *Ich habe euch lieb*. Zum Schluss schreibe ich wahrscheinlich *viele Grüße oder mit besten Grüßen* oder *es grüßt euch herzlich eure Tochter*, irgend so etwas. Sie wissen es doch, sage ich mir. Sie wissen ja, dass ich sie lieb habe. Oder?

7

Fallen

»Alles wird gut«, verkündet das Mädchen über die Schulter, aber es ist nicht klar, mit wem sie redet, mit mir oder mit Max, dem jungen Mann neben mir, der mit der Kamera herumhantiert. Außerdem ist das nicht wirklich eine beruhigende Äußerung, wie jeder, der nur etwas Verstand hat, weiß. Junge Dame, achte lieber auf den Straßenverkehr, sage ich. Das war gerade eine rote Ampel. Da kommt noch eine.

Der Wagen bremst mit quietschenden Reifen, und ich stöhne, weil ich in den Gurt geworfen werde.

»Muss ich fahren?« Max schaut auf. Er ist jetzt mit einem anderen Gerät beschäftigt. Er hält es in beiden Händen, den Blick gesenkt, als ob er betet. Er kann sich keine Sekunde davon lösen. Er senkt den Kopf und tippt mit den Daumen auf dem Ding herum.

»Danke, nicht nötig«, knurrt das Mädchen durch die Zähne und tritt energischer als nötig aufs Gaspedal.

»Dann fahr auch so, als ob du wüsstest, was du tust.«

»Du klingst wie Dad.«

»Du fährst wie Mom.«

Aha. Geschwister.

Wir fahren zwischen tristen, niedrigen Gebäuden hindurch, eine Ansammlung hässlicher Schuhschachteln, die urplötzlich feuchten, umgepflügten Äckern und weitem Himmel weichen. Sie beschleunigt, die Äcker fließen ineinander, und ich denke, dass es wohl egal ist, ob ich aufpasse oder nicht. Ich mache die Augen zu.

Nach einer Weile werde ich aus unbequemem Schlaf gerissen, weil ich zur Seite fliege, als wir eine Abzweigung zu schnell nehmen. Ich presse die Hände auf meine Wangen. Warm. Bin ich krank?

»Mach dein Fenster auf.«

Da ist ein junger Mann neben mir. Er beugt sich vor, um die Aufmerksamkeit des Mädchens zu erlangen. Zieht ihr ein dünnes weißes Kabel aus einem Ohr. »Mach's aus, sie ist wieder wach.« Seine Daumen machen *klick, klick, klick.*

Sie lässt das Fenster einen Spaltbreit herunter, aber seiner anderen Anweisung widersetzt sie sich. Ein zweites dünnes Kabel führt durch ihr Haar in ihr linkes Ohr.

Ihr Haar flattert im Wind, und sie dreht sich um und grinst uns an. »Erkennen Sie irgendwas wieder, Mrs. Smart?«

»Ist nicht mehr weit«, sagt Max, wie um sich selbst zu beruhigen.

»Ich bin schon ganz kribbelig!«, ruft das Mädchen freudig erregt. Ihre Stimmung scheint ja mächtig zu schwanken.

Die Straße, auf der wir jetzt sind, ist frisch asphaltiert und sieht aus, als wäre sie dabei auch verbreitert worden. An den Seiten sind keine Bäume, nur steil eingekerbte Gräben.

Um ihre Frage zu beantworten, ja, ich glaube, ich kenne diese Straße, irgendwie schon, aber sie ist anders, als sie mal war. Gilt das nicht für alles?

Wir bremsen ab, als wir an einer steinigen Zufahrt vorbeikommen – der Zufahrt zu dem kleinen grauen Haus am Ende des kahlen, matschigen Felds. Jemand hat ein paar Bäume gepflanzt, muss schon eine Weile her sein, sie sind hoch, aber schmächtig, noch nicht ausgewachsen, und das Grundstück ist immer noch kahl. Das Grundstück ist immer noch kahl. Wie eh und je. Daran hat sich nichts geändert.

Sie haben eine Schaukel in der Nähe des Felds aufgestellt. Ein Hund kommt bellend die Zufahrt entlanggerannt. Dieses Haus kenne ich. Ich kenne es. Panik schnürt mir die Kehle zu.

Alle im Haus sind in höchster Alarmbereitschaft. Die Sonne scheint. Es ist heiß für einen Frühlingstag.

Mutter bleibt oben bei Fannie, in dem Zimmer, das sich Fannie und Olive teilen. Vater geht in die Scheune, nachdem er gefrühstückt hat: ein kaltes Frühstück, bestehend aus Brotscheiben, frischer Butter und dem weichen weißen Käse, den Fannie aus der Milch der Kuh macht. Fannie hat die Milch erhitzt, wieder abkühlen lassen und durch ein Tuch gesiebt, um diesen Käse zu machen, den sie jetzt nicht essen kann. Ich bekomme fast nichts runter. Cora und ich räumen ab, decken die Lebensmittel zu. Wir stapeln das Geschirr in der Spüle, waschen es aber nicht ab – eine stillschweigende Übereinkunft.

Vater kommt nicht zurück.

Cora und ich pumpen Wasser aus dem Brunnen, aber es ist nicht kalt genug, um Fannies fieberheiße Haut zu kühlen.

Ich stolpere benommen vom Hof ins Haus. Setze mich an den Tisch und starre vor mich hin. Ich gehe nicht nach oben, in das Zimmer, wo Fannie sich im Bett herumwirft, die Laken von sich tritt und schreit. Ich stehe wieder auf, um mit Cora Betttücher in Streifen zu reißen. Wir legen die Streifen in eine Emailleschüssel und gießen Wasser darauf. Olive schleppt die Schüssel nach oben, bemüht, nichts zu verschütten. Sie kommt sofort wieder herunter. Mutter hat gesagt, sie darf nicht bleiben, keine Sekunde. Es ist zu gefährlich.

Olive setzt den Wasserkessel auf.

Cora fragt, »wozu? Wozu, wenn es Fannie doch so heiß ist?«

Olive sagt, sie macht Tee.

Cora fragt, »für wen?«

Olive sagt, »für den Arzt. Für George. Für dich, wenn du welchen willst. Für Mutter. Für Edith, falls es ihr einfällt, rüberzukommen und zu helfen. Für alle. Für Vater drüben in der Scheune, du kannst ihm ja eine Tasse bringen. Für Aggie, schau sie dir doch an.«

Ich kann mich nicht sehen, nur meine Hände, die vor mir auf dem Tisch liegen. Sie zittern, und ich ziehe sie auf meinen Schoß und presse sie aufeinander, immer abwechselnd, versuche, die Angst aus ihnen herauszupressen.

»Hört auf zu streiten«, sagt George. Er sitzt mir am Tisch gegenüber, zusammengesunken und krumm. Wir sehen uns stumm an, George und ich, halten einen Moment lang jeder den Blick des anderen fest.

»Tee wäre prima«, sagt er, »was meinst du, Aggie?«

Ich kann nur denken, dass ich die Geräusche von oben kaum aushalte. Das ganze Haus horcht. Das ganze Haus versucht, Fannie am Atmen zu halten, das nächste mühsame Röcheln herbeizubeschwören, auch wenn die Pausen immer noch länger werden. Das Fieber hat sie in seiner Gewalt, sie ist nicht mehr im Besitz ihrer selbst. Sie stößt den Namen ihrer Schwester hervor – Edith –, und wir alle tun so, als würden wir es nicht hören. Mutters Stimme erhebt sich sanft über die anderen Geräusche.

Ich bin noch ein Kind, aber ich weiß: Ich darf niemals sagen, was ich über Fannie weiß. Ich muss dieses schreckliche Geheimnis für mich behalten, weil das nie, nie irgendjemand wissen darf. Wenn Edith es herausfinden würde. Wenn Vater es herausfinden würde. Und doch hören wir es immer und immer wieder: »Edith, es tut mir leid, verzeih mir, Edith.«

Sie kann nicht mehr wissen, was sie sagt. Sie ist so weit weg. Die Worte sind ins Leere gerichtet, verwaschen.

»Meint ihr, wir sollten Edith holen?«, fragt Cora.

»Edith kann nicht herkommen. Sie ist so schon schwach genug. Die Grippe würde sie umbringen«, sagt Olive.

George steht abrupt auf, sein Stuhl schrappt. »Lauf und hol den Arzt«, sagt er. Er spricht mit mir.

»Wozu soll das gut sein? Mutter ist doch hier«, sagt Olive.

»Irgendwas müssen wir tun«, sagt George. »Dort oben stirbt meine Schwester!«

»Dann mach du es«, sagt Cora. »Mit dem Pferd geht es schneller.«

»Aggie ist schnell wie ein Pfeil«, sagt George. »Sie kann den Weg durch den Wald nehmen. Los«, sagt er zu mir. »Lauf, Aggie, schnell.«

Ich fühle, wie die Angst, die eben noch durch meine Hände abgeflossen ist, schlagartig wieder in meinen Körper zurückschießt, jetzt plötzlich nützlich und notwendig. George hat recht. Ich bin schneller als ein Pfeil. Ich renne zur Tür hinaus, die Stufen runter und hinten herum in Richtung Wald. Meine Beine arbeiten wie das Gestänge, das Vaters Maschine treibt.

Die Abkürzung durch den Wald ist schmal, eher ein Pfad als ein richtiger Weg, und wird kaum benutzt, da sie für Pferde nicht geeignet ist. Efeu kriecht quer darüber, und Wurzeln und Steine ragen aus der Erde. Ich bin behände und achtsam, meine Schritte sind kraftvoll, schnell und leicht vor dem Dunkel des Waldes. Die Schatten der Bäume liegen auf mir wie ein Bann, den es zu brechen gilt. Ich gelange ans andere Ende des Waldes, an den abrupten Übergang vom Dunkel ins Licht, von der Enge in die Weite.

Der Pfad mündet in eine Straße, die in den Ort führt, und

dorthin ist es nicht mehr weit, nicht, wenn man so schnell läuft wie ich.

Über meinem rauen, regelmäßigen Atem höre ich meine Gedanken nicht. So zu laufen, so schnell, so hundertprozentig, lässt die seltsamsten Visionen in meinem Kopf erscheinen. Dinge, die ich nur flüchtig sehe, werden zu ganzen Geschichten, detaillierten Bildern. Ich sehe ein Murmeltier vor mir davonwatscheln, ins dichte Gras am Straßenrand. Ich sehe, wie sich eine lila Wildblume vor mir verneigt. Ich sehe drei Frauen auf ihrer Eingangsveranda stehen und mich anstarren, jede von ihnen das Haar unter einem Rüschenhäubchen versteckt, den Mund vor Verblüffung geöffnet, die Stirn missbilligend gerunzelt. Weitere Häuser, die an mir vorbeisausen. Einen Stein im Straßenbelag, der sich in meinen Fußballen gräbt. Einen freilaufenden Hund, der hinter mir herbellt.

Ich sehe den Arztsohn, der so alt ist wie ich und wie sein Vater Peter heißt, im Hof Ball spielen. Er wirft den Ball nach oben und fängt ihn dann auf.

Ich sehe, wie er sich umdreht, als ich ankomme. Der Ball fällt ihm aus den Händen vor die bloßen Füße. Meine Füße sind ebenfalls nackt. Ich sehe sie, als ich taumelnd vor ihm zum Stehen komme und zu Boden schaue. Staubige Haut um meine Knöchel, dicker Dreck zwischen meinen Zehen. Ich keuche: »Es ist wegen Fannie. Wir brauchen den Doktor.«

»Er ist nicht da«, sagt Peter.

»Aber wo dann?«, frage ich flehend, während das Blut unter meiner Haut rauscht, meinen Schädel füllt. Ich stehe gebeugt da, die Hände auf den Knien, mit schwingendem Rock.

Peter und ich kennen uns aus der Schule, wir sind seit Jahren in einem Klassenraum. Peter sagt, sein Vater sei bei einem Patienten, aber er wisse, bei wem und wo: am anderen Ende des Orts. »Ich bring dich hin«, sagt er, und statt mich zu bedanken, rufe ich ungeduldig: »Dann komm schon! Los! Schnell!«

Peters Mutter hat uns gehört und kommt an die Tür. Sie tritt nicht heraus, und auf ihrem Arm sehe ich ein Baby, eine von Peters kleinen Schwestern.

»Wir gehen Vater Bescheid sagen«, erklärt ihr Peter.

Seine Mutter sagt streng oder vielleicht auch furchtsam: »Ihr geht mir nicht in dieses Haus. Noch nicht mal in die Nähe. Ruft von der Straße aus nach ihm. Nicht anklopfen oder reingehen. Habt ihr verstanden?«

Wir nicken.

Wir rennen, und ich bin schneller als Peter, was keinen von uns überrascht. Ich habe ja bisher noch jeden Jungen meines Alters im Rennen und Werfen geschlagen. Aber ich bin froh, dass er bei mir ist. Hinfinden würde ich wahrscheinlich auch allein, aber die Last meiner Botschaft wird leichter durch seine Begleitung. Ich laufe langsamer, damit wir so tun können, als würde er mir den Weg zeigen. Und in gewisser Weise tut er das auch. Mein Atem geht jetzt freier, fast schon selbstvergessen sehe ich auf seine bloßen Füße, denen meine nur zu folgen brauchen.

Wir sind da, rufen vom Hof aus. Ich sehe gelbe Quarantänezettel an der Tür, dann den Arzt, der herauskommt. Er hat sichtlich Angst, weil sein Sohn hier ist.

»Es ist wegen Fannie«, rufe ich. »Sie, sie …« Aber ich kann es nicht aussprechen. Peter hält Abstand, nicht nur von dem unter Quarantäne gestellten Haus, sondern auch von mir. Er hat sich einen Schritt entfernt, dann noch einen.

Ich bin wieder allein mit meiner Botschaft, die ich hinter mir herschleppe wie einen schweren Stein.

Peter sieht mich an, der Arzt sieht mich an, die Frau und der kleine Junge, die auf der Straße vorbeigehen, sehen mich an – mitleidig. Ich habe mich noch nie als jemanden erlebt, den man bemitleidet, und es macht mich so wütend, dass ich explodieren könnte.

»Ich komme, sobald ich kann«, sagt der Arzt. »Ich habe mein Pferd hier. Spätestens in einer Stunde bin ich da.«

Und ich drehe mich um und renne los, lasse Peter einfach stehen, obwohl ich ihn hinter mir herrufen höre. Was könnte er sagen, was irgendetwas ändern würde?

Ich renne wie ein gehetztes Stück Wild am Ende seiner Flucht, mit schweren Füßen und schwachen Beinen, torkelnd. Nichts leuchtet für mich auf. Ich sehe nur die staubige Straße direkt vor meinen schwerfälligen Füßen. Ich tauche in den Wald ein, und es ist, wie an einem hellen Tag das Haus zu betreten. Ich sehe diffuse, pulsierende Schatten, weil flackerndes Sonnenlicht meine Augen täuscht. Ich stolpere über versteckte Wurzeln, reiße die Arme nach vorn, um den Sturz abzufangen, rapple mich auf, nur um wieder zu stolpern und hinzufallen, und ein weiteres Mal, renne schließlich aus Selbstschutz in geduckter Haltung dahin.

Je näher ich unserer Farm komme, desto langsamer wird mein Schritt, desto intensiver die Qual. Ein Krampf zwischen den Rippen. Ein immer stärker werdendes Gefühl: Wenn ich nur meine Ankunft noch hinauszögern kann, wird Fannie am Leben bleiben. Dass es meine Ankunft ist und nicht die Krankheit, die sie töten wird.

Ich kann nicht, darf nicht ankommen.

Also schwenke ich, als ich aus dem Wald komme, vom Haus weg und beginne, Runden um das hintere Feld zu drehen, unter den dunklen Tannen entlang, wo herabgefallene Zweige schmerzhaft unter meinen Fußsohlen zerknacken, im Bogen hinunter zum Teich, wo der kleine James ertrunken ist, dann hinter der Scheune durch und wieder Richtung Wald, am Waldrand unter den Tannen entlang, zum Teich, wo ich wieder an James denke, zur Scheune, auf der sich Vaters neue Windmühle leuchtend dreht, und wieder auf den Weg hinauf zum Wald und am Waldrand unter den dunklen Tannen entlang.

Ich werde nicht stehenbleiben.

Ich renne und renne, bis ich aufgehört habe, die Runden zu zählen, bis der ganze dicke Zopf auf meinem Rücken feucht ist, mein Kleid schweißgetränkt. Meine Hüften, Knie und Fußgelenke schmerzen jedes Mal, wenn einer meiner Füße auf der weichen Erde und dem frühen Unkraut aufsetzt, und mein Atem geht mühsam und stoßweise, ein lautes Keuchen, das schließlich meinen Vater alarmiert. Ich sehe ihn, als ich um den Teich komme.

Vater wartet an der Scheune auf mich.

Ich denke inzwischen gar nichts mehr und bin überrascht, ihn dort stehen zu sehen. Bin überrascht, überhaupt jemanden zu sehen. Ich würde an ihm vorbeirennen wie an einem Baum oder Stein oder Unkraut, aber er tritt mir in den Weg und fängt mich in seinen Armen. Ich sinke an seine Schulter, Rotz und Wasser heulend, keine heroische Botin mehr, die nicht ankommen darf, sondern ein erschöpftes Kind von zehn Jahren. Eine Tochter. Die Jüngste, das Nesthäkchen, der erhoffte Sohn, der nie kam.

Mein Vater riecht nach Holzspänen und Rost. In seinem Haar ist Sägemehl. Ich denke, so nah war ich ihm noch nie. So nah werde ich ihm vielleicht nie mehr sein.

»Du kannst sie nicht einholen, Aganetha. Sie ist vorausgegangen.«

Mein Schluchzen klingt nicht wie Schluchzen, sondern wie Um-Luft-Ringen. Ich erschlaffe in seinen Armen. Vater bringt mich nicht ins Haus, wo Fannies Körper bereits erkaltet; vielleicht ist es gutgemeint, vielleicht schafft er es selbst nicht, dorthin zu gehen. Er trägt mich in die Scheune, durch das breite Tor, das auf geölten Rädern aufgleitet, sodass der Farmwagen die grasbewachsene Schräge hinauf und auf die breiten Bretter der Tenne fahren kann. Meine langen Beine hängen hinunter, schlagen an seine. Er lässt mich so weit hinab, dass meine Füße auf den gefegten Brettern aufkommen, und wartet, bis ich mein Gewicht selbst tragen kann, was ich schließlich schaffe, als ich mit einem mächtigen, schaudernden Seufzer wieder in mich selbst zurückkehre.

Er steigt vor mir seine Treppe hinauf, und ich folge ihm. Ich fühle, wie meine Beinmuskeln vor Erschöpfung zittern. Wir stehen nebeneinander auf der Plattform, die er für seine Erfindung gebaut hat.

Wortlos zeigt mir Vater, woran er gerade gearbeitet hat: Bretter, seidenglatt gehobelt und geschliffen, weiter nichts, nur Bretter. Sie hätten für alles Mögliche sein können. Sind es nun aber nicht mehr. Jetzt sind sie für Fannie. Ich weiche zurück.

Ich erkenne, dass wir verschiedene Sprachen sprechen, mein Vater und ich. Vielleicht wollen wir ja dasselbe sagen, aber in die Luft zwischen uns buchstabiert, sieht es so verschieden aus, dass wir einander nicht trösten können.

Meine Kehle schmerzt, mein Mund ist trocken und klebrig.

»Ich gehe ins Haus«, sage ich heiser, und er nickt einmal, zweimal, und richtet seine Aufmerksamkeit auf das Brett, an dem er gerade gearbeitet hatte. Ich will nicht darüber nachdenken, wie oft mein Vater diese Aufgabe schon übernommen hat, wie oft er sein Bestes getan hat, damit eins seiner Kinder im Tod so bequem liegen kann wie im Leben. Wie stolz er darauf ist, dass seine Bretter so glatt sind. Dass das jetzt alles ist, was er zu geben hat. Ich will über das alles nicht nachdenken, will ihn nicht verstehen.

Der Anblick dieser Bretter erfüllt mich mit nacktem Entsetzen.

Ich gehe leise durch die Sommerküche nach drinnen. Ich fülle ein Glas mit Wasser aus dem blauen Glaskrug, den Mutter immer auf der Arbeitsplatte stehen hat, trinke es mit großen Schlucken aus, fülle es noch mal, trinke wieder. Die Spüle ist voll mit dreckigem Geschirr vom Morgen. Ich kann mir nicht vorstellen, jemals einen Sinn darin zu sehen, es abzuwaschen. Ich beuge mich über die Spüle und mache mein Gesicht nass. Wasser rinnt mir die Arme entlang, kleine Bäche, gesäumt von Dreck. George sehe ich nirgends, und ich bin froh darüber, obwohl ich keine Ahnung habe, warum. Ich weiß nur, dass ich ihn nicht sehen will. Ich will gar niemanden sehen außer Fannie.

Sie ist bestimmt oben.

Das Haus ist so still, als ob alle mitten am Tag schlafen gegangen wären. Ich schleiche die hintere Treppe hinauf, zu den Dienstbotenkammern, winzigen Räumen über der Küche und dem Esszimmer, die wir nicht benutzen, weil wir keine Dienstboten haben. Mein Großvater hat dieses Haus mit Vaters Hilfe gebaut, und ich glaube nicht, dass er auch nur ein Hausmädchen hatte, also ergibt es keinen Sinn, dass die Kammern gebaut wurden, aber sie sind da. Ich gehe den engen, schummrig beleuchteten Flur entlang und öffne die Tür zwischen diesen Dienstbotenunterkünften und unseren Zimmern, die vergleichsweise riesig sind und hell, weil sie breite Fenster haben und der raue Putz weißgetüncht ist.

Ich höre die leisen Stimmen meiner Schwestern und meiner Mutter und folge ihrem sanften Sog. Sie verstummen, als ich an der Tür ankomme und stehenbleibe. Zuerst bringe ich es nicht über mich, Fannie anzuschauen, die auf dem Rücken im Bett liegt. Aber dann kann ich nicht mehr wegsehen. Ihre

Augen sind geschlossen. Ich frage mich, ob Mutter sie ihr zugedrückt hat oder ob Fannie so gestorben ist. Wie ist es zu sterben? Ist es, als ob ein Fenster dunkel wird, weil jemand den Laden runterlässt? Blickt man bis zum letzten Moment auf diese Welt, um sie endlich zu erfassen und zu begreifen? Oder auch einfach nur, um sich ihr zuzuwenden, sie zu lieben? Oder starrt man in panischem Entsetzen auf all das, was man verliert?

Ich sehe, dass meine Mutter die einzige ist, die Fannie berührt. Olive und Cora stehen in Habachtstellung vor dem Fenster, dunkle Schemen im heißen Sonnenlicht.

»Komm nicht näher«, sagt meine Mutter. »Du darfst nicht auch noch krank werden.« Sie spült einen Lappen in einer Schüssel aus und wischt damit sanft über Fannies Gesicht und hinter den Ohren entlang, hebt dann Fannies Kopf mit dem verschwitzten, offenen Haar vom Kissen hoch, damit sie ihr den Nacken waschen kann.

»Ich war den Arzt holen«, flüstere ich, weil mir alles, was lauter wäre, als Störung erscheinen würde.

»Danke, Aggie, aber er war hier und ist gleich wieder gegangen. Er konnte nicht mehr tun, als die Quarantänezettel anzunageln.«

An etwas erinnere ich mich von meinem Lauf. Ich erinnere mich an das Weiß unzähliger Blüten, den Teppich von Waldlilien unter dem zarten Blätterdach. Es ist schon später Frühling, bald Juni. Und da ist diese schreckliche Grippe, die wahllos tötet, die Gesündesten und Kräftigsten ebenso wie die Anfälligen. Da ist Fannie, dreiundzwanzig Jahre, zwei Monate und drei Tage alt.

So stehen wir da, ich in der Tür, meine Schwestern am Fenster, ich weiß nicht wie lange. So lange es eben dauert, eine Tote zu waschen, ihr frische Unterwäsche und ein sauberes

Nachthemd anzuziehen, ihr verfilztes Haar auszubürsten und zu frisieren und ihre Stirn zu glätten.

Und dann wird die Tote schnell und tief begraben, in seidenglatt gehobeltem Holz.

F. S. 1895–1918

George sagt, ich bin nur seine Halbschwester, nicht seine Vollschwester, wie es Fannie war.

»Fannie ist mir Schwester genug!« Es ist zwei Monate her, dass Fannies Grabstein auf unserem Friedhof gesetzt wurde, aber ich bringe es immer noch nicht über mich, in der Vergangenheitsform von ihr zu sprechen.

»Aber so ist es doch besser. So darf ich dich küssen.« George pufft mich in die Rippen. Ich glaube nicht, dass er wirklich versuchen würde, mich zu küssen, aber mir wäre es trotzdem lieber, er würde darüber keine Witze machen.

Es gibt Sachen, die ich an George nicht mag. Waren sie immer schon da und sind nur durch Fannies Abwesenheit plötzlich an die Oberfläche gekommen? Wie kann es sein, dass ich sie nie bemerkt habe? Ich beobachte ihn schweigend, versuche dahinterzukommen. Warum ist es mir so wichtig, was er von mir denkt?

»Was guckst du so, Aggie?«, fragt er, als er mich ertappt.

»Gar nicht.«

Wir sitzen auf dem Scheunendach und schauen auf die Farm hinab. Vaters prächtige Treppe, die in den Wintermonaten fertig geworden ist, führt direkt in den Bauch der turmartigen Windmühle. Vater weiß es nicht, aber in der Windmühle, dort, wo die Treppe endet, hat George mehrere Bretter gelöst, sodass wir beide direkt aufs glatte Blechdach der Scheune klettern können.

»Auf uns liegt ein Fluch«, sagt George. Er reklamiert seine bittere Sonderstellung als eins der beiden letzten lebenden Kinder von Robert und Tilda Smart – nur er und Edith sind noch übrig und Edith mit einem toten Schoß.

»Sag nicht so was über Edith!«, flehe ich.

»Das ist nicht reparabel«, sagt er gallig.

»Mutter versucht ihr zu helfen.«

»Das ist ja das Problem«, sagt er, »und Edith sieht es auch so.«

Ich schweige. Ich glaube kein Wort von dem, was er sagt. Mutter geht regelmäßig zu Edith. Sie nimmt uns mit, Cora, Olive oder mich, damit wir aufräumen und mit Little Robbie spielen oder Wäsche waschen und aufhängen. Edith will das Haus nicht verlassen, aber Mutter redet ihr zu, hilft ihr auf die Terrasse hinaus und in den Schaukelstuhl. »Manche Menschen trauern eben länger«, erklärt sie Carson, der im Haus herumschleicht, als wäre es nicht seins.

Trauert Edith um ihre verlorene Schwester, oder ist es noch die Trauer um das totgeborene, fast fertige Kind, von dem Mutter sie letzten Sommer entbunden hat? Gehorsam nimmt Edith die Tinkturen ein, die Mutter ihr zubereitet, aber selbst ich müsste zugeben, dass die Medizin nichts bewirkt. Edith bleibt eine schlampige Hausfrau, eine faule Köchin, ein hübsches Gesicht mit in die Ferne stierenden Augen. Sie scheint nichts mehr zu erwarten.

George weist Tinkturen und Tees von sich. »Zaubertränke«, nennt er sie verächtlich. Keine von uns sagt etwas zu Mutters Verteidigung, nicht mal Mutter selbst. Wir treten beiseite und lassen seine Worte auf den Boden fallen, als könnte sie das unschädlich machen.

Ich weiß nicht, was mit George passiert ist, aber ich frage mich, ob es passiert ist, während Fannie oben im Sterben lag und er unten saß und sie sterben hörte. Ihm kann ich diese Frage nicht stellen, aber ich stelle sie mir – sind an jenem Tag irgendwelche losen Teile in ihm ineinandergerutscht, zu einem festen, harten Ganzen? Ich weiß es nicht. Ich war nicht zu Hause, als es passiert ist. George hatte mich ja weggeschickt, den Arzt holen – hat er das nicht getan, um Fannie zu retten, sondern um mir zu ersparen, die eigene Schwester sterben zu hören?

Es ist mitten am Nachmittag, das heiße Blechdach brennt an meinen Fußsohlen, die Sonne knallt mir auf die Wangen, bleicht mein Haar, malt mir Sommersprossen auf die Nase. George sieht völlig anders aus: dunkle Augen und dunkles Haar und eine Haut, die richtig braun wird. Er ist zwar kränklich, aber trotzdem groß wie wir alle, seine Schultern sind gerade, seine Haltung anmutig. Wir blicken auf die weite Landschaft, den fetten Ackerboden, die Arbeit, die immer weitergeht, auch wenn wir beide uns entziehen, auch wenn wir hierher flüchten. Mich befriedigt der Gedanke, dass meine Familie wohlhabend ist, dass unser Land immer Frucht tragen wird, dass dieses ganze sorgsame Anlegen und Hegen und Ernten immer weitergehen wird, was auch kommen mag.

Der erste Robert Smart, der sich hier niederließ, war ein Schmied aus der alten Heimat, Schottland. Die Gräber seiner Frauen und Kinder sind nicht markiert, seins wohl. Sein Grabstein war der erste, der dort gesetzt wurde, wo jetzt unser Familienfriedhof ist. Sein Sohn, der nächste Robert Smart, war mein Großvater, der seinen Vater begrub und das ursprüngliche Haus baute, einen schlichten viereckigen Steinbau, der in den folgenden Jahren erweitert und verbessert wurde. Mein Vater, ebenfalls ein Robert Smart, arbeitete mit seinem Vater an dem verschachtelten Feldsteingebäude, das ich jetzt sehen könnte, wenn ich auf die andere Seite des Scheunendachs klettern würde.

Mein Großvater Robert Smart starb schon vor meiner Geburt, aber meine Großmutter bewohnte weiterhin zwei Zimmer nach hinten hinaus. Die übernahm dann Mutter, als Granny starb, was nach Vaters Wiederverheiratung war, aber vor meiner Erinnerung. Das größere Zimmer ist unser formelles Wohnzimmer, das nie benutzt und nur selten abgestaubt wird. Das kleinere Zimmer – das Granny-Zimmer, wie wir es nennen – enthält ein Bett, eine Spiegelkommode und einen Waschtisch, und manchmal wohnen dort junge Mädchen, aber nie lange. Wir dürfen sie nicht stören, aber gelegentlich lässt Mutter Olive ein Tablett mit Tee oder Suppe und Brot zu einem dieser Mädchen bringen. Früher hat sie immer Fannie geschickt. Jetzt ist Olive mit Helfen dran.

Die Mädchen sind krank, und Mutter pflegt sie wieder gesund. Das ist alles, was ich weiß.

Aber Fannie konnte Mutter nicht gesundpflegen. Es macht mir Angst, wenn dieser Gedanke in meinem Kopf auftaucht. Ich schiebe ihn hektisch weg. Fannie hat Mutter nicht gerettet. Sie war dabei, als Fannie starb, und hat nichts getan, um sie zu retten. Nein, das ist nicht dasselbe, oder? Sie war dabei, so hilflos wie wir alle.

»Ich habe mich gemeldet, Aggie.« Georges Stimme schnappt über. Er hat ziemlich laut gesprochen und dabei kurz zu mir herüber- und gleich wieder weggeguckt.

»Gemeldet?«

»Ich gehe in den Krieg, sie brauchen mich – Jungen wie mich.« Er wartet meine Antwort nicht ab. Er ist wütend, ich sehe es an seinen Händen: Sie sind zu Fäusten geballt, so fest, dass die Knöchel ganz weiß sind. »Auf uns liegt doch sowieso ein Fluch. Was macht das schon aus – ein toter Smart mehr?«

»Es war die Grippe«, erkläre ich George. »Kein Fluch. Niemand konnte was tun, nicht mal Mutter.«

»Deine Mutter ist nicht meine Mutter«, sagt George, aber es endet in Husten.

»Sie werden dich nicht nehmen.« Ich nehme das Husten als Stichwort. »Deine Lunge.«

»Doch. Haben sie nämlich schon getan. Ich gehe, und zwar bald. Lebwohl, ade, auf Wiedersehen.« Mit einer schwungvollen Armbewegung illustriert er, dass er das alles hier hinter sich lassen wird, als wäre es nicht der schönste Ort auf Erden. Sein Ton ist angewidert.

Was weiß ich schon vom Krieg? Ich werde nie ein Junge sein, nie ein Sohn. Für mich wird der Krieg nie der Ausweg sein. Aber George – George ist genau das: ein Sohn. Und eine Enttäuschung. Robbie ist für sein Land gefallen, Robbie, der Bruder, an den George hier auf der Farm nie heranreichen wird.

Ich spüre, dass die Trennkante zwischen George und unserem Vater, George und der Farm schroff und splittrig sein muss.

»Behalt es für dich, Aggie, ja? Dir musste ich es sagen, aber die anderen sollen es erst wissen, wenn ich weg bin.« Er beugt sich an mich heran, ein bisschen verrenkt, weil er mir in die Augen schaut, und ich denke, vielleicht wird er mich doch küssen. Ich höre, wie mein Herz stehenbleibt, dann stolpernd anfängt zu rasen. George schwankt leise wie ein Baum im Wind. Und bevor er uns beiden einen irreparablen Schock versetzen kann, bin ich schon dabei, den Rest des Dachs zu erklimmen. Zwei kräftige Sprungschritte, und ich bekomme den First zu fassen und ziehe mich hinauf. Es gibt auf unserem Land keinen höheren Punkt: Das hier ist der Gipfel.

Es ist leicht, mich aufzurichten.

Ich stehe. Meine Knie federn, meine Zehenspitzen richten sich aus, meine Arme spreizen sich ab. Ich fühle meine Rücken- und Bauchmuskeln wie unzählige Lagen von Mullbinden: stärker, als man denkt. Der Wind erfasst mein unordentliches Haar und meinen Rock.

Ich höre George dort unten pfeifend atmen, zu Tode erschrocken. Gut. Recht so. Was soll schon sein? Ich kann nicht fallen.

»Schau her!«, schreie ich.

Ich mache einen Schritt und noch einen, mit erhobenem Kopf. Das Blech ist auf dem First nicht ganz perfekt zusammengefügt und schmerzt selbst an meinen abgehärteten Fußsohlen, aber ich tanze Schritt für Schritt bis ans Ende, von wo aus ich den Scheunenhof sehen kann, Stockwerke tiefer. Ich lasse meinen Atem ruhig werden und beuge mich langsam und geduldig vor, um auf den Schotter hinabzuschauen, wo die Wagen wenden. Unser Stallhund liegt hechelnd in der Sonne. Er sieht meinen Schatten winken, springt auf und bellt wie wild.

Da kommt Cora aus dem Haus, einen Korb zum Gemüseernten unter den Arm geklemmt.

Ich winke in ihre Richtung. »Hallo! Cora!«

Zuerst findet sie mich nicht. Irgendwie gefällt mir das: in aller Öffentlichkeit unsichtbar zu sein. Sie bleibt stehen und blickt suchend im Hof umher, während ich johle und rufe: »Hier, hier oben!« Sie sieht zuerst meinen winkenden Schatten, schaut hoch, wobei sie die Augen mit der freien Hand abschirmt. Ihr Mund ist ein perfektes O. Ich wanke einen halben Atemzug lang, fange mich vor ihren Augen wieder. Sie lässt den Korb fallen. Schreit.

Mutter kommt herausgestürzt.

Cora ist auf die Knie gefallen und vergräbt das Gesicht in

ihrer Schürze. Sie kann nicht mitansehen, was gleich zu passieren droht. Warum rechnet sie mit dem Schlimmsten? Ich könnte vor Ärger runterspucken. Warum hat sie kein Vertrauen in mich?

Ich kann alles, alles was ich will, Cora, schau nur her.

»Barmherziger.« Ich sehe Mutters Lippen das Wort formen, bevor ich es höre.

Ich richte mich auf und stehe ganz still da. Und dann, als wäre ich auf dem Scheunendach verankert wie eine Wetterfahne, drehe ich mich um mich selbst, einmal, noch mal, ein drittes Mal.

Mutters Hand fällt von ihrer Brust, und sie rennt los, irgendwohin, wo sie mich besser sehen kann – sie steigt auf den Weidezaun, als würde sie jeder Zentimeter Höhe näher zu mir bringen, klettert auf die Oberkante des Zauns und von da in die überhängenden Äste eines Ahorns.

Will sie mich retten? Oder anstacheln?

Ich fühle mich wie ein Vogel, obwohl ich weiß, dass ich nicht fliegen kann und es auch gar nicht wollen würde. Es ist nur eine Darbietung. Ich winke meinem Vater, winke den drei Erntehelfern, winke Olive auf der Veranda – sie alle hat Coras Geschrei herbeigerufen. Cora selbst linst unter der Schürze hervor, nur um wieder hysterisch loszuschreien: »Holt sie runter, holt sie runter, holt sie doch runter! Bevor sie abstürzt!«

Ich knickse, fasse meinen Rock und schwenke ihn. Und dann drehe ich mich um und laufe den First entlang bis ans andere Ende der Scheune, wo mich niemand sehen kann außer den Schweinen in ihrem Koben und den Kühen, die neben dem berghohen Misthaufen weiden.

Ich grüße die gleichgültigen Tiere. Ich salutiere zum Teich hin und halte einen Atemzug lang inne, um an den ertrunkenen kleinen James zu denken. Und dann laufe ich leichtfüßig wieder zum meinem Publikum hinüber. Ich habe so ziemlich alles vergessen, Vergangenheit, Gegenwart, Zukunft, es gibt nur das hier – diese Linie von heißem Metall, den Himmel über mir, die gespannt emporblickenden Gesichter. Sie warten auf mich, hoffen, mich wieder zu sehen. Sie verstummen bei meinem Erscheinen, einen Augenblick mucksmäuschenstill.

Meine Mutter auf dem Ahornbaum – in ihren Röcken und ihrer Latzschürze, die Arme vom Geäst zerkratzt – umklammert den rauen Stamm.

Ein Kunststück habe ich noch auf Lager. Plötzlich finde ich es schade, dass ich nicht noch mehr gelernt habe, letzten Sommer, bei meinen stundenlangen Balancierübungen auf dem Zaun – aber es ist ein prima Kunststück, mein bestes. Ich beuge mich rückwärts, ertaste mit den Händen den metallenen First, drücke mich kräftig ab und schwinge mich in den Handstand empor, in der Absicht, die Beine auf der anderen Seite wieder aufzusetzen und am Ende wieder in den Stand zu kommen.

Aber ich habe mich im falschen Moment abgestoßen. Meine Hände sind nicht richtig aufgesetzt, mein Becken kommt aus dem Gleichgewicht. Ich kippe.

Ich höre sie erschrocken aufstöhnen. *Nein!*

Ich höre das Schweigen meiner Mutter, ihre Kraft. Sie würde den ganzen Baum hinaufklettern, aufs Dach hinüberspringen und mich auffangen, wenn sie könnte – wenn der Baum nur höher wäre, wenn seine Äste nur bis an die Scheune reichten.

Mein Körper kippt seitlich weg, die Hüfte kracht auf Metall, die vorstehenden Nagelköpfe, die steile Schräge. Unten ist die Tiefe. Unten sind der harte Boden des Scheunenhofs, beschädigte Steine, das rohe, nicht fertiggestellte Dach des nie benutzten Hasenstalls, ein Mistgabelkopf, ein rostiger Eimer, ein kaputter Pflug und weiß Gott was noch. Ich falle zur Seite der Scheune hin, wo sich die verschmähten und vergessenen Dinge unseres Farmlebens sammeln.

Dort will ich nicht landen. Nein.

Ein Knurren, ein elementarer Widerstandsreflex.

Ich schnelle mit den Beinen, die Bewegung durchläuft meine Wirbelsäule wie eine Peitschenschnur. Meine Arme greifen blind aus, die Hände schlagen auf den First, die Finger krallen sich fest. Mein Gesicht landet auf dem heißen Metall, meine Beine rutschen unter mich. So hänge ich da, flach am abschüssigen Blech, hänge am Leben. Und dann, langsam und steif, ziehe ich mich hoch und schwinge mich rittlings auf den Dachfirst wie auf ein wildes, unberechenbares Pferd.

Das alles passiert schneller, als man Goodbye sagen könnte.

Ich schaue auf sie hinab.

Sie sind still. Mutter klettert vom Baum.

Aber ich lache, lache Tränen. Lache wie ein Kind des Glücks. Lache wie ein Kind, das wusste, es würde nicht fallen, konnte gar nicht fallen. Ich wusste ja, es konnte nicht sein. Ich drehe mich um und schaue zu George hinunter, der hinter der Windmühle hockt, bleich wie ein Geist.

»Wenn du Tildas Tochter wärst«, sagte er mit leiser, zorniger Stimme, »wärst du jetzt tot.«

Ich bin aber nicht Tildas Tochter. Ich bin die Tochter der Frau, die jetzt über den Scheunenhof kommt und direkt unter mir stehenbleibt, den Kopf fast rechtwinklig zurückgelegt, den Hals entblößt, im Gesicht etwas Ernstes, das – beinah – Stolz sein könnte.

»Mach jetzt auf der Stelle, dass du heil da runterkommst, Fräuleinchen«, befiehlt meine Mutter.

Es ist erleichternd, gesagt zu bekommen, was ich tun soll,

und es ist auch erleichternd, ihren Ausdruck in ein breites Lächeln übergehen zu sehen, obwohl sie den Kopf schüttelt.

George streckt mir die Hand hin, als ob er mir helfen könnte, als ob ich seine Hilfe wollen oder brauchen würde. Ich schwinge die Beine von ihm weg, kontrolliere die Rutschpartie diesmal mit den Hacken und Handflächen. Wir arbeiten uns von entgegengesetzten Seiten um die Windmühle herum und treffen uns bei den losen Brettern.

Das ist unsere Chance, etwas zueinander zu sagen – wäre unsere Chance. Aber wir ergreifen sie nicht. Wie es so oft geht. Ich merke, er will, dass ich zuerst durch das Loch in der Wand steige: Ritterlichkeit, Kontrolle. Soll er haben. Es ist ja nur eine kleine Geste. Tut mir ja nicht weh.

Ich steige vor George die Windmühlentreppe hinunter, ohne auf ihn zu warten. Auf der Treppe begegnet mir Vater, Hammer und Nägel in der Hand. Er sieht mich nicht an. Er weiß wohl nicht, was er sagen, wie er reagieren soll, also sagt er nichts, und sein Gesicht bleibt ausdruckslos.

Aber ich höre ihn etwas zu George sagen. Es klingt nicht ärgerlich, es klingt müde, fast schon resigniert. Er findet nicht genug Worte, also sagt er nur ein paar. »Was bist du nur für ein Junge?«

Ich renne über die Tenne und schwinge mich die Leiter in den Stall hinunter. Ich renne weiter, über den weichen Stallboden und in den Hof hinaus. Ich begreife immer noch nicht, dass das, was ich getan habe, für die anderen nicht so aussah, wie es sich für mich angefühlt hat. Es sah nicht mutig und heldenhaft aus, nicht spannend und originell. Es sah nicht aus wie die Darbietung, für die ich es bereits halte, da ich von meiner Unbesiegbarkeit überzeugt bin und daher glaube, dass der Sturz und das prompte Abfangen genauso geplant und genauso zentraler Bestandteil der Vorstellung waren wie die perfekte Balance, die präzisen Drehungen, das Überraschungsmoment.

Sie glauben, dass ich fast umgekommen wäre. Dass ich alles riskiert habe, nur aus dummer Angeberei. Sie verstehen nicht, was ich tue.

Das Problem wird bleiben.

Da ist das Leben, so wie ich es sehe, das, was sich um mich herum abspielt, verwirrend ungewiss, ja, sogar beängstigend. Und da bin ich, so wie ich mich sehe: immer am Vorbereiten, Üben, Vorausplanen einer Reihe von Darbietungen, deren Zeitpunkt und genaue Form ich vorher nicht kenne, für die ich aber jederzeit gerüstet sein muss. Diese Vorstellungen sind nicht Teil des Lebens, wie ich es sehe. Sie existieren außerhalb dessen, was real und furchterregend ist. Sie finden statt, wenn sich die Gelegenheit bietet. Ich habe sie unter Kontrolle. Ich gestalte sie. Ich führe sie aus und präsentiere sie einem Publikum, um den Zuschauern Freude zu machen, um die Welt in ihrem gespiegelten Zustand zu zeigen, der ein Zustand perfekter Ordnung ist, das genau Gegenteil der Welt, die zu bewohnen wir verdammt sind, einer dunklen Welt des Wirrwarrs und des Zufalls.

Der vermeintliche Ausrutscher, der scheinbare Sturz, der Schockmoment, wenn das Leben um ein Haar die Herrschaft übernimmt, was die Kunst dann aber doch vereitelt: Das macht die Vorstellung doch erst gut. Das gibt ihr doch Tiefe und Gewicht.

Was sonst sollte irgendjemanden hinterm Ofen hervorlocken?

Der Schein der Perfektion interessiert mich nicht. Mich interessiert, die Katastrophe zu beleuchten, an deren Rand wir alle jederzeit dahintaumeln. Mich interessiert, dem ins Gesicht zu lachen, was hätte sein können, aber nicht ist.

8

Risse

So, jetzt sind wir an dem kahlen Grundstück und dem grauen Haus vorbei, und ich kann wieder atmen. Ich fühle mich schon besser, obwohl der Wagen abbremst und ich das Unkraut im Straßengraben träge wedeln sehe; es ist so hoch, dass ich nicht sehen kann, was auf dem Feld dahinter wächst. Es war nur ein kurzes Stück vom einen Anwesen zum nächsten. Ob ich weiß, wo ich bin? Was für eine Frage.

»Ich sehe die Zufahrt nicht«, sagt das Mädchen. »Wo ist sie?«

»Sie ist ziemlich zugewachsen – hinter den Holzapfelbäumen da.«

Der Wagen biegt scharf ab, holpert über die Spurrillen in die Zufahrt. Ich sehe jetzt, dass auf dem vorderen Feld Winterweizen gesät worden ist, frisch und schwachgrün sprießt er aus tiefen, feuchten Furchen, und ich sehe die Tannenreihe, die dem Haus als Sichtschutz dient. Ich komme immerzu hierher zurück, im Kopf bin ich nie wirklich weg.

Die Ahornbäume sterben ab, dazwischen sind große Lücken wie im Mund von jemandem, dem verfaulte Zähne gezogen wurden. Die Himbeersträucher sehen aus wie Bodenroller-Pflanzen. Ich glaube, ich sehe den Pfad, den wir ausgetreten haben, Fannie und ich. Dort.

Stopp! Ich will die Gräber sehen.

Sie haben mich gehört.

Sie hat angehalten.

Sie haben mich wie einen Sack in den Rollstuhl verfrachtet, ohne mich fallenzulassen. Das ist ja wohl schon das Äußerste, was ich von den beiden erwarten kann.

Max gibt Regieanweisungen: »Ich filme das hier mit Weitwinkel. Fahr sie zu mir rüber und dann auf den Friedhof.«

»Alles klar, Mrs. Smart?« Das Mädchen stopft mir die Decke unter die Achseln. Die weißen Ohrhörer baumeln um ihren Hals, geben einen fernen Rhythmus von sich, schneller als der menschliche Herzschlag, und der Kaugummi zwischen den Zähnen des Mädchens knallt vor meiner Nase.

Wie alt ist sie? Sie sieht aus wie ein Kind.

»Alles okay, glaube ich«, sagt sie. Aber sie hat den Gurt nicht zugemacht.

Du hast den Gurt nicht zugemacht!

Max winkt sie weiter: »Das wird eine tolle Einstellung!« Ich fühle mich, als würde ich schweben, wie in einem einzigen langen Traum. Im Geist komme ich ständig hierher. Hier zu sein, die kühle Luft zu atmen und den nassen Erdboden zu riechen – ja, es scheint sogar noch unwirklicher als ein Traum.

Keine Zeit, mich mit Details zu befassen.

Das Mädchen pflügt mit mir durch Dorngestrüpp, wir bleiben im Matsch stecken, und sie rackert und flucht leise vor sich hin, bis wir wieder weiterkommen. Max geht schrittweise rückwärts, lotst uns dorthin, wo der Holzzaun war (der jetzt weg ist, nur ein, zwei angekohlte Pfosten ragen noch aus dem Boden, als Erinnerung daran, wie wir unser Territorium abstecken). Wir rollen jetzt mit Tempo in das kleine Geviert oder dorthin, wo es mal war, kommen auf Gras, als das Mädchen den Rollstuhl zu den flachen Steinen hindreht, und sinken wieder ein.

Ein Rad kracht gegen eine unterirdische Wurzel.

Jetzt zeigt sich, wie ich falle: flachwinklig, in einem Zustand, der etwas von Entspannung hat, auf feuchte Frühlingserde voll zarter grüner Versprechen und den verrottenden Wurzeln und Unkräutern des letzten Jahres.

Ich bemerke nichts von ihrer Aufregung.

Ich bin inmitten der Steine gelandet, aber auf keinen draufgefallen. Einer ist ziemlich nah an meinem Kopf, die perfekte Entfernung für meine Augen, um sich scharfzustellen. Der Stein sieht weich aus, moosgepolstert; er bröckelt an den Kanten und ist von rostfarbenen Adern durchzogen, und er versinkt in der Erde oder wird von ihr verschluckt, in sie hinabgezogen.

Man könnte darauf treten und gar nicht erkennen, was es ist. Es ist Fannies Grabstein, da bin ich mir sicher.

Der Krieg ist aus, am 11. November 1918, einfach so. Ich bin zehn. George ist ein blutjunger Soldat, der in den Trümmern von Halifax Harbour umhermarschiert und davon träumt, zur See zu fahren. Er ist noch nicht siebzehn.

Ich warte darauf, dass er nach Hause kommt.

Olive, Cora und ich laufen durch den Wald in den Ort, mit unserem Mittagessen in Vesperdosen. Das niedrige Backsteinschulhaus, das nur ein Klassenzimmer hat, steht am Ortsrand, und wir betreten es durch die Tür mit der Aufschrift MÄDCHEN. Olive wird dieses Frühjahr mit der Schule fertig. Olives und meine Schulleistungen sind höchstens befriedigend, wir haben keine Chance (und auch nicht den Wunsch), auf die nächste Highschool zu gehen, die über zehn Meilen weit weg ist, aber Cora ist gescheit. Sie verlässt in der Hofpause nie ihre Bank, sitzt immer im schlechtbeleuchteten Klassenraum über ihren Büchern.

Ich flitze an Olive vorbei, die mich ignoriert. Sie ist Teil einer Gruppe von großen Mädchen, die, alle in Mänteln und farbenfrohen Handschuhen, tuschelnd gleich am Ausgang stehen. Sie brechen plötzlich in kreischendes Lachen aus, und ihr vereinter Atem bildet eine milchige Wolke. Ich renne mit den Jungen in Richtung Sportplatz. Ich mag Jungen. Jungen sagen in der Schule nicht viel, nur das Unumgängliche und schnoddrige, spöttische Sachen. Jungen reden über das, was sie tun, liefern einen laufenden Kommentar, versuchen sich gegenseitig zum Lachen zu bringen. Ein Junge würde nie aus unerfindlichen Gründen in kreischendes Gelächter ausbrechen, wenn man an ihm vorbeigeht. Er würde vielmehr mit den Füßen voran am Homebase in einen reinschliddern, in der Hoffnung, dass einem der Ball aus den steifgefrorenen Fingern flutscht. Das kann ich verstehen.

Wenn wir ins Schulhaus zurückgehen, setzte ich mich ab und betrete es durch den MÄDCHEN-Eingang. In der Mittagspause sitze ich bei Cora. Ich fühle mich nicht einsam und sehne mich auch nicht nach einer besten Freundin. Ich esse das Brot, den Käse und die Dörrapfeltaschen und höre Cora und ihrer besten Freundin Edwina zu, wie sie ernst über die Schule und über häusliche Pflichten reden und darüber, was sie mal werden wollen.

»Krankenschwester zum Beispiel«, sagt Cora, »das ist besser als Lehrerin.«

»Aber kranke Leute«, sagt Edwina schaudernd.

»Als Krankenschwester kann man überall arbeiten«, sagt Cora. »Lehrerinnen müssen dahin gehen, wo man sie hinschickt.«

»Ich mag Kinder«, sagt Edwina.

»Ich nicht so.« Cora sieht mich mit leiser Verachtung an, als wäre ich viel jünger als sie.

»Kinder werden auch krank«, werfe ich ein.

»Ich werde mich spezialisieren«, sagt Cora. »*Nicht* auf Kinder.«

Nach dem Unterricht marschieren Olive, Cora und ich, jetzt mit leeren Vesperdosen, aus dem Ort zur Farm zurück.

Eines Nachmittags, als wir ins Haus kommen, sind da dunkle Spalten, klaffende Wunden in der Decke und im Dielenboden, ein hässlicher Schutthaufen dort, wo die Wand zwischen Küche und Esszimmer war. Vater hat sie eingerissen. Er hat es ganz allein gemacht und dabei eine Schicht von weißem Staub im ganzen Haus verteilt, sogar in den oberen Zimmern. Unsere Füße hinterlassen Spuren, unsere Finger auch.

Vater schaufelt den Schutt durch die Vordertür in eine Schubkarre, die er die Holzstufen hinunterbugsiert und hinter der Scheune auskippt. An uns Mädchen ist es, den restlichen Dreck zu beseitigen; wir geben nicht gerade unser Bestes.

Vaters neue Erfindung ist ein raumhoher Schrank, mit Fächern, die von der Küche zum Esszimmer durchgehen. Das Herzstück des Schranks wird ein großes, zweistöckiges Drehtablett hinter Glastüren. So kann man dann Essen aus der Küche ins Esszimmer schicken und dreckiges Geschirr zurück. Wir bewundern die Pläne.

Es wird kalt, Schnee zieht heran und nicht wieder weg, und es ist, als wäre der Staub von den aufgeschlagenen Wänden und den zugesägten Brettern ebenfalls Schnee, den der Wind durch die Spalte hereingeblasen hat. Ich sehe zu, wie das weiße Zeug durch die Luft schwebt und sich niederlässt, im Haus und draußen, und warte.

George kommt zu Weihnachten nicht nach Hause.

Ich sage mir im Stillen, dass das auch besser so ist; Vaters Drehtablett ist noch nicht mal annähernd fertig. Ich akzeptiere unsere derzeitigen Lebensumstände, aber ich glaube nicht, dass sie George gefallen würden. Der Tisch und die Stühle drängen sich an der anderen Wand. Unser Essen knirscht von Sägemehl – oder bilde ich mir das nur ein? Wir stolpern über splittrige Bretter, bleiben mit den Röcken an freiliegenden Nagelköpfen hängen, finden in unsere Schuhsohlen gespießte Schrauben. In der Küche liegen Hammer und Bohrer neben Wetzstein und Suppenkelle.

Olive schreit auf, wenn Mäuse unverfroren aus den Wand- oder Fußbodenspalten hervorhuschen. Die Köttel verunreinigen alle ungeschützt aufbewahrten Lebensmittel. Manchmal ist der Auslöser für Olives Schrei auch eine Fledermaus, die hektisch durch den Raum flattert.

Was mir Angst macht ist der Anblick der geöffneten Wände, der geöffneten Decke und des geöffneten Fußbodens – wie ein zerschnittener Körper, dessen Knochen und Eingeweide bloßliegen.

Aus einem dieser Spalte sehe ich eines Abends, als wir im Schein der Lampe sitzen, meine tote Schwester Fannie langsam hervorkommen, zu uns ins Zimmer. Ich starre mit angehaltenem Atem hin, und die Härchen an meinen Armen und in meinem Nacken stellen sich auf, aber außer mir scheint sie niemand zu sehen – weder meine Schwestern noch meine Mutter, die auch im Raum sind, ganz und gar wach. Ich erstarre, das Kratzen meines Stifts auf dem Papier bricht ab, mein unmelodisches Summen auch.

Ich weiß, es ist Fannie, obwohl ich ihr Gesicht nicht sehen kann. Sie sieht mich nicht an. Sie schlüpft lautlos vorbei und die Hintertreppe zu den Dienstbotenkammern hinauf.

Ich stehe so jäh auf, dass ich meinen Stuhl umstoße, und der Bleistift fällt mir aus der Hand.

»Aggie? Was hast du?«

Ohne ein Wort zu sagen, stürze ich hinter Fannie her. Ich renne stolpernd die steile Treppe hinauf, um sie einzuholen, aber sie ist schon um die Ecke, und als ich in den kalten Gang komme, ist sie verschwunden.

»Aggie!«

Meine Mutter steht am unteren Ende der schmalen, gewundenen Treppe und ruft, aber ich reagiere nicht. Es ist dunkel in dem kahlen Gang, und ich denke, wenn ich nur lange genug warte, wenn ich die Augen nur weit genug aufreiße, sehe ich Fannie, taucht sie vielleicht wieder auf. Ich halte die Luft an, balle und öffne die Fäuste, immer wieder und wieder.

Meine Mutter kommt die Treppe hinauf, langsam, mit schweren Schritten und schwerem Atem. Als sie mich berührt, taumle ich ein Stück von ihr weg.

»Was ist, Aggie?«

»Fannie«, stoße ich hervor. »Es war Fannie, die ich gesehen hab. Aber ich hab sie nicht mehr eingeholt!«

»Aganetha.« Meine Mutter fasst mich am Kinn und richtet meinen Kopf so aus, dass ich ihr in die Augen blicke, obwohl wir einander in dem kalten, dunklen Gang kaum erkennen können. Ihre Stimme ist hart, klingt gar nicht nach ihr. »Du wirst mir von jetzt an vorsichtiger sein. Du wirst mir nicht mehr versuchen, die Toten einzuholen.«

Auf diese Weise sagt mir meine Mutter, auch wenn sie mich verwarnt, doch gleichzeitig, dass sie mir glaubt.

Mutters Rezept besteht in einem Tee aus getrockneten Rosenblättern und einem täglichen Löffel Lebertran, aber ihre Arzneien wirken nicht. Jetzt, da Fannie weiß, dass sie sich durch die Spalte im Verputz zwängen kann, kommt sie, wann es ihr beliebt, nicht jeden Abend, aber doch so oft, dass ich erwartungsvoll nach ihr Ausschau halte. Wenn sie erscheint überläuft mich ein freudiger Schauer. Ich sehe ihre Schultern, ihren Nacken, den Rand ihrer Wange, als ob sie im Begriff ist, sich umzudrehen und etwas zu mir zu sagen, was sie aber nicht tut. Sie wendet mir nie das Gesicht zu.

Ich allein sehe sie an uns vorbeigehen, und mein Herz klopft, als wollte es mir aus der Brust springen.

Mutter blickt von ihrem Buch auf. »Du bist ruhelos. Geh und hilf deinem Vater in der Scheune.«

Olive und Cora lernen im Licht der Esszimmerlampe. Das Geschirr ist abgewaschen und weggeräumt, die Tiere sind gefüttert und getränkt. Vater ist wieder in die Scheune gegangen, um noch mehr Bretter an seiner Scheibensäge zuzusägen. Mutter hat ihn ermahnt, mit der Petroleumlampe aufzupassen. Seine Hände in den dicken Wollhandschuhen können nicht besonders geschickt sein.

Ich schüttle den Kopf. Ich sehe Fannie vom Esszimmer in die unbeleuchtete Sommerküche gehen, die um diese Jahreszeit kalt und unbenutzt ist.

Mutter wendet sich wieder dem ledergebundenen Buch zu, das aufgeschlagen vor ihr auf dem Tisch liegt. Es enthält handschriftliche Notizen und Skizzen und hat früher ihrer Mutter gehört. Die unlinierten Seiten fühlen sich rau an, das Papier ist bräunlich, mit roten, grünen und blauen Sprenkeln und Fäden darin. Ich habe es genau inspiziert. Die hintere Hälfte des Buchs ist noch leer. Mutter benutzt die Seiten, um Dinge zu notieren, die sie dem *Farmer's Almanac* entnommen oder durch eigene Beobachtung und Erfahrung gelernt hat. Sie trägt Namen, Geschlecht und Geburtsdatum eines jeden Babys ein, zu dessen Geburt sie gerufen wurde, und führt Buch über den Aufenthalt eines jeden hilfesuchenden Mädchens – immer nur unter einem Vornamen. Sie vermerkt Daten, verabreichte Mittel und deren Dosierung und Resultate. Sie verzeichnet die Mondphasen und die Erntezeitpunkte für

Kräuter. Aber sie benutzt eine Art Geheimcode, Kürzel, die ich nicht deuten kann, auch wenn ich noch so lange über den Zeichnungen und Wörtern brüte.

»Das wird ein langer Winter, Mädchen, und ein kurzer Frühling«, verkündet sie. Woran erkennt der *Almanac* so was? An der Dicke der Baumrinde, den Vorräten der Eichhörnchen, den Panzern der Insekten, dem Verhalten der Zugvögel? Die Welt um uns herum ist geheimnisvoll, aber nicht unerforschbar – die physische Welt des Lebens und Sterbens.

Wir hören Vater in die Sommerküche kommen, hören, wie die Tür hinter ihm vom Wind zuknallt, wie er sich auf dem Bretterboden den Schnee von den Schuhen stampft. »Hilf ihm, Aggie«, sagt Mutter.

Vater schiebt sich mit der Schulter voran in den schummrigen Raum, in den Armen etliche dünne Bretter, Furnier für die Schrankfronten. Mit ihm kommt Kälte herein. Als ich die Tür hinter ihm zumache, sehe ich einen Zipfel von Fannie in der Sommerküche und stoße die Tür wieder auf, um genau hinzuschauen, aber da ist niemand mehr.

»Aggie! Es kommt kalt rein!«

Vater legt seinen kleinen Stapel Holzstreifen behutsam auf einem größeren ab, haucht sich in die Hände und reibt sie. »Seht euch diese Maserung an«, sagt er. »Die Knoten. Die Farbe.« Tropfen glitzern in seinem Bart, dessen gestutzte schwarze Haare störrisches Grau durchzieht. Ich sehe sie mir an, bin aber die einzige. Ich hebe ein Furnierblatt an, tue so, als wäre ich verblüfft, wie leicht es ist. Aber das ist es nicht, was mich verblüfft. Das Verblüffende ist, dass die Maserung von Hand auf jedes Furnierblatt gemalt ist, samt Knoten und allem. Und die unnatürliche Farbe: kirschrot gebeizt.

Es verschlägt mir den Atem: diese Mühe! Ich verstehe es nicht – den Drang, Schönheit durch Kunst hervorzubringen, das Unnütze und Egoistische daran – und es macht mir Angst.

Vielleicht erkenne ich es ja und will es nicht erkennen: Wir sind uns ähnlich.

Liebe Aggie, in Montreal könnt ich bleiben, wenn ich das mit dem Parlewuh frangsä lern. Nicht alle Leute müssen so schwer arbeiten wie auf der Farm, so viel ist sicher. Sie können auch fahrradfahren! Und tanzen gehen! Viele Grüße George

Liebe Aggie, Toronto ist die Stadt für mich. Ich hab Arbeit gefunden, am Güterbahnhof mit den Tieren die da durchkommen, hauptsächlich Pferde. Die Stadtleute verstehen nicht viel von Tieren, mein Glück. Hier würd's dir gefallen.

Dein George

Liebe Aggie, hier gibt's Arbeit für alle, die welche wollen. Du könntest dir die Haare abschneiden und Jockey auf der Rennbahn werden. Sag ihnen ich komme nicht heim, und danke für das Darlehen, kommt sehr gelegen, ich zahl's bald zurück. Herzlich, dein George.

Wie verheißen kommt der Frühling spät.

Wir ziehen Setzlinge im Haus vor, in angeschlagenem Geschirr, gesprungenen Gläsern und Näpfchen aus zusammengedrehtem braunem Wachspapier, aufgereiht auf Behelfsregalen aus Brettern und Ziegelsteinen direkt vor den Fenstern und überall, wo ein bisschen Sonne hinkommt. Verstreute Erdklümpchen in den Ecken, vermengt mit Sägemehl. Ich finde einen verlassenen Wurf Kätzchen und hole sie mit Mutters Erlaubnis nach drinnen.

Vater macht sich ans Werk. Er baut den Rahmen für den Schrank. Statt Spalten und Löchern sind da jetzt nur glatte Bretter und der Duft von gehobeltem Holz und Harz.

Fannie erscheint nicht mehr. Ich glaube zu wissen warum: Sie kommt nicht mehr durch.

Wir essen schrumpelige Kartoffeln, gepökeltes Schweinefleisch und den leuchtend grünen jungen Löwenzahn, den Cora und ich auf der vorderen Weide pflücken. Die Schule ist jetzt vorbei.

Der Frühling kommt spät, aber dennoch ist irgendwann der Tag da, an dem sich Fannies Tod jährt. Dieser Tag scheint so anders als der vor einem Jahr und das Haus so anders als das Haus, das Fannie zurückließ. Es ist ausgeweidet worden. Ich frage mich, ob die anderen ähnliche Gedanken haben, während wir die Köpfe senken und warme Brötchen mit Butter und Honig essen. Ich kaue und schlucke, bis das Essen weg ist, aber das Gefühl geht nicht weg, auch nicht, als ich abräume, abtrockne, aus dem Haus flüchte – ruhelos.

Es ist meine Aufgabe, den Pferdestall auszumisten und die Pferde auf die vordere Wiese zu bringen. Selbst die alte Stute ist nervös: Sie keilt aus und wälzt sich im Matsch.

Es ist außerdem meine Aufgabe, den Hühnerstall sauberzumachen und die zankenden, drängelnden, hirnlosen Hühner zu füttern. Ich kämpfe mich durch den stinkenden Stall, mit einem Eimer voll Wasser, das mir aufs Kleid schwappt. Der Rock ist bis auf die Oberschenkel durchnässt. Die Hühner hacken und krallen. Ich lasse den Eimer fallen, verziehe mich rückwärts aus dem Stall und knalle die Tür zu.

Fannie ist nicht im Haus. Fannie ist nicht hier in der Scheune. Aber ich bin überzeugt, dass sie irgendwo in der Nähe ist, knapp außer Sicht. Ich fasse einen Entschluss, der mein Herz ruhiger schlagen lässt. Ich werde Fannie suchen. Ich werde sie finden.

Ehe ich michs versehe bin ich schon losgerannt, befeuert von einer Erregung, die ich mir nicht erklären kann. Zuerst fühle ich mich zittrig, und mein Atem geht schnell und hart. Ich renne nach hinten zur Scheune hinaus und am Feld entlang zum Wald. Ich renne bis an den Rand des Orts. Ich suche Fannie im Grünschimmer der ersten Blätter. Ich rufe nach ihr, aber nur ganz leise. Ich sage mir, dass sie mich auch so hört. Als ich sie im Wald nicht finde, renne ich weiter, über die Felder, in den Furchen am Rand, die voll Schlamm und emporgewühlten Steinen sind. Als ich sie auf den Feldern auch nicht finde, zwinge ich mich, auf Ediths Haus zuzurennen. Doch ich schwenke vorher ab und renne stattdessen den steinigen Fahrweg entlang.

Der Friedhof.

Ich klettere auf den Holzzaun, wobei ich mir den Rock zerreiße, und schwinge mich drüber.

»Fannie, bist du hier?«

Ich knie auf ihrem Grab, als ob ich erwarte, dass sie sich daraus erhebt, und meine Finger wühlen in der nassen Erde. Ich bin völlig verschwitzt und fange bald an zu frieren. Ich spreche in die Erde hinab, werde immer lauter, während ich ihre Geschichten wiederhole, eine nach der anderen, angefangen mit den Zwillingen, dann weiter mit dem Jungen, der nur ein halbes Jahr alt wurde, und dem ertrunkenen James – »Es war nicht deine Schuld, Fannie!« – und der ersten Mutter und Big Robbie, der im Krieg fiel, und schließlich Fannie selbst.

»Du warst so plötzlich weg, Fannie.«

Ich grabe tiefer, aber es kommt keine Antwort. Meine Finger tun weh.

»Aganetha.«

Ich fahre zusammen.

Sie ist so leise gekommen, dass ich sie gar nicht gehört habe, oder vielleicht war ich ja auch so tief in meine eigenen Gedanken versunken, dass ich von der Welt um mich herum nichts mehr mitbekommen habe. Das passiert manchmal. Manchmal erschrecke ich, wenn ich jemanden – eine Lehrerin, eine meiner Schwestern, meine Mutter – meinen Namen rufen höre, als ob ich tief in einem Traum gewesen wäre, weit weg, obwohl ich nie sagen könnte, wo. Irgendwo jenseits des Denkens.

»Aganetha, Kind.« Meine Mutter steht draußen vor dem Zaun, mit ausgebreiteten Armen, und ruft mich.

Mein Mund fängt an zu zittern, meine Augen brennen. Ich renne zu ihr, um mein kaltes Gesicht an ihrem Hals zu vergraben. Ihre Arme legen sich um mich wie Flügel, und wir sind beide in ihren warmen Schal gehüllt. So wiegen wir uns. Ich will mich an ihrem Körper verkriechen, damit sie meinen Schmerz nicht sieht, aber es dauert nicht lange, bis ich zu unruhig bin, um stillzuhalten, selbst unter ihrem Schutz, in ihren schweren Armen, ihrem steten Atem. Ich mache mich los und wische mir die Augen mit dem Ärmel meines Kleids.

»Fannie ist gern hierhergegangen«, sagt meine Mutter, aber mehr wie eine Frage.

Ich nicke.

»Du bist gern mit ihr hierhergegangen. Ihr wart zusammen hier.« Weitere Fragen.

Ja.

»Ich habe euch immer nachgeschaut. Und mir gesagt, wie schön für die kleine Aganetha, dass sie Fannie hat. Und wie schön für Fannie, dass sie die kleine Aganetha hat.«

Meine Mutter hält inne. Spricht nicht weiter. Sie fasst meine dreckigen Hände und drückt sie. Da ist Dreck von meinen Händen auf ihrer Wange.

Bilder von Fannie ziehen hinter meinen Augen vorbei, bewegte Bilder, schneller als die Wirklichkeit, aber stumm. Sie beugt sich über die Grabsteine. Geht davon, wedelt mich weg, aber ich folge ihr.

Mutter beobachtet mich genau, als könnte sie meine Gedanken lesen – ich bin überzeugt, dass sie es kann. Sie lässt meine Hände los, kniet sich auf Fannies Grab und füllt sachte das Loch wieder, das ich gegraben habe.

Langsam, zum Boden hin, sagt sie: »Es passiert, dass uns Menschen, die wir lieben, enttäuschen, Aganetha. Wir müssen sie darum nicht weniger lieben. Vielleicht müssen wir sie sogar noch mehr lieben.«

Ich sträube mich gegen das, was meine Mutter sagt.

Ich denke, dass sie zu viel verlangt, dass das eine unangemessene Forderung ist, dass sie unmöglich wissen oder meinen kann, was sie da sagt. Aber ihre Worte dringen tief in mich ein. Ich werde an sie denken, in dem Wirbel von hartgegossenen Momenten, der mein Leben ist. Ich werde an das denken, was sie mir jetzt aufträgt. Kann ich es erfüllen?

»Komm, wir wollen essen.«

Wir gehen den Fahrweg entlang, Mutter und Tochter. Ich lasse sie meine Hand halten.

9

Der Rosebud-Damensportclub

Hier liegt Fannie in ihrem glatten Holzkasten. Ich fühle sie, wie sie unter der Erde ruht und genau darauf wartet: dass ich nach Hause komme. Ich bin seltsam ruhig. Mein Atem geht tief und langsam. Ich bekomme mit, dass um mich herum Aufregung herrscht, hektisches Bemühen, aber ich lasse es über mich hinweggehen. Meine Gesichts-, Hals-, Nacken- und Brustmuskeln entspannen sich, und mein Herz schlägt langsamer.

Ich ruhe mich aus, als ob ich mich auf ein Rennen vorbereite, eins, von dem ich gar nicht wusste, dass ich dafür angemeldet bin. Ich werde mein Bestes geben. Zu einem Rennen habe ich noch nie nein gesagt. Ich atme ein paarmal betont langsam aus und ein, um meinen Herzschlag zu beruhigen, mich an einen Ort der Stille zu versetzen, ein Trick, den ich als junge Läuferin gelernt habe: So kann ich meine Kräfte beisammenhalten, alles Störende ausblenden.

Stört mich nicht. Versucht nicht, mich zu bewegen.

Sie ist ein kräftiges Mädchen, aber sie kann mich nicht hochheben. Ich rieche ihre Angst, pfeffrig, streng. Ihre Berührung ist nervös, übervorsichtig. Sie dreht mich um, und ich liege auf dem Rücken zwischen den Grabsteinen wie ein hilfloser Käfer.

»Sind Sie okay, Mrs. Smart? Ist sie okay? Das ist ja schrecklich – wir sollten ihr einfach die Wahrheit sagen, ihr einfach alles erzählen.«

Oh, nein, tu das nicht, Mädchen. Wenn du's nicht tust, tu

ich's auch nicht. Überstürzte Geständnisse bereut man nur, glaub mir.

Als ob sie mich hört, richtet sie sich auf, setzt sich auf ihre Unterschenkel. Sie berührt mich jetzt nicht mehr. Ich höre uns beide atmen, aber es könnte auch aufkommender Wind sein. Es ist kühl geworden.

Der Himmel hinter ihrem Kopf ist eine graue Wand. Es scheint, als ob Regen aufzieht: *Regen im April braucht, wer Maienblüte will.* Wenn wir überhaupt April haben. Vielleicht ist ja auch Mai. Auf jeden Fall Frühling. Ich glaube, ich bin im Großen und Ganzen okay. Was auch immer dahintersteckt, ich möchte ihr dafür danken, dass sie mich hierhergebracht hat. Dieses Mädchen, dessen Namen ich nicht mehr weiß. Das mir so bekannt vorkommt, auch wenn ich nicht darauf komme, woher.

Sie hat rotes Haar, das an den Wurzeln blond ist, ein längliches Gesicht, dunkle Augen. Alles Hinweise, irgendwie. Sie bewegt sich anmutig, neigt aber zur Ungeschicklichkeit, wenn man das hier mal als Indiz nimmt.

»Tut mir wirklich schrecklich leid, Mrs. Smart«, sagt das Mädchen, den Tränen nah. »Nach allem, was Sie getan haben. Das haben Sie nicht verdient.«

Ich schwenke die Augen zur anderen Seite hinüber, wo ein verschwommener Max herumfilmt.

Wozu brauche ich Männer mit Kameras? Wozu brauchst du so etwas, Mädchen?

Ich bewege meine Hand Zentimeter für Zentimeter, finde ihre und tätschle sie sanft.

»Was soll ich machen?«, fragt mich das Mädchen – ich möchte gern glauben, dass sie *mich* fragt. Sie ist jetzt ruhig genug, ich fühle es an ihrer Haut. Sie wird mich über die Ziellinie tragen.

Auf der Grasbahn hinter *Rosebud Konfekt* behandelt uns unser Trainer, Mr. Tristan, wie Spielzeug, das er aufzieht und dann loslässt, immer und immer wieder. In der kurzen Zeit, die wir haben, bevor er uns das nächste Mal aufzieht, verfalle ich in einen Zustand völliger Entspannung. Wir sind die Glücklichen, die dafür auserkoren wurden, in Mr. P.T. Pallisters Team zu trainieren und für ihn zu starten. Jeder weiß, P.T. hat die besten Mädchen und den besten Trainer, er schwimmt im Geld, und er hat etwas für Sportlerinnen übrig.

Mr. P.T. Pallister verkündet im *Toronto Daily Star*, er garantiere persönlich, dass bei der Olympiade 1928 in Amsterdam Sportlerinnen für Kanada Gold erringen würden. Er garantiert es persönlich! Und er scheut keine Kosten, damit es so kommt.

Er findet Lillianna draußen in der Prärie und holt sie per Eisenbahn nach Toronto; Lillianna springt wie eine Gazelle. Er entdeckt Ernestine auf ihrer Highschool in der Nähe des Sees. Glad ist seine Nichte, aber sie verdient sich ihren Platz im Team redlich. Lucy kommt aus New Brunswick, wird aber vor lauter Heimweh noch vor der Kanadischen Meisterschaft aus dem Team ausscheiden.

Was mich angeht, so weiß ich nur, dass ein Mann in der Bathurst Street 445 anklopft und einen Brief bei der Pensionswirtin, Mrs. Smythe, abgibt, die es mir am Abend vor versammelter Tischrunde mitteilt, bevor sie als erstes die Sättigungsspeise serviert, einen wässrigen Reispudding ohne Rosinen.

Olive und ich sitzen schlaff am Tisch, zerschlagen und ausgehungert nach der Tagesschicht bei *Packer's Meats*. Unsere Hände und Arme sind rot und wundgescheuert, unsere Füße schmerzen, und in unseren Haaren und Kleidern hängt der Geruch von Tierfett. Ich arbeite als »Springer«, was heißt, dass ich überall einspringe, wo man mich hinschickt, und Olive arbeitet am Band, zerkleinert Schweinefleisch zu feinem Hack. Wir tragen saubere weiße Schürzen, die bis Feierabend voller Flecken sind und die wir selbst zu waschen haben. Das Haar binden wir uns mit Kopftüchern aus dem Gesicht.

Wir erscheinen am Tisch der Pensionswirtin wie Geister unserer selbst, zu schwach zum Reden, und essen mechanisch ihr grobes Schwarzbrot und ihre Kohlsuppe.

»Das da ist heute für Sie gekommen.« Ein Brief, der an meinem Teller lehnt.

»Ach?«

»Ein Mann im Anzug, der nach Ihnen gefragt hat.«

»Was ist das?«, fragt Olive verwundert. Sie spart eifrig für ihre Ausstattung, wenn sie mal heiratet. Sie will von dem Geld Porzellan, Silber, Tisch- und Bettwäsche kaufen, sagt sie. Einen Zukünftigen hat sie noch nicht, aber ich kann ihn mir vorstellen. Es wird ein Mann im Anzug sein.

Ich reiße den Brief auf und überfliege den getippten Inhalt.

»Was steht drin? Sag schon!«

Mit am Tisch sitzen noch drei Mädchen, ebenfalls Fabrikarbeiterinnen, keine älter als zweiundzwanzig, sowie der Mann der Pensionswirtin, Mr. Smythe, der uns mürrisch ignoriert und beim Essen die Abendzeitung liest. Aber außer ihm sind alle neugierig, sogar Mrs. Smythe.

»Hat sie einen Verehrer?«

»O-oh, Aggie hat einen Verehrer!«

»Hab ich nicht«, sage ich über den Tisch. Aus dem Zusammenwohnen hat sich für mich keine Freundschaft entwickelt. Ich mag die anderen Mädchen nicht besonders, und umgekehrt ist es genauso. Ich finde sie albern und seicht, sie finden mich abweisend und seltsam. Vielleicht ist unser Urteil übereinander ja richtig und falsch zugleich. Wir sind alle jung und unabhängig und wollen noch mehr vom Leben, aber wir sind und tun es auf verschiedene Weise. Sie sind laut, verkünden ihre Meinung zu allem und jedem, haben einen derben Humor und können gemein sein, da sie sich mehr gegen andere verbünden als miteinander. Ich bin still, eigen und kompromisslos.

Nehmen wir nur mal das Thema Haare.

Sie sind ständig mit ihrem Haar beschäftigt. Waschen es, trocknen es, binden es über Nacht in Stoffstreifen ein, wickeln es um Holzlockenwickler, bürsten es, stecken es hoch, lassen es runter, schneiden es, formen es, fragen sich gegenseitig nach ihrem Urteil, bitten einander um Hilfe. *Hilfe! Was soll ich mit meinem Haar machen? Wie ist mein Haar?*

Ich trage meins bei der Arbeit hinten zu einem Zopf geflochten. Wenn es noch hygienischer sein muss, kann ich den Zopf im Nacken zu einem Knoten schlingen. Ansonsten bürste ich es abends, wie es mir meine Mutter beigebracht hat, und lasse es einfach lang. Olive schneidet mir die Spitzen. Ich kann auf meinen Haaren sitzen, wenn ich den Kopf zurücklege. Ich würde nicht sagen, dass mir mein Haar egal ist. Ich mag es, seine Farbe, seine Beschaffenheit, sein Gewicht, aber mir liegt nichts dran, es ständig zu hegen und zu pflegen. Ich habe keine Lust dazu, obwohl ich weiß, dass es mich zu einer Außenseiterin macht.

»Was ist es dann?«, fragt Olive wieder wegen des Briefs, und ich atme unwillkürlich so tief ein und aus, dass es klingt wie ein Seufzer, was alle erschreckt, mich eingeschlossen.

»Doch keine schlechten Nachrichten?«, fragt Mrs. Smythe.

»Nein, keine schlechten Nachrichten«, sage ich zu ihrer Enttäuschung. »Gute, glaube ich. Es ist nur … ich verstehe nicht …«

Olive nimmt mir den Brief aus der Hand. »Hm«, macht sie

mehrmals, während sie ihn durchliest. »Es ist was Privates«, sagt sie schließlich. »Ich glaube nicht, dass wir es hier am Esstisch erörtern sollten.«

Das weckt nun erst recht das Interesse der Mädchen. Selbst Mr. Smythe raschelt auf eine Art mit der Zeitung, die verrät, dass er das Gespräch verfolgt hat.

»Ich finde, du solltest nicht hingehen«, sagt Olive in unserem gemeinsamen Zimmer leise. »Du weißt ja nicht mal, ob das Angebot echt ist. Und wenn es ein Trick ist?«

»Was denn für ein Trick?« Ich gehe ans Fenster und lege die Handfläche an die kühle, wellige Scheibe.

»Um Mädchen anzulocken oder was weiß ich. Das ist doch nebensächlich. Die entscheidende Frage ist doch, kennst du diesen Mann?«

»Natürlich nicht.«

»Dann solltest du dich nicht mit ihm treffen. Wie sähe das denn aus?«

»Ich würde mich ja nicht mit ihm treffen. Ich würde mich mit dem Trainer seines Teams treffen, und das wäre in der Fabrik und am helllichten Tag.«

»Und du müsstest einen halben Tag freinehmen.«

Ich sage nichts.

»Du tust ja ohnehin, was du willst.«

Ich lege den kalten Zeigefinger an meine Lippen, strecke mich dann.

»Das hast du immer getan«, sagt Olive.

»Ach, ja?«, sage ich langsam.

Ich schaue durchs Fenster ins Abenddunkel, in dem überall Fenster leuchten, manche wie unseres von Petroleumlampenschein, andere strahlend hell von elektrischem Licht. Ich kehre meiner Schwester weiter den Rücken zu.

Wenn es ums Haar geht, dieses Gütekriterium des richtigen

Mädchens, steht Olive auf der anderen Seite. Sie hat Freude an duftenden Haarcremes und an Satinbändern, die ihr in meinen Augen etwas Kindisches geben. Kürzlich hat sie sich, für mich doch etwas schockierend, so einen neumodischen kinnlangen Bubikopf schneiden lassen, was für die Mädchen auf der Arbeit und in unserem Haus Anlass zu großem Gequietsche und intensiven Diskussionen war. Ich frage mich: Widerspricht es Olives Wesen, mit der Mode zu gehen? Nein, befinde ich. Olive will wie alle anderen sein. Wenn man wie alle anderen ist, zieht man keine besondere Aufmerksamkeit auf sich. Dann merkt niemand, dass man nicht so ist. So ist Olive.

Sie ist mir gegenüber nachsichtig, liebevoll, und wenn wir auch in unseren Erwartungen und Hoffnungen verschieden sind, vertraue ich doch ihrem Urteil.

»Ach, na ja, was soll schon passieren?«, sagt sie plötzlich, kommt zu mir und drückt mich so fest, dass es wehtut. »Du willst hingehen, also geh hin und lauf. Du bist so schnell, dass sie dich bestimmt für ihr Team wollen, und du wirst es großartig machen. Das weiß ich.«

Ich küsse sie auf die Wange.

»Und stell dir doch nur mal vor, Pralinen zu machen statt Dosenschinken«, sagt sie.

Bald schon machen wir beide genau das: Pralinen statt Dosenschinken. Die Mädchen bei Mrs. Smythe sind neidisch, und ich bringe es doch zu etwas mehr Beliebtheit am abendlichen Esstisch, vor allem dann, wenn wir eine Schachtel Ausschusspralinen herumgehen lassen.

»Oooh, was ist dieses rosa Zeug?«

»Schmeckt nach Erdbeer.«

»Es ist Erdbeer mit Kokos. Schmeckt's dir?«

»Nicht so gut wie die mit Karamell. Ist noch irgendwo eine mit Karamell?«

»Dann ess ich sie, wenn du sie nicht willst.«

»Ihr werdet alle dick und fett«, sagt die Pensionswirtin verkniffen und in völligem Ernst, was dazu führt, dass die Mädchenrunde mitten im Kauen erstarrt und Mr. Smythe, die Zeitung auf Halbmast und die Hand schon über der dargereichten Schachtel, selbige wegwedelt. Dessert stand nie auf unserem Speiseplan.

»Ach, möchten Sie nicht mal eine versuchen, Mrs. Smythe? Die sind so lecker!«

»Oh, nein, besten Dank, ich nicht.«

Es sind noch mehr Läuferinnen im Rosebud-Damensportclub, aber nur fünf von uns gelten als Kandidatinnen für die Olympiade – Glad, Lillianna, Ernestine, Lucy und ich. Wir haben jedes Training zu absolvieren und brauchen nicht in der Fabrikhalle zu arbeiten. Mir bietet man stattdessen eine Sekretärinnenstelle an, obwohl ich nie Schreibmaschine gelernt habe. Das ist mein erster Arbeitsauftrag: Schreibmaschine lernen. Mr. P.T. Pallister veranlasst, dass ich Sekretärinnenkurse mache. Es ist Olive, die die Ausschusspralinen nach Hause mitbringt. Und es ist auch Olive, die, wie Mrs. Smythe warnend prophezeit hat, in unserer Zeit bei Rosebud immer molliger wird.

Ich hingegen lerne Maschinenschreiben und Steno und Schreiben nach dem Diktierapparat und Buchführung. Meine Muskelmasse wird trockener, meine Wirbelsäule noch gerader.

Und ich lerne Glad kennen.

Bevor ich Glad begegne, bin ich das Mädchen, das nichts mit seinem Haar macht, das durch Großstadtstraßen rennt, verfolgt von johlenden Jungen auf Fahrrädern. Bevor ich Glad kennenlerne, bin ich das Mädchen, das aus einer wütenden

Trotzhaltung heraus nicht auf seine Außenwirkung achtet. Ich sehe irgendwie nicht ein, wozu Freundschaft gut sein soll, wenn man dafür so tun muss, als wäre man jemand, der man nicht ist. Freundschaft erscheint mir als Berechnung: eine oberflächliche Allianz, um nicht selbst ausgeschlossen zu werden.

Nachdem ich Glad begegnet bin, beginne ich auf meine Außenwirkung zu achten. Um ihr zu gefallen, verändere ich mich in kleinen Dingen, auch wenn sie es nicht von mir verlangt.

Bevor ich Glad begegne, weiß ich nicht, wie Freundschaft geht.

Ich mag sie gleich, aber das ist nicht weiter erstaunlich – alle mögen Glad. Das Erstaunliche ist, dass Glad mich auch mag.

Nach meinem zweiten Abendtraining mit dem Team sucht sie mich. Ich verstecke mich im Umkleideraum, sitze krumm da, die Knie an die Brust gezogen, und starre auf meine bloßen Füße, die rot und voller Blasen sind. Die Umkleide ist winzig, mit einer Holzbank und einer Reihe Spinde, und ich habe mich in dem kleinen Zwischenraum zwischen Spinden und Wand verkrochen. Auf der gegenüberliegenden Seite befinden sich eine Toilette, die auf einem bizarr hohen Betonsockel thront, und daneben eine Kaltwasserdusche über einem Bodenabfluss, beides durch eine dünne Holztrennwand vom übrigen Raum abgeteilt. Es ist ein jämmerlicher Ort, und ich bin ein jämmerliches Bündel jämmerlicher Gefühle: *Ich dachte, ich wäre schnell?*

»*Da* bist du!« Glad kommt geradewegs auf mich zu, bleibt mit verschränkten Armen und schiefgelegtem Kopf vor mir stehen. »Du brauchst neue Schuhe. Die Stiefel da zerfetzen dir ja die Füße.«

Ich nicke dumpf.

»Weißt du, was ich tue?« Glad stützt sich mit einem Arm an der Wand ab und trommelt nachdenklich mit den Fingern. »Ich gehe schwimmen. Das hilft gegen die Muskelschmerzen. Ich gehe am liebsten morgens. Warum kommst du nicht einfach mit.« Aber sie sagt es nicht wie eine Frage. Sie sagt es wie eine Antwort.

»Ich kann nicht«, sage ich. »Ich kann nicht schwimmen.«

»Ich bring's dir bei! Ist ganz leicht! Jeder sollte schwimmen können.«

Im YWCA in der McGill Street ist das Wasser eiskalt. Es füllt einen in den Zementboden eingelassenen Wassertank. Das Ganze ist ein dunkler, hallender Ort, erdrückend, glitschig, karg. Das Wasser schwappt gegen die Tankwände. Mädchen wühlen sich hin und her, und es fühlt sich an, als wäre da nicht genügend Platz zum Atmen. Mich überkommt Panik. Glads dunkles Haar steckt unter einer Badekappe, meins ist ungeschützt und klebt mir nass am Kopf. Unsere schwarzen Badetrikots sind schwer, haben gerade geschnittene Beinöffnungen, einen Rundhalsausschnitt und keine Ärmel, und meiner ist zu kurz und spannt an den Schultern, weil Glad ihn mir geliehen hat – »Keine Sorge, ich habe jede Menge, ich probiere immer das neueste Modell aus!«

Männer haben hier keinen Zutritt.

Haare geraten mir in den Mund. Ich schlage um mich. Ich werde untergehen.

Glads Beine kreisen wie Rührbesen, und sie steht ein Stückchen von mir entfernt im Wasser. »Halt dich am Rand fest.«

Ich schnattere. »Du wirst schon ganz blau, Aggie! Du müsstest mal deine Lippen sehen!«

»Das ist nicht lustig«, knurre ich.

Sie lacht, aber irgendwie hasse ich sie nicht dafür. »Du musst dich jetzt mal bewegen. Komm, ich halte dich.«

Glads Hände sind unter meinem Bauch, halten mich in der Schwebe. Sie gibt mir Anweisungen, während wir uns langsam das Becken entlangarbeiten. Gesicht rein und zur Seite, rein und zur Seite. Luft ins Wasser ausblasen und zur Seite, Luft ausblasen und zur Seite. Tragen lassen, ganz entspannt. Und ziehen und ziehen, unter Wasser mit dem Arm ziehen. Mit den gestreckten Beinen schlagen. Hände hohl machen. Nicht den Kopf recken.

So viel, woran ich denken muss.

Ich: »Ich kann das nicht!«

Glad: »In einer Woche schwimmst du Bahnen, versprochen.«

Als ich mich tragen lasse, als sie die Hände wegnimmt und ich einen Moment von selbst oben bleibe, das Gesicht im grünlichen Wasser, die Augen weit offen, sehe ich den ertrunkenen kleinen James in genau der gleichen Haltung im Wasser liegen.

Ich verschlucke mich und richte mich jäh auf.

»So war's gut!«, sagt Glad und hält mich an den Ellbogen. »Beinschlag«, erinnert sie mich. Sie glaubt, ich zittere vor Kälte. Ich nicke verbissen. Versuche es wieder. Und wieder sehe ich James, meinen Halbbruder, seinen kleinen Körper, gleich neben mir. Das passiert jedes Mal, wenn ich das Gesicht ins Wasser tauche, bis ich mich, nach Tagen und Wochen, daran gewöhnt habe und es anders deute. Jetzt denke ich, wir schwimmen zusammen, und schließlich ist es nur noch eine andere Art, an ihn zu denken, wie ich es Fannie vor langer Zeit versprochen habe.

Ich akzeptiere den Schatten neben mir im Wasser.

Glad schlägt mich beim Training draußen auf der Bahn während der Monate September, Oktober und November 1926.

Als es schneit und der Schnee liegenbleibt, trainieren wir drinnen, in einer mit Holz ausgekleideten Turnhalle, wo unsere Gummisohlen auf dem Boden quietschen. Wir arbeiten mit Hanteln und Springseil, spurten von einem Hallenende ans andere und machen Kraftübungen nach einem System, das unser Trainer, Mr. Tristan, ersonnen hat. Außerdem hält er die Läuferinnen unter uns an, einmal am Tag rauszugehen und durch die Schneeverwehungen zu laufen, dort, wo wir die Bahn vermuten.

An diesen eisigen Tagen bin ich schneller als Glad, aber meine langen Beine sind in dem tiefen Schnee ein Vorteil. Ich springe wie ein Hase.

Im April sind wir wieder draußen, trainieren auf der Bahn. Mr. Tristan scheucht uns bei jedem Wetter, und es ist ein kalter April mit Schneeschauern.

In den Monaten April, Mai und Juni 1927 schlägt Glad mich wieder beim Training. Sie schlägt mich auch im Juli meistens, aber schon knapper. Im August entscheidet sich bereits von Tag zu Tag und von Trainingslauf zu Trainingslauf, wer von uns im Ziel die Brust vorn hat. Es ist uns beiden bewusst, aber wir reden nie darüber. Kein einziges Mal. Wir treffen uns dreimal die Woche morgens zum Schwimmen. Wir treffen uns auf der Bahn. Wir treffen uns zur gemeinsamen Bewegung, sprechen davor nur wenig und danach, wenn wir uns verausgabt haben, in einer Art Kurzcode.

»Guter Lauf«, sagt sie etwa, und ich nicke.

Oder: »Müde heute.«

»Ja.«

Das ist Freundschaft, wie ich sie mir vorstelle: paralleles Erleben, über das man nicht viele Worte machen muss.

Mr. Tristan teilt es mir am Ende eines harten Trainingsabends mit: Ich bin für die Kanadischen Leichtathletikmeisterschaften bei der Canadian National Exhibition, der CNE, qualifiziert. Er braucht mir nicht zu sagen, dass es mein bisher wichtigster Lauf sein wird, meine Chance, nach fast einem Jahr aufopferungsvollen Trainings zu beweisen, dass dies mein Platz ist. Er legt mir eine Hand auf die Schulter und streckt mir die andere zum Händedruck hin: »Sie haben das Qualifikationslimit für die achthundert Meter geschafft. Ich wusste, Sie können es.«

Als ich ihm die Hand gebe, fühle ich, wie mir die Tränen kommen. Es ist ein Kampf, sie drinnen zu halten, aber ich beherrsche mich, schaffe es, die Emotion wegzusperren.

»Aggie«, sagt er freundlich und tätschelt mir die Schulter, »das ist eine gute Nachricht. Sie sollten sich freuen.«

Tue ich ja, wenn ich nur die Freude unter dem steinernen Panzer finden könnte. Ich nicke. Mein erster Gedanke ist, es meiner Mutter zu sagen – aus irgendeinem Grund sehe ich sie in ihrer Schürze auf dem Ahornast stehen und mich auf dem Scheunendach beobachten. Sie soll es wissen. Ob sie wohl mit dem Zug nach Toronto kommen könnte?

Aber es ist August, der Garten quillt über von Gemüse und Früchten, und der Zug kostet Geld.

Ich schicke einen Brief, der nur die nackten Fakten enthält, nichts von der Angst und der Freude. Ich kann sie nicht bitten, dabei zu sein. Sie kommt nicht auf die Idee. Sie schreibt zurück, in ihrer formellen Handschrift, feinen Schwüngen quer über das dünne Blatt: »Berichte uns, wie es war.«

Ich weiß, ich bin die, die weggegangen ist. Aber ich bin jung genug, um zu denken, dass meine Mutter da sein sollte, um mich zu sehen. Ich bin jung genug, um mir vorzustellen, sie könnte mich sogar überraschen.

Mrs. Symthe macht Spiegeleier zum Frühstück – ihr wortloser Beitrag zu dem großen Ereignis. Die anderen Mädchen bedauern, dass sie arbeiten müssen und nicht kommen können, um mich anzufeuern. Sie reden davon blauzumachen. Fröhliches Gelächter. Ja, ich halte es für absolut möglich, dass ich eine Medaille gewinne – schließlich kann ich inzwischen sogar Glad schlagen –, warum also sollten sie es nicht auch glauben?

»Wirst du dann berühmt?«

»Was denn sonst?«

»Wirst du dir die Haare schneiden lassen und dir ein hübsches Kleid kaufen, wenn du in die Zeitung kommst?«

Wovon ich noch nichts weiß, was wenig später auf mich einstürzt wie eine mächtige Meereswelle: das wütende Insektensummen der Zuschauermenge, die schlanken Gliedmaßen und spitzen Ellbogen meiner Konkurrentinnen, dieser Mädchen, die ich noch nie gesehen habe und die nicht so sind wie Glad, sondern mehr wie ich, in sich zusammengezogen wie gespannte Federn, vor Nervosität vibrierend. In meinem Bauch rumort es, ich wünschte, ich hätte diese Spiegeleier nie gesehen – zwei halbrohe, wabbelnde gelbe Augen, die mich anstarren.

Alles in Ordnung, Aggie? Glad, die es mitbekommen hat. Ich, die ich wünschte, sie hätte nichts gemerkt. *Ja, alles bestens.*

Ich suche die Menge ab, aber meine Mutter ist nicht unter den vielen Gesichtern.

Ehe ich michs versehe, ist es schon fast vorbei. Zack. Zweimal um die Bahn. Ich bin es zu schnell angegangen, werde früh überholt, halte den zweiten Platz, während sich die Meter vor mir zu einer endlosen Wüste dehnen, halte ihn, bis mich in der letzten Kurve zwei Läuferinnen einholen.

Eine davon ist Glad, und sie segelt an mir vorbei. Sie wird auch das Mädchen vor mir noch kriegen.

Ich sehe sie davonziehen, folge ihr in die Zielgerade, wohl wissend, dass wir uns in zwei Versionen derselben Geschichte befinden: Ihre ist leicht und schwungvoll, meine schwer und schleppend. Das scheint nicht fair, nach allem, was wir zusammen erlebt haben. Es fühlt sich an, als ob sie irgendetwas Wichtiges – ein Stück von meinem Herzen oder meiner Lunge – aus mir herausgezogen und sich fröhlich damit davongestohlen hat und ich verkrüppelt und kraftlos zurückgeblieben bin. Dieses Gefühl kenne ich – es ist das Gefühl, verraten worden zu sein, und es lastet schwer auf mir, ich muss mich darunter hervorkämpfen.

Als ich mich der Ziellinie nähere, sehe ich für einen Moment in der Menge einen offenen Mund, ein gerecktes Kinn, geschwollene Halsadern. George, mein Bruder – ist er gekommen, um mir zuzuschauen? Wenn es George ist, wird er nach dem Rennen nicht zu mir kommen. Ich hoffe, dass ich mich getäuscht habe.

Ich taumle als Vierte über die Linie, jenseits der Medaillenränge, Meisterschaftschroniken und Zeitungsberichte. Eine Emotion, die Zorn sein könnte – wenn ich es auch nicht zugebe –, quillt als idiotische Tränen aus mir heraus.

Ich zwinge mich, auf Glad zuzugehen: »Gratuliere.«

Ich höre mich selbst kaum, so leise murmle ich es. Ich dränge mich nicht so weit zu ihr durch, dass ich sie umarmen könnte, und mein Tribut ist armselig in dem wilden Trubel, der Gladys Wright an diesem strahlenden, warmen und leicht windigen Freitagnachmittag umgibt. Gladys Wright, die diesjährige kanadische Meisterin über hundert Meter, die überraschend auch noch die achthundert Meter gewonnen hat.

Nach den Meisterschaften fährt Mr. Tristan Lucy, Ernestine und mich nach Hause. Wir haben alle drei nicht geschafft, was von uns erwartet wurde – oder genauer gesagt, was wir selbst von uns erwartet haben –, wenn auch Ernestine immerhin ins Sprintfinale gekommen ist. Die Fahrt ist heiß und staubig, und wir sagen nichts, halten nur in dem offenen Automobil unsere Kopfbedeckungen fest.

»Kopf hoch, Mädchen«, sagt Mr. Tristan, als ich aussteige.

Ich fürchte mich vor dem Abendessen. Ich fürchte mich davor, Olive und Mr. und Mrs. Smythe und den Mädchen erzählen zu müssen, was war.

Doch das Abendessen kommt und geht vorbei, und ich muss nur leicht den Kopf schütteln, *nein, nicht gut*, und die anderen lassen mich in Ruhe. Ich muss trauern. Ich muss früh ins Bett gehen, obwohl es immer noch sonnig und heiß ist, muss mich unter dem Decklaken zusammenrollen, die Knie an den Bauch gezogen. Ich muss fühlen, was ich fühle.

Es ist sehr nett, dass mich niemand mit falschen Beschwichtigungen stört.

Das erste, was ich nach dem Aufwachen sehe, ist Glad, die mir von der Zeitung entgegenlächelt; sie schwenkt einen Strauß weiße Blumen und hält eine große Schachtel Rosebud-Pralinen im Arm. Mr. Smythe muss die Zeitung an dieser Stelle aufgeschlagen und dann gefaltet haben, ohne dass er beim Abendessen ein Wort darüber verloren hätte. Er muss die Zeitung den ganzen Abend aufgehoben haben, muss dann, als alle im Haus schliefen, die Treppe hinaufgestiegen sein und die gefaltete Zeitung leise unter unserer Tür durchgeschoben haben, denn auf ihr landet mein nackter Fuß an diesem nagelneuen Morgen, an dem ich immer noch ich bin und nicht die kanadische Meisterin, als die ich mich schon gesehen habe.

Ich breite die Zeitung auf der Sommerdecke aus, unter der Olive immer noch vor sich hindöst.

Ich finde, Glad sieht perfekt aus.

Ich hole Olives Schere und schneide das Foto aus, um es aufzubewahren. Aber ich habe Magenschmerzen. Ich frühstücke nicht. Ich gehe nicht schwimmen. Ich gehe spazieren, südwärts zum See, dann nach Westen das felsige Ufer entlang und wieder nordwärts durch den High Park und an den Mineralbädern vorbei, wo Leute baden. Schließlich ist es Zeit, mich auf den Weg zum Training zu machen.

Glad ist nicht da. Vielleicht ist sie aufgrund ihrer Siege für heute befreit.

Ich laufe stark. Ich laufe gut. Ich fühle meine Traurigkeit aus mir heraussickern und hinter mir zurückbleiben, und ich sage mir: Das war's. Ich werde nicht mehr trauern, nicht darüber. Ich habe ein Gefühl von Undurchdringbarkeit, von Elastizität, als ob ich auf etwas Hartes pralle und im ersten Moment glaube, ich hätte mich verletzt, dann aber merke, dass der Schmerz nur oberflächlich ist. Dass er schon weg ist.

Das nennt sich Wiederherstellung. Ich kenne das Gefühl vom Laufen. Unter jeder Schicht Schmerz wartet eine weitere Schicht Wiederherstellung, das wundersame, immer wieder überraschende Wesen der Ausdauer.

Wenn Glad hier wäre, denke ich, würde ich sie umarmen und ihr gratulieren, und diesmal wäre es ehrlich gemeint. Ich bedaure, dass sie nicht da ist.

Der Umkleideraum leert sich. Ich wasche mir das Gesicht über dem Waschbecken. Ich ziehe meine durchgeschwitzten Trainingssachen aus, schäle mir die Socken von den Füßen, trockne mich mit einem großen Stück saugfähigem Flanell ab. Pudere meine Achselhöhlen mit Natron und Talkum. Ziehe mich an. Ich löse meinen Zopf, bürste mein Haar aus und lasse es auf meinen Rücken fallen, unmodisch lang und offen, knittrig vom Flechten. Ich sammle meine feuchten Habseligkeiten ein und falte sie zusammen. Ich bin die einzige, die noch da ist, das ganze Gebäude ist still und leer, da die Samstagsschicht um siebzehn Uhr gegangen und der Reinigungstrupp noch nicht eingetroffen ist.

Ich öffne die Tür, ganz in meinem eigenen Kopf und meinen eigenen Gedanken.

»Ich glaube, ich weiß, was das Problem ist.« Mr. Tristan wartet auf dem Gang vor dem Umkleideraum.

Mein Herz jagt los wie ein durchgehendes Pferd. Ich versuche, mein Erschrecken zu verbergen. Seine Hand an meinem Oberarm dirigiert mich sachte zu dem kleinen Raum, der sein Trainerbüro ist. »Kommen Sie, reden wir.«

Ich setze mich nicht hin, obwohl er auf einen vor seinen Schreibtisch gequetschten Stuhl zeigt.

Ich trage ein leichtes Sommerkleid mit Blusenkragen, kurzen Ärmeln, Bindegürtel in der Taille und einem Rock, der wie die meisten Röcke für meine langen Beine zu kurz ist, gerade mal die Knie bedeckt. Das Kleid ist hellgelb, fast wie meine Haare. Es ist in keiner Weise modisch, so wenig wie der Strohhut auf meinem Kopf. Meine Sporttasche mit der scharfriechenden Trainingskleidung darin trage ich über der linken Schulter. Ich werde die Trainingskluft waschen und in dem Zimmer, das ich mit Olive teile, zum Trocknen aufhängen. Bis zum Training am Montag wird sie trocken sein, aber sonst ist sie meistens noch ein bisschen feucht, wenn ich sie wieder anziehe. Dann schlüpfe ich in das Hemd, die kurzen Hosen und die Socken, und das leicht feuchte Gefühl und der Schweiß- und Lanolingeruch haben fast schon etwas Tröstliches.

»Guter Auftritt gestern?«

Ich starre ihn sprachlos an. Fragt er das im Ernst?

»Sind Sie mit dem vierten Platz zufrieden?«, hakt er nach.

Ich schüttle den Kopf.

»Sie wissen, dass Sie mehr können. Ich glaube, ich weiß, was das Problem ist«, sagt er wieder. Er setzt sich hinter seinen Schreibtisch, verengt die Augen und mustert mich. Ich habe das schreckliche Gefühl, dass er in meinen Kopf hineinsehen kann.

»Ich habe Sie beobachtet«, sagt er.

Ich fühle mich durchsichtig. Fühle mich so offen wie eine klaffende Wunde. Was hat er gesehen?

»Sie sind im Training beinhart, aber im Ernstfall lassen Sie sie vorbei. Sie wissen, wen ich meine. Glad. Sie nehmen sich zurück.«

»Tue ich nicht!« Die Wut in meiner Antwort schockiert mich. Ich zittere.

Denn noch während er es sagt und ich es abstreite weiß ich, dass es stimmt.

Der gestrige Lauf flutet auf mich ein, eine Serie kurzer, grell beleuchteter Einzelbilder. Nach einem zu schnellen, nervösen Start brennen meine Muskeln, und ich falle auf die zweite Position zurück, bleibe aber dran. Als wir in die zweite Runde gehen, ist das Tempo ein bisschen schneller, als mir lieb ist – kann ich es halten? Ich denke nicht darüber nach, ziehe einfach nur meine Schrittfrequenz an.

Jetzt kommt der Punkt, an dem ich angreifen will, in der Kurve zur Gegengeraden. Ich schaue über die Schulter.

Nie umschauen, höre ich Mr. Tristan sagen, als ob er neben mir läuft und in mein Ohr spricht. Zu spät. Ich sehe schon, was ich sehe.

Glad direkt hinter mir, grinsend. Glad, die an mir zieht, mich zurückzieht. Wie ein Sog. Wie ein Seil. Glad, die wie ein Stein aus einer Schleuder an mir vorbeizischt, meinen Arm mit ihrem streift. Meine Finger klappen sich ein. Ich lasse sie ziehen.

Die Ziellinie, flatterndes Band, einen, zwei, drei, vier Schritte hinter den Medaillenplätzen. Mein Kopf dreht sich zur linken Schulter. Zu leicht, denke ich. Ich habe noch zu viel übrig. So will man sich nach einem Lauf nicht fühlen. Man will nicht im Ziel sein und wissen, man hätte mehr geben können. Man will sich ganz verausgaben. Will leer sein.

Mr. Tristan beobachtet mich.

Ich bin wieder in seinem kleinen Trainerbüro, im harten Sonnenlicht, das schräg durch die staubige Scheibe fällt. Es ist heiß hier drin, luftlos, wie in einem begehbaren Schrank. Er sieht mich an, ungeschützt, so ungeschützt wie ich. Ich schüttle vehement den Kopf, um das Gefühl des Verlierens abzuschütteln. Um die Emotionen abzuschütteln, die wieder über mich hereinbrechen, so frisch wie gestern: Eifersucht, Neid, Scham und, was das Schlimmste ist, das Gefühl, verraten worden zu sein.

»Sie mögen Glad«, sagt er schlicht.

Ich erglühe.

»Sie täten gut daran, sie ein bisschen weniger zu mögen.« Mr. Tristan spricht lässig, trommelt mit den Fingern auf dem Schreibtisch. »Ihr Onkel bezahlt alles hier, mich eingeschlossen, aber das wird mich nicht davon abhalten, Ihnen die Wahrheit zu sagen, denn die Wahrheit ist, ich mag Sie, Aganetha Smart. Nein, scheuen Sie nicht gleich wie ein erschrecktes Fohlen. Ich sage das als Ihr Trainer. Ich mag Ihr Potential, schon von Anfang an. Sie arbeiten härter als irgendjemand sonst hier. Härter als ich je jemanden habe arbeiten sehen. Sie haben sich Ihren Platz in diesem Team auf die harte Tour verdient. Das mag ich an Ihnen. Sie sind wie ich. Sie kommen aus dem Nichts.«

Komme ich nicht, denke ich trotzig. Ich höre kaum, was er sagt.

»Sie mögen Glad«, fährt er fort. »Warum auch nicht? Sie ist ein nettes Mädchen, sie hat die Welt in der Tasche, ist sorglos und unbeschwert, bekommt alles, was sie will, immer schon.«

»Hören Sie auf«, sage ich.

»Wenn Sie mich fragen, ist Glad nicht die, für die Sie sie

halten«, sagt Mr. Tristan. »Seien Sie vorsichtig, das ist alles, was ich sagen will.«

Ich atme wie nach einem Achthundert-Meter-Lauf.

»Kurzzeitig ist sie schneller«, sagt Mr. Tristan, wobei er sich erhebt und die Tür aufhält, um mir zu signalisieren, dass unser Gespräch zu Ende geht, »aber Sie sind ausdauernd. Besiegen kann sie Sie nur hier drinnen« – er beugt sich zu mir und tippt sich an die Schläfe – »und glauben Sie nicht, das wüsste sie nicht.«

10

Goldmädel

Ich strecke die Arme aus, und das Mädchen beugt sich herab. Ich wiege bestimmt so gut wie nichts, denn da sind ja keine Muskeln und kein Fett mehr unter der losen Haut. Aber ich bin immer noch lang, lange Knochen, lange Wirbelsäule, meine Füße schleifen am Boden. Ein tiefer Seufzer kommt aus meiner Lunge und ein zweiter aus ihrer, fast gleichzeitig, *Ah*, als sie mich in den Rollstuhl setzt. Den Gurt hat sie vergessen, aber ihr das zu sagen erfordert eine so komplexe Äußerung, dass es die Mühe nicht wert scheint. Mir fällt das Wort für *Gurt* nicht ein, obwohl ich das Bild im Kopf sehe.

»Das ist nicht meine Schuld!« Sie schreit ihren Bruder an, ist aber wütend auf sich selbst. Sie schüttelt die Decke aus, die in den Matsch gefallen ist, zupft meine alberne Strickmütze zurecht, packt mich ein. »Sag nichts!«, herrscht sie ihn an. Dabei hat er die Kamera nicht heruntergenommen und, soweit ich es mitbekommen habe, kein einziges Wort gegen sie gesagt. Sie ist völlig durch den Wind.

Na ja, sie ist jung. Jung und ehrgeizig. Wenn man jung ist, glaubt man, die Sonne erfunden zu haben, die auf einen herabscheint. Man glaubt, sie geht auf, weil man es ihr befiehlt, aber für die Schatten in der Welt will man nicht verantwortlich sein. Ich bin gestürzt, aber sie ist die Leidtragende.

Sie schiebt mich von den Gräbern weg, zwingt die Räder des Rollstuhls durch den Matsch und die Himbeeren zurück auf den Fahrweg, dem der Schotter abhandengekommen ist; er ist so glattgewetzt und glänzend wie eine alte Cordhose.

»So.« Der Atem des Mädchens wird energischer, aber das *Klick-Klick* der Gummiräder verlangsamt sich, als sie mich der Reihe von Tannen entgegenschiebt, die vor langer Zeit als Sichtschutz für das Haus gepflanzt wurden. Ihr Bruder beeilt sich, ein Stück vor uns zu bleiben, seine Schuhe schlurfen über den Erdboden. Er sucht den besten Winkel. Eine große Gestalt, die in einer lächerlichen Hockstellung rückwärts krebst, von uns weg. Wir folgen ihr.

Ich sehe die Szene vor mir, die das in ihrem Film ergeben wird: Ich bin eine verhutzelte, knorrige, verfallende Kreatur, die eingemummelt im Rollstuhl einen kahlen Fahrweg entlanggeschoben wird, hin zu einem Ort, an den ich mich nicht klar erinnere, aber ich weiß, ich komme nach Hause. Ich vermute, der junge Mann wird das als traurige Szene gestalten und dementsprechend mit Klaviergeklimper unterlegen. In dem Film, den sie machen, bin ich ein hilfloses Wesen, gesteuert von einem starken jungen Mädchen, einem Teenager in enger, knallbunter Sportkleidung, einem Mädchen, das permanent dafür gerüstet ist loszulaufen. Ihre muskulösen Waden haben den gleichen Umfang wie ihre Oberschenkel. Ihr Trainings- und Regenerationsplan ist anders als meiner damals. Ich habe gehört, sie machen jetzt Eisbäder – manchmal ist das dämliche Fernsehen doch zu etwas gut. Sie läuft jede Woche zweihundert Kilometer in Form von Intervalltraining, Sprints, Tempoläufen, Berglauf. Sie macht Hanteltraining. Sie macht Bauchpressen. Sie macht Liegestütze. Sie macht Dehnübungen. Sie träumt von Gold.

Aber ich, das vor sich hin murmelnde, verwirrte Geschöpf im Rollstuhl, ich träume nicht, brauche nicht zu träumen. Weil ich schon Gold habe.

Vor langer, langer Zeit habe ich einen Ozean überquert, um es zu holen und nach Hause zu bringen.

Ob es wohl ein Akt der Freundlichkeit wäre, dem Mädchen zu erzählen, was dieses Gold wog – als Warnung oder Verheißung? Es war so viel schwerer, als ich gedacht hatte.

1928, Amsterdam. Die erste Olympiade, bei der sich Frauen in einigen Leichtathletik-Disziplinen messen dürfen.

Mir ist nicht richtig bewusst, was ich hier tue und was es bedeutet. Ich freue mich einfach nur wie ein Schneekönig, mit den anderen Mädchen auf der Treppe unserer Amsterdamer Pension zu posieren, wir alle in Teamkleidung, weißem Rock und weißer Jacke, rot paspeliert, mit einem Ahornblatt auf der Brust, und dazu einem Glockenhut, von dem Glad sagt, er stehe mir besser als ihr. Ich mache gern, was man mir sagt, erscheine, wo man mich hinbringt, ziehe an, was man mir gibt, esse, was man mir vorsetzt, und laufe klaglos auf der aufgewühlten Aschenbahn, die man uns Kanadierinnen für das Training in den Tagen vor den Wettkämpfen zugewiesen hat.

Die Nachricht geht in vereinzelten Eruptionen von Knistern und Knattern durch den Äther. Mein Foto sehe ich erst Wochen später, als ich wieder zu Hause bin: Meine Mutter hat mehrere Exemplare ausgeschnitten, um sie aufzubewahren. Schwarz-weiß, auf Zeitungspapier reproduziert, von stimmkräftigen Jungen auf den Straßen unter die Leute gebracht. Darunter in zehn Zentimeter großen fetten schwarzen Lettern: UNSER GOLDMÄDEL!

Erinnere ich mich an das Foto? Oder erinnere ich mich an den Moment, von innen erlebt?

Der Fotograf muss sich vor uns auf der Laufbahn in Stellung gebracht haben, hockend, um den besten Winkel zu haben. Er hält mich in der Bewegung fest, wie ich gerade die

Ziellinie überquere, vor der Deutschen, aber nur knapp; ihr Gesicht ist hart, meins ungläubig. Mein Kopf ist leicht gedreht. Ich schaue über meine Schulter, während ich mich ins Ziel beuge, aber ich schaue nicht nach der Deutschen, obwohl es so aussieht. Ich schaue mich nach Glad um. Ich verstehe nicht, warum sie nicht neben mir ist. Mir ist ganz elend, weil sie nicht da ist.

Mir ist überhaupt elend.

Ich trage ein kurzärmliges weißes Leibchen mit V-Ausschnitt und einem roten Ahornblatt, unter dem mein Land steht: CANADA. Zwei enge Unterhemden, unter dem Leibchen übereinandergezogen, drücken meine Brüste flach. Lose geschnittene schwarze Shorts flattern um meine Oberschenkel und sind mir in der Taille zu weit – ich habe ein zusätzliches Loch in den schmalen Ledergürtel gebohrt. Hinterher habe ich rote Abdrücke am Bauch, weil ich den Gürtel so fest zugezurrt habe. Weiße Söckchen stecken in unflexiblen schwarzen Schuhen. Meine Startnummer auf Papier ist in Hüfthöhe festgesteckt: 692. Glad hat 689.

Ein Blitz. Am nächsten Tag bin ich auf den kanadischen Titelseiten.

Ich laufe aus dem Fotomoment hinaus, weil ich nicht sofort anhalten kann. Ich stoße einen klagenden Laut aus, sinke zu Boden, liege flach auf dem Rücken und halte mir mit beiden Händen den Kopf. Mr. Tristan und Miss Gibb, die Teambetreuerin der Kanadierinnen, sind sofort bei mir und ziehen mich hoch.

»Großartiger Endspurt. Weltrekordzeit«, sagt Mr. Tristan. »Kommen Sie, das vergeht schon.«

»Wo ist Glad?«, frage ich, während hinter meinen Augen Sterne explodieren. Miss Gibb wickelt mich in eine kratzige Wolldecke.

»Sie friert.« Sie spricht mit Mr. Tristan, nicht mit mir. »Das ist der Regen.«

»Schirmen Sie sie ab.«

»Achtung, Platz da!«

Plötzlich schießt jemand in mein Blickfeld, Glad, und sie dreht sich um. Ihr Grinsen geht von Ohr zu Ohr. Ich kann es nicht glauben, nicht nach dem, was gerade passiert ist. Sie packt schwungvoll meine Hand, schüttelt sie wild. *»Kiddo!«*, ruft sie laut. »Ich wusste, du hast es in dir!«

Ich heule Rotz und Wasser. Glad reagiert, als hätte sie befunden, dass ich mich nur aus Jux so verhalte. Sie lässt nicht zu, dass ich mir meinen großen Moment verderbe, und dafür liebe ich sie. Sie tut so, als ob sie spielerisch mit mir boxt, tänzelnd, lachend.

Miss Gibb tupft mir diskret das Gesicht mit ihrem Taschentuch ab. »Sie sollten sich freuen«, sagt sie streng.

»Sie sollte gar nichts«, sagt Mr. Tristan.

»Sie muss sich zusammenreißen. Haltung, Mädchen.«

»Ist ja gut.«

»Es tut mir leid, Glad«, schluchze ich.

»Was denn?« Glad zwängt sich durch, um mich fest zu umarmen. »Ist ja nur ein Rennen«, flüstert sie mir ins Ohr, während ich den Kopf auf ihre Schulter lege und mich ausheule.

Die Medaillenverleihung: Ich bekomme einen Strauß weiße und rote Blumen. Ich stehe oben auf dem Treppchen, ohnehin schon das größte Mädchen weit und breit, sodass die ausländischen Zeitungen schreiben werden, »Womit füttern sie diese langbeinigen Kanadierinnen?«, als wären wir alle vom selben Schlag. *God Save the King.*

Mr. Tristan hilft mir vom Podest. Er hat einen zärtlichen Gesichtsausdruck, der mich traurig macht, obwohl ich nicht weiß, warum. Es ist, als ob er sich verabschiedet, als ob er etwas weiß, was ich nicht weiß – dass das hier ein Abschluss ist. Wir haben, was wir wollten.

Miss Gibb heftet sich an meine rechte Seite, hält mich am Ellbogen fest. Ich lehne mich von Mr. Tristan weg, an Miss Gibbs schlanke, mit Jacke und langem marineblauem Rock betont dezent gekleidete Gestalt. Meine Beine sind aus Wasser, meine Lunge steht unter Wasser, und unter den dröhnenden Tribünen ist es zu laut zum Sprechen. Sie führen mich in den Amsterdamer Vormittag hinaus, in den feinen Nieselregen, und verfrachten mich auf den Rücksitz eines brummenden schwarzen Autos.

»Heiße Brühe«, sagt Miss Gibb, als sie neben mir einsteigt. Sie macht die Tür vor Mr. Tristans Nase zu. »Wärmflasche. Rausschwitzen. Sie haben sich erkältet, das ist alles.«

Ist ja nur ein Rennen.

Komisch, was Glad da gesagt hat. Kann sie das ernst gemeint haben? Ich verkrieche mich in meinem Pensionszimmer unter der Bettdecke, mit Fieber und Schüttelfrost. Wenn ich ehrlich bin, muss ich zugeben, dass das Fieber nicht körperlicher, sondern seelischer Art ist. Ich bin zwanzig und nicht für das gerüstet, was in den letzten Wochen passiert ist, mit einer Ausnahme natürlich: dem Wettkampf selbst. Für den war ich bestens gerüstet. Glad nicht.

Glad geht mir nicht aus dem Kopf.

Glad, die als Favoritin in die 100-Meter geht, die das Halbfinale mühelos als Schnellste besteht, die ihr Selbstvertrauen trägt wie einen Federhut. Manche Athletinnen verfallen unter der Last der Erwartungen in eine finstere Stimmung – stochern bei den Mahlzeiten in ihrem Essen herum und giften jeden an, der sie anspricht –, aber Glad scheint von innen heraus zu leuchten. Am Abend vor ihrem 100-Meter-Finale sitzen wir gerade beim Essen, bestehend aus kalten Kartoffeln, fetten Schinkenscheiben und Brot mit Marmelade, als Miss Alexandrine Gibb fragt, ob sie sich zu uns setzen darf – obwohl das aus ihrem Mund eher wie ein Befehl klingt. »Ich möchte in meiner Kolumne über Sie schreiben, wenn es Ihnen recht ist«, sagt sie zu Glad. »Es würde die Leser bestimmt interessieren, wie Sie sich auf Ihren Wettkampf vorbereiten, die genauen Einzelheiten. Was Sie essen und trinken und welche besonderen Trainingsübungen Sie machen, um in starker Verfassung zu sein.«

Glad lacht. »Ich laufe mit Aggie. Das ist alles, was ich brauche, um in starker Verfassung zu sein.«

Ich werde rot und säble mit einem stumpfen Buttermesser an meiner Schinkenscheibe herum. Ich sollte darauf antworten, Bescheidenheit an den Tag legen, meine Rolle herunterspielen, ein Gegenkompliment machen, aber mir fällt nichts ein. Das meine ich, wenn ich sage, ich bin für das alles nicht gerüstet. Ich bin leer, denke ich. Füllt mich. Alles, was ich habe, sind diese Beine, die auf Geschwindigkeit trainiert sind, und dieser Kopf, der darauf trainiert ist, eine Bahnrunde optimal zu laufen.

Aber das stimmt nicht. Mir fehlt es nicht an Wissen, davon besitze ich mehr als die meisten Mädchen meines Alters, über die unaussprechlichsten Dinge. Was mir fehlt, sind schlicht gesellschaftliche Umgangsformen. Ich weiß noch nicht, wie leicht die zu erlernen sind. Es sind Strategien, weiter nichts.

Am Vormittag des 100-Meter-Endlaufs stehe ich mit den anderen kanadischen Sportlerinnen auf der gedrängt vollen Tribüne – so nah an der Aschenbahn, wie es nur geht, übers Holzgeländer gebeugt, um unsere Mädels anzufeuern –, als Glad sich am Start aufstellt. Sie sieht zu uns herüber und winkt, zeigt den Zeitungsreportern mit den Fotoapparaten ihr breites Grinsen, ehe sie in die Startposition geht, einen Fuß auf der Linie, den anderen abstoßbereit, die Arme angewinkelt, die Knie gebeugt, den Oberkörper vorn geneigt, bereit, beim Startschuss loszuschnellen.

Auf die Plätze, fertig, *PENG!*

Sie sind gestartet. Doch plötzlich feuert die Pistole noch zweimal in die Luft, um die Läuferinnen zurückzubeordern. Fehlstart. Und wir alle wissen, wer es war, wer da einen halben Schritt vor den anderen losgeflogen ist wie ein erschreckter Vogel aus einem Busch. Glad! Wir halten den Atem an.

Es ist ein Gefühl, als ob wir von einer Klippe ins Leere getreten wären.

Glad schüttelt den Kopf, die Arme, die Beine. Sie geht im engen Bogen an den Start zurück. Diesmal grinst sie nicht und schaut nicht herüber zu uns, die wir von der Tribüne aus ihren Namen rufen. Ich höre meine eigene Stimme, schrill selbst in meinen Ohren: *Glad, Glad, Glad!* Es ist keine Zeit dafür, dass Mr. Tristan mit ihr reden, beruhigend auf sie einwirken könnte. Es muss weitergehen, und die Mädchen beziehen ein zweites Mal an der Startlinie Position. Deutschland, die Vereinigten Staaten, Frankreich, Kanada, Holland, Kanada, Japan, Italien.

Die Pistole knallt. Und wieder knallt sie unmittelbar darauf noch zweimal, um die Läuferinnen zu stoppen.

Nein.

Die Zuschauer stöhnen auf, werden ganz still. Ich schlage mir die Hände vors Gesicht.

Bestimmt ein Irrtum. Bestimmt werden die Kampfrichter einsehen, dass Glad zwar gezuckt hat, aber stehengeblieben ist, dass es nur so aussah, als wäre sie zu früh gestartet. Es lag doch nur daran, dass sie so schnell ist und deshalb als erste loskam. Oder? Gebt ihr noch eine Chance! Mr. Tristan rennt auf die Bahn, um zu protestieren, aber andere Männer aus dem kanadischen Team halten ihn auf, reden ihm zu, wieder zurückzugehen.

Ein Offizieller ganz in Weiß führt Glad von der Bahn. Sie ist disqualifiziert. Sie wird nicht laufen.

Glad sinkt ungläubig ins Gras. Sie kniet da, die Hände im Haar vergraben, beugt den Kopf auf den Boden. Steht auf, nur um wieder in die Knie zu brechen. Noch nie habe ich Glad so leiden sehen. Ich habe sie überhaupt noch nie am Boden gesehen. Es ist, als ob man Zeuge wird, wie ein massives Gebäude plötzlich einstürzt. Nein, schlimmer. Es ist, als ob man Zeuge wird, wie ein Rennpferd sich plötzlich ein Bein bricht, taumelt und fällt, verwirrt, benommen, ohne zu verstehen, was passiert ist, und aufzustehen versucht und unter Qualen wieder zurücksackt.

Die Mädchen stellen sich erneut auf. Sie vermeiden es, zu Glad hinüberzuschauen. Aber ihren hilflosen Schreien können sie nicht entrinnen.

Die Pistole knallt. Sie sind gestartet, und im nächsten Moment ist es auch schon vorbei. Kanada hat, dank Ernestine, überraschend Silber hinter der Amerikanerin geholt, einer Sechzehnjährigen, die ihr Glück nicht fassen kann. Sie johlt und macht Luftsprünge. So schnell hat sich das Blatt gewendet, keine von uns kann es begreifen. Glad, die als Favoritin in diesen Endlauf gegangen ist, schaut heulend vom Stadionrand aus zu, und die hübsche kleine Amerikanerin mit den Schulmädchenzöpfen wird von Teamkameradinnen aufs Podest gehoben, beißt in ihre Goldmedaille und benimmt sich höchst unpassend für eine Sportsfrau, wie Miss Alexandrine Gibb in ihrer Kolumne über Glads tragisches Ausscheiden schreiben wird.

Wir wissen nicht, was im Kopf einer Athletin vor sich geht, die so hart gearbeitet hat, nur um ihre Träume von einem Moment auf den anderen zerplatzen zu sehen. Allein Miss Wright könnte es uns sagen, und sie hat die – unserer Meinung nach weise – Entscheidung getroffen, sich zu diesem Thema nicht zu äußern.

Trost bietet sich möglicherweise in Gestalt einer neuen Chance, eines weiteren Wettkampfs. Miss Wright wird am Donnerstagvormittag im 800-Meter-Finale an den Start gehen, zusammen mit ihrer Teamkameradin und Freundin Aganetha Smart. Die couragierten jungen Damen gingen beim wohl engsten Rennen der Olympia-Qualifikationsmeisterschaften diesen Sommer in Halifax als Erste und Zweite durchs Ziel und brachen dabei beide den bis dahin gültigen kanadischen Rekord. Somit haben es auch beide verdient, hier in Amsterdam als stolze Trägerinnen der kanadischen Farben anzutreten.

Könnte es am Donnerstag zu einem weiteren Doppelsieg kommen? Kanada kann nur die Daumen drücken und hoffen!

Miss Alexandrine Gibb klopft an die Tür des Zimmers, das mir und Lillianna zugeteilt wurde, der Hochspringerin, die schlaksig und verschlossen ist und am liebsten für sich bleibt. Sie ist den ganzen Tag über weg. Miss Gibb weiß, dass ich allein bin, und tritt ein, ohne auf ein »Herein« zu warten. In der Hand hält sie eine Zeitung.

»Sie haben sich jetzt lange genug hier drinnen verkrochen, Miss Smart. Es ist Zeit, dass Sie aufstehen.«

Ich huste kraftlos.

Wortlos reicht sie mir die Zeitung. Die Druckerschwärze verschmiert meine Fingerkuppen und die Bettdecke, während ich auf die aufgeschlagene Seite starre. Ich erfasse nicht gleich, was ich da lese, es sickert so langsam zu mir durch wie dicke Schlammbrühe. Es ist nicht das, was ich irgendwie erwartet habe: ein schmeichelhafter Bericht über mich. Das hier ist eine ganz andere Story.

Es ist eine Nachricht, die brennt, die alles verdunkelt und verpestet: Das Olympische Komitee hat entschieden, Läuferinnen bei künftigen Spielen nicht mehr über die 800-Meter-Distanz starten zu lassen. Das Komitee fasste diesen Beschluss vor allem auf Betreiben des kanadischen Vertreters. Da steht, die Tatsache, dass Läuferinnen nach dem Endlauf zusammengebrochen seien, beweise, dass die 800-Meter-Distanz die weibliche Physis überfordere.

»Aber – die reden ja von mir! Ich bin im Ziel kurz umgefallen. Sie waren ja da, Sie haben mich doch gesehen. Ich war doch sofort wieder auf den Beinen! Können Sie denen nicht erklären, dass ich krank war?«

»Es geht da nicht um Sie. Es ist generell gemeint.«

»Aber – oh! Sind die Männer im Ziel etwa nicht umgefallen?« Ich verdrehe die Bettdecke zwischen den Fäusten. »Ich hab's doch gesehen! Die lagen auch halbtot im Gras.«

Miss Gibb setzt sich auf die Bettkante. »Männer haben keine Gebärmutter«, sagt sie. »Verraten Sie ihrer Mutter nicht, dass Sie dieses Wort von mir gehört haben. Ich bin dazu da, Ihre Unschuld zu schützen.«

»Ich kenne dieses Wort von meiner Mutter.« Ich sinke in das Kopfkissen zurück. Ich habe meine Mutter so lange nicht gesehen, dass ich mich dran gewöhnt habe, gar nicht mehr an sie zu denken, meine Gedanken von ihr abzuwenden, doch sobald ich zu Miss Gibb von ihr spreche – im Geist ihre Stimme, ihre Worte höre –, ist sie plötzlich da, als ob sie auf mich wartet. Meine Erinnerung rast rückwärts durch Jahre der Trennung, die sich zufällig anfühlen, nicht gewollt, und dennoch unüberwindlich. Die Vorbereitungswochen hier in Amsterdam. Eine Woche Schiffsüberfahrt. Die Zugfahrt von

Ontario nach Montreal und dann nach Halifax. Die Qualifikationsläufe. Fast zwei Jahre Training in Toronto. Davor zwei Jahre bei *Packer's Meats*. Macht insgesamt vier Jahre.

Hier in einem fremden Bett in Amsterdam sehe ich mich, wie ich mit sechzehn in den Zug steige, um Olive und George in Toronto zu besuchen. Ich verspreche, in zwei Wochen wieder zu Hause zu sein.

»Mach's gut.«

»Ja, Mama.«

Meine Mutter.

Ihr Rufname ist Jessica, ihr zweiter Vorname Eve, ihr Mädchenname Liddel.

Ich kenne meine Mutter als Teil des ewigen Haushaltsflusses, als Teil des Trubels und Treibens, als Teil der Luft, die ich atme. So gut kenne ich sie, und so rätselhaft ist sie für mich und wird sie immer bleiben.

Es klopft nach Einbruch der Dunkelheit an den Seiteneingang. Wenn wir es hören, ruft eins von uns Kindern: »Mutter!« Wir vermeiden es höflich, die Bittstellerin allzu genau zu mustern, lassen sie an der geöffneten Tür warten, bis Mutter da ist. Für mich ist es nur logisch, dass jemand, der irgendwie in Not ist, meine Mutter aufsucht, und sei es nur, um ihre beruhigende Stimme zu hören, darin zu baden, Mut zu fassen.

Als Kind weiß ich nicht genau, was meine Mutter macht. Und als ich es herausfinde, betrete ich einen neuen Raum meines Lebens. Ich bin kein Kind mehr.

Meine Mutter ist sechsundzwanzig – alt für eine Erstheirat –, als sie den Antrag meines Vaters annimmt, der ihr vier Kinder unter neun Jahren einträgt, eins davon noch ein Baby. Ihre eigene Mutter ist vor kurzem gestorben. Da ihre Arbeit nie beendet ist, da es immer und überall etwas zu tun gibt, sogar nachts, schläft sie manchmal am Abendessenstisch ein. Ihr Kopf neigt sich, sie seufzt leise, ihr Atem wird langsam und ruhig, während sie ohne Gegenwehr in den Schlaf hinübergleitet. Mein Vater hebt dann die Hand, um uns darauf hinzuweisen. Er holt ein kleines Kissen vom Schaukelstuhl und klemmt es ihr von hinten zwischen Ohr und Schulter. Er tut es schweigend. Seine Hand berührt ihre Schläfe einen Sekundenbruchteil länger, als es die Aufgabe erfordert.

Ihr Atem geht regelmäßig. Sie ist entspannt, friedlich.

Mein Vater setzt sich wieder hin und isst weiter.

Wenn es dann noch keinen Nachtisch gegeben hat wird dieser von Olive oder Cora verteilt, und wir sitzen da und reden wie immer. Mutter zu stören ist ziemlich unmöglich, und außerdem wird sie sowieso binnen einer halben Stunde wieder wach, steht auf und geht ihren häuslichen Tätigkeiten nach, als wäre sie keine Sekunde ausgestiegen. Sie sagt, sie hört die ganze Zeit, was wir sagen, eingewoben in eine Art Traum.

Es ist nicht Mode, die eigenen Träume auf irgendwelche Schlüsselsymbole zu durchforsten, aber meine Mutter tut es. Sie ist fasziniert von Tieren, die in Träumen auftauchen, oder von vertrauten Personen, die sich in Fremde verwandeln und umgekehrt.

Sie redet freimütig, wenn auch nicht oft. Ich weiß, ich kann sie alles fragen.

»Die Seele ist mächtig seltsam«, höre ich sie sagen.

»*Mächtig* seltsam.«

Das ist, bevor sie sich verändert.

Ich erinnere mich an sie, wie sie war, als ich ein Kind war. Ich will, dass sie so bleibt. Ich will sie so behalten, wie sie war, bevor ich von zu Hause weggegangen bin – was ich mit elf noch für ganz und gar ausgeschlossen halte. Und auch noch mit zwölf, mit dreizehn, mit vierzehn.

George hat geschrieben, ich soll ihn doch mal in der Stadt besuchen, und ich zeige ihr den Brief, nur ein kleines bisschen beunruhigt, und sie fragt, »*Was meinst du dazu, Aggie?*« Und ich sage, »*Ich würde nie hinfahren, ich würde nie von dir weggehen, Mutter.*«

Ich beteure es immer wieder, in der Küche, und sie faltet den Brief zusammen und zieht mich in ihre Wärme. Sie riecht nach ihrem eigenen Geruch, vielleicht ein bisschen ungewaschen, und nach dem getrockneten Lavendel, den sie in Schubladen im ganzen Haus liegen hat. Wir alle werden nach Lavendel riechen, solange wir im Haus unserer Mutter leben.

»Vielleicht willst du ja doch hin«, sagt meine Mutter. »Eines Tages.«

»Nein.«

»Und wenn du hingehst, kannst du immer wieder nach Hause kommen, egal, was passiert«, sagt meine Mutter, »das verspreche ich dir.«

Diese Mutter lasse ich in einem heißen, mit einem Vorhang unterteilten Amsterdamer Zimmer in meinem Kopf erstehen. Ich lasse sie in meinem Kopf erstehen und suche sie, plötzlich ganz schwach vor Sehnsucht nach ihr, Sehnsucht nach dem *Bevor*, obwohl ich nicht weiß, vor *was*. Ich komme nicht weit genug in der Erinnerung zurück, um den perfekten Ruheplatz zu finden.

»Sie müssen ja eine außergewöhnliche Mutter haben«, sagt Miss Gibb.

Ich nicke. Ich kann ihr nicht mehr erzählen, nichts Genaueres. Es gäbe zu viel zu erzählen, und nichts davon gehört hierher, in dieses Zimmer.

Miss Gibb nimmt meine Hand und streichelt sie beruhigend. »Eine verständnisvolle Mutter zu haben ist für ein Mädchen ein Glück. Vielleicht kann ich ja Ihre Mutter vertreten, nur für den Moment.«

Ich entziehe ihr meine Hand, plötzlich auf der Hut.

Ich mag sie, diese Miss Alexandrine Gibb, ich bewundere sie sehr. Sie ist bei weitem die unabhängigste Frau, die ich je getroffen habe. Sie schreibt Artikel für den *Toronto Daily Star*, und sie ist unsere Teambetreuerin, zuständig für die Mädchen der kanadischen Olympiamannschaft. Sie ist ledig, vielleicht fünfzehn Jahre älter als ich, trägt ihr glattes schwarzes Haar in einem fest geschlungenen Knoten; ihre taillierten Kostüme sind adrett und chic, ihre Hüte spektakulär. Ich habe Miss Gibb noch nie aus der Fasson oder unsicher gesehen, aber ich habe gesehen, wie sie andere aus der Fasson gebracht und unsicher gemacht hat. Ich will nicht sie sein, nicht direkt, aber ich studiere sie, um hinter den Quell ihrer Macht zu kommen.

»Ich glaube, ich weiß, warum Sie sich verstecken«, sagt sie mit ruhiger, fester Stimme. Sie macht mich unsicher. Meine Augen huschen vor ihren weg, aber nur kurz. Irgendwie zieht ihr Blick meinen an. Ich lese darin Sympathie, aber er ist trotzdem kühl, taxierend, zweckgerichtet.

»Es geht Ihnen schon wieder ganz gut, stimmt's? Sie haben nur Angst davor, jemand Bestimmtem gegenüberzutreten – Sie glauben, Sie hätten diese Freundschaft aufs Spiel gesetzt. Ich vermute, Sie glauben, Sie hätten diesen Lauf nicht gewinnen sollen. Hören Sie, ich werde Ihnen nicht sagen, was Sie tun und lassen sollen, aber ich warne Sie, seien Sie vorsichtig. Wenn man etwas für unausweichlich hält, tritt es ein. Beschwören Sie es nicht herauf. Hier in dieser Stadt sind Leute, die Sie fotografieren und über Sie schreiben wollen, und zu Hause in Kanada sind Leute, die darauf warten, was Sie jetzt machen – jetzt, da Sie ein sogenanntes Goldmädel sind. Ich an Ihrer Stelle«, sagt Miss Gibb, wobei sie wieder meine Hand nimmt und sie so fest drückt, dass es wehtut, »würde das Rennen abhaken. Nicht daran denken. Nicht darüber nachgrübeln. Ihre Freundin läuft ihre eigenen Rennen. Sie schulden ihr nichts.«

»Sie meinen – Glad?«, flüstere ich.

Sie nickt, sagt aber nichts mehr, sieht mich nur an. Ihr Schweigen zieht es aus mir heraus – das ist ein Trick, den man als Reporter lernen sollte. Man kann so viele Fragen stellen, wie man will, was den dicksten Fisch an Land zieht ist das perfekt getimte verunsichernde Schweigen.

»Haben Sie den Lauf nicht gesehen?«, bricht es aus mir heraus. »Es war nicht mein Rennen. Ich dachte schon, ich verliere.«

»Aber Sie haben nicht verloren, oder?«, fragt sie und mustert mich aufmerksam.

Ich schüttle den Kopf, von Scham überschwemmt, meide ihren Blick.

»Sie haben es doch noch gewonnen, ehrlich und redlich.«

Habe ich nicht, denke ich.

Ich schaue Miss Alexandrine Gibb an, und sie sagt: »Sie haben gewonnen, und sie hat verloren. Sie war eine mehr als gute Verliererin. Jetzt ist es an Ihnen, eine gute Siegerin zu sein.«

Dank Miss Gibb stehe ich auf der Tribüne, um unsere kanadischen Läuferinnen bei der 4-mal-100-Meter-Staffel anzufeuern, wo sie Silber holen. Dank Miss Gibb schreie ich mit solcher Inbrunst, dass ich am nächsten Tag mit Halsschmerzen aufwache. Glad läuft als dritte, Ernestine als Schlussläuferin. Es passiert kein Übergabefehler. Ich springe auf, renne auf den Platz, stürme durchs Gedränge, um Glad zu umarmen. Ich hebe sie regelrecht hoch – sie ist so klein.

»Jetzt haben wir beide Medaillen, Aggie«, sagt Glad, und ich glaube, dass es ehrlich gemeint ist.

Ich bewahre ihn im Gedächtnis, diesen strahlenden Moment, in dem zwischen mir und Glad alles in der Balance ist, in dem unsere Rivalität auf der Aschenbahn im großen Kontobuch des Lebens durch unsere Freundschaft ausgeglichen wird oder es zumindest so aussieht. In dem ich Glad liebe und Glad – ja, ich sage das, weil ich es glaube, trotz allem, was noch kommen wird – mich liebt.

11

Das Haus

Das Mädchen schiebt mich immer weiter die Zufahrt entlang, wildentschlossen, mich hier abzuliefern. Das Haus ist verborgen; nicht mehr lange. Meine Hände verknoten sich.

»Mrs. Smart, wir bringen Sie jetzt nach Hause, wie Sie es wollten. Sie erinnern sich doch?«

Das wollte ich? Ich erinnere mich, als ob ich von einem tosenden Fluss dahingespült würde und die Vergangenheit am Ufer steht und mir zuwinkt, unter windgebeugten Bäumen. Aber ich kann nicht alles sehen, nicht alles auf einmal, und es steht nicht der Reihe nach da, und es saust vorbei, während ich wild mit den Armen und Beinen rudere.

Die Rollstuhlräder drehen sich nicht mehr.

Wir sind da, jedenfalls sagt das Mädchen: »Hier stand mal Ihr Haus, Mrs. Smart. Aber es ist weg.« Sie klingt wie jemand, der traurig zu klingen versucht, obwohl ihm das Leben noch keinen einzigen richtigen Schlag versetzt hat. Aber das ist vielleicht unfair. Vielleicht ist sie ja einfach nur eine schlechte Schauspielerin, und dass sie gefilmt wird, macht sie steif und unglaubhaft. Das kann ich nachfühlen, weil ich selbst immer schon eine miserable Schauspielerin war. Wie zum Beweis fliegen meine Hände, klatsch, auf meinen Mund. Die Kamera des jungen Mannes erkennt die Pose bestimmt: melodramatische Ungläubigkeit.

Aber ich glaube sehr wohl, und ich sehe, und sie irrt sich, irrt sich total. Das Haus ist nicht weg.

Es ist kleiner, zugegeben, ohne die Wände und das Dach, seiner Dimensionen beraubt. Es ist nicht mehr, was es war, aber das bin ich auch nicht.

Alles hält Abstand von diesem Ort, selbst die Bäume mit ihren abgebrochenen Ästen und verkohlten Stämmen – oder bilde ich mir das nur ein? Die Steine sind geschwärzt. Eine Feuergrube. Eine kleine Ruine. Die Asche längst verweht.

»Das war ich«, murmle ich.

»Sie haben gesagt, sie hat nicht gelitten – ihre Schwester meine ich. Sie haben gesagt, es war nicht Ihre Schuld.«

Wer auch immer sie sind.

Ich denke über die Parallelen nach: mein Körper wie der des Hauses, ausgehöhlt und eingefallen, offenkundig eine Ruine. Alles hält Abstand von ihm, selbst dieses Mädchen. Vor allem sie. Ich kann nicht erklären, warum das in mir einen so tiefen Schmerz auslöst. Einen stetig steigenden Pegel von Traurigkeit in meiner Brust.

Ich sammle Hinweise, sichtbare und unsichtbare, Stück für Stück. Dieses Mädchen und der Bruder wissen nicht, was leiden heißt, wenn sie glauben, meine Schwester – Cora – hätte nicht gelitten. Sie wissen nicht, was Schuld ist, wenn sie glauben, ich trüge keine. Sie hätten es gern, dass die Welt sich ihren Wünschen beugt, ihnen die Absolution erteilt, und sie glauben, ich bräuchte das auch, aber sie haben keine Ahnung, wie man jemanden tröstet.

Nein, ich auch nicht. Dafür sind wir offenbar nicht in die Welt gesetzt worden.

Nach Fannies Tod.

Nachdem George von Zuhause weggegangen ist.

Die Wände des Hauses rücken auf die ein, die noch da sind – Mutter, Vater, Olive, Cora, ich, die zweite Familie meines Vaters, komplett und unversehrt. Aber wir fühlen uns weder komplett noch unversehrt, weil wir mit der ersten Familie zusammengehören, mit den Geschichten, die auf dem Friedhof begraben liegen, mit unseren Geschwistern aus erster Ehe. Vielleicht versucht das Haus ja mit aller Macht, uns zu halten. Vielleicht hofft es ja, dass die Zeit sich umkehrt und uns in das Glück und Wohlergehen zurücktransportiert, das es einst beherbergen sollte.

Es ist ein prächtiges Haus. Manchmal wandere ich im Traum darum herum. Manchmal bin ich auch hellwach und kann alles genau sehen, so als wäre ich elf. Doch mit elf kann mich das Haus nicht halten, auch wenn es sich noch so sehr bemüht. Ich gehe ums Haus herum, nur um mich von ihm zu entfernen.

Jeder Teil des Hauses hat seine eigene Jahreszeit.

Die Sonne sengt auf die leichtgebaute Sommerküche herab, auf Mutters üppigen Kräutergarten.

Doch schon als ich am Esszimmer vorbeikomme, ist es schattiger. Hierher dringt das Sonnenlicht nie vor, und mich fröstelt. Kein Gras am Fuß der dicken Tannen, ein weicher Teppich von herabgefallenen braunen Nadeln unter meinen nackten Fußsohlen.

Da ist das Granny-Zimmer mit dem Blechgiebeldach, eine Höhle oder ein Nest, geschützt von Schneewehen.

Frühling ist es, sobald ich auf die Rückseite des Hauses komme. Ich laufe durch einen Hain von duftendem Flieder; der Pfad zum Gemüsegarten ist in frisches, matschiges Gras getrampelt. Oh, ich bin ruhelos. Gleich hinter der Wäscheleine ist ein Obstgarten mit Birn- und Apfelbäumen in zarter Blüte, und dahinter ein Fahrweg, der leicht bergab zu dem Feld auf der Westseite unseres Lands führt. Ich lasse das Haus hinter mir, gehe direkt durch den Obstgarten zu dem breiten hinteren Fahrweg. Schwarznussbäume rechts und links. Ich gehe zwischen ihnen hindurch wie der Geist, der ich bin, unbemerkt.

Hier ist der Feldrand.

Ich sehe jetzt Ediths und Carsons hintere Zufahrt, die in der prallen Sonne liegt, baumlos und versengt, und zu dem stinkenden Misthaufen hinter ihrer Scheune führt. Ich könnte über das Feld gehen und sie besuchen. Oder auch nicht.

Wenn ich elf bin, muss Little Robbie fünf sein, und seine Zuneigung wird mit jedem Jahr wilder und fordernder. Er springt mich an, schlingt die Arme und Beine um mich, drückt mit den Händen meine Wangen, aus dem verzweifelten Bedürfnis heraus, zu berühren und berührt zu werden. Jetzt sehe ich ihn vor mir. Ich stehe gebückt, sodass unsere Gesichter sich ganz nah sind, und er quetscht meine Wangen.

Hör auf! Little Robbie, ich mag das nicht, es tut weh!

Aber er kann nicht aufhören. Er kann nicht loslassen, wenn er etwas zum Festhalten hat. Seine Augen glänzen fanatisch, und er macht ein merkwürdiges Geräusch hinten im Hals, fast schon ein Knurren.

Also gehe ich nicht über das Feld, um Little Robbie zu besuchen.

Vielmehr gehe ich weiter zum Wald, biege von dem dämmrigen Weg ab und zwänge mich ins dichte Unterholz. Ich spiele, dass ich verlorengegangen bin; warum gefällt mir das so, die Vorstellung zu verschwinden? Umso mehr erschrecke ich, als ich Schritte den Weg entlangkommen höre, den ich allein für meinen halte.

Ich schlage mich tiefer ins Gestrüpp, bleibe dann aber stehen, halte den Atem an und ducke mich, um zu schauen, wer da kommt.

Edith?

Sie geht schnell, den Kopf zurückgelegt. Nein, sie geht nicht nur schnell, Edith rennt, mit gerafftem Rock und keuchendem Atem. Ich folge ihr, aber da, wo der Weg am Rand unseres hinteren Felds endet, hinter der Scheune, bleibt sie stehen. Ich warte ab, frage mich, ob sie mich sehen oder hören wird, beobachte sie mit angehaltenem Atem. Aber das einzige, was sie aufstört, ist etwas in ihrem Kopf, und sie dreht sich um, mit leerem Gesicht und starrem, einwärts gerichtetem Blick. Sie läuft denselben Weg zurück, weg von meinem Versteck.

Ich horche, ob die dumpfen Schritte ihrer schwarzen Schnürstiefel wieder auf mich zukommen, aber sie ist verschwunden.

Das könnte etwas aus einem Traum sein oder eine Geschichte, die ich für mich erfunden habe, wenn ich auch nicht wüsste, warum. Warum sollte es nicht wahr sein? Warum sollte Edith nicht rennen, auch wenn sie nur denselben Weg wieder nach Hause läuft, den sie gekommen ist, mit feuchtem, im Nacken klebendem Haar?

Die Arzneien meiner Mutter wirken nicht. Edith hat nur Little Robbie, und was wird aus ihm werden, dem kleinen Jungen, der sich an mir festkrallt, der mich mit solcher Gewalt drückt, als wollte er, dass wir beide in die Brüche gehen? Little Robbie mit diesem Knurren in der Kehle, diesen glänzenden Augen – was wird aus ihm werden? Er wird ein vorbildlicher Soldat werden, der in einem neuen Krieg für sein Land kämpft.

Und was wird aus ihr, Edith, die ohne Ziel ist, die fastet und Tage zählt und Tinkturen schluckt, umschränkt von diesen Bäumen und Feldern? Und aus mir? Und aus diesem Haus? Aus allem, was wir nicht festhalten können und wollen und nicht festgehalten haben und nicht festzuhalten in der Lage waren? In meinen Träumen gehe ich ums Haus herum, durch seine Jahreszeiten und Wetterlagen und seine Pracht. Ich gehe, bis ich außer Sichtweite bin. Und dann ist das Haus weg.

MILLER, ROBERT C., geboren am 7. Januar 1915 in New Arran, Ontario, als Sohn von Edith und Carson Miller, ist am 3. Juni 1943 im Alter von 28 Jahren in Italien gefallen. Corporal Miller diente beim Ontario-Regiment. »Little« Robbies herausragende Tapferkeit, von Kameraden ausdrücklich gerühmt, möge seine Eltern, seine Schwester und die übrigen Hinterbliebenen in ihrer Trauer trösten.

Ich sehe das Haus: brennend und zerfallend, seine Form ein dunkler Schemen hinter den Flammen. Es sieht aus wie ein Modell aus festem Papier, das man angezündet hat. Ein Papierhaus – Stein, Mörtel, Putz und Drehmaschine, alles zu Papier geworden. In sich zusammensinkend.

Ich sollte mich um Cora kümmern, die so unbeweglich ist, so steif vor Arthritis, dass ich sie zur Toilette tragen muss, obwohl sie fast zu schwer ist für meine ebenfalls kraftlos gewordenen Arme, sodass ihre Beine am Boden schleifen. Und grausam ist sie auch. Wir reden kaum je, ohne dass sie ihre Litanei der Vorwürfe abspult, die ich hier nicht wiederholen will. Es ist ja alles wahr, was Cora sagt, aber es ist keine Wahrheit, die wir, jede an einem Ende, mitschleifen müssen, bis dass der Tod uns scheidet.

Ich weiß nicht, wer schuld ist. Ich bin es müde, darüber nachzudenken. Was spielt es für eine Rolle?

Ich sage zu ihr, *Ich bin dann mal laufen*, und sie sagt, *Geh nur, geh nur weg*, und ich sage, *Du bist ja schön gemütlich eingepackt*, und sie sagt, *Wie ein Baby, ein armes Wurm von einem Baby*, und ich sage, *Ich bin bald wieder da*, und sie sagt, *Lass mich nicht allein*, und ich sage, *Tut mir leid*, und sie sagt, *Hof-*

fentlich, und ich sage, *Also, hier ist dein Tee*, und sie sagt, *Sollte es nämlich, es sollte dir leidtun*, und ich bücke mich, um meine Schuhe zu binden. Ich will gehen, und ich werde gehen, auch wenn ich weiß, dass ich hier bei ihr bleiben sollte, wo sie doch so unbeweglich und so wütend ist, so aufgeschmissen.

Cora, alles, was in deinem Leben passiert ist, hast du verdammt noch mal selbst so gewollt.

Aber ich sage es nicht. Werde es auch nicht sagen. Ist das Freundlichkeit oder Feigheit? Bin ich ein guter Mensch, oder fürchte ich die offene Konfrontation? (Nein, ich fürchte sie nicht. Ich kann sie nicht leiden. Ich finde sie widerwärtig. Ich habe gesehen, was sie anrichtet und wie unwiderruflich die Folgen sind.) Ich sage nicht, was ich denke, nicht zu Cora, zu kaum jemandem, zu niemandem. An diesem Morgen ziehe ich dünngewetzte Jogginghosen an, setze eine Wollmütze auf und kehre meiner Schwester den Rücken, froh, dass ich der muffigen Wärme unseres gemeinsamen Zimmers entkommen kann, dieses Zimmers mit den ausgebesserten, speckigen Wänden, der verrußten Decke, den Wolldecken und Pantoffeln und verfärbten, halbleeren Teetassen.

Die Luft draußen ist rein, wird mich reinigen. Wenn ich Cora doch nur manchmal nach draußen schleppen könnte. Es ist, als ob sie in ihrem Sessel nistet, in einem Gewühl aus Decken, an dem sie mit ihren Vogelklauen herumzieht und -zupft. Sie muss mal richtig durchatmen. In unserem stickigen Zimmer kann sie ja nicht geradeaus denken – ich auch nicht, meine Gedanken wuseln durcheinander, versuchen zu fliehen.

Ich habe Fannie oft in den Wänden gesehen, aber wenn ich es Cora erzähle, schimpft sie mich eine verrückte alte Frau. *Ja*, stimme ich ihr zu, *wir sind zwei verrückte alte Frauen. Aber Fannie ist noch ein junges Mädchen, und sie wird auf dich aufpassen, während ich weg bin. Halt einfach Ausschau nach ihr,*

Cora, tu's für mich. Wenn du irgendwas brauchst, sag's einfach Fannie.

Cora will nichts von Fannie hören.

Ich habe gehört, Fannie war ein verdorbenes Weibsstück, sagt Cora. *Aber, Cora, plappere doch nicht irgendwelches Geschwätz nach*, sage ich, und Cora sagt, *Ich bin froh, dass sie tot ist*. Doch das ist die Krankheit, die aus ihr spricht. Cora geht langsam, aber stetig verloren, mit jedem Atemzug ist etwas weniger von ihr übrig. Manchmal frage ich mich, ob die Krankheit eine Furnierschicht entfernt und ihr wahres Unter-Selbst freilegt, diese Stimme im Kopf, die wir alle haben und die niemand von uns laut herauslassen wollen würde. Ist das das wahre Selbst?

Ich habe Carson gesagt, dass ich es nicht war, aber Edith will's nicht glauben, erklärt sie. *Ich bin keine, die schlecht über Leute aus der eigenen Familie redet. Ich werde es ihm noch mal sagen, wenn ich ihn das nächste Mal sehe. Ich gehe extra rüber, nur um's ihm zu sagen.*

An diesem Punkt gehe ich ächzend in die Hocke und binde mir die Schuhe mit Fingern, die viel zu steif sind, sich in den geschwollenen Gelenken nicht mehr beugen lassen. Es dauert ewig, mit den schlaffen Schnürsenkeln ordentliche Schleifen hinzubekommen, und mein Schädel hämmert, weil mir vom Runterbeugen das Blut in den Kopf schießt, und Cora zetert die ganze Zeit weiter. *Ich war das nämlich nicht. Der ganze Ort redet drüber. Und Edith schiebt es auf mich. Und Mutter genauso. Und du auch.*

Ich nicht, sage ich. *Niemand schiebt irgendwas auf dich, Cora.*

Es war alles deine Schuld. Alles war gut bis –

Cora, sage ich, *sie sind alle tot. Mutter ist tot. Edith ist tot. Carson ist tot.*

Ich kann auch grausam sein.

Sie schimpft los, dass es Fannie war, die Carson umgebracht hat, und ich sage, nein, und sie sagt, dann war es eben Edith, aber ich erinnere sie daran, dass es Carsons verflixtes Herz war. Verstopfte Arterien, jahrelang immerzu Speck und Butterbrot, und plötzlich war Schluss, und er ist tot umgefallen. Und Edith hat ihn um zwei Jahrzehnte überlebt, immer kränklich und mit irgendwelchen Beschwerden, bis zuletzt, als dann irgendein Leiden ernst gemacht und sie getötet hat.

Erinnerst du dich?, frage ich Cora, obwohl ich weiß, dass sie sich nicht daran erinnert. Es ist wohl jedes Mal wieder ein Schock für sie. Deshalb sollte ich vermutlich behutsamer sein, mit dem, was ich ihr erzähle. Ich könnte sie vermutlich schonen, statt ihr die traurige Nachricht immer wieder hinzuknallen.

Ich schmücke die Geschichten aus, jedes Mal mit anderen Einzelheiten. *Wir waren nicht auf Carsons Beerdigung, weil wir Ediths Wunsch respektiert haben. Sie wollte nicht, dass wir kommen, hat einen von Carsons Cousins rübergeschickt, um Vater zur Trauerfeier abzuholen. Ich war über das Wochenende zu Hause – weißt du noch? Wir hatten so viel Spaß – haben Karten gespielt, und Vater hat auch mitgespielt, nachdem ihn der Cousin wieder heimgebracht hatte. Er wusste die Regeln von »Pit« noch. Er konnte uns nichts Sinnvolles über den Nachmittag erzählen, gar nichts, außer dass ihm die Pickle-Sandwichs nicht geschmeckt hätten. »Pickle-Sandwichs?« Wir haben so gelacht, du und ich. »Was in aller Welt sind Pickle-Sandwichs?«*

Ich sage nicht dazu, dass mich Carsons Tod damals nicht sonderlich berührt hat. Er berührt mich bis jetzt nicht sonderlich. Mein Fall war er nie, dieser Mann. Mit seinem weichen Gesicht und seinem Schmollmund. Ein Mann, der sehr überzeugt von seinem eigenen Spiegelbild war und seine Flirtkünste ständig perfektionierte, sie sogar an einem so jungen Mädchen wie mir erprobte: »Vorsicht, Aggie, diese großen blauen Augen könnten einem Mannsbild leicht die falsche Botschaft übermitteln.« Ein Mann, der bestimmt gelitten hat, als ihm die Haare ausfielen. Nein, ich gehörte nicht zu seinen Anbeterinnen.

Ediths Beerdigung war schon anders. Ich halte inne.

Anders, ja, sagt Cora.

Kannst du dich daran erinnern?, frage ich.

Erinnern?

Die Art, wie sie es sagt, so zögernd, als ob sie mit der Zunge einen empfindlichen Zahn berührt, um ihn auf Schmerz zu testen, beweist mir, dass ihr die Erinnerung entglitten ist, kaum dass sie sie gefunden hatte.

Na ja, es war nicht gerade eine große Beerdigung, sage ich, obwohl ich nicht dabei war. Vielleicht weiß Cora ja auch das nicht mehr. *Sie war eine alte Frau. Hat ja sehr zurückgezogen gelebt. Sie hatte nicht viele Freunde.*

Wie wir, sagt Cora.

Immer wenn ich glaube, dass in ihrem Kopf gar nichts mehr hängenbleibt, verblüfft sie mich.

Und dann ist sie wieder sonst wo, mustert mich von Kopf bis Fuß, als sähe sie mich zum allerersten Mal. *Warum bist du so angezogen? Willst mich wohl wieder allein lassen? Renn, renn, so schnell wie du kannst, du kannst mich nicht fangen, ich bin Aganetha Smart.*

Ich lache. Ich kämpfe immer noch mit den Schnürsenkeln, und mein Rücken zwickt.

Sie ist so, wie Vater zum Schluss war: leer bis auf die hartnäckigsten Fragmente ihrer selbst. Wie auch ich es vielleicht bin, weil immer mehr von mir verlorengeht, ohne dass ich es merke. Ich frage mich: Was ist das, was übrig bleibt? Ich glaube nicht wirklich, dass es das wahre Selbst ist, das zum Vorschein kommt. So grausam bin ich nicht. Es scheint mir vielmehr das gewordene Bild eines Lebens, so wie es gelebt wurde – nicht wie man es vielleicht hätte leben wollen, sondern wie es nun mal partout gelebt werden wollte.

Jemand wie mein Vater kann fast völlig verschwinden, während er durchs Haus und durch die Felder geistert, mit Gegenständen hantiert, als wären sie Artefakte aus einer rätselhaften fremden Welt, umherstolpert auf der Suche nach dem, was ihm genommen wurde. Ich erinnere mich, wie Cora mir, als Vater sich bei einem Sturz die Hüfte gebrochen hatte, erklärte, was für eine Erleichterung es sei, dass er jetzt nicht mehr herumstreunen könne. Ich lebte da in der Stadt und fand sie über alle Maßen herzlos. Blieb aber, wo ich war. Und jetzt frage ich mich, wie sie das geschafft hat, allein mit ihm hier in diesem Haus. Die einfachsten Dinge unendlich mühsame, aufwändige Rituale. Essen. Auf die Toilette gehen. Baden.

Schlafen. Niemals Ruhe.

Die Schuhe sind endlich gebunden. Ich habe ein Dutzend Paar, alle so abgenutzt wie ich, schlichte Gummisohle mit Segeltuchschaft, an den Nähten aufgeplatzt. Aber wann sollte ich in die Stadt kommen, um mir neue zu kaufen – und wie? Unsere Lebensmittel werden vom Supermarkt im Ort geliefert. Wir haben kein Telefon, also laufe ich jede zweite Woche zum Supermarkt, um die Bestellung aufzugeben, immer mehr oder weniger die gleichen Sachen, und wieder zurück. Aber heute nicht. Heute werde ich durch Wald und Feld laufen. Ich habe im Wald Kinder spielen sehen, und das heitert mich auf. Ich habe ihre Stimmen gehört, habe gleich neben dem Weg Spuren erbauter, zerstörter und wiedererrichteter Forts entdeckt: Anordnungen von Stöcken und aufgehäuftem Laub, die einen Sinn ergeben, wenn man darin einen

Plan erkennt, der größer und komplexer ist, als das, was das Auge sieht.

Jemand wohnt seit ein paar Jahren in Ediths Haus. Ich habe eine Zeitlang einen großen Müllcontainer dahinter stehen sehen und schon gedacht, sie reißen das Haus vielleicht ab, aber das ist nie passiert. Irgendwann, das muss im Sommer vor drei Jahren gewesen sein, kam mal eine Frau mit einem Rührkuchen herüber, aber Cora hat sie abblitzen lassen, hat sie gesagt. Ich selbst war da gerade laufen und habe nichts mitbekommen. Ich habe drüben einen grauen Wagen in der Einfahrt stehen sehen und am Abend in den Fenstern Licht, das orangefarbene und blaue Pfützen nach draußen goss. Wir brauchen nicht den Rührkuchen von irgendwem. Cora und ich haben ein Lieblingsrezept, um welchen zu backen, wenn wir wollen. Ich lasse die Nachbarn in Ruhe, wer sie auch sein mögen. Geht mich nichts an, nicht mehr.

Geh nur, geh schon, lass mich wie immer allein hier zurück!

Antworte ich meiner Schwester? Ich wollte, es wäre so. Aber vielleicht gehe ich auch einfach nur ohne ein Abschiedswort, ohne ein Wort des Widerspruchs, schweigend, wie es meine Art ist – und werde mir erst im Nachhinein wünschen, ich hätte etwas Nettes gesagt.

Ich bin draußen.

Einatmen, ausatmen. Fünfundneunzig Jahre, und ich laufe immer noch. Ich nenne es so – es ist das, was noch vom Laufen übrig ist. Meine Füße schlurfen, meine Bewegungen sind so steif wie meine Gelenke, mein Atem ist flach, dünn. Und doch laufe und laufe ich, bis mein Brustkorb warm wird und meine Lunge und ich fühle, wie sich meine Lippen zu einem Lächeln voneinander lösen. Der Boden ist noch nicht hart.

Ich höre das Knirschen von Laub auf dem Weg. Ich sehe herabgefallene Farbe auf dunklerem Mulch, während ein leichter Wind aufkommt und die Baumwipfel bewegt. Ich laufe. Daran erinnere ich mich.

Wie könnte ich es vergessen? Ich werde nie wieder laufen.

Bei diesem letzten Lauf, am letzten Tag dieses Lebens, das sich anfühlt, als könnte es ewig weitergehen, rieche ich Herbstrauch. Ich sage mir, dass es guter, alter Kaminfeuerrauch ist oder von einem brennenden Laubhaufen kommt, aber es beunruhigt mich vielleicht doch ein bisschen, dass der Geruch für beides zu scharf ist.

Ich laufe aus dem Wald hinaus und an den Tannen am hinteren Feld entlang, deren Geäst altersdünn ist. Ich laufe am leeren Leuchtturm vorbei, der über dem Teich aufragt, und wende wie immer den Blick ab. Der Rauchgeruch ist stechend, entfaltet sich in der Frische des raschelnden Unkrauts. Aber ich sehe immer noch nichts, bis ich dahin komme, wo einst die Scheune stand, mächtig wie ein Schiff. Teile davon sind noch übrig. Das Gerippe. Der hohle Bauch.

Und ich sehe es, als hätte ich es vorher schon gesehen, als wäre es ein Traum, den ich schon mal geträumt habe, denn der Kopf versucht das Unfassbare zu fassen.

Da ist das große Haus am Fuß des kleinen Abhangs: Schwarze Rauchschwaden quellen daraus hervor, beißend. Ich renne los. »Cora, Cora, Cora!« Ich bin in dem Rauch, reiße die Seitentür auf, stolpere in die Küche, wo mich eine Wand von Hitze zurückwirft. Ich bin perplex, ratlos. Ich kann nicht glauben, was da passiert, was ich gerade verliere. Ich kann nicht glauben, dass unser gemeinsames Leben in diesem Moment und auf diese Art endet. Ich glaube nicht mal meinen blasig verbrannten Handflächen.

Ich drehe mich auf dem Fahrweg im Kreis und mache ein Geräusch in meiner Kehle, die später schmerzen wird.

Ich renne über das gemähte vordere Feld zu Ediths und

Carsons Haus, suche in meinem Kopf nach ihren Namen, versuche nach ihnen zu rufen, verwirrt jetzt. Die Zeit schiebt sich ineinander. Wo sind sie alle?

Kurz vor Ediths und Carsons baumloser Zufahrt kommt ein großer schwarzer Hofhund auf mich zugeprungen, stellt mich am Feldrand, bellt und bellt mit gesträubtem Nackenfell, den Kopf in einem seltsamen Winkel über den gestreckten Vorderbeinen, als wollte er mir jeden Moment an die Gurgel springen.

Mir kommt die Fähigkeit abhanden, mein Alter einzustufen. Plötzlich bin ich so uralt, als ob das Altsein ein Extrem wäre, das ich gesucht hätte, als ob ich seinen höchsten Punkt erstiegen hätte, unversehens an seine Grenze geraten wäre. Ich starre auf den Hund hinab, auf meine schlabbrigen Hosen und mein Sweatshirt, die lose um schuppige, schrumpelige Gliedmaßen hängen, alles an mir klapprig und gebrechlich.

Ich kenne die Frau nicht, die Ediths Haustür öffnet.

Sie brüllt etwas, ruft den Hund zurück. Ich versuche, ihr zu erklären, was los ist, um Hilfe zu bitten, aber meine Kehle ist wund, und ich finde keine Worte. Die Frau sieht den Rauch hinter mir, der in den fahlblauen Himmel quillt, den Nachmittag verdunkelt.

Sie winkt mich hektisch näher heran, herein in ihr Haus. Der Hof hat sich kaum verändert, und das ist jetzt nicht der Moment für Neugier, aber ich muss mich einfach umschauen. Ein Plastik-Kinderpicknicktisch ist vom Wind umgeweht worden, kümmerliche Zwergfichten sprießen um den rissigen Steinsockel des Hauses herum, wo nichts je klaglos wachsen wollte. Vielleicht war es ja immer eine Sache des Bodens hier, die Unfruchtbarkeit, das Nichtgedeihen, vielleicht hatte es ja nichts mit der armen Edith zu tun.

Ich soll sie nicht die arme Edith nennen, niemals. Ich höre die energische Stimme meiner Mutter.

»Kommen Sie doch bitte herein«, ruft die Frau, die Fremde in Ediths Haustür.

Ich friere, zittere, weigere mich aber. Ich habe dieses Haus nicht mehr betreten, seit Edith ihre wonnige Tochter – so ein properes, hübsches Kind, und sprechen konnte es auch schon – zur Tür hineintrug und mich hier im Hof stehenließ und ich mich genauso schwach, erschöpft und verwirrt fühlte wie jetzt, als ich ihnen hinterherrief: *Soll ich denn gar nie herkommen? Gar nie hallo sagen, gar nichts empfinden für dich und euch, Edith? Gar nie?*

Ich drehe mich um.

Jetzt gegen den Wind ankämpfend, mühe ich mich aus ihrem Hof und übers Feld, wobei ich eine so schrecklich schwere Last hinter mir her schleife, dass ich stehenbleibe und mich umschaue, was da ist, aber es ist nichts Sichtbares. Ich bin durchgefroren. Ich schleppe mich bis ans andere Ende des Felds, auf den Fahrweg, wo mich die Hitze stoppt. Hier stehe ich und schaue zu, wie das Haus meiner Familie abbrennt. Hier höre ich die Fenster bersten, sehe, wie das Dach plötzlich einstürzt, wie die Männer, die mit Schläuchen und einem Tankwagen eingetroffen sind, zurückweichen, sehe, wie es Funken regnet. Hitze wie brutale Sonne, als ob ich Sonnenbrand im Gesicht kriegen könnte. Eine knittrige silberne Rettungsdecke, die mir umgehängt wird. Die Fahrt ins Krankenhaus, schaukelnd im Transportraum eines Krankenwagens. Der Name meiner Schwester, den ich sage.

Können wir jemanden für Sie benachrichtigen?

Da ist niemand, nur sie. Wir haben allein gelebt. Sie ist allein gestorben. Ich hätte den Kamin reinigen müssen. Ich hätte die Kerzen und die Lampen ausblasen müssen. Nein,

Elektrizität hatten wir nicht. Nein, kein Telefon. Ich habe einen Topf Suppe für unser Abendessen auf dem Herd köcheln lassen, Erbsbrei heiß, Erbsbrei kalt, Erbsbrei im Topf, neun Tage alt.

SMART, CORA. Starb eines plötzlichen Todes im achtundneunzigsten Lebensjahr in ihrem Geburtshaus in New Arran, Ontario. Wohlrespektierte Tochter von Robert und Jessica Smart. Vorausgegangen sind ihr ihre Schwester Olive sowie acht Halbgeschwister, hinterblieben ist ihre Schwester Aganetha. Als gewissenhafte Krankenschwester wird Cora Smart im Gedächtnis bleiben. *Denkt nicht an die heraufkommende Nacht, denkt an unsere gemeinsamen Tage.*

12

Heimkehr

Stimmen wehen um mich herum durch die Luft. So ist das mit der Erinnerung: Ich kann ein Detail ganz genau vor mir sehen und doch nicht erkennen, weil mir das Bewusstsein für die Umgebung verlorengeht, in die das Detail eingebettet ist.

»Weißt du noch, wie wir versucht haben, aus diesen Trümmern ein Fort zu bauen?« Der junge Mann stochert im Schutt herum. »Wie ich auf dich aufpassen sollte und du dir die Hand an einem Nagel aufgerissen hast und es geblutet hat und ich mein T-Shirt drumgewickelt habe? Ich habe dir zwei Dollar gegeben, damit du Mom nichts sagst, und das T-Shirt habe ich dann weggeworfen, weil ich nicht wusste, wie ich das Blut rauskriegen sollte. Als ob es von einem Verbrechen wäre. Wir haben den ganzen Sommer an diesem Fort gebaut. Ich wette, es ist immer noch da.«

»Zwei Dollar!« Das Mädchen lacht. »Daran erinnere ich mich natürlich. Nein, nicht wirklich.«

»Wir waren ständig hier drüben. Auf Schatzsuche.«

»Und? Haben wir irgendwelche Schätze gefunden?«

Rascheln. »Ich glaube, das Fort war hier.«

»Was denkst du, woran sie sich noch erinnert – Mrs. Smart?«

»Manchmal ist sie ja klar im Kopf.«

»Tut sie dir nicht leid, Max?«

»Warum sollte sie?«

»Sie war diese tolle Läuferin, Wahnsinn – und jetzt? Ich kann mir gar nicht vorstellen, wie das ist.«

Langsam öffne ich mich den beiden, lasse es alles durch meine Haut, ihr Mitleid und ihre dringenden Wünsche, seinen Kamerablick, ihrer beider Jugend.

Ich war mit meinem Körper immer vertraut genug, um seine Grenzen anzuerkennen, und dieser Rollstuhl ist nur die jüngste Stufe einer langen Abwärtsentwicklung. Man läuft nie wieder, wie man als Kind gelaufen ist: mühelos. Später erreicht man einen Punkt, an dem man so schnell ist, wie man je sein wird – den Gipfel, den man nicht als solchen erkennt. Ich erinnere mich, beim Laufen oder wenn ich wusste, dass ein großer Schmerz auf mich zukommt, die Worte »nicht kaputt zu kriegen« vor mich hingeflüstert zu haben, aber ich habe es nur deshalb wie ein Mantra wiederholt, weil ich wusste, ich war *nicht* nicht kaputt zu kriegen. Ich bin nie deshalb gelaufen, weil ich stark war, so gesehen. Nicht Stärke hat mich zur Läuferin gemacht, sondern der Wunsch, stark zu sein.

Ich bin gelaufen, um meinen Mut zu stärken. Tue es immer noch, wenn auch nur im Geist.

Warum läufst du?

»Hat sie was gesagt? Mrs. Smart?«

»Warum läufst du?« Ich artikuliere jedes Wort, als stünde es allein.

»Sie redet mir dir, Kaley.«

Das Sonnenlicht ist besonders grell und kalt.

»Warum ich laufe?«

»Sehr gute Frage, Mrs. Smart!« Der junge Mann und seine Kamera nicken. »Warum läufst du, Kaley?«

Dem Mädchen hat es die Sprache verschlagen.

»Ich weiß nicht«, sagt sie langsam.

»Versuchst du, vor etwas wegzulaufen?«, fragt ihr Bruder mit echter Neugier in der Stimme.

»Ich glaube nicht.« Noch langsamer.

»Dann läufst du also auf irgendetwas zu?«

»Na ja, klar, ich habe Ziele. Ich will den kanadischen Frauen-Marathonrekord brechen. Ich will es ins Olympiateam schaffen. Klar. Aber –« Sie verstummt. Sieht in die Kamera, sieht dann mich an. »Ich glaube, ich würde auch laufen, wenn ich wüsste, dass ich nie wieder einen Lauf gewinne. Es ist verrückt. Ich kann's nicht erklären. Es ist etwas, das ich irgendwie nicht abstellen kann.«

»Gut, Kind«, sage ich. Ich fische nach ihrer Hand – da, ich habe sie – und drücke sie, bis das Mädchen zurückdrückt. Ich möchte glauben, dass sie in diesem Moment keine Angst vor mir hat. Und ich möchte auch glauben, dass sie mich nicht bemitleidet.

Sie fühlt mein Zittern. »Ihr ist kalt.«

Tja, so viel dazu.

»Das ist ein tolles Bild«, sagt Max, das kurze, dicke Objektiv zwischen seinem Gesicht und unseren Gesichtern. »Lass uns das kurz drehen. Halt dich an dein Script, Kaley – den Anfang.«

Das Mädchen atmet tief ein und wieder aus und beginnt dann mit ihrem Text. »Ich bin Kaley« – ihre Stimme ist jetzt deklamatorisch und unecht – »und das ist meine Geschichte. Ich möchte Sie mit meinem großen Vorbild bekanntmachen, Aganetha Smart.«

Max gibt ihr stumm das Daumen-hoch-Zeichen.

»Man sieht es ihr vielleicht nicht an«, fährt sie steif und verbissen fort, »aber Aganetha Smart war einst die berühmteste Läuferin Kanadas. Waren Sie doch, Mrs. Smart?«

Die Beerdigungsform des Präteritum. Die mochte ich nie.

Meine Zähne pressen sich aufeinander, und ich antworte nicht.

»Wie hat es sich angefühlt, Gold zu holen, Mrs. Smart? Das möchte ich wissen.« Ihre Stimme ist jetzt aufgeregt und eifrig – ungespielt –, fast schon begierig. Das ist nicht einfach irgendeine Frage, ja, steht vielleicht nicht mal in ihrem Skript.

Aber ich kann dem Mädchen die Frage nicht beantworten, so gern ich es wollte. Das, woran ich mich am klarsten erinnere, hat keine emotionale Seite, scheint von jedem Gefühl abgetrennt: ein Stimmenwirrwarr, dann plötzlich schnelle, klare Worte direkt in mein Ohr, Glads lachende Stimme: *Du hast gewonnen! Du hast sie geholt! Ich wusste, du kannst es schaffen!* Und dann ist ihre Stimme weg, und ich kann nicht reproduzieren, was danach oder davor war, und die Wahrheit ist, dass ich mir nicht sicher bin, ob es wirklich so war, oder ob es eine Geschichte ist, die ich mir so oft erzählt habe, bis es so gewesen sein könnte – aber ich höre es immer noch. Ich höre und sehe schon fast einen Geräuschwirrwarr und dann plötzlich ganz deutlich und klar ihre Freude. Aber nicht meine.

Ich schüttle den Kopf und ziehe mich wieder in mich zurück.

»Sie zittert richtig, Max.«

»Das reicht schon. Gehen wir.«

Angeblich ist Miss Aganetha Smart, zwanzig, aus New Arran, Ontario, die meistfotografierte Teilnehmerin dieser Olympischen Spiele. Mit ihrem goldenen Haar und ihrer makellosen Haut zieht sie nun mal alle Blicke auf sich. Bei der Einschiffung der kanadischen Mannschaft für die *Heimreise brach ein regelrechtes Blitzlichtgewitter über Miss Smart herein, und Vertreter der ausländischen Presse riefen immer wieder ihren Namen. Begleitet von der Teambetreuerin, Miss Alexandrine Gibb, zeigte sich Miss Smart dem allem gewachsen. Lächelnd und natürlich stellte sie sich den Fotografen.*

Kann da eine Filmkarriere fern sein?

Die einzige Frage ist: Könnte es sein, dass Miss Smart sich als zu groß für Hollywoods Leinwand-Liebhaber erweist?

Die interessanteste Geschichte meines Lebens ist es nicht. Es ist eigentlich ziemlich banal. Und doch ist es die Geschichte, die mir bis heute das Herz schneller schlagen und die Knie weich werden lässt. Im Traum sinke ich auf sie zu – nein, sinke ich auf ihn zu. Im Traum ist er genau wie damals, und ich bin es auch. Oder wir sind zwar älter, aber nicht gealtert. Wir bleiben wir selbst. Wir finden einander und grinsen uns an, *Oh, du bist's, du bist wieder da.* Wie glücklich wir sind! Wir begegnen uns rein und ungeformt, am Beginn unserer Geschichte, ohne Vergangenheit, unser Leben, so wie es gelaufen ist, existiert nicht. Für so etwas sind Träume wunderbar.

Aber im Traum schaffen wir es nie ganz zusammenzukommen. Und wenn doch, wenn unsere Lippen sich treffen oder wir voller Gier auf irgendein Behelfslager fallen, werden wir durch irgendetwas Lächerliches gestört, etwas, das erledigt werden muss, eine andere Frau, die ins Zimmer kommt, oder manchmal auch durch Scham. Wir werden von unserer Zukunft ertappt, und unser ursprünglicher Antrieb, unser Begehren, löst sich in nichts auf.

Ich wache auf und bestehe darauf, in den besten Teil zurückzudürfen. Ins Davor.

Aber Träume lassen sich nichts befehlen, so wenig wie das Leben.

Ich muss wohl wollen, dass es, wenn ich davon träume, bei diesem Teil bleibt, dass wir uns für immer im Stadium des Kennenlernens befinden. Ich will es bewahren, das Staunen darüber, gewollt zu werden, ohne zu wissen warum, das Mysterium, begehrt zu werden und zu begehren, die Dichte des Möglichen, bevor es sich realisiert. Ich will nicht auf der anderen Seite hinausfallen. Ich will nicht, dass das Mysterium in sich zusammenbricht. Ich will nichts wissen.

Ich will, dass wir uns für immer so begegnen, wie wir damals waren, und nie danach.

Ich bin zwanzig, und Johnny ist zweiundzwanzig. Er verdient seinen Lebensunterhalt als Automechaniker. Er möchte gern Arzt werden, wie es sein Vater war, bevor er viel zu früh auf tragische Weise starb – Blutvergiftung. Und Johnny ist Athlet. Wenn er gewonnen hätte, sagt er, hätte er seinen Ruhm irgendwie nutzen können, um sein Studium zu finanzieren. So aber muss er es mit herkömmlichen Mitteln schaffen: durch harte Arbeit und emsiges Sparen. Sein Vater ist ja nicht mehr da, und seine Mutter lebt mit seinen jüngeren Geschwistern in der Prärie. Großeltern sind auch noch da. Johnny schickt Geld nach Hause.

Wir begegnen uns auf dem Schiff von Europa nach Kanada, oder besser gesagt, wir finden auf dem Schiff zueinander, begegnet sind wir uns vorher schon. Ich weiß, wer er ist – der Hürdenläufer, der über die letzte Hürde gestolpert ist und sich dadurch um eine Medaille gebracht hat –, und er weiß, wer ich bin, weil das jeder weiß. Wir gehören zu einer ausgewählten Gruppe, der kanadischen Olympiamannschaft von 1928 mit ihrem großen Kontingent von jungen Männern und ihrem sehr viel kleineren Aufgebot an Sportlerinnen.

»Wir haben die Auswahl«, sagt eins der Mädchen – die junge Schwimmerin, die nicht bis ins Finale kam.

»Ach, wer braucht schon einen von denen«, sagt Glad.

Ich stimme Glad im Stillen zu. Ich halte mich für enorm weltklug. Ich brauche keinen Verehrer, und außerdem werden wir Mädchen streng bewacht. Man stelle sich vor: fast siebzig junge Leute in bester körperlicher Verfassung, eine gute Woche lang auf einem Schiff zusammengesperrt. Einige von uns haben gesiegt, weit mehr haben verloren. Unsere Fitness ist ungenutzte Energie, die wir mit uns herumtragen. Wir sind Feuerwerkskörper, die nach einem Streichholz schreien. Wir laufen bei gutem Wetter Runden auf dem Deck, und ein großer Raum steht uns zur Verfügung, um Kraft- und Dehnübungen zu machen und abends nach dem Essen eine Menge Blödsinn zu veranstalten, der gefährlich nah ans Tanzen grenzt.

Doch sollte es je zwischen einem Mädchen und einem jungen Mann zu innig werden, schiebt sich Miss Alexandrine Gibb dazwischen und schwenkt den erhobenen Zeigefinger.

Glad bekommt den Zeigefinger am häufigsten ab, aber nur, weil die Jungs sie so mögen – als eine der Ihren gewissermaßen. Sie könnte jeden haben, denke ich, und zwar gerade deshalb, weil sie keinen von ihnen zu wollen oder zu brauchen scheint. Sie läuft nicht Gefahr, mit einem Diskuswerfer in der Besenkammer erwischt zu werden, wie es der jungen Schwimmerin passiert ist. Das ist nicht Glads Art. Wenn sie einem jungen Mann den Arm um die Schulter legt, dann um *Hey, Kumpel* zu sagen. Das ist alles. Hey. Und das weiß der junge Mann auch.

In dieser Hinsicht wäre ich gern wie Glad.

Aber ich bin nicht wie sie. Es liegt nicht nur an meiner Größe oder meinem langen goldenen Haar, meiner Eckigkeit, meinen Lippen, die immer aussehen wie rot angemalt, obwohl ich keinen Lippenstift benutze. Es liegt an meiner Art, mich abseits zu halten. Zuzuschauen, zu beobachten. Wenn jemand interessiert auf mich zukommt, erstarre ich, als fühlte ich mich beleidigt oder, schlimmer noch, bedroht: »Was wollen Sie?«

Johnny kommt nicht auf mich zu. Er verhält sich nicht wie die anderen jungen Männer. Er steht wie ich steif da, abseits. Er ist ganz auf die Erhaltung seiner Kraft und Schnelligkeit konzentriert, so als hätte er seinen Wettkampf nicht schon bestritten und verloren. Er verfällt nicht in die seichte Vergnügungsstimmung, die auf unserer Fahrt übers blaue Meer herrscht.

Wir finden uns auf dem Deck.

Ich laufe gerade langsame Nachmittagsrunden, atme die Seeluft, fühle das kalte Sprühwasser im Gesicht. Ich habe schreckliche Angst, über Bord zu fallen, halte es aber dennoch nicht aus, in meiner Koje zu liegen und in Illustrierten zu blättern, so wenig, wie ich es aushalte, mit den Mädchen herumzufaulenzen und zu tratschen. Johnny schließt zu mir auf, gleicht sich meinem Laufrhythmus an. Er sagt kein Wort. Ich glaube, das gefällt mir. Ein paar Runden lang behält jeder von uns seine Gedanken für sich, nur der Atem spricht. Ich laufe Seite an Seite mit einem etwa gleichaltrigen Jungen, was ich seit meiner Schulzeit nicht mehr getan habe.

Aber mit den Jungen damals war es nicht so.

Bis zu diesem Moment hatte ich eine klare Vorstellung, was romantische Gefühlsanwandlungen sind: ein verachtenswerter Zustand. Ich hatte eine klare Vorstellung, was Liebe ist: eine Art Fluch, der Frauen an Männer kettet, sie schwach macht. Doch jetzt, da wir zusammen laufen, ist das alles vergessen. Meine Vorstellungskraft hat mich irregeführt: Sie hat nicht miteinkalkuliert, wie sich das Erwachen des Begehrens im eigenen Körper anfühlt.

Johnny ist größer als ich, schlank, aber muskulös. Ich merke, wie ich ihn im Laufen taxiere, und zwar nicht kühl und sachlich, sondern im Zustand wachsender Spannung. Es ist, als befänden wir uns in einer schützenden Blase, in der nur wir beide Platz haben. Ich nehme plötzlich die kleinsten Einzelheiten an ihm überdeutlich wahr: seine dunkelblauen Augen, sein dunkles, welliges Haar, sein kräftiges Kinn. Wir haben immer noch kein Wort geredet. Als wären wir innerlich eins, laufen wir beide immer langsamer, kommen zum Stehen. Wir schauen uns nicht um, ob wir allein sind. Wir wissen, dass wir allein sind. Unsere Hände berühren sich leicht, feierlich. Hinter ihm ist eine geschlossene rote Tür. Ich sehe seine Augen, die Sanftheit darin, die Überraschung.

Ich mag dich, sagt er.

Kein Junge hat das je zu mir gesagt. Was ich in dem Moment fühle, kann ich nur als zittriges Schwachwerden beschreiben, was albern klingt, aber das war es, Schwachwerden, Zittern, Erglühen, beschleunigter Puls.

Das Dröhnen der Schiffsmaschinen. Seine Hand auf meiner Wange, meinem Ohr, unsere Münder, die sich stumm finden. Meine Hände bedecken seine Augen, als könnte ich es nicht ertragen, dass er mein Verlangen sieht.

Wir küssen uns und weichen wieder auseinander, küssen uns und reißen uns voneinander los, küssen uns wieder, um uns herum das Rauschen des Meers und das Dröhnen der Maschinen. Er braucht mich nicht zu fragen, ob ich sein Mädchen sein will, denn das ist ja längst geklärt, an dieser roten Tür. Ich bin sein Mädchen. (Bin ich doch? Ich bin zu schüchtern und zu stolz, um zu fragen, zu berechnungslos, zu überzeugt von dem, was ich sehe und fühle. Die Art, wie er mich küsst, ist mir Beweis genug. Die Art, wie er sich mir genähert hat, das vor allem. Wie er meine Hand hält, später, bei der Parade durch die Yonge Street, wo die Luft über uns voller Konfetti ist. Wie er mir die kleinen Papierstückchen aus dem Haar streicht, seine Hände so sanft wie die meines Vaters an den

Schläfen meiner Mutter. Ich sehe das Bild vor mir. Und ich glaube, genug zu wissen, um mir sicher zu sein.)

Es ist eine banale Geschichte. Eine ganz banale Geschichte. Aber das ist mir egal. Es ist meine.

Es ist alles, was ich habe.

Hunderttausend Menschen jubelten unseren kanadischen Olympia-Mädels zu, als sie in Toronto mit einer Konfettiparade empfangen wurden. Zu Fuß marschierend, lächelnd und winkend, Blumensträuße von Bewunderern im Arm, wirkten die Mädchen anrührend schüchtern.

Die hübscheste von allen ist ohne Zweifel die Zwanzigjährige aus New Arran, Ontario, Miss Aganetha Smart. Aber tut mir leid, Jungs, es könnte bereits zu spät sein! Gerüchten zufolge hat sich Miss Smart mit einem gewissen Johnny Tracy verlobt. Ja, eben jenem! Mr. Tracy vertrat Kanada im Hürdenlauf, und wenn es auch nicht für eine Medaille gereicht hat, bringt er ja womöglich eine andere Trophäe mit nach Hause.

Mir geht durch den Sinn, dass ich nie mehr in einer Fabrik werde arbeiten müssen. Von meinem Buchführungsjob bei *Rosebud Konfekt* bin ich beurlaubt. Stattdessen bezahlt mich Rosebud – wie herrlich, wie phantastisch! – dafür, mit einer Schachtel ihrer mit Goldstaub verzierten Pralinen zu posieren. Mir geht sogar durch den Sinn, dass ich überhaupt nie wieder eine Arbeit verrichten muss, die mir keinen Spaß macht. Ich bin verliebt ins Geliebtwerden. Da ist mein Foto auf der Ausklapp-»Gesellschaftsseite« der Zeitung. Da bin ich, Arm in Arm mit Johnny, in die Kamera lächelnd.

Da bin ich, siegreich heimgekehrt. Ein Besuch auf der Farm erscheint plötzlich einfach. Ich werde die trennenden Jahre einfach überspringen. Ich fahre nach Hause.

Olive und ich nehmen den Zug. Es erscheint mir perfekt. Zurückzukehren wie ich weggegangen bin, den Kreis zu schließen. Denke ich überhaupt in solchen Begriffen? Ich glaube nicht. Mir erscheint es vermutlich deshalb perfekt, weil ich so wohlig selbstzufrieden bin. Ich glaube vermutlich, jemand ganz anderer geworden zu sein, eine neue und bessere Aganetha Smart.

Im Zug essen wir Trauben und trinken Tee mit Milch, tunken im schicken Speisewagen mit den roten Schmuckvorhängen mürbe Kekse in die lauwarme Flüssigkeit.

Am Bahnhof von New Arran empfängt uns eine Schar jubelnder Schulkinder. Das Lokalblatt hat meinen Besuch angekündigt. Sobald ich aus dem Zug steige, bin ich umringt. Ich führe die Kinderschar vom Bahnsteig auf die Vorderseite des kleinen Bahnhofsgebäudes, wo sich weitere Neugierige versammelt haben. Ich fühle, wie meine Eltern und meine Schwestern ein Stück zurücktreten, aus der Distanz beobachten, wie ich mich inmitten der Kinder bewege, Autogramme gebe. Ich fühle, wie mein Haar seine exakte Form behält, fixiert durch eine wachsartige Substanz, die ich vor dem Frisieren sorgfältig eingeknetet habe. Aber so sehr habe ich mich nicht verändert: Ich bin ungeschminkt, trage keinen Schmuck außer der Medaille um meinen Hals.

Leute wollen die Medaille anheben, um zu fühlen, wie schwer sie ist. Das scheint eine seltsam intime Geste. Es verbindet mich für einen Moment wie eine Leine mit irgendwelchen fremden Menschen, als wäre ich ihr Schoßhündchen, ihr Eigentum.

Ich weiß nicht, wie ich mit der Liebe und Bewunderung fremder Leute umzugehen habe. Ich beziehe sie fälschlicherweise auf meine Person. Ich glaube, dass sie mich lieben und bewundern und nicht das Mädchen auf den Zeitungsfotos. Ich begreife noch nicht, dass ich nicht diese Aganetha bin. Dass das niemand sein kann. Dass sie einfach ein perfektes Konstrukt ist, mit dem sich alle identifizieren können. Sie hat keine Ecken und Kanten.

Die Kinder, denen ich Autogramme gebe, halten mich für sie, und man kann es ihnen nicht verdenken – ich bin ja wohl auch sie, in diesem Moment, da ich in Erwartung eines herzlichen Empfangs lächle und winke, so lieblich wie eine Lilie, so glatt und glänzend wie poliertes Glas.

»Du verstehst sie zu tragen, Aganetha«, sagt meine Mutter, als wir in der Küche der Farm stehen und sie mir eine Tasse Tee anbietet. Sie greift nach der Medaille, und ich zucke zurück, was uns beide überrascht.

»Klar, bitte, hier«, sage ich schnell, nehme die Medaille ab und halte sie ihr am Band hin.

Sie stellt die Tasse mit dem Tee auf die Arbeitsfläche, die weiß gestrichen worden ist. Alle Küchenschränke sind jetzt weiß gestrichen, hygienisch sauber.

Ich öffne eine Schranktür und sehe auf dem großen Drehtablett die Butterdose, den Salz- und den Pfefferstreuer und mehrere Kristallglasschälchen für Marmelade, Pickles oder Würzsoßen. Ein in ein Tuch gewickelter Brotlaib sieht weniger elegant aus. Ich drehe die Etagere langsam. Durch die Glastür dahinter sehe ich das Esszimmer, wellig wegen der unebenen Scheiben.

Meine Mutter versucht, mir die Medaille und den Tee gleichzeitig zu geben.

Ich nehme die Tasse, nicht aber die Medaille. Sie inspiziert sie genauer, und ich beobachte sie, während ich die Porzellantasse an den Mund führe und trinke. Ich bin so groß wie sie. Ich denke daran, was meine Mutter alles nicht über mich weiß. Nie wissen wird. Aber ich denke nicht daran, was ich alles nicht über sie weiß. Nie wissen werde.

Meine Mutter streckt mir die Medaille hin, auf der flachen Hand, mit baumelndem Band. Ich schlucke den Rest Tee. »Danke«, sage ich und nehme das schwere Ding von ihrer Hand in meine. Zögere. Was soll ich damit machen? Es hier im Haus zu tragen kommt mir nicht richtig vor.

»Du schläfst mit Olive im Gästezimmer?« Die Stimme meiner Mutter hebt sich fragend.

»Gästezimmer?«

»Euer altes Zimmer, Olives und deins. Cora hat es gestrichen und neue Vorhänge genäht.«

»Habt ihr oft Gäste?«

»Unsere Gäste seid natürlich ihr, du und Olive«, sagt Mutter.

»Oh«, sage ich. Ein Schmerz in meinem Hals, die Höhlung, wo die Traurigkeit hineinpasst. Das gefällt mir nicht, ganz und gar nicht. Wir sind keine Gäste, wir sind Töchter. Aber ich begreife, dass meine Mutter mir etwas gibt, das zu geben schmerzlich für sie ist, wovon sie aber glaubt, dass ich es mir wünsche – Raum, Freiheit, die Möglichkeit, wieder wegzugehen, keine Verantwortung für diesen Ort oder die Menschen hier zu übernehmen. Als ob sie so etwas könnte. Als ob ich so etwas annehmen könnte.

Ich nehme meinen kleinen Koffer, der noch neben der Tür steht, um ihn nach oben zu bringen.

»Lass das deinen Vater machen!«

Aber ich gehe weiter, trage den Koffer durch den leeren Hauptraum, in dem Bretter, Nägel und Krimskrams von Vaters jüngstem Projekt herumliegen – was mag es diesmal sein? Etwas, wofür man Drahtrollen braucht. Ich laufe, immer zwei Stufen auf einmal nehmend, nach oben. Meine Mutter folgt mir protestierend bis ans untere Ende der Treppe. Dann lässt sie mich gehen. Es ist das goldene Licht, das ich abstrahle. Ich fühle, wie es die Leute abschreckt. Es macht ihnen ein bisschen Angst, als wäre ich kein gewöhnlicher Mensch.

»Ich bin ein Parasit«, erkläre ich Olive, die auf der ordentlich gebügelten Überdecke im sogenannten Gästezimmer in einem Fleckchen Sonne liegt und ein Nickerchen hält.

Sie wacht nur halb auf, wie eine Katze, reckt sich, dreht sich auf die Seite. »Du meinst, eine Kakerlake«, murmelt sie.

Wir halten es zwei Tage aus, bevor wir wieder in die Stadt fliehen.

13

Junge Liebe

»Gehen wir.«

Das Mädchen rollt mich den Fahrweg entlang, weg von dem niedergebrannten Haus, an der Baumreihe vorbei, die den Hof vom vorderen Feld trennt. Meine Mutter hat die Tannen gepflanzt, als es immer mehr Automobile gab und unsere staubige Nebenstraße zur Fahrstrecke für Leute wurde, die aus dem Ort zum Picknick an den See wollten. So war das Haus absolut vor Blicken geschützt. Später dann zog ein neuer Highway den Verkehr von unserer Straße ab, und wir hatten unsere Ruhe, ob mit oder ohne Tannen, aber die Tannen blieben stehen. Sie sind riesig geworden, dicht und abweisend; ihre nie gestutzten Äste hängen bis auf den Boden.

Unsere Geheimnisse sind jetzt so alt. Was haben wir zu verbergen? Ich will nicht weg, aber das Mädchen rollt mich den Fahrweg entlang. Der junge Mann öffnet die hintere Tür des unscheinbaren blauen Autos, und gemeinsam verfrachten sie mich hinein wie einen Sack Trockenvorräte.

»Mom erwartet uns«, erklärt das Mädchen. »Sie wird Ihnen einen Tee machen, zum Aufwärmen.«

Es ist nicht weit, erkenne ich, als wir fahren. Nur die Breite eines Feldes. Des Feldes. Des Feldes mit hellgrünem, frisch aufgekeimtem Winterweizen – ein leuchtender Schleier in einer tristen Landschaft.

Diese Zufahrt ist baumlos und steinig. Wir haben vor einem grau verwitterten Holzhaus gehalten. Ein Hund rennt im Kreis, bellt wie wild.

Das Mädchen steigt aus, um den Hund zu begrüßen. Ohne sich noch mal zu uns umzudrehen, knallt sie die Wagentür zu, rennt zum Haus und ruft: »Mom! Mom! Wir sind da!« Der Hund folgt ihr und verschwindet. Max steigt aus und streckt sich. Ich bin allein mit meiner Furcht. Ich kann sie an nichts Bestimmtem festmachen, also schaue ich mich nach Fannie um, die nicht da ist. Ich höre hinter mir dumpfe Geräusche. Es knallt, der Wagen geht einmal kurz in die Knie, und Max kommt auf meine Seite herum, den nicht richtig eingerasteten Rollstuhl ungeschickt vor sich herschiebend. Er öffnet meine Tür.

Ich sage wieder, »Ich will nicht«, aber er versteht mich falsch, versucht den Rollstuhl richtig aufzuklappen.

»Moment«, sagt er. »Mom ist Krankenschwester. Sie kann das besser als ich.«

Eine große, kräftig gebaute Frau in praktischen beigen Sachen kommt durch den Matsch herbei; ihr Haar ist kurz gestutzt, als ob es sie nicht groß kümmert. Ich rieche ihren Geruch, als sie sich hereinbeugt, um Hallo, Guten Tag, zu sagen und mich mit untergeschobenen Armen zu sich zieht. Sie riecht nach Seife. Ich denke an meine Schwestern Olive und Cora, die sich in vielem nicht sonderlich ähnlich waren, aber beide nach Seife und sonst gar nichts rochen, und es lullt mich kurz ein. Ich vergesse, mich zu wehren.

»So, das hätten wir.«

Ich kämpfe mit zusammengebissenen Zähnen gegen die Panik an, die in mir flattert und kreischt wie ein Huhn, das gerade für unser Abendessen geköpft werden soll. Es ist dieses Grundstück, seine Kargheit. Ich bin irgendwo, wo ich nicht sein soll, an einem Ort, der nicht will, dass ich hier bin.

Wir holpern rückwärts die Stufen hoch, und ich werde in einen vollgestopften Eingangsbereich gezogen, dann umgedreht, damit ich den Raum sehe. Meine Augen mühen sich, in dem Halbdunkel irgendetwas zu erkennen. Schiefe Papierstapel auf Oberflächen, schadhaftes Linoleum, schartiger Verputz, Katzengeruch. Komisch, wie Häuser sich weigern, ihren Charakter zu ändern, genau wie Menschen. Hier bin ich. Da, wo ich nicht sein sollte.

»Tut mir leid, Edith«, sage ich nicht allzu zerknirscht, denn sie sieht ja wohl, dass ich nicht aus freien Stücken hierhergekommen bin, und alle im Raum starren mich an.

Ich erkläre Olive, dass ich vorhabe, uns eine bessere Wohnung zu suchen. Olive sagt, sie sei vollkommen zufrieden mit dem Zimmer, das wir uns teilen, seit ich nach Toronto gekommen bin.

»Aber ich nicht – Mrs. Smythe kann mich nicht leiden, von Anfang an nicht, und es gibt nie genug zu essen. Und außerdem kann ich mir jetzt etwas Besseres leisten.«

»Aber ich nicht«, sagt Olive.

»Olive«, sage ich, »ich bezahle deinen Anteil mit. Wir sind doch Schwestern! Nach allem, was du für mich getan hast!«

Also ist es beschlossene Sache. Glad wird die dritte im Bunde sein. Wir sind drei junge Frauen, die frei und unabhängig in der großen Stadt Toronto leben, ohne dass ständig ein Anstandswauwau im Haus ist. Wer da behauptet, Toronto sei eine alte Jungfer von einer Stadt, hochnäsig, etepetete und langweilig, der lügt. Diese Stadt hat uns. Sie ist jung und flott.

Wir mieten eine zweigeschossige Wohnung an der Yonge Street, mit hohen Fenstern und Decken und einem hochherrschaftlichen Kamin, der die Räume mit schwarzem Rauch füllt und uns zu ersticken droht. Im Erdgeschoss ist eine Fleischerei, die Mäuse und Ratten anzieht. Johnny bringt uns ein Kätzchen, einen kleinen rotgetigerten Kater, der rund und flauschig wird von dem, was er erjagt.

Wir wechseln uns mit Kochen ab. Glad ist die schlechteste Köchin, weil sie als Kind reicher Leute geboren und aufgewachsen ist.

»Was soll das sein?«, frotzelt Johnny.

»Koteletts«, sagt sie. »Frisch vom Fleischer.«

»Koteletts womit?«

»Koteletts mit Koteletts! Du musst ja nicht mit uns essen.«

»Es schmeckt mir, wenn Aggie kocht«, sagt Johnny. Ich bin gerade in die Küche gekommen.

»Dann heirate Aggie«, sagt Glad, die so gut wie ich weiß, dass das, was in den Zeitungen stand, nicht stimmt – dass Johnny und ich nicht offiziell verlobt sind.

»Könnte sein«, sagt Johnny.

»Warum tust du's dann nicht?«, sagt Glad, und ich halte förmlich den Atem an. Sie sagt es so leichthin, dass er es bestimmt für einen Scherz halten wird und nicht für eine Frage, die ich selbst nicht zu stellen wage, obwohl sie gelegentlich zwickt und pocht wie ein gezerrter Muskel.

»Vielleicht bin ich ja nicht gut genug«, sagt Johnny, als wäre ich nicht im Raum.

»Nicht gut genug für Aggie, meinst du das? Oder nicht gut genug im moralischen Sinn, um ein Mädchen zu heiraten, dessen Ruf du noch ruinierst?«

»Tja, was meinst du, Gladdie?«, provoziert er sie. »Bin ich ein guter Junge oder nicht?«

»Bist du's? Sag du's uns.« Sie zielt mit einem Kochlöffel genau auf seine Brust.

»Hey, hey«, sagt Johnny. »Wer sagt denn, dass Aggie überhaupt heiraten will?«

»Sie steht ja hier. Frag sie doch«, sagt Glad; ihre Augen funkeln. Macht ihr das Spaß? Sie hört nicht auf, sondern richtet den Kochlöffel auf mich. »Willst du ihn heiraten oder was?«

Wenn ich mir unsere Verlobung ausmalen sollte – was ich, um ehrlich zu sein, schon öfter getan habe –, dann ganz bestimmt nicht so: dass wir beide mit einem fettigen Kochlöffel dazu genötigt werden.

»Ich sehe keinen Grund zur Eile«, sage ich, erstaunt, meine Stimme im Kontrast zu ihrem hitzigen Geplänkel so ruhig klingen zu hören.

»Sie sieht keinen Grund zur Eile«, berichtet Johnny, als hätte Glad es vielleicht nicht gehört. »Sie sieht keinen Grund zur Eile und ich auch nicht.«

»Ach, sieht sie nicht?«

»Nein, sieht sie nicht.«

»Hinsetzen, alle miteinander«, sagt Olive, die so getan hat, als hörte sie nicht zu. »Ich habe den Tisch gedeckt, und deine Koteletts werden jeden Moment schwarz, Glad, also würde ich sagen, es ist höchste Zeit, sie zu essen.«

Aber Glad lässt sich nicht so einfach stoppen. »Wage es ja nicht, unserer Aggie das Herz zu brechen.« Sie sieht Johnny streng an, aber auf eine charmante Art. Es macht ihr Spaß, denke ich. Ich sehe den Hauch eines Lächelns um ihren Mund, und etwas in mir schmerzt, ein neuer Schmerz, als gäbe es einen Teil meines Körpers, von dem ich bis jetzt nichts gewusst habe, einen, der nur dazu da ist, diesen Schmerz zu fühlen.

Zum Glück haben wir einen Hintereingang. Niemand sieht Johnny kommen oder gehen. Ich bin selbst schockiert von meiner Sorglosigkeit, wo doch die Situation zwischen uns, wie ich mir in strengen Selbstgesprächen vor dem Spiegel an der Innenseite meiner Zimmertür sage, eine höchst gefährliche ist, auch wenn wir, das sei hinzugefügt, noch keine ernsthaften Risiken eingegangen sind.

Heute Abend spielen wir Domino, wobei wir uns im Schneidersitz auf meinem ordentlich gemachten Bett gegenübersitzen. Seine Finger geraten auf Abwege, streichen leicht meine Arme entlang, und ich erschaudere. »Schick mich nicht weg in mein kaltes, dunkles Zimmer«, sagt er.

Ich lache, aber es ist ein gezwungenes Lachen. Hat er es schon vergessen, das Gespräch vor dem Essen und das betretene Schweigen, während wir uns über Glads zaddrige Koteletts hermachten?

»Vielleicht solltest du dir ein wärmeres Zimmer suchen«, sage ich.

»Das hier gefällt mir«, sagt er und sieht sich um, und ich werde rot, weil ich darauf nicht hinaus wollte – ich habe es ernst gemeint, im Gedanken an seine winzige Bude über der Werkstatt, in der er arbeitet. »Tja, das gehört schon mir«, sage ich.

»Und du magst es nicht teilen?«

»Nein«, sage ich, und es ist die Wahrheit. »Will ich nicht.«

Jetzt lacht er.

»Du bist ein komisches Mädchen, Aganetha Smart.«

»Kann sein, keine Ahnung«, sage ich, weil da wieder der Schmerz ist, in dem neuentdeckten Teil von mir.

»Du hast ja recht«, sagt er, jetzt ernsthaft. »Mit der nicht vorhandenen Eile, meine ich. Ich habe ja nichts.«

»Sag nicht so was.« Ich runzle die Stirn. »Ich habe auch nichts.«

Wir spielen noch eine Runde Domino, auf meinem Bett sitzend. Aber das Domino geht in Küssen über, und wir liegen auf der nunmehr zerwühlten Überdecke, und ich fühle sein Gewicht auf mir und seine Lippen überall auf meinem Gesicht.

»Erzähl mir was, irgendwas«, sage ich und ziehe seine Hände von dort weg, wo sie den Rückenreißverschluss meines Kleids untersuchen. »Und dann geh nach Hause.«

»Ich werde die ganze Nacht an dich denken«, sagt er.

»Das ist nicht erzählen.«

»Ich vermisse die Prärie«, sagt er gutwillig, aber zerstreut. Johnny ist nicht von hier. Er kommt aus dem Westen, aus einer flachen Landschaft, die ich mir nicht vorstellen kann, obwohl er versucht hat, mir den endlos weiten Präriehimmel zu beschreiben.

»Die Prärie.« Ich versuche, sie mir vorzustellen, wünsche mir, dass er noch mehr erzählt, aber er ist auf die Auseinandersetzung mit meinem Reißverschluss konzentriert. Ich rolle mich unter ihm hervor. Wir sind gleich groß, doch sein Knochenbau und seine Muskulatur sind kräftiger, und im Ernstfall würde er mich bezwingen. Ich habe Angst, dass er es versuchen könnte; nein, ich habe Angst, ich könnte wollen, dass er es versucht, damit ich mich ergeben könnte, irgendwann, wenn ich so unter ihm liege.

»Erzähl mir noch was, bitte«, sage ich. Ich höre meinen eigenen Atem, schnell und flach, fühle seinen Körper neben meinem, vibrierend vor Begehren.

»Genug geredet.« Seine Zähne in meiner Halskuhle.

Ich springe schlagartig auf.

»Geh nach Hause.« Ich zeige auf die geschlossene Tür, an der der Spiegel hängt. Ich schaue hin, sehe mich selbst, groß, kühl, mit zerzaustem Haar. Ich fange an, es glattzustreichen.

Er hat schwielige Hände, ein glattes Kinn und dunkles, welliges Haar, das er im Nacken und über den Ohren zu lang werden lässt. Sein einer Mundwinkel zeigt leicht nach oben, was für mich immer so aussieht, als würde er gleich anfangen zu lachen. Ich glaube nicht, dass er je einer Frau auf der Straße hinterherpfeifen würde. Er benutzt keine vulgären Ausdrücke. Ich spüre in ihm nichts Bitteres, keinen faulen Kern, der seine Jugend und Entschlossenheit von innen her zerfrisst, und doch ist er zutiefst ehrgeizig. Er wird erreichen, was er sich zum Ziel setzt, da bin ich mir sicher.

Er riecht nach Schmierfett und Metall unter Feinseife und gebügeltem Stoff. Seine Haut schmeckt nach Salz. Seine Augen sind tintenblau. Auf den ersten Blick könnte man sie fälschlich für schwarz halten.

Ich kann mir kaum vorstellen, ihn besser oder weitergehend zu kennen. Was würde ich mit diesem Wissen machen? Ich habe Angst, ich könnte ihm wehtun. Könnte ihn nicht genug lieben. Könnte, während er es todernst meint, ein Spiel spielen, dessen Regeln ich erfinde – küssen und wegstoßen, küssen und sich trennen. Er erscheint mir so eindeutig, wie er da auf dem Bett liegt und mich braucht, die Muskeln an seinen Armen wie Seile. Er ist das, was man gemeinhin unter einem attraktiven Mann versteht – auf eine raue, maskuline Art gutaussehend. Ich bin immer überrascht, wenn ich uns zusammen in einem Schaufenster gespiegelt sehe. Die Art Mann, die andere Frauen beäugen, sogar Glad.

Wenn ich ihn wegschicke, wird er dann morgen wiederkommen?

Sei nicht albern, Aganetha, sage ich mir, und der eigenartige Schmerz in mir hört auf.

Und Johnny geht.

Glad und ich nehmen gemeinsam Schauspielunterricht. Sie tut es aus Spaß – ihr Vater ist willens und reich genug, sie zu finanzieren –, aber ich gehe hin, weil ich Geld verdienen will. Ich habe den Fehler gemacht zu glauben, was in den Zeitungen stand.

Hollywood-Schönheitsexpertin meint: Olympia-Goldmädel hat Chancen beim Film.

Von der harten Realität des Sports in die glamouröse Welt der Leinwandmärchen: Wird das der Weg sein, den Miss Aganetha Smart geht? Laut Miss Aria Morrison, einer ursprünglich aus Toronto stammenden, inzwischen aber in Hollywood tätigen Schönheitsexpertin, liegt die Entscheidung bei Miss Smart. »Liebt Miss Smart das Scheinwerferlicht? Diese Frage kann nur Miss Smart selbst beantworten, offenkundig aber ist, dass das Scheinwerferlicht Miss Smart liebt«, erklärt Miss Morrison und führt aus: »Miss Smart ist groß, schlank und bewegungsgewandt, und ihre Erscheinung hat nichts Künstliches. Auf Fotos erkennt man, dass Miss Smart eine besondere Art von Schönheit verkörpert, etwas sehr Kanadisches, wenn man so will – frisch und unverbraucht. Da Miss Smart ihre Fähigkeit, hart zu arbeiten, unter Beweis gestellt hat, prophezeie ich ihr eine äußerst *erfolgreiche Filmkarriere, sollte sie sich dafür entscheiden.«*

Ich bin Miss Aria Morrison nie begegnet. Kann man wirklich von Beruf Schönheitsexpertin sein? Ich stelle mir vor, dass Miss Morrison sich irgendwann mit mir in Verbindung setzt – wie genau, weiß ich nicht – und mir ihre Expertinnendienste anbietet. Dass sie es nicht tut, entmutigt mich nicht. Es ist ja erst Oktober. Ich bin gerade mal wenige Monate Olympiasiegerin und habe bereits mit einer Schachtel goldbestäubter Pralinen posiert; ich habe große Hoffnungen.

Ein Brief ist gekommen, aber Johnny zeige ich ihn lieber nicht. Ich ahne, dass er ihm nicht gefallen wird. Er ist von Miss Alexandrine Gibb, die gebeten wurde, mir eine Anfrage wegen eines Reklamefotos für Damenunterwäsche zu übermitteln.

»Ich enthalte mich jeden Ratschlags außer der dringenden Empfehlung, strikt auf Ihren Ruf zu achten«, schreibt sie und bittet mich auch noch um ein Treffen. »Wie geht es Ihnen? Ich hoffe, in jeder Hinsicht gut.«

Abends wird es jetzt immer früher dunkel.

Wir sind in das Muster verfallen, Johnny und ich, auf meinem Bett herumzurangeln. Heute Abend hängt der Geruch des bereits verspeisten Abendessens – selbstgebackene Brötchen mit Speck und Rührei (ich war mit Kochen dran) – in meinem Zimmer. Sein Haar riecht rauchig. Ich umfasse seinen Kopf, ziehe ihn an mich, stelle mir vor, wie seine Hände unter mein Kleid fahren, stelle mir vor, wie ich –

»Du musst jetzt gehen«, sage ich eindringlich. Wir atmen beide schwer. Er kämpft nur kurz darum, bleiben zu dürfen. Ich höre seinen Schnellfeuerschritt auf der Treppe und unten im Hausflur, das Zufallen der Tür, die nach hinten auf die Gasse hinausgeht. Ich frage mich, was er tut, wenn er geht. Verlässt er mich leichten Herzens, läuft er direkt nach Hause, in sein winziges Zimmer? Oder dreht er noch im rauen Stadtwind Runden ums Karree, gebremst von seinem Begehren, das sich hinter ihm um den Häuserblock wickelt wie eine noch immer an mir befestigte Leine?

Wenn er sein Begehren etikettieren und offiziell an mich heften würde, würde es das verlässlicher machen? Würde ich ihm dann vertrauen, wie ich es doch wohl sollte, aber nicht tue?

Ich stehe langsam auf, schwindelig. Glätte langsam mein Haar, bringe mein Kleid in Ordnung. Ich nehme den Brief aus der Schublade, wo ich ihn versteckt habe, ziehe ihn aber nicht aus dem Umschlag, um ihn noch mal zu lesen.

Was willst du, Aggie?, frage ich mich vor dem Spiegel, aber ich weiß nicht, was ich will, nur, dass ich es nicht habe.

Ich finde Glad in unserem Hauptraum, wo sie mit ineinanderverschlungenen Beinen in einem Sessel vor dem nicht funktionierenden Kamin sitzt und eine Zeitschrift liest. Die Zimmer sind hoch, und die nackte Glühbirne über ihrem Kopf malt riesige Schatten auf Boden und Wände.

»Das hat mir Miss Gibb geschickt.« Ich zeige Glad den Brief.

»Unterwäsche ist nicht ganz Hollywood«, sagt Glad. Sie entknotet sich, steht auf und geht im Zimmer umher, wobei sie nachdenklich mit dem Brief wedelt, das Blatt ihre Lippen streifen lässt.

»Rosebud hat mir eine Menge Geld dafür bezahlt, mit einer Schachtel Pralinen zu posieren«, sage ich. »Und es war leicht.«

»Du bist wirklich herzig.« Glad mustert mich. »Komm, wir spielen das mal durch. Ich bin der Werbefotograf, und du bist du.«

Ich gehe auf sie zu.

»In Unterwäsche, bitte«, sagt Glad im Regieton.

»Wie bitte?«, stammle ich.

»Was dachten Sie denn, wie ich Sie für meine Werbeanzeige fotografieren will, Schätzchen?«

»Das mache ich nicht«, sage ich, aber zögernd, unschlüssig. Sollte ich? Ich merke, wie ich die Schultern schützend nach vorn ziehe, das instinktive Ducken eines großgewachsenen Mädchens.

»Sie vergeuden meine kostbare Zeit. Hier, ich zerreiße auf der Stelle Ihren Vertrag!« Sie hält den Brief theatralisch hoch.

»Moment!«

»Ich warte.«

Langsam richte ich mich auf, greife mit beiden Händen in meinen Nacken und fummle am Reißverschluss meines Kleids. Meine Hände zittern. Etwas Seltsames überkommt mich. Ich habe das Gefühl, gleich loszuheulen oder loszulachen, weiß nicht, was von beidem. Ich habe schreckliche Angst, dass meine Schwester Olive aus der Küche kommen und uns hier so sehen könnte, vor dem nicht funktionierenden Kamin, im harten Licht nackter Glühbirnen, die aus der Wand ragen und unsere Schatten auf weißen Gipsputz projizieren.

Es fühlt sich an, als wäre Glad mir ganz nah, obwohl sie's gar nicht ist. Wir starren uns an, und ich kann den Ausdruck ihrer Augen nicht deuten. Das Ganze scheint plötzlich kein Scherz mehr.

Langsam löst der Reißverschluss seine winzigen Metallzähne voneinander, bis der Stoff ein Stückchen aufklafft, und meine Finger ziehen das Oberteil weiter auf, streifen es über meine Schultern herab, entblößen Haut. Ich merke, wie ich mich bewusst bewege, langsam, wie ich kaum noch atme.

»Stopp.« Glad klingt ärgerlich und nicht mehr wie ihre Rolle.

»Siehst du«, sage ich. »Ich könnte es.«

»Aber du darfst es nicht tun. Verstehst du denn nicht? Miss Gibb hat recht.«

Glad wendet sich ab, rot geworden, und geht an eines der hohen Fenster zur Yonge Street. Ich verstehe nicht, warum sie so ärgerlich ist – spielen wir noch unsere Szene, oder ist das hier echt? Habe ich sie irgendwie verletzt? Als ich sie am Arm berühre, entzieht sie sich abrupt und schlägt sich einen Arm vor die Brust, während der andere mit gestrecktem Zeigefinger in die Waagrechte schnellt.

»Raus, raus aus meinem Studio!« Sie ist jetzt wieder der Werbefotograf. Glad ist eine wesentlich bessere Schauspielerin, als ich es je sein werde, auch wenn ihr die Zeitungen keine Hollywood-Karriere prophezeit haben.

»Glad!«

Ihr Blick ist hart, taxierend. »Du bist wirklich herzig, Aggie«, sagte sie wieder. »Du solltest den Leuten nicht einfach vertrauen. Würdest du dich wirklich für einen Mann mit einer Kamera ausziehen?«

Mein Gesicht brennt vor Scham.

Glad lacht jetzt wieder, berührt mit ihren kühlen Fingerspitzen meine nackte Schulter. »Ich sage das doch nur, weil ich dich so gern habe, Aggie. Mach diese Reklame nicht.«

»Mach mir den Reißverschluss zu.« Ich wische ihre Hand von meiner Schulter. »Wahrscheinlich hast du recht. Du hast ja immer recht.«

Aber ihre Finger am Reißverschluss lösen eine elektrische Entladung aus, ein kurzes, stechendes Knistern. »Schon gut, ich mach's selbst.« Ich entferne mich, am störrischen Reißverschluss fummelnd.

»Was machst du da?«, fragt Olive, als ich in die Küche komme. »Ich dachte, Johnny ist schon ewig weg.«

»Der Reißverschluss ist kaputt«, sage ich und lasse mich ohne weitere Erklärung auf einen Stuhl fallen.

»Ich repariere ihn dir.« Meine große Schwester nimmt mein Haar beiseite und schaut nach. »Er ist nicht kaputt, nur verklemmt. Halt mal kurz still …«

Ich bleibe am Küchentisch sitzen, als Olive gegangen ist. Unter der grellen Glühbirne lausche ich dem Trippeln der Mäuse in den Wänden und verfasse einen Antwortbrief an Miss Gibb.

Bitte erklären Sie den Leuten in meinem Namen, dass ich nicht die Richtige für eine Unterwäschereklame bin, auch wenn sie für eine Zeitschrift und noch so geschmackvoll wäre. (Meinen Sie, sie wäre geschmackvoll?) Nein, das geht nicht. Ich glaube, es ist das Beste abzulehnen.

Ich habe den Brief noch nicht abgeschickt. Ich kann nicht sagen, warum, aber er lehnt immer noch auf meiner Frisierkommode, zugeklebt, adressiert und frankiert, aber nicht eingeworfen.

»Du schreibst Miss Gibb?« Johnny nimmt den Brief und inspiziert den Umschlag.

»Sie ist eine Freundin von mir«, sage ich.

»Ich mag diese Frau nicht.«

Das habe ich schon andere Männer sagen hören, Sportler aus der Mannschaft, sogar Mr. Tristan, dem ihre Autorität über »seine Mädchen«, wie er uns nannte, ein Dorn im Auge war, aber von Johnny habe ich es noch nie gehört. Ich könnte nicht sagen, dass es mir gefällt.

»Warum in aller Welt?« Ich sehe ihn unwirsch an.

Wir stehen vor unserem ersten Streit.

»Sie glaubt, sie weiß alles.«

»Sie weiß ja auch mehr als du.«

»Sie ist keine richtige Frau.«

»Was soll das heißen?«

»Du weißt, was es heißt.«

Ich weiß, er spricht von Sex, und ich kenne sehr wohl die verunglimpfende Bezeichnung »Mannweib«, die Sportlerinnen angehängt wird, und plötzlich bin ich voll rasender Wut. Ich kann sie nicht richtig zum Ausdruck bringen – was kein Wunder ist. Ich bin nicht der Mensch, dem prägnante Worte leicht über die Lippen fließen. Was ich aus meinem Mund kommen höre ist mehr als schwach: »Ich dachte, ich fände dich nett, Johnny. Jetzt gerade mag ich dich gar nicht.«

»Dann kann ich ja gehen.«

»Ja, geh.«

Kurz darauf klopft es an meiner Tür. Glad streckt den Kopf

ins Zimmer, obwohl ich nicht »herein« gesagt habe. Ich liege auf dem Bett und starre an die Decke. »Alles okay?«, fragt sie.

Dafür bin ich nicht gemacht. Über meine Gefühle reden? Analysieren, was in mir vorgeht? In der Liebe? Eher würde ich aus dem Fenster springen. »Ich muss laufen gehen«, sage ich zu Glad, und sofort fühle ich mich besser. Schon bei dem bloßen Gedanken. »Oder schwimmen.«

»Wir gehen morgen früh schwimmen«, sagt Glad.

»Mir fehlt das Training.«

»Im Frühling fangen wir wieder damit an.«

»Ich muss laufen.«

»Dann lauf, wer hält dich davon ab?« Sie kommt herein, steht mit verschränkten Armen da. »Man streitet sich«, sagt sie. »Und dann sagt man, entschuldige. Das solltest du doch wissen.«

»Entschuldige?«, sage ich und schaue sie an. Vielleicht werde ich sie ewig so sehen, wie sie da steht und auf mich herabschaut, resolut, ungeduldig, und alles daransetzt, mich wachzurütteln.

Sie lacht, fast schon traurig. »Nicht mir, Dummerchen. Ihm.«

Oh.

»Du willst nicht, aber du musst. Jetzt steh auf, und komm runter, Nachtisch essen. Olive hat irgendeine Art Zitronenkuchen gemacht, und es riecht himmlisch.«

An diesem Abend taucht unser Bruder George auf. Vielleicht hat er den Zitronenkuchen quer durch die Stadt gerochen – zutrauen würde ich es ihm. Er bummert unten an die Tür. Olive will nicht aufmachen, aber Glad marschiert, dicht gefolgt von mir, hinunter, öffnet die Tür und pflanzt sich mit verschränkten Armen auf.

»Willst du uns zu Tode erschrecken?«

George stolpert über die Schwelle, reibt sich die nackten Hände. Er kann sich auch nicht entschuldigen – liegt das in der Familie? Ich bin jetzt froh über den Streit mit Johnny, und sei es nur, weil er deshalb früher gegangen ist. Ich will nicht, dass George und Johnny sich über den Weg laufen, nicht so, vielleicht gar nie. George sieht mich eulenhaft an, ehe er die Treppe hinaufsteigt.

Ich werfe Glad einen Blick zu, der besagt, dass ich mich für meinen Bruder schäme, und sie zuckt mit den Achseln. *Nicht deine Schuld.*

Wir haben nichts zu trinken im Haus, was nur gut ist, wenn es um George geht.

»Gar nichts?«

»Ich mache dir eine Tasse Tee«, erbietet sich Olive. Wir drei Smarts stehen als unentschlossener Klumpen im Eingang zur Küche, nicht drin und nicht draußen.

Glad beobachtet uns vom bequemen Sessel am Kamin aus, wo sie sich zusammengekringelt hat wie unsere halbwüchsige Katze.

»Tee, hm?« Georges Ton ist höhnisch. »Mutters Spezialtee?«

Und Olive tritt einen Schritt zurück, um Platz zu haben, ihm eine Ohrfeige zu verpassen. Der Knall scheint nachzuhallen.

Niemand rührt sich.

Den Tee bekommen wir in der Tat von unserer Mutter geschickt; er besteht aus Kräutern, die sie selbst gezogen, getrocknet und mit Bedacht gemischt hat. Sie schickt uns immer mehrere Dosen, jede für einen speziellen Zweck, der aus der Beschriftung hervorgeht. »Nach dem Essen«-Tee zur Unterstützung des Magens. »Frauentee« gegen Zyklusbeschwerden. »Fürs tägliche Wohlbefinden«-Tee mit einer milden Abführwirkung. Und den Tee, den Olive vermutlich für George machen wollte, unsere Lieblingssorte, eine Mischung aus verschiedenen Minzsorten und Zitronenmelisse, die »Für jeden Anlass« heißt. Das hier ist doch mal ein Anlass – ich muss schon fast lachen bei der Vorstellung, ihn jetzt zu kredenzen.

Glad erhebt sich ganz langsam aus dem Sessel. Ich suche ihren Blick und schüttle einmal kurz den Kopf.

»Wofür war das?« George reibt sich die Wange.

»Lass Mutter in Ruhe«, sagt Olive leise.

»Eure Mutter kümmert mich nicht.«

»Warum bist du hergekommen, George?«, frage ich schnell. Ich kann es kaum ertragen, ihn »eure Mutter« sagen zu hören, als hätte sie ihn nicht vom Säuglingsalter an wie ihr eigenes Kind aufgezogen. Als wäre sie nicht die einzige Mutter, die er je hatte. Als wäre ihre Liebe irgendwie nichts wert. Aber es ist vor allem mein eigenes Schuldgefühl meiner Mutter gegenüber, das mich umtreibt, und ich weiß, dass George dafür nichts kann – dass *ich* mich seiner wegwerfenden Art wegen erst recht als Verräterin fühle. George gegenüber habe ich resigniert. Ich kann mich kaum noch an den Bruder erinnern, der glaubte, ich könnte fliegen.

»Ich bin knapp bei Kasse«, sagt er unverblümt, an mich gerichtet. »Ich dachte an dich.«

Ich starre auf den Boden und knabbere an der Innenseite meiner Wange.

»Ich zahl's zurück«, sagt er. »Das weißt du doch.«

»Du hast es noch nie getan«, kontert Olive.

»Nicht nur um meinetwillen, Aggie. Bitte.« George sucht meinen Blick.

»Nicht um deinetwillen«, sagt Olive ungläubig. »Um wem seinem Willen denn dann?«

Um wessentwillen, denke ich, und ich weiß ganz genau, von

wem mein Bruder spricht, aber George hat mich schwören lassen, es für mich zu behalten, und ich sehe keinen Grund, mein Schweigen zu brechen, die ganze Sache mit Tattie, der Frau, die nicht seine Frau ist, und ihren Kindern, die seine Kinder sind, wenngleich nicht offiziell, in diesen Raum, in unser Leben hineinzuzerren.

»Das Geschäft ist hart«, sagt George sanft. »Mal gewinnt man, mal verliert man. Ich habe die Chance, in ein Pferd zu investieren. Die vielversprechendste Jungstute, die ich je gesehen habe. Du weißt doch, Aggie, ich setze immer auf die Mädels.«

»Wie viel?«, sage ich.

Im Kopf zerreiße ich den Brief an Miss Gibb und schreibe einen neuen.

Ich werde sagen, *Wenn es Ihnen nicht zu viel Mühe macht, würde ich Sie bitten, ihnen zu erklären, dass ich ein zurückhaltendes Mädchen bin. Ich möchte ihr Angebot ungern ablehnen. Vielleicht verstehen sie es ja. Vielleicht möchten sie ja ohnehin ein zurückhaltendes Mädchen. Was meinen Sie? Wir könnten uns am Freitag sehen, nach dem Schauspielunterricht, wenn es Ihnen passt. Bitte schreiben Sie mir, wo wir uns treffen sollen.*

Johnny sagt, es tue ihm leid. Also muss ich es nicht sagen. Das ist vermutlich schlecht für mich, aber gut für uns. Ich beschließe, ihm nichts von der Unterwäschereklame zu sagen, bis die Fotos gemacht sind – ja, es gar niemandem zu erzählen, auch nicht Glad. Sie lassen mich so zurückhaltend posieren, wie man es sich nur vorstellen kann, vollständig, ja, sogar züchtig bekleidet. Ich sage mir, dass es Spaß macht. Ich tue so, als ob es mir Spaß macht. Aber ich stelle fest, dass für Fotos Modell zu stehen anstrengende Arbeit ist. Das Licht ist heiß, die fettige Schminke auf meinem Gesicht dick und klebrig, und sie sieht unnatürlich aus. Ich schwitze, die Füße und der Rücken tun mir weh, meine Schultern knirschen, die Kleidungsstücke passen mir nicht richtig und sind überall mit Stecknadeln abgesteckt. Ich gebe mir alle Mühe, nicht wie ich selbst auszusehen und zu fühlen. Mir ist klar, dass das zum Job gehört: Der Fotograf will nicht mich, die ich schwitze und gereizt und müde bin, er will ein Mädchen ohne primitive menschliche Schwächen, eins, das bereit ist, sich in Bernstein eingießen zu lassen.

»Lächeln, Miss Smart, so ist's gut. Weniger Zähne, sehr gut, Mädel. Einfach nur ganz natürlich lächeln, als ob Sie ein junger Mann anschaut, der Ihnen gefällt. Schon besser, Miss Smart. Wir kriegen es schon noch.«

»Es« ist eine Version von mir, die lächelnd in die Ferne blickt, mit leerem Gesichtsausdruck, das Kinn auf die verschränkten Hände gestützt. Dieses Mädchen, das nicht wirklich ich bin, findet sich in Zeitungen, Prospekten und Illustrierten, in einen seligen Tagtraum versunken. Ich nehme an, die Aussage ist, dass ich träumerisch an meine Unterwäsche denke. »Wie man das so tut«, sagt Glad, und Olive und ich bekommen am Küchentisch einen Lachanfall nach dem anderen. Ich nehme wieder die träumerische Pose ein, während Glad einen erdachten Monolog über die verzückenden Qualitäten von Unterwäsche zum Besten gibt. »Oh, spitzenzarte Schönheit, wie bebt mein Herz, denk ich an dich, die du gefaltet und gebeugt zu farbenfrohen Stapeln ruhst im geheimsten meiner Fächer.« Bei *geheimsten meiner Fächer* senkt sie dramatisch die Stimme. »Was gäb ich drum, einen Armvoll deiner Seidigkeit zu pressen an die Weichheit meines Busens.«

»Glad«, Olive schnalzt warnend mit der Zunge und weist mit einer Kopfbewegung darauf hin, dass Johnny mit in unserer ansonsten rein weiblichen Tischrunde sitzt. Seine Lippen zucken, und er schaut heftig blinzelnd an die Decke.

»Ich bin wohl zu weit gegangen.«

»Allerdings«, sagt Olive.

Glad sagt: »Woran hast du wirklich gedacht, als das Foto gemacht wurde?«

»An nichts«, sage ich.

Mein leerer Gesichtsausdruck auf dem Foto macht mir zu schaffen, auch wenn ich seinen Reiz durchaus erkenne. Er macht mich so unruhig, dass ich am liebsten laufen gehen möchte.

Oben, auf meinem ordentlich gemachten Bett, wiederholt Johnny Glads Frage: Woran ich wirklich gedacht habe, als das Foto gemacht wurde.

»Sie haben gesagt, ich soll an dich denken«, sage ich wahrheitsgemäß.

Er scheint das erregend zu finden, und mir kommt zum ersten Mal der Gedanke, dass er mich gar nicht kennt. Dass er mich für jemand ganz anderen hält, als ich bin. Warum sollte er wollen, dass ein Mädchen mit so leerem Blick in diesem Moment an ihn denkt?

Nach der Unterwäsche wird mir angeboten, in einem Pelzmantel für ein Kaufhaus zu posieren. Auf diesem Foto ist mein Blick ebenfalls fern, aber etwas härter, so als träumte ich von schneebedeckten Berggipfeln, und meine Hände halten den Kragen am Hals zusammen. Die Reklame ist ein Erfolg, und man trägt mir an, die Werbekampagne fortzusetzen, indem ich den Mantel bei Autogrammstunden im Kaufhaus trage, und da das Kaufhaus Filialen in einigen Städten im Land hat, wird eine Frühwinter-Tournee per Zug arrangiert, obwohl ich nach Westen nur bis Winnipeg reise. Der Zug müht sich auf seinen Eisenschienen durch eine karge, kahle, verschneite

Landschaft. Ich bin im Haus des Filialdirektors untergebracht, mit seiner Frau als Anstandsdame. Ich bin nicht unzufrieden. Es ist, als ob ich ein Leben lebe, das jemand anderem gehört, ein geborgtes Leben.

Und doch rede ich mir ein, dass es meins ist und ich es behalten kann. Manches an diesem Leben möchte ich gern behalten. Den Pelzmantel zum Beispiel.

Wieder zu Hause schildere ich Johnny den Himmel, den ich gesehen habe, den Himmel seiner Vergangenheit, und wie er mir mit seiner Endlosigkeit überhaupt keine Angst gemacht hat.

Er erzählt mir, dass er sich mich vorgestellt hat, wie ich nichts anhabe außer dem Pelz.

Die Kaufhauskette fragt an, ob ich vielleicht für ihre Sommerwerbekampagne in ihrem neuen Damenbadeanzug posieren würde. Er ist ärmellos, am Bein bogenförmig geschnitten und aus einem neuen Material, das sich angeblich nicht so vollsaugt wie Wolle.

Die Fotos werden im Vorfrühling in einem Studio gemacht, aber so, dass es aussieht, als posierte ich am Strand, mit einem Eimerchen und einem Schäufelchen – Kinderspielzeug – in meiner Nähe. Ich beherrsche den träumerischen Blick jetzt wirklich perfekt, denke ich seltsam zufrieden, als ich diese jüngste Reklame in der Zeitung sehe. Meine Augen scheinen auf etwas ungemein Anziehendes gleich hinter der Kamera gerichtet. Man will sich umdrehen und schauen, was da ist. Den Rest von mir, der sich da auf billigem Zeitungspapier darbietet, nehme ich kaum wahr.

»Huiuiui«, sagt Glad und beugt sich tiefer, um das Bild genauer zu inspizieren. »Da bist du ja ganz schön …«

Aber sie führt den Satz nicht zu Ende.

»Ganz schön was?«

»Vollbusig«, sagt sie. »Oder so. Deine Beine wirken sehr lang, selbst für deine Verhältnisse.«

»Ist das was Schlechtes?«

»Du hast schöne Beine. Was jetzt alle Welt weiß.«

Ich merke, wie mich ihre Kommentare unsicher machen, obwohl sie zu scherzen scheint.

»Du hast ein phantastisches Fahrgestell – das werden die Jungs sagen. Du bist ein Prachtexemplar. Eine flotte Puppe.«

»Uh. Hör auf. Bitte.«

»Ist sie das oder nicht?« Zu Johnny, der gerade ohne zu klopfen – er hat einen Schlüssel – ins Haus und mit langen Sätzen die Treppe zu unserer Wohnung heraufgekommen ist.

»Ist wer was?«

»Ist dein Mädchen eine flotte Puppe.«

Johnny blickt auf das Foto auf dem Tisch, dann aber schnell wieder weg. Mir steigt Hitze ins Gesicht. Er sieht auch mich nicht an und verlässt die Küche.

Ich stehe auf, lasse die Zeitung aufgeschlagen auf dem Tisch liegen und gehe, ohne ein Wort zu Glad zu sagen, Johnny hinterher. Ich folge ihm die Treppe zu meinem Zimmer hinauf. Ich bin innerlich ganz zittrig, und er sitzt auf dem Bett und sieht mich an, aber ich merke, dass er nicht wütend oder bestürzt ist. Er sieht mich so an, wie ich mir plötzlich vorstellen kann, dass mich junge Männer auf dem Foto in der Zeitung ansehen, und es gefällt mir nicht, es macht mir Angst: als wäre ich aus Papier, als wäre ich ein gedrucktes Bild, nur Oberfläche, nur Haut, keine Tiefe, keine Muskeln, kein Gewicht.

»Sag was«, verlange ich.

»Du hast ein phantastisches Fahrgestell«, sagt er und grinst.

Jetzt fühle ich mich in Sicherheit. »Noch was?«

»Warum musst du dich so fotografieren lassen?«, rückt er aufrichtig heraus.

»Na ja.« Ich fühle mich in der Defensive. »Zum Beispiel, um diese Wohnung zu bezahlen. Und außerdem spare ich.«

»Wofür? Du wirst doch eines Tages heiraten.«

»Werde ich das?«

»Nein?«

»Vielleicht ja auch nicht«, sage ich trotzig. »Wenn das ein Heiratsantrag ist, stinkt er gewaltig.«

»Wer sagt, dass es ein Heiratsantrag ist?«

Mir stockt der Atem, und ein Gefühl tiefer Demütigung überschwemmt mich, als wäre ich geohrfeigt worden. Das ist unser zweiter Streit. Keiner von uns entschuldigt sich hinterher. Wir tun vielmehr so, als wäre nichts gewesen. Der neumodische Badeanzug enthüllt in der Tat mehr, als einer ganzen Reihe von anständigen Leuten recht ist, und eine ganze Reihe von anständigen Leuten nimmt sich die Zeit, ihr Entsetzen über die modernen Vorstellungen von Anstand und Moral in Briefform zum Ausdruck zu bringen und diese Briefe an die Zeitungen zu schicken, in denen die Anzeigen erschienen sind, wodurch ich kurzzeitig erfahre, was negative Berühmtheit ist, bis die anstößige Werbung tatsächlich zurückgezogen wird. Bald darauf bietet man mir eine weitere Unterwäsche-Reklame an, aber diesmal sage ich es Johnny, und er sagt einfach nur, *Ich mag das nicht.*In diesem Sommer finden Johnny und ich unsere Fotos wieder in der Presse vereint, denn Johnny ist neuer Kanadischer Meister im 100-Meter-Hürdenlauf. Ich bin glanzlose Vierte im Damen-800-Meter-Lauf, einer für uns jetzt praktisch gestorbenen Disziplin – Glad ist nicht angetreten, weil sie ihr Training ganz auf den 100-Meter-Sprint konzentrieren wollte, den sie unangefochten gewinnt.

Mr. Tristan ist zu gnädig, um mich zusammenzustauchen. Er ist jetzt milde mit mir, und Milde tut mir nicht gut. Aber vielleicht ist es auch der Olympiasieg, der mir nicht guttut. Ich muss von hinten kommen. Ich muss mir eine Geschichte erzählen, in der ich nicht die Beste oder die Favoritin bin und niemand mich allzu genau im Blick hat, niemand glaubt, dass ich gewinnen könnte. Die andere Geschichte funktioniert bei mir nicht.

Ich sollte mich ärgern, dass ich bei den Kanadischen Meisterschaften eine so schwache Leistung gezeigt habe, aber irgendwie scheint es mir egal zu sein.

»Sie sind nicht mit dem Herzen dabei«, erklärt mir Mr. Tristan, nachdem er mich in sein Büro gerufen hat. »Falls Sie sich mit dem Gedanken an Rücktritt tragen, würde ich es verstehen.«

»Rücktritt?« Ich bin doch erst einundzwanzig.

»Sie haben anderes im Kopf«, sagt er mit einem Augenzwinkern.

Was? Ich starre ihn an und fühle mich begriffsstutzig und dumm, als mir schließlich aufgeht, was er meint. Mädchen werden Ehefrauen – das ist der Gang der Dinge, unser vorgezeichneter Lebensweg. Soll ich am Ende doch nur ein ganz gewöhnliches Mädchen sein, soll ich es machen wie Olive, wenn erst mal der Richtige erscheint, wie die Mädchen in der Fabrik, wie alle Mädchen überall? Soll ich mein Schicksal an den Erfolg eines Mannes knüpfen und es dabei belassen?

»Nein, danke«, erkläre ich Mr. Tristan steif, »ich habe keine Rücktrittsabsichten.«

»Dann erwarte ich in Zukunft mehr von Ihnen, und Mr. P.T. Pallister, Ihr Sponsor, ebenfalls«, sagt er, und sein Ton wird in winzigen Schritten härter. »Sie werden kein Training mehr versäumen. Sie werden so hart arbeiten, wie ich es Sie habe tun sehen und weiß, dass Sie es können. Habe ich mich klar ausgedrückt, Miss Smart?«

Ich nicke und richte mich zu meiner vollen Größe auf, die

Schultern gestrafft. Aber insgeheim, als ob ein Gift langsam in meine Blutbahn tropft, wird mir klar, dass seine Einschätzung gar nicht so falsch ist. Ich kann nicht so tun, als hätte ich noch denselben Drang, dasselbe Verlangen, mich in diese Bahnrunden zu stürzen, Meile um Meile, Tag für Tag, schmerzende Muskeln und zerschundene Füße in Kauf zu nehmen, um hinter etwas herzujagen, das ich schon habe.

Ich bin nicht mit dem Herzen dabei.

Ich mag das nicht, höre ich Johnny sagen. Ich habe ihm gerade von meiner boomenden Karriere als Unterwäsche-Fotomodell erzählt.

»Ich mag das nicht«, sagt er. Ich höre es jetzt noch. »Du bist mein Mädchen.«

»Bin ich das?«

»Du sollst mir gehören.« Seine Stimme wird heiser vor Emotion, klingt gar nicht wie sonst, gar nicht wie er, und ihr tiefes Vibrieren wirkt auf etwas in mir wie ein Startschuss. Es ist ein heißer Augustabend, durch die offenen Fenster kommen die Straßengeräusche von unten. Wir haben die Wohnung für uns. Ich will ihm glauben, und im selben Atemzug pfeife ich drauf, ob ich es tue. Mein Körper ist ein Wirbel von Gefühlen, ein Sog der Sinne, der nur auf eins gerichtet ist: mit diesem Mann zusammen zu sein, der mich begehrt, der Anspruch auf mich erhebt. Ich falle auf mein Bett und schaue ihn an. Ich glaube zu wissen, was ich tue.

»Schließ die Tür ab«, sage ich, und er tut es.

Es kommen keine weiteren Angebote.

Meine Fotomodell-Karriere, die ich mir gern als Vorstufe meiner Schauspielkarriere schönrede, befindet sich in einer kurzen Flaute – ich gehe davon aus, dass sie kurz sein wird.

Es ist ein Jahr her, dass ich olympisches Gold gewonnen habe. Miss Gibb veranstaltet in ihrer Wohnung eine Jubiläumsparty für die Mädchen der Mannschaft von 1928: Wir sind sieben, Lillianna kommt als einzige nicht. Sie ist in ihre Heimat in der Prärie zurückgekehrt. Die Schwimmerin hat die Highschool abgeschlossen und ist sichtbar schwanger; der Ehering schneidet in den geschwollenen Finger. Von den Mädchen, die mit Glad in der Vier-mal-100-Meter-Staffel Silber geholt haben, ist Ernestine inzwischen mit einem Mann verlobt, der in Trockenwaren macht. Sie ist im Sommer bei den Kanadischen Meisterschaften Dritte geworden. Sarah Jane und Beth, die anderen beiden, sind nicht angetreten. Sarah Jane ist frisch verheiratet. Und Beth hat auf Flehen ihrer Mutter mit dem Laufen aufgehört. »Sie sagt, sie will Enkelkinder.« Beth lacht. »Eines Tages.«

»Herrgott«, sagt Miss Gibb. »Die Ignoranz mancher Leute.«

»Mein Mann ist auch so«, gesteht Sarah Jane. »Ich meine, es könnte doch stimmen, Miss Gibb, wenn es die Ärzte doch sagen.«

»Und was ist mit Ihnen und Johnny?« Die Aufmerksamkeit richtet sich auf mich wie ein Spot, der im Stummfilm eine komische Figur einfängt. Ich halte ein Stück von Miss Gibbs Karottenkuchen auf der flachen Hand, fresse es von oben wie ein Pferd. Wo habe ich meine Manieren gelassen?

»Mit mir und Johnny?« Den Mund voller Krümel.

»Sind sie nicht ein himmlisches Paar?« Glad kommt mir zur Hilfe und zwingt alle, ihr zuzustimmen.

Später erwischt mich Miss Gibb allein und stellt mich, indem sie mir ein Kristallglas mit roter Bowle anbietet. Das Getränk ist alkoholhaltiger, als es schmeckt, und jetzt, da sich der Nachmittag dem Ende entgegenneigt, haben wir alle ein paar Gläser mehr getrunken, als wir hätten trinken sollen. Die schwangere Schwimmerin vergießt auf Miss Gibbs Sofa

Tränen des Glücks, während die übrigen verheirateten oder verlobten Mädchen sich wie Jüngerinnen um sie scharen, ihr, selbst Tränen in den Augen, Taschentücher darreichen und im Chor »Ach, ja, du bist wirklich zu beneiden!« flöten.

»Was haben Sie jetzt vor?«, fragt mich Miss Gibb leise. »Bitte, bitte, kommen Sie jetzt nicht mit dem Vorhersagbaren. Ich finde es schrecklich, wenn ein Mädchen wie Sie das Vorhersagbare tut.«

»Ich dachte daran zu heiraten«, sage ich. Ich nehme das Glas Bowle und blicke scheu zu den Verheirateten-und-Verlobten hinüber.

»Hm, man kann nicht gerade sagen, dass das nicht das Vorhersagbare wäre«, sagt Miss Gibb, aber ganz nett. »Und Johnny, denkt er auch dran?«

»Ich glaube schon.«

Miss Gibb zieht die Augenbrauen hoch.

»Na ja, ich habe es nicht schriftlich, wenn Sie das meinen«, sage ich, und es kommt defensiver heraus als beabsichtigt. Glad stößt zu uns. »Ich habe einen ordentlichen Schwips. Na, keine Lust, den Kopf zurückzuwerfen und eine Runde zu heulen?«

»Sie sind ein prima Mädel, Glad«, sagt Miss Gibb.

»Ich werde nicht heiraten. Ich möchte nach Los Angeles«, erklärt Glad – in Los Angeles wird die nächste Olympiade stattfinden. »Wenn man verheiratet ist, kommt man nicht nach Los Angeles. Bitte heirate nicht, Aggie. Du musst mitkommen. Wir werden zusammen trainieren. Es wird wieder wie früher!«

»Ich bin nicht schnell genug«, sage ich und erkenne, dass es die Wahrheit ist. Mir geht kurz durch den Kopf, dass mich die Wahrheit trauriger machen müsste, als ich bin. Ich fühle mich eigentlich nur unversehens befreit. Keine Laufwettkämpfe mehr. Stattdessen kann ich etwas anderes tun.

»Und ob sie schnell genug ist, stimmt doch, Miss Gibb?«

Miss Gibb legt den Kopf schief und mustert mich. »Nein«, sagt sie rundheraus. »Ich muss Aggie recht geben. Sie ist nicht für die Kurzstrecke gemacht.«

Ich kippe den Rest Bowle in einem großen, brennenden Schluck hinunter. Es ist eine Sache, das selbst zu sagen, und eine ganz andere, es von jemand anderem bestätigt zu bekommen. Ich fühle, wie sich mein Atem beschleunigt, während meine Zukunft immer enger zusammenschnurrt. Aber Miss Gibb ist noch nicht fertig. »Aggie ist keine Sprinterin. Sie ist etwas anderes. Aggie wird noch weit kommen, lassen Sie es sich gesagt sein.«

Glad wirft den Kopf zurück und lacht. »Ich glaube, Sie sind auch beschwipst, Miss Gibb.«

»Da könnten Sie recht haben, Miss Wright.«

»Hat sie immer«, sage ich, aber das Gespräch ist nicht mehr meins. Ich drifte weg, in eine andere Geschichte, die vielleicht meine werden könnte. Ich stelle mir vor, ich bin Mrs. John Tracy, und schon bei dem bloßen Gedanken möchte ich mich zu den Mädchen aufs Sofa werfen, mich mit Bowle volllaufen lassen, den Kopf zurückwerfen und weinen und lachen.

Aber das ist nicht meine Art. Ich könnte es nicht wirklich tun: die unsichtbare Grenze überschreiten, die mich immer außerhalb hält. Vielleicht ist der Ich-bin-irgendwo-weit-weg-Blick, den ich für die Fotos perfektioniert habe, ja nichts Künstliches, sondern eine wahre Aussage über mich selbst. Hier endet meine Phantasie. Weiter komme ich nicht in diesem Spiel, Aganetha Smart, das Goldmädel, zu sein.

»Noch ein Glas Bowle, Miss Gibb?«, sagt Glad.

»Ich bin ein hundsmiserabler Anstandswauwau.«

»Und dafür sind wir Ihnen dankbar, Miss Gibb.«

Nicht lange danach ist der 24. Oktober 1929 – der Schwarze Donnerstag.

Nichts ist mehr, wie es war, auch wenn wir das nicht ahnen können, nicht in dem Moment. Ich habe sowieso anderes im Kopf. Ich denke nicht über den Schwarzen Donnerstag nach. Ich komme nicht auf die Idee, dass Mr. P.T. Pallister die Förderung des Rosebud-Damensportclubs mit sofortiger Wirkung einstellen könnte. Ich rechne nicht damit, dass die meisten Leichtathletikvereine in Toronto verschwinden werden – zuerst die für Frauen –, dass die Entlassung Hunderter Fabrikarbeiterinnen bevorsteht und es bald keine Mädchen-Softball, -Hockey- oder Leichtathletikteams mehr geben wird.

Ich habe ein ganz anderes Problem, ein persönliches, das ganz allein meins zu sein scheint. Ich erzähle vorerst niemandem davon.

Und Johnny sagt nichts mehr von Heirat.

14

Zwei Geschichten

»Sie hält dich für Edith, Mom.«

»Wahrhaftig.« Die Frau stellt die Rollstuhlbremse fest. Sie hat mich zu der kleinen Küchenzeile hingedreht, wo das Mädchen sich gerade ein großes Glas Saft eingießt. Ich sehe, dass die Eiswürfelschale auf der Arbeitsfläche stehengeblieben ist und das Eis schon schmilzt.

Die Frau kommt um mich herum. »Erinnere ich Sie an Ihre Schwester Edith?«

Ich setze mich gerader auf. Kennen Sie Edith? Der Wasserkessel pfeift.

Ich brauche keinen Kräutertee, aber das Mädchen stellt mir eine Tasse dampfenden Pfefferminztee vor die Nase.

»Sie sehen noch genauso aus, Miss Smart, wobei wir leider nie Gelegenheit hatten, uns persönlich zu unterhalten«, sagt die Frau und geht an die Arbeitsfläche, um die Eiswürfelschale wegzuräumen. Plötzlich schießen mir Tränen in die Augen. Sie hat mich richtig angeredet. Man könnte meinen, sie kennt mich besser als ihre Kinder, besser als irgendjemand sonst, dem ich in den letzten Jahren begegnet bin. Man könnte meinen, wir kennen uns.

»Honig?«, sagt das Mädchen und verrührt schon einen Löffel voll in meinem Becher, bevor ich überhaupt die Chance hatte, nein zu sagen. Sie lässt sich in den Sessel neben mir fallen und kippt Saft aus ihrem Glas in sich hinein. Sie kommt nicht auf die Idee, mir meinen Tee mit dem Löffel einzuflößen, und anders kann ich ihn nicht zu mir nehmen. Zerstreut weist die Frau sie an, mir zu helfen.

Also entnimmt sie der Tasse einen Löffel Tee und pustet darauf. Ich öffne den Mund.

»Ich habe was für deinen Film gefunden, Max – ich muss nur schnell …« Die Frau driftet im Zimmer umher und fingert an den Papierstapeln herum, entfernt sich dann verschwommen.

»Ich finde, es läuft gut«, erklärt das Mädchen dem Bruder. Er gießt sich auch ein Glas Saft ein und setzt sich auf den gerade frei gewordenen Stuhl.

Ich sehe die Eiswürfelschale wieder auf der Arbeitsfläche stehen, das Eis wieder schmelzen.

»Ich hasse dieses Haus«, sagt das Mädchen leise. »Mom muss verkaufen. Und Mrs. Smart auch.«

»Miss Smart.«

»Miss Smart«, wiederholt das Mädchen mechanisch und schaudert. »Es ist fast, als ob es hier spukt.«

Was ist daran schlimm, hm?

Und schon, als hätte sie auf ihr Stichwort gewartet, kommt Fannie durch einen Riss, der schräg von oben nach unten durch die gipsverputzte Wand verläuft, als hätte ihn jemand hineingeschnitten, obwohl ich weiß, es liegt nur daran, dass das Erdreich unter dem verrottenden Fundament arbeitet. Fannie schlüpft herein und geht um den Raum, das Gesicht abgewandt. Ich bringe sie nicht dazu herzuschauen.

Sie ist beunruhigt. Sie umrundet das Zimmer immer schneller, ist nur noch ein Wirbel, ein Schatten. Sie will, dass ich ihr folge. Sie ist weg, substanzlos durch das Fenster entwichen, das sichtbar wird, als ich den Kopf drehe.

Durchs Fenster sehe ich ein gepflügtes Feld und eine Tannenreihe. Und ich erkenne jetzt, was Fannie mir sagen wollte: Ich befinde mich auf der falschen Seite der Dinge.

Ich fasse die Tischkante, kann aber nicht aufstehen.

Die nahenden Schritte der Frau erschüttern den Fußboden. »Da ist es!« Sie wedelt mit einem buntbedruckten Stück Papier. »Schauen Sie, Miss Smart, das sind Sie! Sie waren in einer Zeitschrift. Ich habe den Ausschnitt auf dem Frisiertisch meiner Mutter gefunden, nach deren Tod. Er steckte in einem an Sie adressierten Umschlag, Miss Smart, der aber nie zugeklebt worden war. Mamas Mann hat ihre ganzen Sachen ausgeräumt – ihr zweiter Mann, meine ich, nicht mein Vater. Sie wohnten in Vancouver und ich in Toronto, also konnte ich im Flugzeug nur Briefe und Fotos mitnehmen. Autounfall, tragisch. Über so einen Schock kommt man nie ganz hinweg, Miss Smart. Aber das ist jetzt schon viele Jahre her. Da war Kaley noch nicht mal geboren.«

Sie hält inne. Ich weiß jetzt schon zu viel über sie, ich kenne diese Sorte Frau, der es Spaß macht, Fremden gegen deren Willen intime Details ihres Lebens aufzudrängen. Als nächstes erzählt sie mir von ihren Gebärmutterhalspolypen und ihrer Scheidungsvereinbarung.

Die Frau redet weiter: »Mama hat immer Sachen ausgeschnitten, um sie Leuten zu geben – Rezepte, Artikel, Buchrezensionen. Ich gehe davon aus, dass das hier für Sie bestimmt war, auch wenn wir nie näher miteinander zu tun hatten. Wir wussten ja immer, dass Sie eine berühmte Läuferin waren. Das hat Max ja auf die Idee mit dem Film gebracht! Wir haben uns daran erinnert, wie Sie immer hinter unserem Haus gelaufen sind.«

Ich kann weder den Umschlag noch das Foto erkennen. »Meine Brille«, murmle ich, aber ich habe keine. Habe sie schon vor Jahren verloren. Und nie wiedergefunden, obwohl ich immer noch von Zeit zu Zeit in Jackentaschen grabe und auf meinem Nachttisch herumtaste.

»Das sind Sie, wie sie am Leuchtturm vorbeilaufen«, erklärt mir das Mädchen.

»Am Leuchtturm? Steht der noch?« Überraschung treibt die Worte aus mir hinaus.

»Klar!«, sagt sie. »Wir bringen Sie hin.«

»Kaley!« Max' Ton ist warnend. Er steht auf einem Stuhl, die Kamera auf das Foto auf der Tischplatte gerichtet.

»Lies die Unterschrift vor«, weist er das Mädchen an.

Der seidig glänzende Kopf des Mädchens neigt sich über die winzige schwarze Schrift. »Miss Aganetha Smart, 76, Olympiasiegerin 1928 in Amsterdam, während ihres täglichen Lauftrainings auf ihrer Farm westlich von Toronto. Bei den diesjährigen Sommerspielen werden Frauen erstmals über die Marathondistanz starten.«

»Datum?«, fragt er.

»Steht nicht da, muss aber 1984 gewesen sein«, erklärt sie. »Los Angeles. Der kanadische Frauen-Marathonrekord wurde damals aufgestellt und bis heute nicht gebrochen. Verrückt, oder?«

»Das ist dein Job, Kales, klar? Und danach kommst du auch in die Zeitschriften.«

Sie antwortet nicht.

»Ich wollte es Ihnen geben.« Die Frau streicht die zerknitterte Zeitschriftenseite glatt, als ob sie dem Gespräch gar nicht gefolgt ist und immer noch an ihre Mutter denkt. »Ich hab's ja aufbewahrt. Ich wollte es Ihnen wirklich geben, Miss Smart, aber als ich mit den Kindern wieder hierhergezogen war und Ihnen einen Kuchen rüberbringen wollte – von wegen Antrittsbesuch und so – und Ihre Schwester mich hereinbat und Sie darüber so verärgert waren – na ja. Da kam dann nie mehr was zustande.«

Das habe ich nicht so in Erinnerung. Ich glaube nicht, dass sie es auch nur annähernd so erzählt, wie es sich abgespielt hat. Will sie etwa sagen, ich hätte sie unfair behandelt? Für wen hält sie mich? Sie lässt nicht locker. Sie wiederholt sich, lässt mir die Worte noch mal einzeln ins Ohr tropfen. Sie will, dass irgendeine Bedeutung bei mir ankommt, aber für mich bedeutet das nichts: *Da kam dann nie mehr was zustande.*

»Kenne ich Sie?«, frage ich.

Auf der anderen Seite des Feldes, hinter der Tannenreihe, ist das Granny-Zimmer. Hinter den Tannen ist meine Mutter. Sie hat keine Angst, hervorzutreten und sich zu zeigen: der Rücken gerade, die tiefen, ruhigen Augen wie die Farben des Meeres, von Sonne durchstrahlt.

Da sind zwei Geschichten, die ich auseinanderklamüsern muss. Sie gehören nicht zusammen und gehören doch zusammen, und ich will sie in meinem Kopf sortiert bekommen.

Beide Geschichten handeln von meiner Mutter.

Meine Mutter ist eine Frau mit einem speziellen, gewichtigen Wissen, und sie hilft vielen Mädchen und Frauen. Aber wie sie ihnen hilft, das ist das Problem. Es ist die Art Hilfe, die die Leute strikt in zwei Lager teilt: dafür oder dagegen.

Meine Mutter ist nicht wie die meisten Menschen.

Meine Mutter denkt praktisch. Sie beurteilt die Situation, in der jemand ist, nicht in moralischen Kategorien. Dazu scheint sie gar nicht fähig. Sie hört zu, und sie reagiert.

»Ist Mrs. Smart da?« »Ist die Dame des Hauses da?« »Man hat mir gesagt, hier wohnt eine Frau, die helfen kann.« »Helfen Sie mir, bitte.« Flüstern. Flehen. Furcht.

Die Männer, die Ehemänner, die kommen anders, laut und polterig und aufgeregt, um Mrs. Smart zu holen, damit sie ihren funkelnagelneuen Söhnen auf die Welt hilft. Die Väter hoffen immer auf einen Sohn und die Mütter meistens auch. Söhne stehen nie vor der Tür und flehen flüsternd um Mrs. Smarts Hilfe.

Fannie ist vier Jahre unter der Erde, als es passiert. Ich bin vierzehn und habe jetzt meine Tage, aber noch nicht regelmäßig. Mutter gibt mir ein Tonikum, wenn sie findet, dass ich blass aussehe. In diesem Sommer sehe ich meistens blass aus, aber es liegt nicht an meinen Tagen, die ich das letzte Mal im April hatte, es liegt an der allgemeinen Unruhe, die in mir ist. In Georges Briefen, die jetzt seltener kommen, steht immer, dass ich ihn doch mal besuchen soll.

George schreibt, dass er einen Tanzmarathon gesehen hat, wo die jungen Mädchen und Männer stundenlang über die Tanzfläche wirbeln, ja, sogar die ganze Nacht und bis in den nächsten Tag hinein. Er erzählt von seinem Wettgewinn, weil er auf das richtige Tanzpaar getippt hat, krasse Außenseiter, zwei Mädchen, Schwestern. Er schreibt vom Sunnyside Amusement Park und der Achterbahn und dem riesigen Schwimmbad, in dem es von Leuten wimmelt.

Vorsichtig lese ich meiner Mutter Georges Einladung vor. »Wenn du kommst, nehme ich dich mit zu den Rennen.«

»Rennen?« Mutter ist abgelenkt, weil sie gerade kleine Gurken putzt und wässert, um sie einzulegen.

»Pferderennen, glaube ich«, sage ich.

»Willst du denn Pferderennen sehen?«

Ich sage nichts.

»George soll lieber uns besuchen«, sagt Mutter. »Toronto ist eine große Stadt. Da müsste dich immer jemand begleiten. Und was denkt er sich überhaupt dabei, dich mitten im Sommer einzuladen, wo hier am meisten zu tun ist?«

Sie übertreibt. Am meisten zu tun haben wir im Spätsommer und Frühherbst – in der Erntezeit, genauer gesagt –, doch ich erkenne ein *Nein*, wenn ich es höre.

»Aber ich will George sehen. Er ist mein Bruder!«

»Edith ist deine Schwester. Geh sie besuchen. Cora, du auch.« Cora ist mit einer weiteren Schüssel voll frischgeernteter Gurken in die Küche gekommen. »Backt Edith einen Kuchen«, sagt unsere Mutter. »Bringt ihr Bohnen und Tomaten aus dem Garten.«

Wir wollen nicht, Cora und ich. Widerwillig machen wir uns in der Küche zu schaffen, suchen Zutaten für ein süßes Brot mit Streuseln zusammen.

Es klopft an die Tür der Sommerküche. Olive, die gerade Bohnen in Einmachgläser schichtet, um sie dann einzukochen, geht aufmachen. Sie kommt gleich wieder zurück.

»Mutter«, sagt Olive leise. »Ein Mädchen für dich.«

Cora und ich schauen verstohlen hin, können aber nur feststellen, dass sie nicht viel älter ist als wir und dass wir sie nicht kennen. Jemand hat sie hierhergebracht und an unserer Zufahrt abgesetzt, und sie ist sie entlanggegangen und hat sich gefragt, was sie wohl in diesem Haus erwartet. Wir senken den Blick, als sie Mutter durchs Esszimmer folgt. Von oben kommt Vaters Hämmern. Er baut zur Zeit Einbauschränke aus Zedernholz in die seltsamsten Winkel des Hauses. Der würzige Geruch des gehobelten Holzes liegt in der Luft, und duftende Bretter sind in dem Raum gestapelt, den Mutter und das Mädchen durchqueren müssen.

Cora misst Mehl und Natron ab, während ich die Anweisungen eines Rezepts in der Handschrift unserer Mutter ablese. »Streuselbrot« heißt die Überschrift. Das backen wir für uns, nicht für Besuch. Butter, Haferflocken, Mehl, brauner Zucker. Schmeckt am besten ofenwarm, mit einer Tasse frischgebrühtem Tee zum Hinunterspülen. Wird ab dem zweiten Tag ein bisschen trocken.

»Zwei Eier, gut verschlagen. Eine Tasse saure Milch.«

»Säure du sie.«

Wir haben den Teig gerade in Formen gefüllt, um ihn Olive in die Sommerküche zu bringen, in der Hoffnung, dass sie dort auf die Streuselbrote aufpasst, während sie im Ofen sind, als es wieder klopft. Diesmal an der Eingangstür, die ins Esszimmer führt. Aber wir hören, dass der Mann schon ein Stück in den Hof zurückgetreten ist und nach Mrs. Smart ruft, als erwarte er Antwort von den Fenstern.

Das Hämmern oben hört kurz auf, setzt dann wieder ein.

Ich schaue Cora an, und Cora schaut mich an. Olive kommt aus der Sommerküche herein und trocknet sich die Hände an der fleckigen Schürze ab.

»Betrieb heute«, sage ich.

Olive macht dem Mann auf, der aber nicht hereinkommen will. Er sei aus dem Nachbar-County, und es sei ihr erstes Kind, und er wisse nicht, was tun, aber er könne sie nicht lange allein lassen, seine Frau, sie stöhne so, und ob Mrs. Smart bitte schnell kommen könne!

Olive holt Mutter. Mutter kommt ruhig und gelassen an die Tür, stellt ein paar Fragen nach Art und Häufigkeit der Wehen und befindet, dass sie hin muss.

»Aber das Mäd-« Mutter stoppt Coras Frage mit der erhobenen Hand.

»Ich hole meine Sachen und komme sofort mit«, erklärt Mutter dem Mann, macht die Tür zu und sagt zu uns: »Ihr kümmert euch um das Mädchen, das vorhin gekommen ist. Sie heißt Betty, und man muss sie gut im Auge behalten, gerade jetzt. Olive, du weißt ja, wie du die kalten Kompressen machen musst. Gießt eine Kanne von meinem Frauentee auf, mit frischem Knoblauch zur Infektionsabwehr. Momentan geht es ihr gut, aber sie könnte sehr krank werden, und wenn sich ihr Zustand verschlimmert, müsst ihr mich irgendwie holen. Und passt auf, dass eure Hände immer sauber gewaschen sind.«

»Aber unser Kuchen für Edith?«

»Der kann warten. Ich weiß, ihr werdet Betty gut betreuen. Eine von euch muss immer bei ihr bleiben, habt ihr verstanden?«

Und dann, bevor sie zur Tür hinausgeht, sagt sie noch zu mir, dass ich nicht loslaufen soll, den Arzt holen. »Der Arzt wird nichts für sie tun können.«

Und der ganz normale Sommertag ist plötzlich keiner mehr.

Als unsere Mutter den Fahrweg entlang verschwunden ist, folgen Cora und ich Olive mit leisen, eifrigen Schritten zum Granny-Zimmer, wo für die Mädchen, die kommen, ein Bett bereitsteht. Die Mädchen bleiben selten länger als ein, zwei Nächte, manchmal bis zu einer Woche. Ich denke nicht darüber nach, ob meine Mutter Geld nimmt und wenn ja, von wem, von den Mädchen oder von deren Eltern. Ich weiß nichts über die Transaktionen, die da vor sich gehen, oder auch nur darüber, was meine Mutter für diese Mädchen tut. Ich durfte das Granny-Zimmer bis jetzt nie betreten, solange ein Mädchen dort drinnen lag.

Olive führt Cora und mich durch den großen Raum, in dem überall das Zeug von unserem Vater herumliegt, und durch die Diele, wo nie jemand hereinkommt, obwohl dort eine Haustür ist, ins ehemalige Wohnzimmer unserer Großmutter. Ich kann mich gar nicht an sie erinnern, aber Olive und Cora behaupten, ein paar Erinnerungsfetzchen zu haben: Kräuterbonbons in einem Glas mit Korkstopfen, in das kleine Besucher hineingreifen durften, und ein schwarzer Netzschleier, den sie über ihrem stramm zurückgesteckten Haar trug, als Zeichen immerwährender Trauer. Zu betrauern hatte sie viel, denn sie hatte ja ihren Mann, vier Enkelkinder und eine Schwiegertochter überlebt.

Großmutters Möbel sind noch da: ein steifes Rosshaarsofa mit zugehörigem Sessel, beides mit geschnitzten Beinen und Lehnen aus dunklem Holz, sowie ein Porzellanschrank aus Glas und dunklem Holz, in dem jetzt Mutter ihre Tinkturen und sonstigen Arzneien aufbewahrt. Auf dem Boden liegt ein roter Teppich, reich gemustert mit Ranken, Blüten, Blättern und Vögeln.

Ich würde gern stehenbleiben, um ihn genauer zu betrachten. Sprechen die Vögel miteinander? Sind da wilde Tiere in dem Rankendschungel?

Wir bleiben vor der geschlossenen Tür zum Schlafzimmer stehen.

»Nicht alle auf einmal«, sagt Olive. »Dann bekommt sie Angst.«

»Geschieht ihr nur recht«, sagt Cora erregt. »Nach dem, was sie getan hat.«

»Was hat sie denn getan?« Ich verstehe gar nichts.

»Nichts, was uns was angeht«, sagt Olive.

»Jetzt geht's uns was an. Jetzt sind wir nämlich für sie zuständig.«

»Und wir werden uns um sie kümmern, wie Mutter es tun würde«, sagt Olive und fährt Cora dann plötzlich an: »Und wenn du nicht willst, dann bleib weg. Kümmere dich um die Bohnen, und back das Streuselbrot, und geh rüber zu Edith, aber überlass das Mädchen hier Aggie und mir.«

Olive öffnet sachte die Tür und ruft: »Ich bin's nur – Olive. Ich und meine Schwestern. Wir wollen schauen, wie es Ihnen geht.«

Das Mädchen im Bett unserer Großmutter dreht den Kopf

auf dem Kissen zu uns. Es ist ein heißer Tag, aber sie hat das Decklaken bis ans Kinn gezogen. Ich denke plötzlich, dass sie darunter vielleicht nicht schicklich bekleidet ist. Ich erspähe auf einem der Holzstühle ihr zusammengefaltetes Kleid und ihren Sonnenhut, und ihre guten Schuhe stehen ordentlich darunter. Sie sieht aus, als wäre ihr alles egal: Ihr Blick ist leer, nach innen gekehrt. Sie zieht die nackten Arme unter dem Decklaken hervor und legt sie stumm auf ihren Bauch; ihr Mund und ihre Stirn zucken, als ob sie darum kämpft, keinen Laut von sich zu geben.

Olive zieht schnell den anderen Holzstuhl heran, setzt sich neben das Bett und beugt sich vor, um ihre Hand auf die des Mädchens zu legen. »Haben Sie Schmerzen?«, fragt sie ruhig.

»Irgendwas passiert«, sagt das Mädchen.

»Gut. Was meine Mutter getan hat, um Ihnen zu helfen, funktioniert«, sagt Olive.

»Wird es wehtun«, flüstert das Mädchen, die Augen jetzt voller Angst.

Olive antwortet nicht darauf, nicht direkt. Stattdessen verspricht sie: »Wir bleiben bei Ihnen. Wir sind hier.«

Ich bin beeindruckt. Olive könnte unsere Mutter sein, so bestimmt und selbstsicher ist sie. Cora macht mit geschlossenem Mund ein Geräusch, ein verächtliches *Hmpf.* Ich stoße sie mit dem Ellbogen an, mache eine Grimasse: *Hör auf.* Cora starrt mich nur an, tut so, als hätte sie gar nichts getan.

Es ist so heiß im Zimmer; ich gehe ans Fenster und öffne es. »Vielleicht lassen wir mal ein bisschen frische Luft herein«, sage ich möglichst munter. Ich verstehe immer noch nicht, was das Mädchen hat und was jetzt gerade mit ihr passiert. Ich stehe mit herabhängenden Armen vor dem Fenster und frage mich, was ich noch tun könnte. Cora steht in der Tür wie eine Statue. Als sich unsere Blicke treffen, verschränkt sie die

Arme vor der Brust, breitbeinig aufgepflanzt wie ein Wachposten. Sie weigert sich hereinzukommen.

»Cora, Aggie«, sagt Olive, ohne den Blick von dem Mädchen abzuwenden, »könntet ihr bitte Tee machen, wie Mutter gesagt hat, mit frischem Knoblauch? Ich bleibe hier bei ...« – sie zögert ganz kurz, bevor sie den Namen des Mädchens sagt, als hätte sie Angst, dadurch zu viel von ihr preiszugeben – »Betty.«

»Wir können auch gleich die Kuchen in den Ofen tun«, sage ich zu Cora, während sie Wasser in den Kessel füllt und auf dem großen Herd der Sommerküche aufsetzt.

»Du weißt nicht, was dieses Mädchen getan hat, stimmt's«, sagt Cora in einem ruhigen, gleichbleibenden Ton, den ich kenne. Gleich wird sie mir etwas sagen, was ich nicht hören will, und sie genießt den Moment.

Wortlos wende ich mich ab, um die gefüllten Kuchenformen zu holen.

»Dieses Mädchen hat ein Baby im Bauch, das sie nicht will.«

Ich muss mit den Kuchenformen an Cora vorbei, die mir den Weg verstellt. Ich schiebe sie mit dem Ellbogen beiseite, aber sie zuckt nur mit den Achseln und folgt mir auf den Fersen. Mein Ellbogenschubser war ein Zeichen von Schwäche. Sie weiß, sie hat mich schockiert, und das freut sie.

»Unsere Mutter hilft diesem Mädchen, das Baby zu töten.«

Meine Hände zittern, als ich die Formen neben dem klappernden Kessel auf den heißen Herd stelle und die Backofentür öffne.

»Und jetzt sollen wir auch noch mithelfen, das Baby zu töten.«

»Du lügst«, zische ich sie an; die Backofenklappe ist offen, und der Teig auf der Herdplatte fängt an, Blasen zu werfen.

Cora sagt nichts. Das ist auch nicht nötig.

»Wie groß ist das Baby?«, flüstere ich und denke an das einzige Baby, das ich je von Nahem gesehen habe, als ich selbst erst fünf war und Edith und Carson Little Robbie bekamen.

Cora weiß es nicht. Plötzlich wirkt sie nicht mehr ganz so sicher.

»Hast du die Babys gesehen? Was macht Mutter denn mit ihnen? Begräbt sie sie? Warum ist der Bauch von dem Mädchen so flach? Müsste er nicht ganz dick sein, wenn da ein Baby reinpassen sollte?«

Cora kann meine Fragen nicht beantworten. Sie weiß es nicht.

»Du glaubst, du weißt es, aber du weißt gar nichts!« Ich bin erregt, und mir ist heiß vom Backofen, der, wie mir plötzlich wieder einfällt, offen steht. Ich schiebe die Kuchen hinein und knalle die Klappe zu. Das Wasser kocht. Mit einem dicken Flanelltopflappen trage ich den Kessel an Cora vorbei in die Küche und mache den Tee nach Mutters Anweisung, indem ich zerdrückten frischen Knoblauch mit den getrockneten Kräutern vermenge und das Ganze mit dem heißen Wasser aufgieße.

Als der Tee fertig ist, mache ich ein Tablett zurecht, mit einem bestickten Geschirrtuch, einer Porzellantasse, einem Schälchen Honig und einem kleinen Löffel, der noch von unserer Großmutter ist. Etwas in mir will das Tablett hübsch zurechtmachen, wie für jeden Gast.

Cora folgt mir.

»Du hilfst ihr«, flüstert sie anklagend.

Tatsächlich würde es mir nie einfallen, irgendetwas anderes zu tun, als dem Mädchen zu helfen, Olive zu helfen und vor allem meiner Mutter zu helfen. Mutter hat uns gesagt, was wir tun sollen. Ich kann mir nicht vorstellen, mich ihren Wünschen zu widersetzen. Das ist völlig undenkbar.

Ich trage das Tablett durch das Wohnzimmer und die offene Tür zum Schlafzimmer und stelle es drinnen auf die Kommode gleich neben der Tür, in der meine Mutter Bettwäsche aufbewahrt, mit Lavendelbüscheln dazwischen, damit sie frisch duftet. Das Mädchen wirft den Kopf auf dem Kissen hin und her. Sie sieht unwohl aus. Ihre Stirn ist feucht.

»Richte mir eine Schüssel mit kaltem Wasser und ein paar saubere Lappen für Kompressen«, sagt Olive knapp und leise. Ihre Stimme bleibt ruhig, aber ihre Augen sind es nicht. Mein Herz klopft. Ich verstehe jetzt, warum meine Mutter mich bisher nicht ins Granny-Zimmer gelassen hat. Das ist es, was sie vor mir verborgen hat: Krankheit, Angst, das Leid fremder Mädchen.

Ich zwänge mich an Cora vorbei, die wie eine Steinfigur in der Tür steht, und laufe, um die Schüssel zu holen. Ich komme, so schnell ich kann, zurück und muss mich wieder an Cora vorbeizwängen, wobei Wasser auf uns beide schwappt. Ich funkle sie finster an, aber sie rührt sich nicht vom Fleck und weigert sich, mich anzusehen. Ich weiß nicht, wo sie hinsieht. Ich stelle die Schüssel auf die Dielen.

»Tür zu«, sagt Olive. Cora rührt sich nicht. »Mach die Tür zu!« Olive hebt die Stimme, aber Cora bleibt bei ihrer stummen Weigerung. »Rein oder raus, Cora, entscheide dich!« Cora zögert, und Olive, plötzlich wütend, steht auf, schiebt sie weg und lehnt sich gegen die Tür, um sie zuzudrücken, was nur schwer geht, weil Cora sich offenbar von der anderen Seite dagegenlehnt. Sobald die Tür zu und Olive ans Bett des Mädchens zurückgekehrt ist, macht Cora die Tür wieder auf. Ich sehe, dass Olive kurz davor ist, sie zu schlagen, so wütend ist sie, aber Cora kommt einfach nur herein und macht die Tür hinter sich zu.

Warum? Ich forme das Wort lautlos.

Olive und ich tauchen die Lappen ins Wasser und fangen an, dem Mädchen Gesicht und Arme abzutupfen. Olive schlägt das Laken beiseite, um ihr die Beine abzuwaschen. Ich habe noch nie den Körper von jemand anderem berührt, nicht so, und bin überrascht, wie gefügig sie ist, wie leicht sich ihre Gliedmaßen bewegen lassen und wie sie auf unsere Berührung reagiert – sie entspannt sich darunter. Kurz habe ich das Gefühl, dass das hier gut ausgehen wird, was auch immer *das hier* ist. Doch dann richtet sich das Mädchen jäh fast bis ins Sitzen auf. Der Bauch tut ihr weh, muss ihr sehr wehtun, denn ihre Augen sind voll Angst. Ich merke, dass unter ihr Blut hervorkommt, eine Blutlache, die sich auf dem Laken ausbreitet, und schaue Olive entsetzt an.

Olives Augen weiten sich, aber ihre Anweisungen wirken immer noch gelassen.

»Schön wieder hinlegen, ganz ruhig«, sagt sie zu dem Mädchen. Und zu mir: »Anheben, hier, so, und jetzt …« Olive zieht Schubladen auf, um Laken herauszuholen – ich sehe, dass die Laken, die Mutter in diesen Schubladen aufbewahrt, alt sind, zerrissen und geflickt, fleckig und vergraut. Olive schiebt die alten Laken unter das Mädchen. Starker Lavendelgeruch steigt auf. Ich bin froh über den müden Duft, der gegen den rohen, tierischen Geruch von frischem Blut ankämpft.

Olive drückt auf den Bauch des Mädchens, knetet ihn mit einer Hand, während die andere die Hand des Mädchens hält. Noch mehr Blut kommt hervor.

»Stopp!«, flüstere ich panisch.

»So geht das«, sagt Olive. »So macht es Mutter, ich hab's gesehen.«

»Was passiert da?«

»Ihr bringt ihr Baby um«, sagt Cora.

In dem Moment gibt das Mädchen einen Laut von sich, den

ersten überhaupt, nur einen einzigen leisen, hilflosen Schrei, der aus ihrer Kehle kommt, als könnte sie ihn nicht zurückhalten, selbst wenn sie es wollte. Tränen strömen ihr aus den Augenwinkeln, aber sie zwingt sich, ihre Angst stumm auszuhalten. Ich denke, *du bist sehr tapfer*, sage es aber nicht laut. Ich hoffe, dass sie meine Gedanken hören, in meinen Augen lesen kann.

»Wir tun nichts Schlimmes«, sagt Olive mit fester Stimme. »Sie hat eine Fehlgeburt. Sie braucht unsere Hilfe.«

Ich schaue über den Körper des Mädchens hinweg in Olives Augen und glaube ihr. Fast. Ich glaube ihr genug. Ich kann es in diesem Augenblick nicht wichtig finden, ob ich Olives oder Coras Version glaube, denn das Entscheidende ist, dass Mutter mir gesagt hat, ich soll helfen, also muss ich helfen. Außerdem bin ich ja hier und helfe, und jetzt will ich's auch tun, egal, was stimmt und was nicht. Ich habe das Gefühl, dass ich gar nicht weggehen könnte. Ich denke an das Mädchen, zugegeben, nicht an das Baby des Mädchens, und vielleicht ist das ja ungerecht und phantasielos von mir, aber es ist nun mal das Mädchen, das leidet und dessen Leiden ich lindern will. Ich befeuchte ihr weiter Wangen, Stirn und Arme, spüle den Lappen aus, befeuchte wieder ihre Haut. Ich fahre gerade mit dem ausgewrungenen Lappen über ihre Hand, als sie die Handfläche nach oben kehrt und ihre Finger um meine schließt. Da verstehe ich: Sie möchte etwas Festes, Stabiles, woran sie sich festhalten kann. Das ist ein Bedürfnis, das ich erfüllen kann. Ich lasse sie meine Hand halten. Ich höre auf, sie abzutupfen. Meine andere Hand legt sich um ihre Finger.

Olive sieht von Zeit zu Zeit unter dem Laken nach. Ich schaue dann weg, um dem Mädchen wenigstens ein bisschen Intimsphäre zu lassen.

»Wir brauchen noch eine Schüssel«, sagt Olive zu Cora, aber Cora will keine holen gehen. Sie ist die Zeugin am Rand, der steinerne Engel, die Wahrheitsverkünderin. Olive muss selbst gehen. In der kurzen Zeit, die Olive weg ist, schauen Cora und ich uns quer durchs Zimmer an.

Es ist ganz still im Zimmer, nur unser Atem ist zu hören. Und dann halte ich die Luft an, bis Olive wiederkommt, energisch, gerüstet für das, was jetzt kommt. In der Schüssel landet fleischiges, ungeformtes, dunkelrotes Gewebe, das leberartig aussieht. Ich schaue ganz genau hin, obwohl ich so tue, als täte ich es nicht. Aber ich kann in dieser Schüssel kein Baby entdecken. Ich kann nichts entdecken, was menschenförmig oder auch nur irgendwie geformt oder erkennbar wäre. Ich kann überhaupt nichts entdecken außer geronnenem Blut. Ich sehe, dass Cora auch hinschaut. Sie scheint überrascht. Wahrscheinlich hat sie erwartet, ein fertiges Baby aus dem Mädchen herauskommen zu sehen.

»Wir werden weiter drücken und kneten, bis alles draußen ist«, sagt Olive. »Aber Sie können sich jetzt aufsetzen. Sie müssen Tee trinken.«

Olive wäscht sich diskret die blutigen Hände in der Wasserschüssel, wobei sich rote Schnörkel bilden und das Ganze schließlich zu einer blassrosa Flüssigkeit verwirbelt. Ich versuche, dem Mädchen meine Hand zu entziehen, um den Tee einzugießen, aber sie hält sie fest. Sie will mir etwas sagen. Ich schüttle den Kopf, um sie zu warnen, dass Cora im Zimmer ist und Cora niemand ist, dem man ein Geheimnis anvertrauen sollte.

»Er hat gesagt, er würde mich heiraten. Ich will ihn nicht heiraten. Ich will ihn nie wieder sehen.«

Schscht, sagt Olive. Still.

»Können Sie mir helfen?«

Ich weiß nicht, was sie meint. Wir haben ihr doch wohl geholfen. Was könnten wir noch tun?

Und dann weiß ich es. Wir können nichts mehr tun. Das war's. Mehr kann auch Mutter nicht tun, und das Zimmer weiß es, und das Haus um uns herum weiß es, und die Sommerhitze und die Verheißung von Herbst. Und der ferne Geruch nach Verbranntem: der flehentliche Ruf der Streuselbrote im Ofen nach den Mädchen, die sie backen, denn es sind ja nie Jungen, die Kuchen backen.

Später, als wir Abendessen machen und warten, dass Mutter nach Hause kommt, weist mich Cora darauf hin, dass ich hinten am Kleid Blut habe. Aber es ist nicht von dem Mädchen. Es sind meine Tage, die eingesetzt haben.

Das ist meine erste Geschichte.

Die zweite Geschichte ist meine ureigene. Denn auch ich war mal das Mädchen im Granny-Zimmer: im Bett liegend, zitternd, auf die barmherzige Hilfe meiner Mutter angewiesen. Diese Geschichte werde ich kurz halten. Sie ist zu traurig, um der Last von Worten standzuhalten. Ich werde sie nur kurz und knapp erzählen, wenn überhaupt. Es gibt niemanden mehr, der die Geschichte kennt, und nur sehr wenige Menschen kannten sie überhaupt je.

Ich werde nur sagen, was ich mein Leben lang gelobt habe: dass ich nichts bereue. Und es wird eine Art Lüge sein. Aber es ist auch die Wahrheit.

15

Ich ahne es

»Sie kennen mich nicht«, sagte die Frau in Ediths Küche, »jedenfalls nicht richtig. Ich heiße Nancy. Hätte mich gleich vorstellen sollen.« Nancy, sagt sie. Aber ich kenne doch diese Küche, unordentlich wie eh und je.

»Entschuldigung, ich wollte nicht stören«, sage ich bestimmt. »Ich werde jetzt gehen.«

»Sie sind doch noch nicht fertig mit Ihrem Tee!« Das Mädchen wird ganz hektisch.

»Wir müssen noch mehr Material drehen«, erklärt der junge Mann.

»Bringt mich nach Hause«, verlange ich. Meine Worte sind jetzt so klar, wie ein vom Sturm leergefegter Himmel.

»Möchten Sie nicht noch bleiben?«, fragt die Frau. »Tut mir sehr leid, dass ich Sie aufgeregt habe.«

»Wir möchten doch Ihre Geschichte erzählen«, insistiert das Mädchen.

Alle krakeelen auf mich ein. Eine Schar Krähen. Was ihr nicht sagt. Wie kommt ihr auf die Idee, dass *ihr* meine Geschichte erzählen solltet? Wieso glaubt ihr, ich würde da noch länger mitmachen? Wisst ihr denn nicht, mit wem ihr's zu tun habt – mit einer Expertin im Erzählen fremder Lebensgeschichten?

Edith, sage ich zu der Frau, die meine Hände gefasst hat; es sind kräftige, feinknochige Finger, ohne Ringe, trocken und ein bisschen verhornt. Edith, es tut mir sehr leid, dass ich hergekommen bin, und ich gehe jetzt.

»Miss Smart, mein Name ist Nancy.«

Behauptest du. In Ediths Küche. Mit Ediths Unordnung um dich herum.

»Miss Smart, es tut mir leid, Ihnen sagen zu müssen, dass Ihre Schwester Edith nicht mehr lebt. Sie ist vor vielen Jahren gestorben. Sie liegt auf dem Friedhof von New Arran, falls Sie ihr Grab mal besuchen wollen. Wir könnten Sie hinbringen.«

Edith ist tot? Ich hatte nicht vor, es laut zu sagen. Ich hatte nicht vor, alt und verwirrt zu erscheinen.

»Ja, Miss Smart, Edith ist tot.«

Ah. Wie alle.

»Das wäre jetzt der ideale Moment, um es ihr zu sagen«, sagt der junge Mann; seine Kamera lauert darauf, mich weinen zu sehen.

Die Frau will meine Hände nicht loslassen. Sie besteht darauf, einem irgendwelche Sachen aufzudrängen: »Miss Smart, ich heiße Nancy, und ich muss Ihnen etwas sehr Wichtiges sagen.« Nancy heißt sie, sagt sie. »Miss Smart, Sie sind nicht ganz allein. Das wollen wir Ihnen sagen, Kaley, Max und ich – wir waren Ihre Nachbarn, ja, aber nicht nur das. Wir sind Verwandte von Ihnen. Ich bin nach meiner Scheidung wieder auf die Farm meiner Familie gezogen. Das Haus hatte so lange leergestanden, ich dachte, es sei vielleicht zusammengebrochen, aber dem war leider nicht so. Wie Sie sehen, steht es immer noch. Ihre Schwester Edith war meine Großmutter, Miss Smart. Deshalb war ich so – na ja, überrascht. Enttäuscht. Damals, mit dem Kuchen. Wo wir doch verwandt sind. Ich sollte es jetzt wirklich mal gut sein lassen mit dieser alten Geschichte.«

Ich schüttle den Kopf. Ich erinnere mich an ein verbranntes Streuselbrot, das für Edith gedacht war, kann es das sein, was die Frau meint?

Aber sie hört nicht auf zu reden.

»Meine Mutter zog wieder bei Grandma Edith ein, als ich zehn war – nicht dass sie's gewollt hätte. In so einem Kaff wird zu viel geredet, hat sie gesagt. Aber sie kam trotzdem zurück, um sich um ihre Mutter zu kümmern. Sie war eine gute Tochter. So wie meine zwei hier gute Kinder sind. Ja, das seid ihr, alle beide. Ich war ein Teenager, als Edith starb. Und danach sind wir schleunigst weg von der Farm, Mama und ich. Wie Vögel sind wir immer weiter gezogen bis ans Meer. Ich hätte nie gedacht, dass ich mal hierher zurückkomme. In dieses – Haus. Aber hier bin ich.«

»Sie sind Ediths Enkelin.« Behaupten Sie.

»Ja, ist das nicht toll.«

»Sie sind Ediths Enkelin?« Beweisen Sie's. Hören Sie meine Wut? Sie fließt aus mir heraus, destillierte Angst. Meine Hände klatschen auf die Tischplatte.

»Ich weiß, es gab da mal irgendwann ein Zerwürfnis«, sagt die Frau steif. »Mama wusste nicht, was da passiert war. Und Grandma Edith hat nie auch nur ein schlechtes Wort über Sie gesagt, Aganetha, obwohl sie Ihre Schwester – den Namen habe ich vergessen – nicht sonderlich mochte, aber wer hätte die auch mögen sollen? Ich war auch nicht gerade begeistert, wenn ich ihr im Ort begegnet bin. ›Wie geht's denn deiner armen Großmutter?‹, kam sie sofort angeflitzt, um mich auszuhorchen. ›Und dein Vater, siehst du den ab und zu?‹ Eine Person, für die es nichts Schöneres gab, als in anderer Leute Wunden zu bohren. Trotzdem, sie hat den Kuchen genommen und mich hereingebeten, aber Sie waren nicht gerade die Freundlichkeit in Person, muss ich sagen.«

»Mom«, sagt der junge Mann warnend.

»Entschuldigung, tut mir leid. Ich weiß nicht, warum ich's nicht gut sein lassen kann. Blöd, was?« Die Frau macht eine

Redepause, aber nur so lange, wie sie braucht, um zu seufzen. »Ich wusste, dass da irgendein Zerwürfnis zwischen Ihnen und Edith war. Aber das sollte doch jetzt keine Rolle mehr spielen, oder, nach all den Jahren?«

»Fragen Sie Edith.«

»Edith ist tot, Miss Smart. Tut mir leid. Sie ist vor vielen Jahren gestorben.«

MILLER, EDITH (geb. Smart). Lebte in ihrem Geburtsort New Arran, Ontario, auf der Miller-Farm, genannt »The Flats«, von der Verehelichung mit Carson Miller im Alter von siebzehn Jahren an bis zu ihrem Tod im hohen Alter nach langer gesundheitlicher Beeinträchtigung. Möge sie in Frieden bei ihren Geschwistern ruhen.

Die Frau ist noch nicht fertig, obwohl sie doch schon bei Ediths Grab angekommen war. Sie erklärt mir, als ob ich's nicht wüsste: »Sie waren nicht auf der Beerdigung. Ihre Schwester war hinterher auf dem Empfang – ungewöhnlich freundlich war sie, aber meine Mutter hat dem nicht getraut. Mama sagte, sie sind sich nicht grün, Edith und ihre Smart-Schwestern.«

»Halbschwestern.« Ich stoße das Wort mit Macht hervor, aber die Frau hört mich nicht. Sie nimmt Tempo heraus, jetzt, da sie hervorgesprudelt hat, was sie sagen wollte. Hängt nur noch laut ihren Erinnerungen nach. Nancy heißt sie, sagt sie. Ich forme den Namen lautlos, um ihn zu behalten. »Für die Beerdigung Ihrer Schwester haben meine Mutter und ich den ganzen Gemeindesaal mit Blumen aus Ediths Garten geschmückt«, sagt Nancy. »Im Alter war Edith eine große Gärtnerin.«

Edith, eine große Gärtnerin! Mein Mund öffnet sich, und

mein Kopf pocht vor Empörung. Pfff. Das ist der Beweis. Sie müssen von einer anderen Edith sprechen, nicht von meiner Schwester. Edith war keine Gärtnerin. Edith hat diesen Boden hier nie dazu gekriegt, irgendetwas Lebendiges hervorzubringen.

Ich ahne es im Moment der Empfängnis: Ich fühle ein Ziehen, als ob ein Ärmel an einem Ast hängenbleibt, die Wolle sich aufribbelt, das Geschehen nicht mehr aufzuhalten ist. Zu spät.

Oh! Nein!

Über mir sehe ich nur vage die Konturen von Johnnys Gesicht im mittlerweile dunklen Zimmer. Unser Schweigen inmitten des Rhythmus unserer Körper ist einvernehmlich, atemlos, trunken. Der Aufschrei entfährt mir, ohne dass ich es will.

»Ist es schön für dich?« Seine Fürsorglichkeit macht mich so glücklich, dass ich platzen könnte. Damit er es nicht sieht, ziehe ich sein Gesicht auf meinen Hals herab. Ansonsten antworte ich nicht. Wir atmen zusammen, und ich bin froh. Ich bin so töricht in meiner Freude.

Schon grunzt er und stemmt sich hoch. Schon rollt er sich von mir hinunter, klappt seinen Körper wie ein Taschenmesser zusammen, springt auf und zieht sich im Dunkeln schnell an. Er lacht, während er in seine Hose fährt, einbeinig über die Dielen hüpft, fast hinfällt.

»Psst! Johnny! Die anderen hören dich noch.«

»Ich dachte, sie sind weg.«

»Das war vor Stunden. Ich bin sicher, ich habe sie zurückkommen hören.«

Aber das ist alles unerheblich. Was soll ich jetzt tun? Die Laken kühlen schon ab, dort, wo sein Körper war. Ich fühle bereits eine Art Reue, die ich nicht in Worte fassen kann, nicht mal vor mir selbst. Ich weiß – ich liebe ihn nicht so sehr, wie ich sollte. Begehren ist nicht Liebe. Es kühlt ab, sobald es gestillt ist.

Wir sind die Summe unseres Handelns und unseres Nichthandelns, ja, das ist relativ leicht zu verstehen. Schwerer einzusehen ist, dass wir die Summe der eigenen Emotionen sind, die flackern, unstet sind, sich verändern durch die Erfahrung, durch das, was wir uns selbst nicht in Worten sagen können, durch den Kummer, den wir ansammeln. Emotionen, die wir selbst drosseln und dämpfen, wenn wir lernen, uns nicht verletzen zu lassen. Wenn wir die simpelsten Mittel des Selbstschutzes erlernen.

Ich bin nicht dafür gewappnet, dass Johnny das Zimmer verlässt.

Aber er geht zur Tür und schließt sie auf. Kommt noch mal zurück, beugt sich über mich und gibt mir einen flüchtigen Kuss, als wäre das das Allheilmittel. Ich drehe mich auf die Seite, von ihm weg, aber er scheint es nicht zu bemerken und geht. Ich höre ihn die Treppe hinunterpoltern.

Ich höre Stimmen unten in der Küche, leicht wie aufgewirbelte Blätter. Er ist noch da. Er ist noch nicht auf dem Weg nach Hause. Er ist in der Küche, wo er die anderen Mädchen getroffen hat. Er lacht mit Glad, die gern lacht.

Mir liegt es denkbar fern zu lachen; eine düstere Bitterkeit hindert mich daran aufzustehen, ins Bad zu gehen und mich anzuziehen, munter die Treppe hinunterzuspazieren und mich zu ihnen zu gesellen. Ich denke, *Was stimmt nicht mit mir?*

Ich beschließe: Das ist ein Fehler, den ich nur einmal machen werde.

Was kann Johnny als Protest dagegen sagen? Nichts, mit dem er mich noch einmal rumkriegen würde.

Ich mache mich auf den Weg zu Tattie, der Frau, die nicht Georges Frau ist, aber die Mutter seiner Kinder und das Geheimnis, das ich dem Rest unserer Familie nicht verraten soll. Ich klopfe mitten am Tag an ihre Tür, weil ich mir denke, dass George um diese Zeit nicht da ist, was sich als richtig erweist.

»Tattie«, sage ich, ohne große Höflichkeiten voranzuschicken. »Wie fühlt es sich an, wenn man … schwanger ist?«

Tattie stillt gerade ihr Jüngstes. Sie sagt: »Denkst du, du könntest es sein?«

Diese Frage bedarf keiner Antwort.

Sie sagt: »Liebt er dich genug, um dich zu heiraten?«

»Ich will nur wissen, wie es sich anfühlt«, sage ich.

Tattie sagt mit einem sarkastischen kleinen Lachen: »Du bist sterbensmüde, und« – sie fasst sich mit der freien Hand an die Brust – »es zieht hier und vielleicht auch hier« – sie presst sich die Hand auf den Bauch – »und nicht lange, und du wirst dick. Und dann weißt du's, und alle anderen wissen es auch.«

»Ist es der von den Fotos in der Zeitung?«, fragt sie mich nach einer kurzen Pause. »Sieht gut aus. Liebt er dich?«

»Ja«, sage ich. »Ich glaube schon.«

»Dann solltest du wohl dafür sorgen, dass er dir einen Heiratsantrag macht.«

Ich nicke. Ich habe mir noch nicht überlegt, wie ich das anstellen könnte, aber sie hat recht – es ist nicht an mir, die Frage zu stellen, mein Job ist es, ihn dazu zu bringen, dass er es tut.

Ein leise Ahnung von Angst tut sich bei mir auf, irgendwo in meinem Hinterkopf. Ich kann das nicht.

Tattie beobachtet mich. Ich sehe ihren Zweifel.

»Es sind nicht alle Männer wie dein Bruder«, sagt sie stolz, und ich merke mit Erstaunen, dass sie George für seine Treue lobt. George, meinen Bruder, der ihr und den Kindern dieses schäbige Loch zumutet, der auf der Rennbahn lebt, der in einem fort trinkt, wenn er Gelegenheit dazu hat, und in einem fort schläft, wenn er gerade nicht trinkt. George, der ihr nie den Schutz der Ehe angeboten hat, der immerzu beteuert, dass doch allein die Liebe zählt – während mir klar ist, dass er sich nur durchlaviert, sein Risiko minimiert wie bei seinen Wetten.

»Er steht zu seiner Verantwortung«, sagt sie. »Er kommt jede Nacht hierher nach Hause.«

Ich versuche zurückzulächeln, aber es ist mühsam. Die Wahrheit ist: Ich bin eine schrecklich schlechte Schauspielerin – steif, unnatürlich –, trotz des Unterrichts oder vielleicht auch deswegen. *Deutlich artikulieren! Mit den Augen lächeln! Emphase!* Was nützt dieses Handwerkszeug gegenüber Tatties hübschem Gesicht, das so blass und blutarm ist, ihrem wilden Zigeunerinnenhaar? Sie trägt keinen Ehering, und meine Eltern wissen nichts von ihrer Existenz, aber sie scheint zu glauben, sie hätte genug – das, was sie verdient, wenn nicht gar mehr. Mir wird jetzt klar, warum ich hierhergekommen bin. Mir wird klar, dass ich nicht wie Tattie sein kann.

»Na ja«, sage ich, »wahrscheinlich ist es nichts weiter. Nur eine kleine Grippe.«

Sie nickt. Das Wasser im Kessel kocht, und der kleine Raum füllt sich mit Dampf. »Kannst du das bitte machen?« Sie ist durch das Kind an ihrer Brust behindert.

Ich gieße kochendes Wasser auf bereits mehrfach aufgebrühte schwarze Teeblätter in einer angeschlagenen Kanne. Wir trinken den schwachen Sud ungesüßt und sprechen nicht mehr von meinem Problem. Darum zähle ich sie zu denjenigen, die nichts davon wissen.

Sie ist meine beste Freundin, und trotzdem sage ich Glad nichts.

Ich hieve mich aus dem Wasser und setze mich mit einem

Plumps auf die glitschigen Fliesen am Beckenrand, den Kopf zwischen den Knien. Glad kommt angeschwommen, stemmt sich hoch und klettert neben mich. Sie kniet sich hin und streicht über mein nasses Haar. »Alles in Ordnung mit dir?«

Es ist spät im November, dem Monat, den ich immer schon am wenigsten mochte, kahl und schleppend und öde, arm an Licht und Farbe. Im November kann man nichts tun als warten.

Ich denke: Ich sterbe. Ich sterbe, oder ich bin schwanger, eins von beiden, und es ist mir sogar egal, was.

»Alles okay?«

»Schwindelig«, murmle ich, obwohl Schwindel noch das geringste Problem ist. Mir ist schlecht, ich fühle mich durch und durch krank.

Glad trocknet mich ab und zieht mich an. Sie bringt mich in unsere Wohnung und steckt mich ins Bett. Sie macht Tee, macht ihn aber zu schwach. Doch mir geht es besser, und ich beschwere mich nicht. Als Johnny die Treppe heraufgerannt kommt und in mein Zimmer platzt, habe ich ihn schon gehört und stelle mich schlafend, die Decke halb über den Kopf gezogen.

»Sie hat Grippe, sie schläft«, höre ich Glad erklären. Sie klingt ein klein wenig überbemüht. Beschützerisch. Sie führt ihn aus meinem dunklen Zimmer.

Olive bringt mir Brühe. Drei Tage liege ich im Bett. Ich weiß nicht, was ich sonst tun sollte, mir ist nicht gut genug, um der Wohnung zu entfliehen und gegen den bitteren Wind und das schwindende Licht anzulaufen. Bleierne Müdigkeit überkommt mich in Zyklen, sodass ich mich kurzzeitig besser fühle und mir schon gestatte, die Möglichkeit ins Auge zu fassen, dass ich mich geirrt habe, nur um wieder in die Übelkeit zurückgeworfen zu werden, jetzt noch verschlimmert durch das Gefühl der Gewissheit. Das ist es, was mit mir los ist. Das passiert mit mir. Das wird meine Geschichte sein.

Ich würge trocken in mein Kissen.

»Du hast kein Fieber, das ist gut.« Olive sitzt auf meiner Bettkante, gerade von der Arbeit zurück und noch in ihrer verschmierten, nach Schokolade riechenden Schürze. Von dem Geruch wird mir übel. Sie streichelt mir die Wange. Ich vermute, sie meint es beruhigend. Doch auch sie ist eine Tochter unserer Mutter, und als ich den Kopf drehe und ihr ins Gesicht sehe, steht es in meinen Augen geschrieben, und sie vermag es zu lesen. *Nein, ich habe kein Fieber, und es ist keine Grippe, Olive.*

»Oh, Aggie.«

Sie hält mir die Hand. Sie fragt mich nicht, was ich jetzt tun will. Sie ist die Tochter unserer Mutter. Sie wartet, dass ich ihr sage, was ich tun will.

Ich krieche unter der schmuddelig riechenden Decke hervor. »Ich habe noch nicht mit ihm geredet«, sage ich. Ich stehe auf und gehe im Zimmer umher, fühle mich eingesperrt, leicht panisch, suche Halt an der kühlen Gipswand.

»Du musst mehr essen und trinken. Dann geht's dir besser.«

»Ich ziehe mich an und komme runter«, sage ich.

Leider ist an diesem Abend Glad mit Kochen dran: Es gibt gebratene fette Schinkenscheiben mit leicht verbrannten Zwiebeln.

Zu meiner Überraschung sitzt Johnny auch an unserem Tisch. Er wartet, hält mit erwartungsvollem Gesichtsausdruck seinen Teller hin. Glad steht am Herd, mit einer rosa gepunkteten Rüschenschürze. Sie sieht irgendwie nicht wie sie selbst aus, wenn ich auch nicht genau sagen könnte, warum. Ich habe das Gefühl, in eine intime Szene hineingestolpert zu sein, obwohl alle vollständig bekleidet sind und Olive schon vor mir heruntergekommen ist und auch am Tisch sitzt und auf ihr Essen wartet.

Glad gibt zuerst Johnny auf, indem sie ein trockenes Stück Schinken auf eine Gabel spießt und auf seinen Teller befördert, dann verkohlte Zwiebeln darauf schaufelt.

»Setz dich«, befiehlt sie mir und gießt mir ein Glas Dickmilch ein, das ich mit einiger Mühe herunterbringe. Aber ich kann um nichts in der Welt auch nur einen Bissen Schinken und Zwiebeln zu mir nehmen. Schon beim Schneiden des faserigen Fleischs bricht mir der Schweiß aus, und ich knirsche mit den Zähnen. Die Milch wird in meinem Magen zu einem sauren Schaum, und vom Geruch und Anblick des hellrosa Fleischs muss ich würgen. Ich stehe abrupt auf und renne wortlos hinaus.

Ich kann nicht hören, ob mir jemand folgt. Ich ziehe die Spülung, dankbar für die Innentoilette. Ich spüle mir den Mund aus. Lehne den Kopf an die Tür. Ich will nicht da raus. Ich will nicht mit ihm reden. Aber er wartet auf mich, das weiß ich.

Ich öffne die Tür.

»Johnny?«, flüstere ich.

Er lehnt mit einer Schulter an der Wand, die Arme vor der Brust verschränkt. Ich kann weder seine Pose deuten noch sein Gesicht. Ich wünsche mir, Besorgtheit zu sehen, Zärtlichkeit, aber das sehe ich nicht. Ich sehe distanzierte Neugier, vagen Ekel. Er hätte mir nicht folgen sollen. Es ärgert mich, dass er vor der Tür gestanden, spioniert, die intimen Geräusche meiner Übelkeit mitangehört hat. Ich stapfe an ihm vorbei ins Zimmer und setze mich auf meine Bettkante, die Hände offen im Schoß. Sie zittern, und ich lasse sie so liegen, ein Handgelenk auf jedem Bein, die Handflächen nach oben gekehrt, und starre auf sie hinab wie aus weiter Ferne, als wäre ich nicht in meinem Körper.

Johnny kommt den Gang entlang, lässt sich Zeit. *Er weiß es*, denke ich, als er die Tür zumacht und, an den langen Spiegel gelehnt, stehenbleibt. Ich sehe keine behutsame Möglichkeit, das Gespräch zu eröffnen, also springe ich direkt hinein wie in eiskaltes Wasser, von dem mir die Luft wegbleibt.

»Ich … ich bin … ich glaube … ich bekomme ein Kind von dir.« Ich schaue auf meine zitternden Hände, nicht in sein Gesicht. Ich kann es nicht ertragen, seine Reaktion zu sehen, aber ich kann es auch nicht ertragen, nicht zu wissen, wie er reagiert. Als diese Worte durch die Luft spritzen – *ich bekomme ein Kind von dir* –, blicke ich auf, scheu, beschämt, gedemütigt, wütend, und er bestreitet nicht, dass es so sein könnte. »Es ist meine Schuld«, sage ich aus dem Gefühl heraus, dass ich es sagen sollte, dass er es von mir erwartet. Ich hoffe, dass er mich ansieht, jetzt, wo ich den Mut gefunden habe, ihn anzusehen. Ich bin mutiger. Die Kälte ist nicht leicht zu verkraften, aber sie wird mich nicht umbringen. Ich drehe die Hände um, umfasse meine Kniescheiben, nehme unbewusst eine geduckte Schutzhaltung ein.

Es beruhigt mich ein winziges bisschen, dass die Eröffnung ihn sichtlich aufgewühlt hat.

Aber er sieht mich nicht an, scheint den Inhalt nicht an sich heranzulassen, geht unruhig im Zimmer umher. »Sicher?«

»Ich weiß nicht! Ich war noch nie in dieser Situation.«

»Was willst du jetzt tun?«

Ich habe keine Ahnung. Dieses eine Mal will ich, dass er es mir sagt. Nein, ich will dass er voller Optimismus und Wärme und Leidenschaft sagt: *Ich sage dir, was wir jetzt tun*. Vielleicht könnte er es laut rufen. Wäre das zu viel verlangt? Er könnte mich in die Arme nehmen und euphorisch im Kreis schwenken. Warum tut er's nicht? Er könnte mich überzeugen und für immer gewinnen, wenn er nur den kleinsten Versuch machen würde. Stattdessen tigert er im Zimmer auf und ab, weicht meinem Blick aus. Er nimmt Gegenstände von meiner Frisierkommode und starrt sie an. Er geht ans Fenster, legt die Faust an die Scheibe und starrt auf die andere Straßenseite, die Schultern angespannt, die Haare in seinem Nacken zu kurzen Stoppeln rasiert. Alle Hoffnung verlässt mich.

Die Tage sind kurz, und es ist schon nachtdunkel dort draußen hinter der Scheibe. Ich sehe keine andere Möglichkeit.

»Ich fahre nach Hause«, verkünde ich plötzlich in einem Ton, der nach Überzeugung klingen könnte. »Ich muss meine Mutter besuchen.« Aber er sieht immer noch nicht zu mir.

Und versucht auch nicht, es mir auszureden.

Und plötzlich wird es zu spät für alles, was sein könnte, was mit mir, mit uns geschehen könnte, wenn er nur vor mir auf die Knie fallen und den Kopf in meinen Schoß legen und sagen würde – nein, Schluss jetzt damit. Weil es nicht das ist, was passiert.

Was passiert, ist das hier.

Johnny dort am Fenster dreht sich um und sagt: »Klingt gut. Deine Mutter vermisst dich bestimmt sehr.« Als sprächen wir jetzt einfach nur von einem Besuch.

»Ja, sie vermisst mich wirklich«, sage ich.

»Lass mich auch was dafür tun. Lass mich deine Bahnfahrkarte bezahlen.« Er kommt näher, die Fingerspitzen in den Handflächen vergraben. Das ist so eine Gewohnheit von ihm. Seine Fingernägel und die Rillen der Fingerkuppen sind schwarz von der Arbeit an Automotoren. Als ob mich das stören würde. Wie wird er das mit dem Medizinstudium schaffen? Komischerweise ist es das, woran ich in diesem Abschiedsmoment – mit einer gewissen Traurigkeit – denke.

»Das ist sehr nett«, antworte ich auf sein Angebot, mir eine Fahrkarte zu kaufen, »aber nein, danke.«

»Ich bestehe darauf.«

»Ich auch.« Ärger erfüllt mich jetzt, Kraft. »Ich auch, Johnny!«

Er steht schweigend da. Noch könnten wir das Ruder herumreißen, oder? Noch ist Zeit. Schweigend steht er vor mir, mit hängendem Kopf. Leise sagt er: »Schreib mir, ja, Aggie?«

Und er geht, einfach so, schließt die Tür sorgsam und vorsichtig hinter sich. Ich sitze wie erstarrt da, keine Tränen, kein Zähneknirschen und keine leidenschaftlichen Zornesausbrüche, den Blick nur auf die schmale Linie unter der Tür geheftet, wo das elektrische Licht aus dem Flur hindurchdringt. Mein Zimmer ist dunkel bis auf den schwachen gelblichen Schimmer von den Straßenlaternen drunten im Nebel.

Ich protestiere nicht.

Und es gibt kein Zurück zu diesem Moment in diesem Zimmer und wird auch keins geben, nie.

Olive fährt mit mir über Weihnachten nach Hause, nur schon ein bisschen früher. Sie sagt es Mutter, sobald wir einen Moment unter uns sind, weil ich es nicht fertigbringe. Wir drei sind allein in der Küche. Ich stehe schweigend am Fenster, mit aufeinandergepressten Zähnen, und starre nach draußen, wo Cora, die Hände in ihren grauen Handschuhen, grimmig zur Scheune stapft, mit einem Korb, um die frischgelegten Eier einzusammeln.

»Ich dachte doch schon, du siehst ein bisschen unwohl aus«, sagt Mutter. Sie ist so beruhigend konstant, in dieser Hinsicht erinnert sie mich an Johnnys Prärie. Sie verfällt nicht in schlimmste Befürchtungen. Sie bringt mich ins Granny-Zimmer, sagt mir, ich soll mich aufs Bett legen, und tastet durch den seidigen Stoff meines Kleids meinen Unterleib ab. Sie erklärt mir, dass ich etwa im dritten Monat bin, und fragt, was ich jetzt möchte.

Ich möchte ungeschehen machen, was geschehen ist. Oder ich möchte, dass Johnny mich holen kommt. Beides, glaube ich.

Sie wartet. Als ich nicht antworte, sagt meine Mutter, eine junge Frau in meiner Situation habe verschiedene Möglichkeiten, nicht viele, nur wenige. »Du kannst das Kind bekommen, und wir können ein Zuhause für das Kleine finden, oder du kannst eine Fehlgeburt erleiden.« Sie sagt nicht, dass sie dafür sorgen wird, dass ich die Fehlgeburt erleide. Und sie sagt auch nicht, dass ich das Kind behalten könnte.

Ich kann nicht klar denken.

»Lange kannst du nicht mehr warten«, sagt sie. »Nach den ersten Monaten hat sich das Baby fest eingenistet und wird trotzdem weiter wachsen. Verstehst du?«

»Ich dachte, Johnny …« Ich komme nicht weiter.

»Weiß er's?«

Ich nicke und schaue sie hilflos an. Wie viele Versionen dieser alten Geschichte hat sich meine Mutter angehört, ohne zu urteilen, obwohl sie selbst nie so töricht war? Das ist eine Frage, auf die ich so gerne eine Antwort hätte, die ich aber nie stelle, solange ich Gelegenheit dazu habe: Warum hilft meine Mutter törichten Mädchen?

»Tut mir leid, Mutter«, sage ich, und ihr Gesicht wird weich, und Tränen treten ihr in die Augen, um meinetwillen, und sie streichelt mein Gesicht. »Ich weiß.«

Sie weiß, sie kann mir nur bis zu einem gewissen Punkt helfen, und danach bin ich allein, wie man es nun mal ist, wenn man mutig genug ist, es zu erkennen – obwohl ich das vermutlich auch anders ausdrücken könnte. Ich könnte wohl sagen, ich bin allein, wie man es nun mal ist, wenn man eigensinnig genug ist, es zu erkennen.

»Lass mich dir helfen«, sagt meine Mutter.

Und das ist die Geschichte, kurz und knapp. Ich bin ein Mädchen im Granny-Zimmer geworden.

Im Frühling kehre ich nach Toronto zurück, so wie ich weggefahren bin: per Zug.

Johnny erwartet mich am Bahnhof. Glad auch. Sie stehen beisammen, nicht zu nah, aber sie sehen sich an, nur ganz kurz, nur ein blitzschneller Blick, als der Zug schaudernd zum Stehen kommt. Sie können nicht wissen, dass ich sie beobachte. Es ist, wie verschlüsselte feindliche Botschaften abzuhören. Ihr Ernst, ihr Schweigen, ihre Einigkeit, während sie da auf mich warten, sind beängstigend. Ich weiß es sofort.

Doch als wir drei am Fuß der Trittstufen aufeinandertreffen, scheint alles weiterzugehen wie vorher, als hätte sich nichts geändert. Der Schein ist eine feste Konstruktion um mich herum, gibt mir vor, was ich sagen und tun darf und was nicht, damit ich nicht zusammenbreche – oder die Welt außerhalb von mir nicht zusammenbricht. Es gibt Regeln. Ich muss mich daran halten.

Glad fällt mir sofort um den Hals und reckt sich, um mich auf beide Wangen zu küssen, und ich erwidere ihre Umarmung mit wild pochendem Herzen. Sie erscheint mir nicht fremd, und vor Erleichterung könnte ich heulen.

»Geht's dir jetzt besser? Geht's dir gut?«

Ich beiße mir auf die Lippe und nicke. Ich umklammere Glad. Sie hat mir gefehlt.

Ich wage es nicht, Johnny anzusehen, um zu erraten, was er denkt. Haben wir uns je wirklich gekannt? Es scheint vermessen. So viel größer als ich erscheint er mir, so viel kleiner fühle ich mich. Wenn Glad es mitbekommt, lässt sie es sich nicht anmerken. Sie hält mich mit gestreckten Armen von sich, ist ein Wirbelwind von Informationen über unsere Wohnung und die aufreizenden Angewohnheiten der Mitbewohnerin, die mein Zimmer übernommen hat, und dass ich mir keine Sorgen zu machen bräuchte, ich könne ja erst mal mit in ihrem – Glads – Zimmer wohnen.

Ich will nicht in Glads Zimmer wohnen.

Wir halten uns an ein Drehbuch, von dem wir nicht abweichen dürfen.

Ich bin eine lausige Schauspielerin, schlimmer denn je, aber Glad und Johnny lesen ihre Textzeilen natürlich und glaubhaft ab, und ich kann nur zuschauen und ihre Kunst bewundern, diese fließende Beherrschung des Als-ob, an die ich nie heranreichen werde.

Johnny küsst mich natürlich nicht. Ich bin überrascht, als er meine Hand drückt. Die Hoffnung, die diese Berührung in meinem Herzen aufschießen lässt, ist schrecklich. Ich denke, *Könnten wir nicht einfach so weitermachen, wir drei? Ginge das nicht?* Ich denke, wie glücklich wir sein könnten, wir drei. Ich brauche ihn nicht für mich allein, denke ich. Ich könnte ihr so viel von ihm überlassen, wie sie möchte. Ich wäre nicht eifersüchtig, wenn ich sie nur beide haben könnte, so wie jetzt.

Johnny drückt meine Hand, und mein Herz hüpft, aber genauso unvermittelt lässt er meine Hand wieder los. Ich ringe darum, einen Grund zum Weiteratmen zu finden. Eifersucht überfällt mich feige von hinten, und ich weiß, ich kann doch nicht teilen – weder ihn noch sie.

»Ich wohne bei Olive«, sage ich. Ich suche nicht nach einer Ausrede, warum ich Glads Angebot, mit in ihrem Zimmer zu wohnen, ablehne.

»Oh!«, sagt Glad, als hätte ich sie gekränkt, aber das ist mir egal.

Die Mitbewohnerin mit den angeblich so aufreizenden Angewohnheiten, die mein Zimmer übernommen hat, ist keine Läuferin. Sie arbeitet von morgens bis abends in einer Fabrik, wo sie Handschuhe zusammennäht, und verbringt ihre wenige Freizeit im Kino. Sie scheint es wirklich aufregend zu finden, mich kennenzulernen – eine Person, die sie auf Fotos in Zeitschriften gesehen hat –, will dann aber ziemlich bald nichts mehr von mir wissen. In der Realität, als Mensch aus Fleisch und Blut, bin ich enttäuschend. All die Qualitäten, die man auf ein Mädchen in einem Pelzmantel auf einem Foto projiziert hat, verblassen, wenn dieses Mädchen leibhaftig in die Küche kommt, in Handschuhen, Mütze und einem blauen Serge-Mantel mit schlichten schwarzen Knöpfen. Zumal, wenn dieses Mädchen ich bin. Das Mädchen in der Projektion: schön, selbstbeherrscht, elegant, kühn. Das Mädchen in der Realität: ungekämmt, fahrig, verwirrt, kühl.

Die Mitbewohnerin ist die Sorte Mädchen, die viel Sorgfalt auf Kleidung und Frisur verwendet. Sie lässt die Tür zu ihrem Zimmer zu und verbringt eine Menge freie Zeit vor dem Waschbeckenspiegel, nehme ich jedenfalls an. Wenn wir uns im Gang oder in der Küche begegnen, herrscht peinliches Schweigen, nur durchbrochen von falsch abgestimmten Bemerkungen über das Wetter, die sich in der Luft kreuzen.

Der rotgetigerte Kater hat mich vergessen und faucht jedes Mal, wenn ich mich ihm nähere. Ich versuche, es nicht persönlich zu nehmen, aber es erscheint mir als Urteil über mich. So gering ist mein Selbstwertgefühl. Ich bin nicht dafür gerüstet, die zu sein, die ich geworden bin.

Es ist Hochsommer. Ich mache Trainingsübungen in Olives

Zimmer zwischen dem Bett und der Wand zur Straßenseite. Ich beuge die Handflächen auf den Fußboden, um meine verspannten Beine zu dehnen. Ich laufe auf der Stelle und mache Hampelmänner, dass der Boden bebt. Die Fenster sind offen, und die Luft vom See her ist schwül. Es ist viel zu spät, um mich für die Kanadischen Meisterschaften zu qualifizieren, selbst wenn ich es wollte.

»Komm mit uns zum Training«, sagt Glad, aber ich lehne dankend ab.

»Ich bin noch nicht ganz wiederhergestellt«, sage ich, und zum Beweis huste ich leicht, die Finger auf der Brust – Olive und ich befanden es letzten Winter für das Beste, dass sie in die Stadt zurückfahren und verbreiten würde, ich sei krank und meine Mutter kümmere sich um mich. Selbst Tuberkulose-Gerüchte wären besser als das Getuschel über eine ungewollte Schwangerschaft. Beim Husten wird mir klar, dass ich es selbst schon fast glaube. Es ist ja so plausibel: Natürlich kann ich nicht mit Glad und Johnny laufen. Der Husten ist schuld. Der Husten hat mich geschwächt.

Und ich bin ja tatsächlich geschwächt. Ich habe zu viel von mir weggequetscht, meine Kanten abgeschliffen, meine Ambitionen reduziert. Ich habe jetzt ein Geheimnis. Es darf nicht herauskommen, sonst bin ich ruiniert.

Wo soll man danach wieder anfangen?

Als ich mich in Olives Spiegel betrachte, denke ich, dass ich im Grund unverändert aussehe – schlank, groß, blass, das Haar lang, und doch fühle ich mich seltsam in dieser Wohnung, die einmal mein Zuhause war, irgendwie eingesperrt zwischen den hohen weißen Wänden und riesigen offenen Fenstern. Hier war ich einmal so frei, so gewiss, geliebt zu werden. Beim Gedanken daran, bei der Erinnerung, kann ich kaum atmen. Aber die Sicherheit dieser Wohnung zu verlassen ist mir eine unerträgliche Vorstellung. Ich verkrieche mich in Olives stillem Zimmer, froh, dass sie so viele Stunden arbeitet und ich allein bin. Manchmal liege ich flach auf den breiten Dielen und bade im hellen Sonnenlicht, das durch die Fenster hereinfällt, sauge die Wärme auf, als könnte sie mich wiederbeleben.

Nachts teile ich das Bett mit meiner Schwester.

Manchmal wache ich auf und habe ihre Hand in meiner. Manchmal wache ich auf, und sie ist bereits wach und sieht mich besorgt an. »Du hast wieder im Schlaf geredet. Oder eher geschrien.«

Ich sage, ich weiß von nichts.

»Nur ein Traum«, sagt sie, und ich sage, ja. Aber es ist schwer, mich zu entspannen. Ich rolle mich zusammen, rutsche ganz an die Bettkante, so weit weg von Olive, wie es nur geht, und versuche, nicht auf ihren Atem zu horchen, der mir sagt, dass sie genauso wach ist wie ich, genauso weit davon entfernt, wieder einzuschlafen.

Ich verlasse die Wohnung eine ganze Woche nicht, dann noch eine und noch eine und noch eine, lange genug, dass die Mitbewohnerin inzwischen kündigt, von Ende Juli auf Ende August, was schlimm ist, weil ich es mir kaum leisten kann, meinen Mietanteil zu bezahlen.

Der Kater peitscht verächtlich mit dem Schwanz, wenn er mich sieht.

Manchmal höre ich unten Johnnys Stimme, und dann hüte ich mich hinunterzugehen, und er kommt nicht herauf. Einmal betrete ich unbedacht die Küche, und da sitzt er am Tisch, mit einer Tasse Tee, die bloßen Füße auf einem Stuhl. Sein Haar ist feucht und anliegend, vielleicht von Schweiß. Es ist wie ein elektrischer Schlag. Ich kann nicht überspielen, dass ich gegen den Türrahmen rumse, wie ein Maschinenwesen weitergehe, zum Hängeschrank über der Spüle, ihn öffne, hineinstiere, ihn auflasse und wieder hinausstolpere, wobei ich abermals mit der Schulter gegen den Türrahmen krache, als ließe sich meine Bewegungsbahn, einmal eingestellt, nicht mehr ändern. Als könnte ich die Öffnung nicht sehen, nur ihre harte Umrandung.

Ich bin in der Wohnung, stehe allein vor Olives Spiegel und bürste mein Haar, hundert Bürstenstriche, tausend, während Glad den 100-Meter-Lauf das zweite Jahr in Folge gewinnt und ihren Titel als Kanadische Meisterin verteidigt. Johnny wird über die Hürden Dritter und erklärt prompt seinen Rücktritt. Er habe jetzt vor, Medizin zu studieren.

Olive bringt die Nachmittagszeitung mit und klopft an die Zimmertür. Sie weiß, ich bin hier drinnen, und will mich nicht einfach stören, auch wenn es von Rechts wegen ihr Zimmer ist. Ich höre das Knittern und Rascheln des Papiers, als die Zeitung unter der Tür durchgeschoben wird, dann Olives sachte Schritte, die sich entfernen. Sie hat die Zeitung so gefaltet, dass ich die beiden sehen muss, sobald ich draufschaue. Da sind sie, in Schwarz-weiß, Glad und Johnny, zusammen. Und doch nur so zusammen wie in dem Moment, als ich sie auf dem Bahnsteig gesehen habe. Sie berühren sich nicht, sie schauen in die Kamera, grinsen beide. Aber ich sehe es klar und deutlich: Ich bin vergessen – nein, es ist, als hätte es mich nie gegeben. Meine Haut ist feuchtkalt, obwohl es heiß ist.

Ich sage nicht zu Olive: »Ich gehe raus.« Ich renne an ihr vorbei die Treppe hinunter und weiter, bis ich draußen bin. Ich fühle mich wie ein Insekt, dessen Stein gerade jemand umgedreht hat und das plötzlich schutzlos der grellen, riesigen Welt preisgegeben ist, vor der es sich versteckt hatte.

Ich stolpere durch die vollen, sommerlichen Straßen: Trolley-Busse, Pferdewagen, hupende Automobile, Fahrräder,

Hunde und Kinder, die einem vor den Füßen herumlaufen oder Bällen hinterherjagen, und ich weiß, ich muss mir einen Job suchen, und zwar bald. Niemand wird mich mehr dafür bezahlen, in einem Pelzmantel oder einem Badeanzug zu posieren. Meine Zeit ist vorbei. So schnell schon. Ich kann es kaum glauben. Die Erkenntnis dringt von außen in meinen Körper ein und füllt ihn, als ob jemand kaltes Wasser in meine Innereien pumpt. Es ist kein Geld mehr da, das Geld hat sich beim großen Crash in Luft aufgelöst. Dieses neue Jahrzehnt ist ins Stolpern gekommen, noch ehe es richtig gestartet ist – wie wird es weitergehen?

Ich renne los, zwischen Menschen hindurch, um Menschen herum; meine hartsohligen schwarzen Schuhe klopfen auf den Bürgersteig. Ich renne, obwohl ich weiß, wie lächerlich ich aussehen muss, in meinem langen, dunklen Rock und den halblangen Ärmeln. Ich renne südwärts, bis alles, was mich bedrängt, undeutlich wird, formlos und bedeutungslos, bis ich an den See komme. Dort bleibe ich still stehen und schaue zu, wie das Wasser ans Ufer schwappt.

Kann es sein, dass ich mit zweiundzwanzig den besten Teil meiner Geschichte schon hinter mir habe?

Glad weint.

Ich höre Olive nach Hause kommen, die Treppe hinauf, höre sie stehenbleiben, wieder hinuntergehen und die Tür zumachen. Ich höre das Klicken, als Olive abschließt, uns einschließt. Auch sie weiß, was wir alle wissen, und sie wartet wie wir alle schon die ganze Zeit auf das, was deshalb endlich passieren muss.

Johnny und Glad lieben sich.

Das ist nicht das, was Glad sagt.

Sie sagt: »Wir möchten heiraten, Johnny und ich. Oh,

Aggie.« Sie lässt sich in einen der harten, samtbezogenen Sessel fallen, die ich von meinem Pelzmantelgeld gekauft habe und die vor dem Kamin stehen, der nie funktioniert hat. Die Geräusche, die sich auf einem heißen Großstadtbürgersteig ansammeln, steigen höher und schwappen durch unser Fenster in das lange, schmale Zimmer. Wir werden diesen Raum nie mit genügend Möbeln füllen können, um den Hall wegzubekommen. Glad wischt sich die Augen und schnäuzt sich ausgiebig in ein Taschentuch.

»Das ist so mies«, sagt sie und sieht mich dabei an.

»Nein, ist es nicht«, sage ich und lehne meine lange Gestalt an die Gipswand neben dem Kamin, plötzlich so frei von Gegenwehr wie ein Wiesengras im Wind. Ich bin erleichtert, dass es ihr zugefallen ist, es mir zu sagen, und nicht Johnny, auch wenn das feige von ihm ist und zutiefst unfair. Vermutlich sagt es etwas über ihre Beziehung aus: Glad möchte es Johnny ersparen zu leiden, und Johnny möchte, dass es ihm erspart bleibt. Und vermutlich sagt es auch etwas über meine Beziehung zu jedem der beiden aus. Mir wird klar, dass ich Glad auf eine Art vertraue, wie ich Johnny nie vertraut habe. An Glad habe ich nie gezweifelt.

Ich gehe zu ihr, knie mich vor sie hin, lege den Kopf in ihren Schoß und fasse ihre Hände.

»Ich bin eine schreckliche Freundin«, sagt Glad ernst. »Du hast Besseres verdient.«

»Bist du nicht. Eine bessere Freundin hätte ich nicht haben können.« Es ist ehrlich gemeint, auch wenn ich höre, wie das Tempus unsere Freundschaft in die Vergangenheit rückt. Ich sehe Glad in diesem erstickend engen Umkleideraum tief im Inneren von Rosebud Konfekt, wie sie auf mich zukommt und mir rät, was ich tun soll. Ich sehe ihren glatten Bubikopf, wie er sich auf der Bahn unerbittlich an meinem Kopf vorbeischiebt, und ich sehe den Moment vor mir, in dem ich mich nach ihr umschaue, als ich die Ziellinie überquere und das olympische Gold stehle. Was kümmert mich Johnny? Ich habe viele Monate gehabt, um diesen Verlust zu verarbeiten. Ich kann mir erfolgreich sagen, dass ich ihn nie wirklich gekannt habe, dass die Distanz zwischen uns so groß ist wie die zwischen dem Osten und der Prärie. Was zwischen uns war, scheint doch wohl banal, etwas, was jeder haben kann, und ich kann mir sagen, dass für etwas so Banales nun mal gilt: leicht gewonnen, leicht zerronnen.

Glad will ich behalten.

»Wo werdet ihr leben?«, sinniere ich laut und rufe mich sofort zur Ordnung. »Nein, sag's nicht. Ich brauche es nicht zu wissen.«

»Wir heiraten noch nicht gleich«, sagt Glad hastig. »Wir warten noch. Bis es für alle passt.«

»Passt?«, stoße ich hervor und entziehe mich ihr. »Für alle?«

Ich schäme mich, dass meine Verzweiflung um ihre Füße schleicht wie ein geprügelter Hund.

Was ist zwischen uns schiefgelaufen?, will ich wissen, als täte sie mir das hier absichtlich an, nur um mir wehzutun.

Sie ist verwirrt, steht auf und geht im Kreis herum, als würde sie die Bahn für ein Rennen anlegen, das wir erst noch laufen müssen.

Ich will ihr erzählen, wie ich ein Mädchen im Granny-Zimmer war, und muss mich ganz eng zusammenkauern, damit die Wahrheit nicht aus mir hinausströmt.

Bitte steh auf, sagt sie zu mir. Ich werde immer deine Freundin sein. Bitte glaub mir.

16

Allein

Da. Gerade habe ich meine eigene Schwester verleugnet. Ich habe gesagt, dass ich sie nicht kenne. Ich habe gesagt, dass sie nicht die sein kann, die sie angeblich sein soll. Ich habe gelogen, und davon vibriert der ganze Raum.

»Sie weiß nicht mehr, was sie sagt.«

»Nein, sie glaubt uns einfach nicht.«

»Ich könnte heulen!«

»Jetzt lass mal die Kirche im Dorf, Kaley«, sagt die Frau. »Wir bringen sie zum Leuchtturm, wie geplant. Es liegt bloß an diesem Haus. Sie fühlt sich hier nicht wohl.«

Ich habe eine furchtbare Lüge von mir gegeben, und davon vibriert mein Herz.

Ich spüre einen altvertrauten Drang. Nicht gut. Es ist der Drang zu beichten, alles zu erzählen, wie eine entblößte, beschämte Gestalt, die sich rein scheuern will, eine geballte Wahrheit herauskratzen will, die so tief eingewachsen ist, dass am Ende ein hässliches Loch bleibt.

Diesen Wahrheitsklumpen habe ich so lange verborgen, dass ich schon dachte, ich hätte ihn abgetötet, aber da ist er, pochend wie ein zusätzliches Herz.

Ich will, dass es diese Leute wissen. Vor allem will ich, dass das Mädchen – die Läuferin – es weiß.

Bin ich deshalb hier, in diesem Raum, in dem ich nicht sein sollte, mit diesem Fenster, hinter dem ich eine Reihe Tannen sehe, ohne irgendjemanden, der mir bestätigen kann, dass ich die bin, die ich zu sein glaube? Irgendetwas hat uns zueinander getrieben, irgendein Sinn, den ich nicht erkenne. Noch nicht. Ich werde dem auf den Grund gehen. Schließlich ist das mein Job. Ein Job, auf den ich mich verstehe, auch wenn ich eine Frau bin: Ich tauche bis auf den Grund, hole alles herauf, jedes kleinste Stückchen, und lege es zum Trocknen aus, so wie es ist, ungeschönt, schlicht und wahr und absolut und unabänderlich rätselhaft.

Unsere großartige Wohnung an der Yonge Street leert sich, als hätte sie jemand hochgehoben und ausgekippt, auf den Müllhaufen. Glad flüchtet sich zu ihrer Familie; mehr weiß ich nicht und will ich auch nicht wissen. Olive und ich ziehen aus, ohne eine Nachsendeadresse zu hinterlassen, und mieten uns in einer Pension ein, wo die Pensionswirtin die Mahlzeiten kocht. Wir bringen die steifen samtbezogenen Stühle mit und quetschen sie in das eine schäbige, ehrbare Zimmer, das wir uns teilen wie früher, bevor ich das Goldmädel wurde.

»Sie kommen mir bekannt vor.« Die Wirtin mustert mich fast schon anklagend, als Olive und ich bei ihr nach einem Zimmer fragen.

»Ich heiße Olive Smart, und das ist meine Schwester Aganetha Smart«, sagt Olive. »Aganetha hat bei der Olympiade Gold für Kanada gewonnen.«

Die Frau sieht uns ratlos an.

»Sie hat in einem Laufwettkampf eine Deutsche geschlagen.«

Die Frau schüttelt den Kopf. Das meint sie nicht. Sie blickt mich unschlüssig an. Obgleich das Wetter eher mild ist, trage ich den Pelzmantel aus der Anzeige für Kanadas berühmtestes Kaufhaus, den ich als Teil der Bezahlung behalten und auch jetzt nicht verkauft habe, obwohl Olive und ich das Geld gebrauchen könnten. Olive rät mir davon ab: »Auf Dauer hast du mehr davon, wenn du ihn behältst. Wer weiß, wann er dir noch nützen wird.«

Der Pelzmantel ist eine Verkleidung, die kühn macht. Ich schlage den Kragen hoch und werfe mich in Positur. In den Augen der Frau glimmt der Funke des Wiedererkennens auf. Sie könnte alles zwischen dreißig und fünfzig sein, mit einer Haut, so wächsern und glatt wie die einer geschrubbten weißen Kartoffel.

»Aganetha hat auch für Anzeigen Modell gestanden.«

»Ich wusste es! Ich wusste doch, ich kenne Sie. Kommen Sie, sehen Sie sich das Zimmer an. Sie möchten doch zusammenwohnen, oder? Schwestern?«

»Schwestern.«

Olive findet sogar einen Job bei Rosebud für mich, obwohl die Hälfte der Mädchen gefeuert wurde und die übrigen weniger Geld bekommen. Der Rosebud-Damensportclub ist so unversehens verschwunden, wie er aufgetaucht war. Die Bahn wuchert zu. Von Mr. P.T. Pallister geht das Gerücht, er sei übergeschnappt oder habe versucht, sich umzubringen. Jetzt führt seine Frau die Firma, aber sie ist eisenhart, weil sie jetzt das, was noch da ist, für die Kinder zusammenhalten muss. Mütter können hart sein, wenn es um die Interessen ihrer Kinder geht.

Wer außer Olive würde es schaffen, mir unter diesen Umständen dort einen Job zu besorgen? Im Frühjahr, wenn sie mich untergebracht hat, wird sie sich auf ähnliche Weise, mit derselben Entschlossenheit und Ausdauer, einen Ehemann suchen – mit Erfolg, auch wenn sie mit ihm nach Australien gehen muss. Sie wird Schafe züchten, während ihre helle Haut der fremden Sonne ausgesetzt ist. Sie wird sich Schlachten mit Heerscharen von Wildkaninchen liefern. Sie wird eine Handvoll robuster australischer Kinder großziehen. Ihre Briefe an mich, die mehrmals im Jahr kommen, scheinen von einem anderen Planeten herabzufallen, aus einer Welt, die mit meiner nur entfernt zu tun hat. Ich kann sie nicht lesen, ohne zu Tränen gerührt zu sein. Die Vorstellung, wie Olive – kräftig, praktisch, unentbehrlich – sich ein nagelneues Leben aufbaut, wie sie sich in Gummistiefeln und Hosen eigene Pfade austritt, das dunkle Haar inzwischen von einem wilden Grau. Ich bitte um Fotos. Sie kommt noch einmal nach Hause, zum Begräbnis unserer Mutter, aber nicht zu dem unseres Vaters. Danach werden wir uns nicht mehr wiedersehen.

Aber jetzt sind wir noch zusammen. Jetzt erscheint mir das noch selbstverständlich, unser Zusammenhalt in schweren Zeiten, der Trost, Seite an Seite in einem Bett zu schlafen, ihr leiser Atem warm in meinem Nacken.

GUNN, OLIVE. Im Juni 1904 in Kanada geboren, zog Olive 1931 nach Australien, um nie mehr zurückzublicken. Sie starb im Juni 1999 in Middle Park, Australien, kurz nach ihrem 95. Geburtstag. Ihr Ehemann Herbert ging ihr bereits 1985 voraus. Sie hinterlässt zwei Söhne und zwei Töchter sowie zu viele Enkel und Urenkel, um sie hier alle zu nennen. Ihre letzten Jahre waren schwierig, aber Olive bewahrte sich ihre Großherzigkeit bis zuletzt. »*Ein erfülltes Leben.*«

Ich fühle mich leer. Ich verrichte meine Aufgaben in einer Art Dämmerzustand, abgeschnitten von allen menschlichen Empfindungen. »Mach weiter«, muss mich das Mädchen neben mir erinnern, während sich die fettigen Gussformen neben mir stapeln und ich nur vor mich hinstarre und offenbar gar nichts denke.

Ich finde nicht in meinen Körper; es ist ein einziger Kampf. Ich treibe haltlos dahin. Treibe dem Verschwinden entgegen.

Außer beim Laufen. Wenn ich laufe, bin ich zugleich in meinem Körper und außerhalb. Ich spüre diese extremsten körperlichen Anstrengungen, während ich mich gleichzeitig völlig frei fühle, als flöge ich auf und davon. Ich will mich nicht daran erinnern, was mir passiert ist. Ich will nicht über die Vergangenheit nachdenken. Ich kann es in gewisser Weise gar nicht. Ich bin für Reue nicht geschaffen.

Ich laufe allein hinter der Rosebud-Fabrik. Ich laufe abends nach meiner Schicht, selbst wenn es schneit, selbst wenn der Schnee immer höher liegt. Ich laufe mit zwei Paar Socken in den schwarzen Stiefeln, rutschend und schlitternd, Runde um Runde, trete mir eine Spur aus.

Ich biete wohl einen ziemlich verrückten Anblick. Aber was schert es mich.

Ich laufe, bis die Lichter im obersten Stock der Fabrik erlöschen. Was heißt, dass dieses Stockwerk fertiggeputzt ist und die Putzfrauen ihre schweren Eimer einen Stock tiefer schleppen, die ausgewrungenen Scheuerlappen über der Schulter. Dann laufe ich die vier Straßen zu dem schmalen Reihenhaus, in dem Olive und ich uns ein Zimmer teilen. Ich ziehe hastig meine schweißnassen Wollsachen aus, zitternd, durchgefroren bis auf die Knochen. Für ein richtiges Bad gibt es nicht genug heißes Wasser, aber Olive holt einen brodelnden Kessel aus der Küche der Pensionswirtin und füllt eine Schüssel, und ich verbrühe mich fast, wenn ich mir Arme, Gesicht und Hals mit einem Lappen wasche, den ich immer wieder auswringe und neu tränke, bis das Wasser kalt wird. Danach wickle ich mich in Wolldecken und verkrieche mich in unserem gemeinsamen Bett, bis das Zittern aufhört.

Die Wirtin hebt mir das Abendessen auf.

Es ist März. Es muss inzwischen März sein. Das Licht verändert sich. Die Abende sind heller, der Schnee ist nur noch ein schmutziges Borkenmuster auf der Bahn. Ich bin gerade mitten in meinen Aufwärmrunden, als ich Glad um die Ecke des gedrungenen roten Backsteinbaus der Fabrik kommen sehe. Sie muss durch den Zaun geschlüpft sein. Ich bin zu verblüfft, um anzuhalten, obwohl ich mir vorkomme wie von einer Seitenböe erfasst. Dennoch komme ich kaum aus dem Rhythmus.

Ich habe sie nicht mehr gesehen seit dem Ende unseres Zusammenwohnens im vergangenen Sommer, und die Erinnerung daran habe ich zerfetzt, verbrannt und begraben.

Sie schließt sich mir an, als ich an ihr vorbeikomme. Wir sagen kein Wort, während wir, uns gegenseitig fordernd, Seite an Seite um die Bahn laufen. Ich bin innen, weshalb sie sich in den Kurven ein bisschen mehr anstrengen muss. So wie in einem anderen Rennen, das wir einmal gelaufen sind.

Vielleicht sollte ich ihr sagen: »Es tut mir leid. Ich wollte dich nicht schlagen, ich wollte bloß gewinnen.« Aber nichts wäre weiter von der Wahrheit entfernt. Es tut mir nicht leid, kein bisschen, denn ich wollte unbedingt Gold. Dafür hätte ich alles gegeben; sie etwa nicht?

Wir laufen zwei Runden auf diese Weise, schweigend, einander aufstachelnd, bis uns die Absurdität der Situation fast schon albern macht, wir kurz davor sind, über unsere sprachlose Befangenheit zu kichern. Ich darf auf keinen Fall als erste reden – so viel war mir sofort klar, als ich sie um das Gebäude kommen sah; es ist an ihr zu sagen, was sie mir zu sagen hat. Doch als wir zusammen laufen, Seite an Seite, Schritt für Schritt, breitet sich eine Leichtigkeit in meinen Knochen und Muskeln aus, wie ich sie in all den Monaten harten einsamen Trainings nicht gespürt habe, und ich muss mich bremsen, um

Glad nicht einfach zu umarmen und herumzuwirbeln. So sehr habe ich sie vermisst.

»Sprints?«, fragt sie mich.

Ich nicke.

Wir laufen nach Mr. Tristans bevorzugtem Trainingsmuster, langsamer in den Kurven, im Sprint auf den Geraden, immer noch eine Runde und noch eine, bis ich mir ziemlich sicher bin, dass ich mich gleich übergeben muss. Wir schnappen in den Kurven nach Luft, verfallen schon fast in ein Kriechtempo, um Kräfte zu sammeln für einen weiteren Spurt.

Ich will nicht als erste aufgeben. An Glads Schweigen merke ich, dass sie es ebenso wenig will.

Wir schauen uns nicht mehr an. Wir können nicht sprechen. Wir sind längst über den Punkt hinaus. Ich kämpfe mich weit genug durch den Nebel der Erschöpfung, um mich zu fragen, was passieren wird – ohne einen Trainer, der uns das Signal zum Aufhören gibt. Werden wir weiterlaufen, bis eine von uns umfällt? Oder werden wir ewig weiterlaufen? Ausgeschlossen scheint es nicht.

Glad stolpert – in der wievielten Runde? Es wird allmählich dunkel. Sie stolpert, und ich greife nach ihrer Hand, damit sie nicht in den harten Schotter und die Eisbrocken auf der Bahn fällt. Ich spüre es, bevor ich es sehe – ein Ring, ein kaltes Metallband. Ich zucke zurück.

Sie sagt nichts, lächelt bloß traurig. Aber vielleicht ist das auch nur meine Projektion.

»Ihr habt geheiratet?« Die Worte brechen aus mir heraus. Ich kann sie nicht zurückhalten, bin überrascht vom Zorn in meiner Stimme.

»Gerade erst«, gesteht Glad. »Ich wollte es dir sagen, bevor es in der Zeitung steht.«

»Ich lese keine Zeitung«, sage ich.

»Na ja«, sagt sie. »Jedenfalls. Wir sind jetzt verheiratet.«

»Wie schön.« Was soll ich denn sagen? Das nicht, denke ich voller Wut – nichts zu sagen wäre besser gewesen.

»Oh, ja«, geht Glad prompt auf meine Antwortfloskel ein. Ihr weiches Gesicht kehrt sich meinem verkniffenen Neid zu. »Himmlisch, was?« Als wäre ich eine Freundin wie jede andere. Aber das stimmt nicht. Für keine von uns. Wir sind nicht einfach Freundinnen. Von Anfang an waren wir zugleich Rivalinnen, Gegnerinnen. Vielleicht hat Glad das ja immer gewusst. Vielleicht wollte ich es ja nicht wissen.

Sie hat gewonnen. Sie hat mich besiegt. Ich mag sie in einem Wettkampf geschlagen haben – ein längst verblasster Sieg –, aber diesmal, wo es wirklich um etwas ging, habe ich verloren. Und sie will sich auf eine sanfte, noch immer mit Hoffnung verbundene Art – du verstehst doch, was ich sagen will? –, vergewissern, dass ich es weiß.

Sie will mir wehtun, nur ein wenig; jetzt erst begreife ich das.

Ich bin nicht länger zornig.

»Es ist schön«, sage ich und meine ihre Heirat, aber auch all das zwischen uns, was ich jetzt nicht mehr ansprechen muss. Ich muss mich nicht für das entschuldigen, was war. Ich muss ihr nur erlauben, sie selbst zu sein, und sie in Liebe loslassen – nur das, was alle, die ich liebe, von mir verlangen, oder? »Es ist wirklich schön«, wiederhole ich mich und werde rot dabei.

»Ich bin so froh«, sagt sie in vertraulichem Ton.

Nach einer Weile: »Du arbeitest wieder hier?«

Ich nicke, erwähne aber nicht, dass ich in der Spülküche arbeite und die Gussformen reinige. Die langen Bleche mit den rosenknospenförmigen Vertiefungen werden in einem Drei-Schritte-Verfahren geschrubbt und sterilisiert, bei dem die

Haut an Armen und Händen rot und rissig wird, während der Dampf die Poren im Gesicht öffnet. Meine Hände sehen aus wie die einer alten Frau, aber mein Gesicht ist so rein und glatt wie das eines Kindes.

Glad und ich gehen über den schwärzlichen Matsch, der bei Anbruch der Nacht wieder gefriert. Ich biete ihr einen Schluck aus dem Glaskrug an, den ich an der Tür abgestellt habe. Im Wasser schwimmen Eissplitter.

Nachdem wir getrunken haben, schließe ich den Hintereingang der Fabrik auf. Wir gehen durch die stille Halle, über den Parkettboden an den dunklen Fenstern vorbei, tropfnass, mit schmerzenden Muskeln, rotgesichtig und schweigend, als hätte sich überhaupt nichts geändert, als wären wir innerhalb dieser Wände noch immer die, die wir waren: Teamkameradinnen, Freundinnen.

»Miss Smart«, grüßt der Nachtwächter. Er öffnet uns den Hauptausgang, durch den wir ins dichter werdende Dunkel hinaustreten. Hinter uns wird die Tür abgeschlossen.

Wir stehen auf der Straße am Fuß der breiten Treppe aus poliertem Beton.

Ich muss nach Hause, in das Zimmer, das ich mit Olive teile. Ich brauche den Kessel mit kochendem Wasser, den heißen Lappen, die Decken und mein Bett. Ich brauche den Teller mit Kartoffelbrei, Möhren und Pökelfleisch, den mir die Wirtin hinstellt. Ich brauche, was ich brauche.

Glad braucht, was sie braucht.

»Ich kann noch nicht zurücktreten«, erklärt sie mir. »Ich will Los Angeles sehen! Angeblich ist das Wetter da phantastisch. Und du, Aggie? Willst du im Sommer gar keine Wettkämpfe laufen? Du kannst doch nicht immer nur für dich allein trainieren.«

Ich habe diese Bahnrunden nicht als Vorbereitung für irgendetwas gesehen. Es geht dabei nicht um Training, sondern ums Überleben.

»Johnny studiert jetzt Medizin – und ich kann mit dem Universitätsteam trainieren. Der Trainer würde dir gefallen. Er ist genauso brutal wie Mr. Tristan, auch wenn du davon nichts mitbekommen hast. Du warst immer Tristans Lieb-«

»Hör auf, Glad. Ich brauche keinen Trainer.« Heftiger, als beabsichtigt. Ich marschiere los, aber Glad bleibt an meiner Seite.

»Ich bin keine Studentin, ich trainiere bloß dort mit – als einziges Mädchen. Es macht wirklich Spaß, Aggie, es würde dir gefallen, und du bist allemal so gut wie wir. Du könntest mithalten.«

Ich schüttle den Kopf.

»Aber ich vermisse dich, Aggie.«

Mein Magen sackt tiefer. *Ehrlich?*

»Tut mir leid«, höre ich mich sagen. Ich begreife, dass es jetzt an mir ist davonzugehen, im Maisfeld zu verschwinden.

»Das soll doch jetzt kein Abschied für immer sein?« Glad mag das ja vollkommen ernst meinen, aber sie klingt wie eine dieser atemlosen Filmschauspielerinnen vom Typ Jean Harlow. Ich muss lachen, ich kann nicht anders. Es hätte gehässig wirken können, aber Glad lacht mit. »Natürlich nicht«, sagt sie, um sich selbst zu beruhigen. »Natürlich ist es kein Abschied für immer, das ist es ja nie wirklich.«

Ich lasse sie in dem Glauben.

Wir trennen uns an der Ecke Queen Street und Spadina Avenue. Ich renne den ganzen Weg nach Hause und widerstehe diesmal dem Drang, über meine Schulter zu blicken, zurückzuschauen.

Ich habe genug zurückgeschaut.

Dieses Foto an der Ziellinie, aufgenommen am 10. August

1928 – es zeigt nicht das, was es zu zeigen scheint. Nicht den unschlagbaren Endspurt eines Goldmädels. Es zeigt die Zieldurchquerung einer Läuferin, die nie hätte gewinnen können, wenn sie diesen Sieg nicht einer Freundin gestohlen hätte.

Auf dem Foto schaue ich über die Schulter, aber nicht nach der Deutschen, vor der ich ins Ziel gehe – o nein, ich schaue nach Glad. *Wo bist du? Wo bist du geblieben?*

Das Rennen läuft nicht wie geplant.

Gleich vom Start weg gewinnt die Amerikanerin einen Vorsprung, der viel zu früh viel zu groß erscheint, um noch einholbar zu sein. Ich bin an diesem Morgen komisch aufgewacht, mit völlig durchgeschwitztem Nachthemd. Die Nerven? Bin ich krank? Ich sage weder Miss Gibb noch Mr. Tristan etwas. Ich kann zum Frühstück nichts essen, trinke stattdessen eine halbe Tasse starken Kaffee; und jetzt laufe ich hier, gespannt bis in die kleinste Faser, um die Bahn. Geschafft. Nach den ersten vierhundert Metern fühle ich mich erschöpft, überschwemmt von Zweifel. Das Gefühl ist ungewohnt und niederschmetternd. *Du kannst diese Läuferin nicht einholen. Nie im Leben.*

Irgendwas stimmt nicht.

So etwas passiert bei Wettkämpfen. Es passiert sogar den besten Athleten: Vor kurzem erst hat es Glad erwischt. Manche sind im Training und bei den Probeläufen brillant, schaffen es aber unter Druck nicht, auch gegen Widerstand den Glauben an sich selbst zu mobilisieren. Zu meinem Entsetzen finde ich mich in genau dieser Lage, als wir uns der Kurve nähern, in der ich, wie ich weiß, angreifen muss. Aber da ist der Schmerz. Kein physischer, sondern ein einlullender, fast schon süßer innerer Schmerz – der Schmerz des Akzeptierens. Ich werde akzeptieren, dass es so ist. Ich werde es geschehen lassen. Ich werde nicht angreifen.

Ich gebe auf.

In diesem Augenblick erscheint Glad neben meiner Schulter. Wir gehen wie ein Körper in die Kurve, Glad außen, wo sie eine von hinten herandrängende Läuferin blockiert. Als wir in die Gegengerade kommen, höre ich ihre Stimme – *Los, Aggie! Jetzt!* –, obwohl ich nicht sicher bin, ob sie die Worte ausgesprochen oder mir nur gedanklich übermittelt hat. Wir ziehen auf der Geraden das Tempo an, Seite an Seite, und in der letzten Kurve blockiert sie wieder die Läuferin hinter uns – es ist die Deutsche –, und ich sehe die Amerikanerin schwächeln. Minimal. In ihrem Schritt liegt jetzt ein Hauch von Unsicherheit.

Glad macht Anstalten, sich von mir abzusetzen, der Abstand zwischen uns dehnt sich wie ein elastisches Band. *Wenn es drauf ankommt, lassen Sie sie gewinnen*, höre ich Mr. Tristan sagen. *Sie lassen sie gewinnen*. Erstaunlich, wie viele Gedanken sich in einen winzigen Moment pressen lassen, in ein, zwei Schritte auf einer Aschenbahn.

Der Abstand zwischen uns wird immer größer, unsere Verbindung bis zum Äußersten gedehnt. Aber das Gummiband reißt nicht. Im Gegenteil, ich werde vorwärts katapultiert, als ob Glad an dem Gummiband rucken und mich dem Sieg entgegenschleudern würde. Mit ein paar Schritten bin ich an ihr vorbei. Ich spüre, dass sie etwas an mich abgibt – einen Stoß elektrischer Energie, und ich verlängere meine Schritte und fliege die Zielgerade entlang, komme der Amerikanerin näher, als stünde sie still.

Ich denke nicht mehr an Glad bis zu diesem letzten Schritt, als ich mich nach ihr umdrehe.

Aber sie ist nicht da. Noch nicht. Noch nicht. Noch nicht.

Ich überquere die Ziellinie allein, die Deutsche im Genick. Die Amerikanerin ist auf den dritten Platz zurückgefallen, und Glad kommt ein ganzes Stück dahinter als Vierte ins Ziel, jenseits der Medaillenränge. Ihre Freude über meinen Sieg scheint rückhaltlos. Das ist mir unheimlicher, als wenn sie mich ohrfeigen würde.

Denn ich habe sie heulend zusammenbrechen sehen, als die anderen die 100 Meter ohne sie liefen. Ich habe gesehen, wie sie, von Mr. Tristan gestützt, im Tribünengang verschwand. Am selben Abend habe ich sie vollkommen gefasst beim Essen gesehen, wie sie unser Mitleid lachend abschüttelte und mit ausgestreckter Hand auf die amerikanische Siegerin zuging.

Diese Bilder passen nicht zusammen. Wie kann jemand derart am Boden zerstört sein und dann so schnell wieder munter?

Sie war vor mir, und ich habe ihr nachgesetzt und mich an ihr vorbeigedrängt, und ich bin mir quälend sicher, dass ich ihr mit diesen letzten rücksichtslos aggressiven Schritten das gestohlen habe, was eigentlich ihr zugekommen wäre. Skrupellos. Ich glaube nicht, dass sie es mir freiwillig überlassen hat, obwohl das als Gedanke wesentlich angenehmer wäre. Ich glaube, ich habe es ihr weggenommen, weil ich sie schwach und am Boden gesehen hatte und wusste, dass es möglich war.

Aber jetzt. Was schulde ich Glad noch? Sind wir nicht endlich quitt?

Ist ja nur ein Rennen.

So will ich Glad hinter mir lassen: für immer Geschichte, für immer ein Rätsel. Ich frage mich, was es mit meiner Liebe zu ihr auf sich hatte. Manchmal glaube ich, dass ich sie mehr geliebt habe als Johnny. Und ich glaube, dass sie mich auch geliebt hat, mehr als ihn, auf eine verquere Weise. Ich weiß, das klingt nach Selbsttäuschung – mag ja vielleicht sein –, aber für ein Geben und Nehmen wie das zwischen uns kann ich mir keinen anderen Grund denken als Liebe.

Zwei Jahre in Folge schickt sie mir eine Weihnachtskarte an die Zeitung. Sie hat meine Autorenzeile gelesen. Das ist einige Jahre später, nach Kriegsbeginn. Sie und Johnny haben einen Jungen und ein Mädchen – ein Wunschpärchen, schreibt sie – und ein Haus in Calgary am Fluss. Von ihrem Esstisch aus sehen sie die Berge.

Die zweite Karte, im folgenden Jahr, ist weniger mitteilsam. Sie unterschreibt mit ihrem und Johnnys Namen unter dem Aufdruck »Fröhliche Weihnachten und ein gutes neues Jahr!«

Ich antworte auf keine von beiden. Ich bin nicht der Weihnachtskarten-Typ.

Zur Geschichte dieses Sommers 1931 gehört noch mehr.

Die Bahn, die mein Leben genommen hat, verdanke ich Mr. P.T. Pallister, Eigentümer von *Rosebud Konfekt* und für kurze Zeit Förderer kanadischer Spitzensportlerinnen. Ich würde ihn heiligsprechen, wenn ich an Heiligkeit glauben würde. Aber Mr. P.T. Pallister hätte mich nie entdeckt, wäre mein Bruder George nicht gewesen. Ich war eine gewagte Spekulation. Eine Außenseiterwette meines Bruders – ein Spieler, den niemand heiligsprechen würde. Ihm schulde ich noch mehr als Mr. Pallister.

Tattie schickt ihren Ältesten zu mir, um mir ausrichten zu lassen, ich möge bitte vorbeikommen, und ich begleite den Jungen zurück, weil ich nicht will, dass er allein unterwegs ist. Es ist ein Sommersonntag, und meine Beine sind strapaziert von einem langen frühmorgendlichen Lauf, die Schienbeine schmerzen.

Tattie begrüßt mich an der Tür mit Küsschen auf beide Wangen, wofür sie sich recken muss.

Ich weiß nicht, was ich erwarte. Aber das nicht.

George: »Herein in die gute Stube, nimm doch Platz, mach

dir's bequem, sagte die Spinne zur Fliege. Tattie, eine schönes Tässchen Tee für meine weltberühmte Schwester.«

Ich setze mich auf die Kante eines Stuhls, der wackelt, da mehrere Querholme fehlen.

George ist aufgedreht, raumgreifend, drängend. In eine schmierige Wolldecke gewickelt will er reden und reden, und zwar nicht über das, was jetzt ist. Er will die Vergangenheit heraufbeschwören, will sie in diesen engen Raum quetschen, will uns alle zurückversetzen. Er redet von Bettelbriefen an Mr. P.T. Pallister, in denen er mein Loblied gesungen habe, damals vor all den Jahren. (Ich kann mir die grammatikalischen Fehler und Übertreibungen ausmalen.)

»Ich habe immer weiter welche geschrieben, bis er dich endlich genommen hat.«

»Oh, George! Das wusste ich nicht!«

»Hast du dich nicht gewundert, dass der berühmte P.T. an deine Tür klopft?« Georges Lunge pfeift, wenn er zwischen Hustenstößen lacht.

»P.T. ist ja nicht persönlich bei mir erschienen.« Ich bin den Tränen nahe, als ich George so sehe. Wie schlecht es ihm geht. Ich wüsste es gar nicht – ich werfe mir vor, dass ich eine nachlässige Schwester bin, die sich kaum je blicken lässt –, wenn Tattie nicht nach mir geschickt hätte, in der Hoffnung auf meine Hilfe. Natürlich werde ich helfen, so gut ich kann.

»Also war es nicht der alte P.T. selbst, der an deine Tür gebummert hat?«

George will eine Geschichte von mir. Er hat nicht mehr genug Luft, selbst welche zu erzählen.

»Es war sein Sekretär«, sage ich, während ich mich bemühe, nicht zu auffällig in dem vollgestopften Raum umherzublicken, dessen nicht zusammenpassendes Mobiliar zum Teil gar kein Mobiliar im engeren Sinne ist. Die Vorhänge sind zugezogen, aber ich erkenne, dass es sich überhaupt nicht um Vorhänge handelt, sondern um fadenscheinige Wolldecken, zu verschlissen für den eigentlichen Gebrauch. »Ein Mann in Hut und schwarzem Anzug, der an die Tür des Hauses in der Bathurst Street klopfte und damit Mrs. Smythe, unsere Pensionswirtin, in helle Aufregung versetzte. Ich war gar nicht da. Du weißt doch? Olive hatte mir einen Job in ihrer Fabrik besorgt – das war noch *Packer's Meats*, bevor wir dann zu Rosebud gingen. Ich habe dort als Springerin gearbeitet.«

»Läuferin wäre passender gewesen.«

»Stimmt. Aber dann bot mir P.T. einen besseren Job an.« Ich schmücke die Geschichte ein bisschen aus, ein Trick, den ich von George höchstpersönlich gelernt habe. Denn es war ja nicht Mr. P.T. Pallister selbst, der mir den Job anbot, ich habe ihn überhaupt nur das eine Mal zu Gesicht bekommen, als er mir die Hand schüttelte, nachdem das Team mit den Gold- und Silbermedaillen aus Amsterdam zurückgekehrt war. Das ist inzwischen drei Jahre her, und Mr. P.T. Pallister ist geisteskrank und in einer Anstalt, heißt es jedenfalls, aber auf solche Einzelheiten kommt es ja wohl nicht an. Ich bereinige meine Version ein wenig.

»Du warst eine Mordsläuferin.« George liegt, mir zugewandt, auf etwas, das aussieht wie ein schmales Bett, obwohl der Raum das Wohnzimmer der Familie zu sein scheint. Tattie und die Kinder flattern in den Ecken herum wie gefangene Motten.

»Das war ich«, sage ich.

»Bist du immer noch«, bekräftigt George.

»Nett, dass du das sagst.« Aber meine Worte gehen in einem Hustenanfall unter, der Tattie mit einem Tuch herbeieilen lässt, und ich sehe Blut. Tattie hält sein Gesicht mit beiden Händen. Ich sitze steif da und starre auf die Wand über Georges Kopf: ungestrichener Verputz, der in Placken abplatzt und das graue Lattenwerk darunter entblößt.

Ich muss es Mutter sagen, denke ich. Egal, wie alt ich inzwischen bin und wie weit entfernt ich wohne, das ist immer mein erster Gedanke: Ich muss es Mutter sagen. Vielleicht kann sie helfen. Stirbt er hier vor meinen Augen?

Ich will ihn nur flüchtig ansehen, um diesen intimen Moment nicht zu stören, aber die Augen meines Bruders halten meinen Blick fest, und ich kann ihn nicht von seinem tränenüberströmten Gesicht wenden. George ist sechs Jahre älter als ich, und ich bin erst dreiundzwanzig.

Die Geräusche seiner verschleimten Lunge erfüllen den Raum. Der Anfall lässt nach. George lebt noch.

Schließlich ist es vorbei. Ich habe vergessen, wovon wir gesprochen haben, aber George nicht. Er will einen Witz machen. »Ich sterbe. Also würde ich alles sagen.«

Ich lache, aber es klingt wie ein Schluchzen.

»Du wirst wieder für Kanada laufen«, sagt er, eindringlich trotz seines pfeifenden Atems. »Du bist gut. Ich weiß es einfach.«

Ich kann ihm nicht sagen, dass mein Glück aufgebraucht ist.

»Ist doch nicht wichtig«, sage ich. »Wichtig ist, dass du gesund wirst.«

Jetzt dreht er sich von mir weg, wütend, starrt an die Wand, auf das Loch im Putz. Mir geht auf, dass das Loch die Größe und Form seiner Faust hat. Er lodert vor Zorn, wieder einmal.

»Tut mir leid«, sage ich. »Ich meinte bloß …«

»Ich werde nicht gesund.« Tief aus der Brust. Es löst wieder Husten aus.

Ich verstehe seine Wut nicht, aber ich habe sie ja noch nie verstanden. Wir sind keine wütenden Leute, wir Smarts.

Wir mögen von Geburt an wunderlich sein, unpraktisch, ein bisschen verdutzt über die Machenschaften der Welt um uns herum, ein wenig hilflos. Aber wütend sind wir nicht. Selbst Cora, die eine Ausbildung als Krankenschwester hat und jetzt an der Seite unserer Mutter arbeitet, mit dem Ziel, den Schwierigkeiten, die an sie herangetragen werden, auf andere Weise abzuhelfen – selbst Cora tut ihr Möglichstes, den Zumutungen der Welt auf eine Weise zu begegnen, die keinen Schaden anrichtet. George hingegen scheint Schaden anrichten zu wollen. Oder kann vielleicht nicht anders. Er wütet. Er verliert die Beherrschung, und der Zorn schießt aus ihm heraus. Er reagiert unduldsam – oder panisch? – auf die Welt um sich herum und auf das, was sie ihm schuldet und nie gewähren wird.

Er war nicht immer so. Denk dran. Verzeih ihm.

»Es tut mir leid«, sage ich zu George, aber er sieht mich nicht an.

Tattie ist zur Stelle, nötigt mich sanft zum Aufstehen. »Es war sehr nett, dass du gekommen bist, Aggie. Vielen Dank.« Sie erweckt gar nicht erst den Anschein, dass George sich selbst von mir verabschieden wollen könnte. Dass wir irgendwie anders auseinandergehen könnten als abrupt.

»George«, sage ich wieder. »Es tut mir so leid.«

Tattie legt mir die Hand auf die Schulter und bugsiert mich zu der Tür, die direkt aus diesem Zimmer ins Freie führt. Meinen Hut brauche ich nicht zu nehmen, weil ich ihn gar nicht erst abgenommen habe.

»Tut mir leid, tut mir wirklich leid.«

Ich verabschiede mich nicht, ich bekomme keine Gelegenheit dazu oder begreife nicht rechtzeitig, dass ich bereits im Aufbruch bin. So muss es wohl sein. Die Haustür direkt im Zimmer, und plötzlich sind Tattie und ich draußen. Tattie folgt mir auf die morsche Eingangstreppe, schließt die Tür hinter uns und rafft ihre Strickjacke am Hals enger zusammen, obwohl es nicht kalt ist, sondern fast schon heiß. Über dem Haar trägt sie ein verschossenes Kopftuch, im Nacken geknotet.

In meiner Handtasche grabe ich nach dem bisschen Geld, das ich dabeihabe, praktisch nichts, ein paar Silbermünzen und Kupferpennys, die sie dankend annimmt.

Ich bin sprachlos.

Tattie wartet darauf, dass ich gehe, doch als ich keine Anstalten mache, nickt sie in meine Richtung, ohne mich anzusehen, geht zurück in das vollgestopfte Zimmer und schließt die Tür hinter sich. Ich hoffe, dass der Garten zu ihrer Wohnung gehört. Er ist zwar nur handtuchgroß, strotzt aber vor Blattgemüse, Tomaten und Feuerbohnen und erinnert mich an unseren Garten auf der Farm. Ich stoße benommen das Gartentor auf, trete auf den Weg hinaus, komme nach wenigen Schritten auf die belebte Straße und dann, ein Stück weiter, auf eine noch belebtere.

Mein Blick geht starr nach innen. Ich gerate auf die nächste Straße voller Menschen; ich bin einen guten Kopf größer als alle anderen Frauen im Fußgängerstrom und remple Männerschultern mit meinen Schultern an.

»Passen Sie doch auf!« »Hingucken!« »Also, so was –«

Zwischen zwei Ladenfronten sehe ich eine schmale Öffnung, einen Durchschlupf für Ratten. Ich quetsche mich zwischen die beiden Gebäude und lasse mich an der Wand hinabrutschen, bis ich auf dem feuchten, dreckigen Boden sitze. Ich könnte den Pelzmantel verkaufen. Oder die Goldmedaille. Aber das würde nicht reichen.

Es ist der einsamste Moment meines Lebens. Zum Glück.

Ich bin froh über diesen Moment, denn so allein werde ich nie wieder sein.

Im Kopf verfasse ich einen Brief an Miss Alexandrine Gibb.

21. August 1931

Sehr geehrte Miss Gibb,

für alles, was Sie für mich getan haben, danke ich Ihnen sehr. Heute schreibe ich Ihnen nicht in eigener Sache, sondern wegen einer Familie, die unverschuldet in Not geraten ist und die ich jetzt unterstützen muss, denn es handelt sich in gewisser Weise um Angehörige von mir. Ich bitte nicht um ein Almosen. Ich brauche eine bessere Stelle als die, die ich habe. Sehr gerne würde ich für Sie arbeiten.

Hochachtungsvoll, Miss A. Smart

27. August 1931

Liebe Miss Smart,
es gäbe hier bei der Zeitung eine offene Stelle für eine Aushilfskraft. Wenn Sie durchhalten, werde ich etwas Besseres für Sie finden.

Mit freundlichen Grüßen, Miss A. Gibb

SMART, GEORGE. Aufgewachsen auf der Stony Hill Farm, New Arran, Ontario, zuletzt wohnhaft in Toronto, Ontario. Verstarb plötzlich im Alter von neunundzwanzig Jahren nach tapfer ertragener lebenslanger Krankheit. Geliebter Bruder und Sohn. Möge er in Frieden ruhen.

17

Nachrufe

Das Innere des Wagens riecht nach alten Sandwichresten, verschüttetem Kaffee, schmuddeligem Plastik.

Da kommt Fannie, um mich zu warnen; sie schlüpft zur Wagentür herein, hinter das Lenkrad.

Fannie! Ich bin ja so froh, dass du da bist!

Aber Fannie hört mich nicht. Sie stellt die Heizung an, aus der uns verbrauchte Luft anbläst. Sie summt vor sich hin, eine Melodie, durchsetzt mit ein paar gesungenen Worten, während sie uns über die Landstraße steuert und dann in unseren Fahrweg einbiegt, langsam vorankriecht.

Ich drehe mich zu dem Mann neben mir – so jung, erstaunlich, dass er überhaupt schon einen Bartwuchs hat – und frage, Wo fahren wir hin? Er starrt mich durch sein Kameraobjektiv an. Jemand drückt meine Hand und flüstert *Alles gut* – eine Frau, eine Fremde, da bin ich ganz sicher, sie sitzt auf der anderen Seite neben mir und schnalzt mit der Zunge. Ich versuche, meine Besorgnis zu verbergen, Fannie nicht zu beunruhigen, die so aufrecht auf dem Fahrersitz sitzt. *Ich wusste gar nicht, dass du Auto fahren kannst,* sage ich zu ihr – als Witz gemeint, denn wir haben ja auf der Farm kein Automobil, ja, überhaupt keine motorisierten Maschinen, nicht mal einen Traktor. Der Witz erstirbt in der Luft.

Fannie?

Sie dreht sich um – dreht sich um! –, und ich schnappe nach Luft.

Nicht Fannie. Ein Mädchen. Ich habe ihren Namen vergessen.

»Wie hat sie mich gerade genannt?«

»Fannie, glaube ich«, sagt der junge Mann mit der Kamera. »Dreh dich nicht um. Schau auf die Straße.«

»Soweit man das eine Straße nennen kann«, sagt das Mädchen.

»Tut mir leid, Miss Smart«, sagt die Frau neben mir und neigt sich näher zu mir, »aber die Zufahrt hier ist sehr holprig. Halten Sie sich gut fest!« Sie erinnert mich an Krankenschwestern wie Cora, die einem immerzu in quälend munterem Ton Dinge sagen, die man nicht hören will. »Sie werden sehen, dass sich kaum etwas verändert hat, seit Sie fort sind. Außer dass der Ort immer näher kommt. Der Fortschritt ist nicht aufzuhalten! Sogar die Scheune steht noch, stellen Sie sich vor! Bei dem Zustand. Und der Leuchtturm. So ein einzigartiges Bauwerk auf dem Gelände.«

»Wer hat ihn gebaut?«, fragt der junge Mann, eine körperlose Stimme hinter der Kamera. »Und wozu?«

»Fragst du mich das?«, fragt die Frau. »Ich habe nicht die leiseste Ahnung.«

»Dich doch nicht, Mom.« Er ist ungeduldig, wie Kinder das heutzutage ihren Müttern gegenüber sein dürfen; ich weiß es aus dem Speisesaal; wenn wir beim Pudding zusammen am Tisch sitzen, höre ich, wie ihre Stimmen schärfer werden, ohne dass sie es auch nur zu kaschieren versuchen. Heutzutage soll man jedes Gefühl ausdrücken. Alles herauslassen.

»Miss Smart.« Der junge Mann wechselt in die Tonart des Bezirzens, worüber ich leise lächeln muss. Ich bilde mir einiges darauf ein, nicht bezirzbar zu sein. »Miss Smart, wissen Sie, wer den Leuchtturm gebaut hat?«

Ich nicke langsam, feierlich. Natürlich, mein Vater hat ihn gebaut. Jedes Bauwerk auf diesem Grund und Boden zeugt von seiner Hände Arbeit. Seiner Hände Arbeit und seiner Vision.

»Warum einen Leuchtturm?«

Ich bin der Fragerei müde. Ich bin überhaupt müde. Ich mache mir nicht die Mühe, eine Antwort aufzubieten, die doch keinen von uns befriedigen würde.

Durch die Frontscheibe, jenseits der Haare des Mädchens, die ordentlich hinters Ohr gestrichen sind, sehe ich die Scheune näher kommen, das, was von ihr übrig ist, und den Fahrweg hinter der Scheune, wo die Pferde den Heuwagen die grasige Schräge hinauf und durch das riesige Tor auf der Rückseite ins Innere ziehen, auf die Tenne, wo ich Vater helfe, gabelweise Heu auf den Heuboden hinaufzuwerfen. Ich muss noch sehr klein sein, denn ich sitze beim »Helfen« auf den Schultern meines Vaters, die Hände in sein Haar gekrallt, wenn er in die Knie geht, um neues Heu auf die Gabel zu laden, und auch mein Bruder Robbie gabelt Heu, und Edith, und Fannie, Olive, Cora, sogar George und meine Mutter. Wir alle werfen gabelweise Heu und niesen in den feinen Staubschleiern.

»Gesundheit, Miss Smart!«

Der Redakteur, nicht der Chefredakteur, aber mein unmittelbarer Vorgesetzter in der Nachrichtenredaktion, ruft mich in sein Büro. Er klopft seine Asche in den schwarzen Plastikaschenbecher ab und sagt: »Wir erwägen, Ihnen etwas weniger Aufreibendes zu übertragen, als Sie bisher für uns gemacht haben, Miss Smart.« Er nennt mich im Büro Miss Smart, so wie ich ihn mit Mr. Stephens anrede, und erst nach der Arbeit, wenn wir uns gelegentlich zu einem späten Essen treffen, verzichten wir auf die Formalitäten. »Etwas für unsere weiblichen Leser«, fügt er hinzu.

»Was verstehe ich denn von Ihren weiblichen Lesern?« Ich stehe auf, nehme die Schultern zurück. Jetzt passiert genau das, was ich befürchtet habe. Ich werde von meinen geliebten Kriminalfällen abgezogen, dem Amoralischsten und Tragischsten, was die Stadt zu bieten hat, und von den Gerichtsprozessen, die Genugtuung und gerechten Ausgleich bringen sollen, was sie natürlich nicht können, weil nichts das je könnte. Ich liebe meinen Job. Ich habe ihn mir durch Entschlossenheit und Fleiß verdient, und – ich scheue mich nicht, das laut zu sagen – ich habe mir den Hintern aufgerissen, um ihn all die Jahre zu behalten.

»Nun ja«, windet er sich, knallrot im Gesicht. »Sie sind nun mal eine Frau.«

»Sie dürften mich doch wohl besser kennen.« Ich versuche lediglich, mit ruhiger, fester Stimme zu sprechen.

»Oder Nachrufe«, windet er sich weiter. »Da ist eine Stelle frei. Überlegen Sie es sich. «

Der unausgesprochene Grund ist das Jahr: 1945. Das Kriegsende und damit die Menge tapferer junger Männer, die nach Hause kommen und ihre Stellen von Frauen wie mir besetzt finden. Sollte ich da nicht schleunigst das Richtige tun und beiseitetreten, um einem Ernährer Platz zu machen? Ich kann noch von Glück sagen, dass man mich nicht einfach vor die Tür setzt. Auf die ich jetzt zumarschiere, Schaum vorm Mund. Ich muss dringend laufen gehen.

»Es tut mir leid, Aggie«, sagt er mit gesenkter Stimme und ruft mich damit zurück. »Das wissen Sie doch?«

»Ja, Mr. Stephens. Sicher.«

»Sie werden das mit den Nachrufen großartig machen. Sie werden die richtigen Sachen ausgraben.«

»Ich weiß ihr Vertrauen zu schätzen.« In kerzengerader Haltung, mit unbewegtem Gesicht, rausche ich hinaus, bevor er mich noch einmal zurückrufen kann, um irgendeine Beschwichtigungsgeste loszuwerden, die mir gestohlen bleiben kann, weil sie völlig daran vorbeigeht, was mir wichtig ist und warum.

Von den Kriminalfällen zu den Nachrufen. Manchmal frage ich mich, was den Unterschied zwischen dem alltäglichen Gesicht des Bösen und dem alltäglichen Gesicht des Erfolgs ausmacht. Ist es im Grunde eine Frage der Erzählung, nicht der Person? Die aus dem Ruder gelaufene Geschichte im Gegensatz zur kontrolliert durchgeführten? Bei den Nachrufen ist es meine Aufgabe, die Wechselfälle eines Lebens zu sammeln und zu einem Sinnzusammenhang zu gefrieren. Ich arbeite daran, die Fakten zum Stillstand zu bringen, zum Stillhalten. Ich halte die Zeit an. Ich resümiere eine Person, Anfang, Mitte, Ende.

Es ist keine Kunst, das hinzuschlampen, und noch leichter, wenn man sich kein Gewissen daraus macht, aber um es gut zu erledigen, um jemanden wirklich zu fassen zu bekommen, bedarf es großer Mühe. Man macht sich auf einmal Gedanken über Dinge wie Ehre, wie Respekt, wie die schillernde Notwendigkeit, nicht hundertprozentig die Wahrheit zu sagen.

Denn das werde ich dabei lernen: Sobald man tot ist, hat man keinen Einfluss darauf, wer die eigene Lebensgeschichte erzählt. Die Freunde, die Witwe, die Kinder, die sich bereitwillig befragen lassen, sind nicht unbedingt die Menschen, die dem Verstorbenen am nächsten standen. Manchmal sind es bloß diejenigen, die ihm gern nahegestanden hätten oder sich einbilden, ihm nähergestanden zu haben, als es tatsächlich der Fall war. Oder die, die in Schuldgefühlen oder Verleugnung befangen sind. Aus den Hinterbliebenen die reine

Wahrheit über jemanden herauszuholen ist ein Zaubertrick. Es gibt einfache Fragen, die man stellen kann, damit die Antworten eine Art Gerüst bilden, ein Skelett, das sich dann mit ein paar typischen oder humorvollen Einzelheiten ausschmücken lässt. Wodurch wird ein Leben geformt? Durch Herkunft, Geschwister, Schicht und Religion, durch Bildung und Berufswahl, Freunde, Partnerschaften, Kinder, durch Ort und Zeit, Krankheit und Unfälle, und manchmal, außerordentlich selten, durch überraschende Entscheidungen.

Überraschende Entscheidungen sind am schwersten zu finden. Die meisten Entscheidungen, selbst die katastrophalen, sind vorhersagbar.

An dem Unfall war niemand schuld. Unsere Mutter rutschte einfach aus, als sie aus der Badewanne stieg, schlug mit dem Kopf auf und war sofort tot. Nichts für einen Nachruf, fachlich gesehen. Der Leser fände sich womöglich mit dem Vorstellungsbild dieses zwischen Wanne und Klo hingestreckten nackten Körpers konfrontiert, und das würde ihm vielleicht gar nicht gefallen.

Obwohl Cora Krankenschwester ist, kann sie ihr nicht mehr helfen. Cora ist kein Vorwurf zu machen.

»Kommt Edith zur Beerdigung?«, frage ich, wie ich es schon die ganze Zeit tun wollte, seit ich gestern Nachmittag durch die Tür zur Sommerküche hereingekommen bin und Cora in ihrer strengen dunklen Bluse und ebensolcher Hose gesehen und sie nicht umarmt habe. Wir drei Schwestern treten uns auf die Zehen, während wir in der Küche zwischen Schrank, Schublade und Spüle hantieren, in diesem Raum, der einmal riesengroß war und über die Jahre geschrumpft scheint.

»Ich weiß nicht«, sagt Cora steif. »Ist ja ein freies Land.«

Olive stellt sich hinter mich und streicht mir durchs Haar, das ich trotz meines Alters immer noch lang trage. Es ist, als wäre ich wieder jung, jetzt, da ihre Finger meine Kopfhaut massieren. Olive hat sich in den zwei Jahrzehnten in Australien einen fremden Akzent zugelegt. Sie klingt nicht mehr ganz wie sie selbst. Ich kann nicht genau benennen, was die Jahre sonst noch mit ihr gemacht haben, was sie hinzugefügt oder abgezogen haben, wie die heiße Sonne am anderen Ende der Welt den Blick verändert hat, mit dem sie sich in diesem Raum umsieht, aber wenn ich etwas sagen müsste, würde ich behaupten, dass Olive unerschrockener geworden ist, dass sie sich weniger um Äußerlichkeiten schert. Wofür ich sie noch mehr liebe und schon jetzt, da sie hinter mir steht, vermisse. Viel zu bald schon wird sie wieder fort sein, so weit weg.

»Und Ediths Tochter?«, frage ich weiter. Ich kann es mir nicht verkneifen, obwohl es mir wenigstens gelingt, nicht ihren Namen zu sagen. Ich sollte es lassen, aber ich schaffe es nicht.

»Ich weiß gar nichts«, sagt Cora und sinkt in einen Sessel, als sei sie zu erschöpft zum Weitersprechen.

Ich lasse nicht locker. »Nichts gehört, kein Wort?«

Cora hebt die Schultern und lässt sie wieder fallen. Aber sie sieht mich nicht an. *Sie würde nichts sagen, selbst wenn sie etwas wüsste.*

»Was ist los? Ist irgendetwas passiert? Versteht ihr euch nicht mehr, du und Edith?«, bedrängt Olive jetzt Cora. »Wo ihr doch all die Jahre nebeneinander gewohnt habt?«

»Edith will nichts mehr mit mir zu tun haben. Wenn ich ihr einen selbstgebackenen Kuchen auf einem goldenen Teller vorbeibrächte, würde sie ihn nicht annehmen«, sagt Cora.

»Das ist ja ganz was Neues.« Olives Finger verharren an

meinen Haarspitzen, die sie kurz zusammenrafft und dann fallenlässt.

Cora sagt, »Ich habe mich schon lange damit abgefunden.«

»Aggie?« Olive bauscht mein Haar zusammen und lässt es wieder fallen.

Aber ich habe diesem Gespräch nichts hinzuzufügen.

»Oh, ja, frag Aggie.« Cora stemmt sich hoch, die Fingerknöchel schmerzhaft auf die Tischplatte gepresst, als wollte sie sich für irgendetwas bestrafen. »Es ist Aggies Schuld. Frag sie doch. Sie soll's dir erzählen.«

Das werde ich nicht. Ich bin verdammt noch mal dreiundvierzig und überrage sie turmhoch, diese wütende Schwester, die die Überbleibsel unseres Frühstücks in den Ausguss kippt und mit einem feuchten Lappen an den Tisch zurückgestapft kommt, als ginge es gegen alle Krümel und allen Dreck der Welt.

»Macht nur, redet! Schön hinter meinem Rücken«, sagt Cora, während sie in ihre riesigen schwarzen Gummistiefel steigt, um zur Scheune zu marschieren und Vater zu holen, damit wir ihn für die Trauerfeier präsentabel herrichten können.

Sie knallt die Tür der Sommerküche so heftig zu, dass sie wieder aufspringt. Olive und ich sehen uns an und brechen in ein so wüstes Gelächter aus, dass uns die Tränen kommen und mir noch eine Weile die Hals- und Wangen- und Bauchmuskeln wehtun.

Entgegen Coras Unterstellung reden wir nicht hinter ihrem Rücken, allerdings weniger aus moralischen Gründen, sondern weil ich nichts mehr zu sagen habe. Ich habe keine Ahnung, was zwischen Cora und Edith vorgefallen ist. Cora will es mir nicht sagen, Edith ebenso wenig, und unsere Mutter war keine Klatschtante.

Aber meine Schuld ist es nicht.

Ich halte Ausschau nach Ediths Tochter, unsicher, ob ich sie wiedererkennen würde, aber sie ist nicht bei der Trauerfeier – sie muss ja inzwischen eine junge Frau sein, kein Mädchen mehr. Edith und Carson kommen zusammen, aber spät, und können sich nur noch hinten in der Kirche hinsetzen. Ich drehe mich nach ihnen um. Sie sehen aus wie alte Leute, denke ich, unfairerweise vielleicht. Er hat alle Haare verloren, eine spiegelnde Glatze voller Sommersprossen, und Edith erscheint mir völlig fremd. Ihre hübschen Züge sind eher eckig geworden als schlaff; aber sie hatte ja auch eine andere Mutter als wir, denke ich, als ob sich damit alles erklären ließe.

Im Anschluss stehen wir alle in einer Reihe, um die Trauergäste zu begrüßen, Cora, dann Vater, dann ich, dann Olive, dann Edith und Carson. Cora ist erfreut über die vielen Leute, aber mich überrascht, dass es nicht mehr sind – meine Mutter hat den halben Landkreis auf die Welt geholt. Cora kann gar nicht aufhören zu sagen, wie erfreut sie ist. Sie wiederholt es so oft, dass ich es ihr nicht mehr abnehme. Danach stürzen wir uns auf die übrig gebliebenen Kuchen – einen gefüllten Streuselkuchen, gespickt mit Rosinen, und einen glasierten Früchtekuchen, den sich niemand zu probieren getraut hat.

Edith und ich finden uns nebeneinander, die gleichen Kuchenteller balancierend, während wir in die gleichen zuckrigen Dreiecke beißen, kauen und schlucken.

»Dir geht's gut?«, frage ich und höre selbst meine ausdruckslose Stimme, während mein Blick zur Seite huscht, um ihrem zu begegnen und gleichzeitig auszuweichen.

»Nein«, sagt sie und starrt geradeaus, als stünde ich dort statt neben ihr. »Ich werde eure Mutter vermissen.«

»Sie kann nicht einfach weg sein«, höre ich mich sagen und denke, dass ich das nur zu Edith sagen kann, weil Edith jetzt wie eine Fremde ist und man solche Sachen nur zu Fremden sagt.

»Ich werde ihre vielen Arzneien vermissen«, sagt Edith. »Mir geht es nicht gut.«

»Mm-hm.« Ich widerspreche nicht. Seit ich mich erinnern kann, ist es Edith nie gutgegangen.

»Tja«, sagt sie, und ich wiederhole es, vielleicht mit einem Fragezeichen. »Tja?«

»Ich bin jetzt allein«, sagt Edith, »wie du. Kinder gehen irgendwann weg. Sie werden erwachsen und gehen aus dem Haus.«

Mein Herz schlägt gegen meine Rippen wie ein Vogel, der sich ins Haus verirrt hat und gegen die Wände fliegt. »Du hast doch noch Carson«, sage ich.

Sie seufzt. »Das schon.«

Und das ist alles.

Man sollte nicht glauben, dass so ein kurzer Dialog einem so viel abverlangt, aber für den Rest des Abends bin ich zu erschöpft zum Sprechen.

Am Morgen wache ich steif und gerädert auf, als wäre ich meilenweit gelaufen, ohne Pause zum Dehnen oder zum Essen und Trinken, und als wäre ich dann zusammengebrochen und auf dem nackten Erdboden eingeschlafen.

»Willst du jetzt nicht nach Hause kommen, Aggie?«, fragt Cora, als ich im Aufbruch bin.

»Was?« Ich gebe mir keine Mühe, meine Überraschung zu verbergen.

»Ich schaffe es nicht allein.«

Mit unserem Vater, meint sie.

Es ist September, die Bäume sind noch grün, aber schon mit Rostbraun durchsetzt, die Blätter an den Rändern welk. Bald kommen die Herbstwinde und die Winterfröste, und ich kann es mir im Moment nicht einmal vorstellen nach Hause zurückzukehren.

Ich beuge mich über meinen kleinen Koffer. Sieht sie es an meinem Gesicht? Wie dringend ich wegwill, wie meine Stimmung sich schon hebt, weil ich so gut wie unterwegs bin? Sie wiederholt ihre Bitte nicht.

> SMART, JESSICA EVE (geb. Liddel). Im Alter von fünfundsiebzig Jahren unerwartet zu Hause verstorben. Betrauert von ihrem Ehemann, Robert Smart, wohnhaft auf der Stony Hill Farm, New Arran, Ontario, und ihren Töchtern. Vorausgegangen sind ihr mehrere Stiefkinder. Mrs. Smart hat als inoffizielle Hebamme viele Kinder in Clyde County auf die Welt geholt. Auch in späteren Jahren war sie für diejenigen da, die sie brauchten. Ihr Tod durch einen tragischen Unfall ist für viele ein schwerer Verlust. Möge sie in Frieden ruhen.

Ich ertappe mich dabei, wie ich über Coras Bitte nachdenke. Vielleicht bin ich ja geschmeichelt, dass sie mich dort haben will. An einem Samstagmorgen gehe ich ausgiebig schwimmen und befinde, dass ich vielleicht wirklich nach Hause zurückkehren sollte, um ihr mit Vater zu helfen. Unter Wasser wirkt alles so deutlich, der Kieselbeton des Beckengrunds, die Geräusche in meinem Kopf. Gleichmäßig atme ich bei jedem dritten Armzug. Ich wende exakt. Im Wasser bin ich gewichtslos, alterslos.

Frisch abgetrocknet und angezogen, die Haare noch halb angeklatscht, halb schon zu fliegenden Strähnchen getrocknet, gehe ich bibbernd vom Schwimmbad zum Peacock, um mich mit Miss Alexandrine Gibb zu treffen. Die eben gefällte Entscheidung hallt laut in meinem Kopf.

Miss Gibb und ich treffen uns jeden dritten Samstag im Monat zu Kaffee und Sandwiches im Peacock, wo sich die Ausstattung nicht geändert hat, seit wir zum ersten Mal hier waren, im Herbst 1931, kurz nachdem ich angefangen hatte, für die Zeitung zu arbeiten. Zwanzig Jahre später, 1951, sind die rissigen roten Sitzbänke, die dicken Wachstuchdecken und die verschmierten Fensterscheiben immer noch dieselben. Auch wir halten an unseren Gewohnheiten fest. Beide mögen wir das Weißbrot-Clubsandwich. Ich nehme noch Pommes frites dazu. Sie mag eigentlich keine Salzgurken, nimmt sie aber trotzdem, um sie mir zu geben. Keine von uns bestellt einen Nachtisch, aber jedes Mal behaupten wir, wir würden es vielleicht noch tun, und wenn, sollte es Zitronen-Baiser-Torte sein. Die wir dann doch nicht bestellen. Und obwohl ich es versuche, gelingt es mir nicht, sie, wie es ihr lieber wäre, Alex zu nennen. Für mich bleibt sie immer Miss Gibb.

»Meine Schwester Cora hätte mich gern wieder zu Hause. Ich versaure bei den Nachrufen. Ich frage mich, ob ich mich nicht zur Ruhe setzen soll«, sage ich und streiche mir mein feuchtes Haar hinter die Ohren. Es ist immer noch blond, verblasst aber langsam, wie es blondes Haar nun mal tut, wenn das Weiß allmählich das Gelb verdrängt.

»Gehen Sie bloß nicht nach Hause zurück«, sagt sie. »Es gibt ohnehin so wenige von uns. Es wäre ein Aufgeben.«

»Ich habe nachgedacht, über den Erfolg, Miss Gibb. Was macht zum Beispiel eine große Sportlerin aus?«

»Wissen Sie das nicht, Miss Smart?« Solange ich sie Miss Gibb nenne, nennt sie mich ostentativ Miss Smart, um mich davon abzubringen. Oder vielleicht fühlen wir uns einfach beide wohler, wenn wir uns so anreden wie damals, als wir uns kennenlernten. Als sie mir so überlegen war: sie die Mannschaftsbetreuerin der kanadischen Olympiateilnehmerinnen, eine Frau reiferen Alters, wenn man die zweite Hälfte der Dreißiger als reiferes Alter bezeichnen kann, und ich nur eine unerprobte Läuferin, gerade mal zwanzig. Als wir vorwärtsstürmten, ohne den Weg zu kennen, aber überzeugt, dass wir ihn finden würden. »Ich dachte, wenn das irgendjemand weiß, Miss Smart, dann Sie.«

»Keineswegs, Miss Gibb. Ich weiß es nicht.«

Sie winkt der Kellnerin, uns Kaffee nachzuschenken. Wir schauen zu, wie sie es tut. Miss Gibbs Löffel klirrt gegen den dicken Tassenrand. Sie wiederholt: »Wenn irgendjemand etwas über den Erfolg weiß, Aganetha Smart, dann doch wohl Sie.«

»Ich weiß nur, dass eine Goldmedaille noch keine große Sportlerin ausmacht. Siegen auch nicht. Das weiß ich.«

Das Klirren des Löffels. Der Löffel auf der glänzenden Tischdecke. Mein Blick auf dem Löffel.

»Ah, verstehe«, sagt Miss Gibb, was mich daran erinnert, wie wir vor langer, langer Zeit noch keine Freundinnen waren, wie sie noch meine Vorgesetzte war, die mir Angst machte mit ihrer Gabe, das zu sehen, was ich für wohlverborgen hielt. »Aber das war nie der Grund, warum ich Sie für eine große Sportlerin gehalten habe, Aganetha.«

Meine Augen werden feucht, und ich zwinkere heftig. Meine Finger bekommen den winzigen silbernen Zuckerlöffel nicht ans Ziel, ohne Zucker auf dem Tisch zu verstreuen. Ich denke an unser erstes Treffen hier in diesem Café, als sie mir einen Rat gab, den ich dann nicht befolgte: Sie riet mir davon ab, eine von mir geschriebene Story einem Redakteur zu zeigen, um ihn auf mich aufmerksam zu machen. Diese Story sei nicht meine Sache. Nein? Ich bin mir immer noch sicher, dass der Rat falsch war. Vielleicht sieht sie es inzwischen auch so. Jedenfalls sagt sie mir diesmal nicht, was ich tun soll. Ich wünschte, sie täte es.

Stattdessen fragt sie: «Was möchten Sie tun, Miss Smart?«

»Laufen«, sage ich ohne nachzudenken.

»Aha.«

»Ich weiß selbst nicht, was das bedeutet, Miss Gibb.«

»Ich auch nicht.« Sie winkt nach der Rechnung. »Noch Kaffee?«

»Wie wär's mit Nachtisch?«

»Nächstes Mal.«

Da begreife ich, dass ich Coras Ansinnen zurückweisen muss, denn ich möchte ein nächstes Mal und wieder ein nächstes Mal und irgendwann vielleicht auch ein Stück Zitronen-Baiser-Torte.

»Setzen Sie sich zur Ruhe, wenn ich mich zur Ruhe setze«, sagt sie, »dann reisen wir zusammen um die Welt.«

Abgemacht.

GIBB, ALEXANDRINE (Alex). Geboren 1891, gestorben 1958 in Toronto, Ontario. Tochter von John und Sarah (Sparks) Gibb. In jungen Jahren selbst eine ausgezeichnete Sportlerin, war Miss Gibb die Gründerin des Kanadischen Frauen-Amateursportbundes (1926–1953), die Mannschaftsbetreuerin des überaus erfolgreichen kanadischen Frauen-Olympiateams 1928 in Amsterdam und dreißig Jahre lang eine bedeutende Redakteurin und Kolumnistin beim *Toronto Daily Star*. Was sie für den kanadischen Frauensport getan hat, wird ewig unvergessen bleiben. Es gedenken ihrer die Geschwister, Kollegen und zahlreiche gute Freunde.

Mir tut es leid um die Scheune.

Warum hat mein Vater angefangen, sie Brett für Brett, Balken für Balken zu zerlegen und die Teile aufs hintere Feld zu schleppen, an den Teich, wo er den Scheunenleib in der Form eines Leuchtturms auferstehen lässt?

»Er ist alt«, sagt Cora. »Darum.«

»So alt ist er noch nicht.«

»Er ist über achtzig, Aggie.«

»Tatsächlich? Er hat immer noch so viel Kraft.«

»Wem sagst du das? Ich kann ihn nicht dazu bringen, irgendetwas zu tun, was er partout nicht tun will.«

Vor langer, langer Zeit war es meine Aufgabe zu fragen: *Warum*? Warum hat sie ihre Kinder erstickt? Warum hat er das Haus in Brand gesteckt, mit den Kindern darin? Warum hat er seinen sogenannten Freund vor der Bar erstochen, in der sie die ganze Nacht getrunken hatten? Nun gut, die Antwort auf Letzteres scheint auf der Hand zu liegen. Und doch kann ich jedem versichern: Es gibt keine auf der Hand liegenden Antworten, die befriedigend wären. Denn das Unerklärliche kennzeichnet sich nun mal dadurch, dass keine Antwort je befriedigend ist.

Wir werden nie wissen, warum. Der betreffende Mensch kann es uns nicht sagen, und wenn er es versucht – denn manche versuchen es, als wollten sie es sich selbst erklären –, reicht es uns nicht. Es deckt nicht das ganze Terrain ab, das er in Schutt und Asche gelegt hat. Irgendwann lerne ich, nicht mehr nach dem *Warum* zu fragen. Ich mache meine Arbeit. Ich vermerke in aller Kürze die nackten Tatsachen. So wie jetzt. Ich vermerke, dass mein Vater auf einer Reihe von gelben Karten Entwurfszeichnungen für ein Gebäude gemacht hat, das solide konstruiert scheint – soweit ganz vernünftig. Diese Wendeltreppe hier führt innerhalb des konischen Baus hinauf in einen kreisrunden Raum hoch über den Baumwipfeln, der mit einem einfachen Bett, einem Tisch, Stühlen und einer Kochgelegenheit ausgestattet ist. Der Raum hat ringsherum Fenster, und im oberen Teil rotiert das mächtige Licht, ein Leuchtfeuer in der Nacht, um die Schiffe davor zu warnen, den Klippen zu nahe zu kommen – in dieser Hinsicht komplett verrückt.

»Das ist ein Leuchtturm, Cora, er baut einen Leuchtturm.«

»Glaubst du, das weiß ich nicht? Ich bin doch die, die ihm jeden Morgen das Frühstück macht.«

»Jemand muss ihn davon abbringen.«

»Nur zu, versuch's.«

Ohne Cora etwas davon zu sagen, laufe ich durch den Wald in den Ort, um den Doktor aufzusuchen – Peter, den Sohn des früheren Arztes. Er sitzt hinter seinem Schreibtisch und nickt, während ich erzähle: Schwester, Vater, morsche Scheune, Leuchtturm. Nachdem ich ihm das dargelegt habe, sagt Peter, mein ehemaliger Schulkamerad: »Du siehst erschöpft aus, Aganetha. Ich empfehle Eisentabletten.«

»Es geht um meinen Vater.«

»Hast du Angst, er könnte sich etwas antun? Oder jemand anderem?«

»Nein.«

»Wirkt er glücklich?«

»Er hat sieben Kinder und zwei Ehefrauen begraben, also würde ich nicht unbedingt das Wort ›glücklich‹ wählen.«

Der Doktor wartet. Ärzte verhalten sich wie Reporter, wenn sie gut in ihrem Beruf sind. Sie warten, und schon brodelt es aus dem Untergrund herauf.

»Er ist glücklicher denn je«, gebe ich zu. »Aber Cora ist ganz und gar nicht glücklich. Ich wohne in der Stadt, Olive lebt am anderen Ende der Welt mit einer eigenen Familie, und mehr sind wir nicht. Edith ist auch seine Tochter, aber sie zählt nicht. Sie kommt laut Cora kaum je zu Besuch und ist, wie du ja weißt, nie besonders belastbar gewesen – sie ist keine Hilfe. Denk doch mal daran, wer wir mal waren, Peter, was die Farm einmal war. Du weißt es doch.«

»Natürlich«, sagt er.

»Wenn mein Vater ein Raumschiff zum Mond bauen wollte, könnte ich's ihm nicht verdenken. Also soll er von mir aus seinen Leuchtturm bauen.«

Der Doktor nickt um zu signalisieren, dass er geduldig zuhört. Wir sind beide vierundvierzig, aber glaube ja niemand, das hieße für uns beide das Gleiche – er ist ein Mann, ich bin eine Frau, wir haben das Jahr 1952. Ich färbe mein Haar, damit es weiterhin leuchtet. Weniger freundlich könnte man den Farbton »messingstichig« nennen. Ich bin noch nicht über das gebärfähige Alter hinaus, aber mein Zyklus ist unregelmäßig geworden – nicht, dass ich das dem lieben Herrn Doktor gegenüber erwähnen würde. Das Blut kommt in manchen Monaten nur spärlich und unstet oder gar nicht, dann wieder als wahre Flut, begleitet von Akne und Krämpfen. Eine so späte Schwangerschaft würde überall Mitleid erregen, selbst wenn ich verheiratet wäre.

Die Frau des Herrn Doktor ist jünger. Er erzählt, dass sie in diesen Tagen das dritte Kind erwarten, und lächelt mich so gelöst an, als unterhielten wir uns jetzt als alte Freunde.

»Kommst du oft nach Hause?«, fragt er.

»Nein«, sage ich und belasse es dabei. Tatsächlich bin ich seit der Beerdigung meiner Mutter nicht mehr hier gewesen, und die ist ein Jahr her.

Der Doktor kritzelt etwas auf einen Zettel und schiebt ihn über den Schreibtisch, wobei er absichtlich meine Hand berührt, als ob er erwartet, dass ich sie umdrehe und im Gegenzug ihm etwas gebe. Was ich nicht tue. Ich falte den Zettel, ohne draufzuschauen, stecke ihn in meine Handtasche und stehe auf. Der Doktor erinnert mich an eine bestimmte Sorte Männer, die über ein Quäntchen Macht verfügen und fixe Vorstellungen vom Status und den Wünschen einer unverheirateten Frau haben. Aber vielleicht will er ja auch nur Freundschaft. Freunde habe ich genug.

»Läufst du immer noch?« Der Doktor will mich noch nicht weg lassen. Spätherbstliche Sonne, selten genug, fällt durch das große Fenster hinter seinem Schreibtisch. Er steht jetzt auf, lichtumstrahlt. Ich erinnere mich an ihn als Kind. Erinnere mich, wie ich schneller lief als er – schneller als alle Jungen –, den Saum meines Rocks in den Bund gesteckt. Erinnere mich auch, wie in einem bestimmten Alter, so mit vierzehn, fünfzehn, ein paar Jungen mich bei kurzen Sprints schlagen konnten, wenn ich auch bezweifle, dass es irgendeiner über eine längere Strecke geschafft hätte. Ich weiß nicht mehr, ob er zu denen gehörte, die auf kurzer Strecke schneller waren. Ich glaube nicht.

»Nein«, sage ich wieder, obwohl es nicht stimmt. *Ob ich noch laufe? Was könnte mich davon abhalten?* Aber ich werde weiter nein sagen, bis er mir zuhört, jetzt, wo ich ihn durchschaut habe. Schwangere Frau, schreiende Kinder, Leben auf dem Land. Er hat in der Stadt studiert, und jetzt erinnere ich ihn daran, wer er mal zu sein glaubte. Vielleicht löse ich ein gewisses Erschrecken aus, gewisse Zweifel an seiner vor Jahren gefällten Entscheidung, nach Hause zurückzukehren und die Praxis seines Vaters zu übernehmen, in das Leben zu schlüpfen, das sein Vater für ihn bereitgelegt hatte.

Er erinnert mich an Cora.

Meine Anwesenheit zieht ihre Unzufriedenheit an die Oberfläche wie eine gute Zugsalbe einen Splitter – nur dass dieser Splitter nie ganz herauskommt. Ich weiß, Cora würde mit niemandem so sprechen wie mit mir.

Ich weiß, dass Cora als Helferin sehr gefragt ist, bei Geburten und auch davor, falls die Wehen nicht in Gang kommen wollen, und danach, wenn sie den frischgebackenen Müttern

Tees und Salben bringt und ihnen zeigt, wie sie ihr Baby anlegen müssen. Ich weiß, dass der Arzt Cora mag und ihr vertraut, und dass sie gelegentlich Dienst im neuen Krankenhaus im Ort macht, wo inzwischen die meisten Frauen gebären, schmerzlos, unter Betäubung und im Dämmerschlaf.

Cora schätzt diese neuen Methoden nicht. Sie hat mir erklärt, nach ihrer Überzeugung seien die Schmerzen ein wesentlicher Teil des Gebärens, gottgewollt.

»Bleib noch«, sagt der Doktor.

Ich bleibe stehen, die Hand am Türknauf. Ich kann die Tür im Nu öffnen und in den kleinen Empfangsbereich hinausgehen, wo die Arztsekretärin, die Frau des Metzgers, Mrs. Guillame, an ihrem Schreibtisch sitzt und die Ohren aufsperrt. Der Empfangsbereich und dieses Behandlungszimmer befinden sich im Wohnhaus des Arztes, von fern ist das Schreien eines Kindes zu hören.

Jetzt ist es an mir – so es mich denn interessiert – zu warten, was da aus der Tiefe heraufblubbert.

»Der Tod deiner Mutter ist schon eine Weile her, aber ich hatte noch keine Gelegenheit, dir mein Beileid auszusprechen.«

Ich warte.

»Deine Mutter …« Er räuspert sich. Ich soll ihm direkt in die Augen sehen, damit ich die ganze Bedeutung dieses Moments erkenne, und ich tue ihm den Gefallen, meiner Mutter zuliebe. »Mein Vater hat deine Mutter immer respektiert«, sagt der Arzt, aber dann hält er meinen Blick nicht länger aus und schaut auf den Schreibtisch, wo seine Finger nervös trommeln. »Mein Vater hat gesagt, sie hat mehr Leben gerettet, als irgendjemand weiß. Das wollte ich dir sagen. Im Gegensatz zu Cora – sie ist eine prima Frau, versteh mich nicht falsch – aber ich bin der Meinung, dass deine Mutter sehr mutig war. Und du auch.«

Es verschlägt mir den Atem. Ich starre ihn nur stumm an.

»Dein Vater ist in besten Händen«, sagt der Arzt. »Cora ist eine großartige Pflegerin. Überlass das ihr. Belaste dich nicht damit. Du hast Wichtigeres zu tun.«

Ich warte. Ich kann mich sowieso nicht rühren.

»Wenn du wirklich nicht mehr läufst, solltest du wieder anfangen. Du warst … phantastisch.«

»Ich schreibe über Verstorbene«, erwidere ich, als schlösse das jedwedes Laufen kategorisch aus. »Früher habe ich über Leute geschrieben, die andere Leute getötet hatten, aber inzwischen schreibe ich über gelebte Leben.«

Ich würde jetzt gerne gehen. Ich zittere.

»Aganetha.« Dass er meinen Namen sagt, diese eine Tatsache, hält mich noch fest. »Wollen wir nicht später irgendwo was trinken?«

»Nein, aber danke für das Angebot«, sage ich mit einer Stimme, die nicht ganz wie meine klingt, und gehe hinaus, mit einem halbherzigen Nicken zu Mrs. Guillame hin, die ich kaum erkennen kann. Meine Augen hatten keine Zeit sich anzupassen. Der Empfangsbereich ist klein, aber opulent ausgestattet, und bekommt fast kein Tageslicht. Wahrscheinlich ein unschätzbarer Vorteil für Mrs. Guillame gegenüber allen Besuchern. Wahrscheinlich hört sie jedes Wort, das im Behandlungszimmer gesprochen wird, und wahrscheinlich ahnt der Doktor nichts davon – es ist ihm nie in den Sinn gekommen. Wieso auch.

Sie gurrt wie eine Taube. »Grüßen Sie Ihre Schwester von mir, Miss Smart.«

Viel später, als ich schon wieder in der Stadt bin, finde ich den Zettel, den mir der Doktor gegeben hat, in meiner Handtasche. Ich grabe eigentlich nach einem anderen Papierfetzen, auf dem ich die Telefonnummer der Tochter eines Verstorbenen notiert habe, dessen Lebensbilanz ich noch vor Redaktionsschluss fertigstellen muss.

Ich falte den Zettel auseinander. Die kaum lesbare Klaue des Doktors, unterschrieben mit seinem Namen. Es ist das Rezept für ein Eisenpräparat.

Ich löse es nicht ein.

SMART, ROBERT. Wohnhaft RR#3, New Arran, Ontario, verstorben am 12. September 1957 im siebenundachtzigsten Lebensjahr. Geboren auf der Farm, auf der er nun eines natürlichen Todes starb. Sohn von Robert und Mary Smart. Er überlebte seine erste Frau Tilda, sieben ihrer acht gemeinsamen Kinder sowie einen Enkel und hinterlässt die gemeinsame Tochter Edith Miller und eine Enkelin. Ebenfalls vorausgegangen ist ihm seine zweite Frau Jessica, hinterblieben sind aus dieser Ehe die Töchter Olive Gunn, Cora Smart und Aganetha Smart sowie vier in Australien lebende Enkel. Er wurde im engsten Familienkreis beigesetzt.

Jetzt kommst du nach Hause, Aggie? fragt Cora. *Jetzt, wo da keiner mehr ist, um den man sich kümmern muss? Wo keine unangenehmen Pflichten mehr warten? Nur noch ich und das Haus? Wer sagt denn, dass ich dich hierhaben will? Dass du willkommen bist? Dein Name mag ja im Grundbuch stehen, aber diese Farm gehört dir nicht. Du bist fortgegangen. Wie alle anderen. Glaubst du, das hätte sie nicht traurig gemacht? Glaubst du, sie hätten nicht geweint? Was weißt du denn, Aggie, was es heißt, alles aufzugeben?*

Was sind schon eine Woche, ein Monat, ein Jahr oder vierzig Jahre? Auch die verfliegen.

Langsam und stetig räumen wir Zimmer um Zimmer aus und legen es still, bis unser Leben auf den Raum schrumpft, den wir ausfüllen können. Wir bewohnen nur so viel, wie wir bewältigen. Selbst das scheint manchmal zu viel. An einem Wintertag verschließe ich das Granny-Zimmer. Ich räume die Schubladen aus und hänge die Laken vor Tür und Fenster.

Lavendel. Zwischen meinen steifen Fingern zerbröselnd, modrig. Staub.

18

Tattie

Das Mädchen sieht über den Rückspiegel zu mir. »Miss Smart, wissen Sie, dass Sie einen Anwalt haben? Max und Mutter waren bei ihm, und wir glauben nicht, dass er wirklich Ihr Bestes will.«

Einen Anwalt, ah, ja, hatte ich vergessen. Das ist ja wohl Peters Sohn? Sein Büro in dem Raum, wo sein Vater Sprechstunde gehalten hatte, und ich muss Papiere unterschreiben, mit zittriger Hand, vom Alter, nicht vor Nervosität, während Peters Sohn zuschaut. Das erklärt, wer das Heim, das kein Heim ist, bezahlt, was mir, jetzt wo ich drüber nachdenke, gar nicht recht ist. Ich bin immer selbst für mich aufgekommen.

»Ich bin immer selbst für mich aufgekommen«, erkläre ich dem Mädchen, das mich aber missversteht.

»Heute ist das anders, Miss Smart. Sie wissen ja nicht, was das alles kostet – Coaching, Physio, Massage. Vitamin-Ergänzungsmittel, Reisekosten, Ausrüstung, Fitnesstraining, Sie haben ja keine Vorstellung, was da alles anfällt, wenn ich mithalten will. Ich will nach Rotterdam, Miss Smart. Wenn ich dort meine Zeit verbessere, komme ich ins Team, und ich bin dicht dran. Ich glaube, ich kann es schaffen.«

Ich höre die Wörter, aber es ist, als ob das Mädchen eine andere Sprache spricht. Die Regeln haben sich seit meiner Zeit geändert, das will sie sagen. Es ist nicht mehr wie früher. Der Weg ist voller Hindernisse. Und an den Hindernissen blinken Dollarzeichen.

Ich möchte ihr sagen, was wirklich zählt, aber ich weiß, ich lasse es besser bleiben. Vielleicht hat sie ja recht, und es läuft wirklich aufs Geld raus. Ich muss gerade reden! Wenn ich immer selbst für mich aufgekommen bin, wer, bitte, war dann Mr. P.T. Pallister? Ich hatte wohl vor allem Glück.

Aber trotzdem sage ich zu ihr. Es geht ums Laufen.

Wir kommen um die Scheune herum ins Freie, das Feld erstreckt sich vor uns, und ich laufe los, den altvertrauten Weg entlang. Niemand sieht mich laufen. Aber ich laufe, jeder Schritt vollzieht sich in meinem Kopf, rüttelt und schüttelt meinen Körper durch und trägt mich weiter. So fühlt es sich an: ein ganzer Katalog von dumpfem Schmerz, vom Knöchel über das Schienbein, Knie und Hüfte bis in die Schulter. Mein Atem geht zuerst hart, rau, wird aber ruhiger werden, einen Rhythmus finden. Und wenn ich eine Zeitlang gelaufen bin, erst dann, ergeben die Gedanken einen Sinn.

Ich erinnere mich an die Läufe, an denen ich in den mittleren Jahren heimlich teilgenommen habe, mit ins Gesicht gezogener Kapuze und drahtig kurz geschnittenem Haar, sodass ich als Mann durchgehen konnte, wenn ich über eine Distanz antrat, die Frauen nicht laufen durften. Meine Zeiten kann jeder nachlesen. In meinen Fünfzigern und Sechzigern bin ich als A.F. Smart Boston, Chicago, New York und Hamilton gelaufen. Warum? Warum an Laufwettkämpfen teilnehmen, wenn ich doch an einem Tag von hier zum See und wieder zurück laufen konnte und es auch oft getan habe, während Cora brummelnd und besorgt zu Hause saß. Ich nahm dann hartgekochte Eier, Walnüsse und gesüßtes selbstgemachtes Ingwerwasser mit.

Irgendwie ging es nie weg – das Verlangen zu konkurrieren, gegen andere anzutreten, zu gewinnen oder zu verlieren, Teil eines Rhythmus zu sein, der größer ist als ich. Eines ganzen Felds von Anstrengung und Verausgabung.

Wenn sie wirklich von meinem Fleisch ist, wird sie es schaffen, nach Rotterdam zu kommen. Aber nicht Geld wird ihr das Rennen kaufen, das sie laufen will.

Als George stirbt, erfahre ich es nicht sofort. Zurück bleibt Tattie, die Mutter seiner vier Kinder, meiner Neffen und Nichten. Tattie, Kurzform von Tatiana. Ich glaube, sie ist noch jünger als ich. Sie schickt ihren Ältesten, mir die Nachricht zu überbringen, aber ich bin nicht zu Hause. Ich bin im Gebäude des *Toronto Daily Star*, bei der Arbeit, die ich dank Miss Gibb gefunden habe. Mein Bruder ist tot, und ich weiß es nicht, weil ich in einem fensterlosen Büro in der Stadt Material eines Reporters abtippe, der am Schauplatz eines Fabrikbrands – Verdacht auf Brandstiftung – war, und meine Pensionswirtin mir nichts sagt.

Am nächsten Tag kommt der Junge wieder, diesmal um mich um Geld für die Beerdigung zu bitten, und am darauffolgenden Tag soll er mir die Botschaft überbringen, dass ein Mann zu ihnen ins Haus gekommen sei, mit einem Brief, den Tattie nicht lesen kann, und noch immer sagt mir die Pensionswirtin kein Wort. In aller Seelenruhe serviert sie ihre fetten Fleischstücke und weichen, mehligen Kartoffeln und fragt, ob ich einen Nachschlag möchte, ohne die geringste Andeutung, dass irgendetwas im Argen sein könnte. Ich plane, George am Sonntag, wenn ich frei habe, zu besuchen, falls ich es verkraften kann, und weil ich mir dessen nicht sicher bin, komme ich schon gar nicht auf die Idee, früher hinzugehen.

Der Junge kommt ein viertes Mal. Diesmal schickt ihn seine Mutter, mir zu sagen, dass ihr jemand im dunklen Anzug ihn und seine Schwestern wegnehmen will.

Von alldem erfahre ich nichts.

Vielleicht weiß der Junge ja nicht, dass er die Pensionswirtin bitten kann, mir etwas auszurichten, und flüchtet sofort, wenn sie sagt, ich sei nicht da. Vielleicht hält ihn die Hauswirtin ja für einen Straßenjungen. Vielleicht – und das scheint mir am wahrscheinlichsten – glaubt sie ja, das zerlumpte Kind sei unter meiner Würde, etwas, womit man mich nicht behelligen kann. Sie hat ihre Vorstellungen von Glamour und Stil und sieht mich offenbar für alle Zeiten als elegante junge Dame im Pelzmantel, auch wenn alles Offensichtliche dagegenspricht.

Ich ertrage es kaum, mir vorzustellen, wie Tattie jedes Mal auf die Rückkehr des Jungen wartet. Ich darf gar nicht daran denken, wie sie mich als jemanden sieht, der einfach nicht reagiert. Ihr die Hilfe verweigert.

Am Sonntag endlich trifft mich der Junge zu Hause an. Diesmal hält er seine jüngste Schwester, noch ein Baby, in den Armen. Ich höre seine hervorgehaspelte Geschichte, eine einzige Kaskade von Hilferufen. Es ist keine Zeit, die Pensionswirtin zur Rede zu stellen; ich werde ihr ohne Worte meine Meinung sagen, indem ich noch vor Monatsende ohne fristgerechte Kündigung verschwinde, auch wenn das heißt, die harten, samtbezogenen Sessel zurückzulassen. Das ist doch jetzt alles egal. Binnen Augenblicken erfahre ich vom Tod meines Bruders und seinem Armenbegräbnis, von dem Brief, den Tattie nicht lesen kann und dem Mann im dunklen Anzug, der dem Jungen mit seinen Drohungen offensichtlich schreckliche Angst gemacht hat. Das alles stößt das Kind in einem einzigen Atemzug hervor.

Wir hasten durch die dreckigen Straßen. Die ersten Herbstblätter fallen von den Bäumen, braun und hässlich, wirbeln um unsere Füße, während wir dahineilen, der Junge unmittelbar vor mir. Er will sich die Last des Babys nicht abnehmen lassen, behält einen stoischen, sachlichen Schritt bei, den ich bewundere.

Wir treten durch das Gartentor. Die späten Tomaten hängen schwer und überreif und von Schädlingen angebohrt an den schwächlichen Pflanzen. Der Salat ist geschossen.

Der Junge steigt fast schon müde die Stufen hinauf, wie ein alter Mann, und zögert jetzt nach der ganzen Eile an der Tür. Ich schaue ihn an und drücke die Klinke. Die Tür ist nicht abgeschlossen. Drinnen hören wir einen seltsamen Schrei, dünn wie Haferschleim, hartnäckig wie das Leben selbst. Ich fasse mir ein Herz. Öffne die Tür. Der seltsame Schrei verstummt.

»Tattie, ich bin hier! Ich bin's, Aggie, deine Schwester!«, rufe ich, als wir in der Tür stehen und unsere Augen sich auf den dunklen Raum einstellen. Sie soll wissen, dass ich sie als Schwester betrachte. Ich will, dass sie sich in eine Familie eingebettet fühlt, auch wenn es in unserem Fall eine Familie ist, die dank ihrer Geheimhaltungsreflexe gar nicht weiß, dass es sie gibt.

Es kommt keine Antwort, und der seltsame Schrei setzt auch nicht wieder ein.

Es ist, wie ich schon sagte, nur ein Raum. Der Raum ist dunkel. An der Wand neben uns ist eine kleine Küche: ein paar Schränke, eine niedrige Arbeitsplatte, ein fettverkrusteter Herd, der im Winter zugleich als Ofen dient. Der Säugling in den Armen des Jungen wimmert jetzt.

Ich sehe zuerst die Kinder. Sie könnten schlafen, wie sie da auf dem Dielenboden liegen, flach auf dem Rücken, neben sich ein Kissen. Aber sie schlafen nicht. Und dann sehe ich Tattie in der Ecke knien, den Kopf gesenkt, als ob sie betet.

Eine eigenartige Ruhe breitet sich in meinem Körper aus, so schnell und effizient wie ein injiziertes Medikament. Ich schiebe den Jungen hinter mich, zur offenen Tür hin, sage: »Renn!«

Ich bewege mich, als wüsste ich genau, was zu tun ist. Ich gehe auf Tattie zu.

»Gib mir das«, befehle ich, und ihre Hand überlässt mir willig das schwere Messer, mit dem sie sich gerade das Handgelenk geritzt hat, unfähig, den ersten Schnitt zu führen.

»Ich kann nicht weiterleben«, erklärt sie mir in einem eindringlichen, intimen Flüsterton, aber ich will es nicht hören. Die Ruhe verlässt mich, als ich ihr den Rücken zudrehe. Da sehe ich den Jungen. Er ist nicht weggelaufen. Er steht in der Tür, ein dunkler Schemen vor dem Tageslicht.

Der Junge, er kann nicht älter als sieben sein. In dem Sommer, in dem ich nach Toronto kam, war er ein Säugling.

Ich sehe vor mir, wie ich ihm das erste Mal begegne, als George befunden hat, dass ich bereit dafür bin. Oder besser: wie ich ihnen das erste Mal begegne, dem Säugling und dem Mädchen, in dessen Armen er liegt.

»Ich muss dir was zeigen, Aggie. Es ist ein Geheimnis. Du verrätst es doch keinem?«

Mit Geheimnissen kenne ich mich aus. Bei uns zu Hause werden viele gehütet und niemals verraten.

Ich sage ja.

George und ich gehen auf der Straße, da es hier keine Bürgersteige gibt. Die Häuser quetschen sich aneinander – Bruchbuden, denke ich. Ich schiebe den Gedanken weg.

»Du sagst Olive nichts davon, versprochen?« Olive will sowieso nichts mit George zu tun haben. Sie mag ihn nicht.

»Versprochen. Was ist es denn, George?«

Er grinst plötzlich über das ganze Gesicht. »Du wirst's gleich sehen.« Was auch immer sein Geheimnis sein mag, es macht ihn glücklich.

Ohne anzuklopfen betreten wir ein Zwei-Parteien-Haus, kein Eingangsvordach, keine Treppe, eine rohe Tür, die über den Erdboden schrammt, ein Fenster, kaputt und mit einem Brett vernagelt. Ich höre das Baby schreien, während sich meine Augen an das Halbdunkel drinnen anpassen. Ein kalter Raum, ein Bett auf dem Fußboden. Dort sind sie. Das Mädchen steht schnell auf, zieht sich den Rock zurecht, kämmt sich mit den Fingern durchs Haar.

»Das ist Aggie, meine kleine Schwester«, sagt George. Zu meinem Erstaunen klingt er stolzgeschwellt. »Aggie, das ist Tattie. Tattie, zeig Aggie meinen Sohn. Rob, so nennen wir ihn.«

Tattie nimmt das Baby gekonnt hoch, hält es so vor ihrer Brust, dass ich es betrachten kann. Es ist schon so groß, dass es den Kopf halten kann, und überraschend pausbackig, mollig, wie es ein gutgenährtes Baby sein sollte; es gluckst zahnlos. Instinktiv strecke ich die Arme aus, und es wippt, als wollte es zu mir.

Ich halte es an mich gedrückt, seinen Kopf unter meinem Kinn. Ich atme seine nach saurer Milch riechende Wärme ein; seine unkontrollierten, pummeligen Ärmchen und Beinchen zappeln, die winzigen Finger und Zehen greifen nach meinem Haar, meinem Kleid. Ich verliere mich wohl ein bisschen in ihm. Vielleicht ist es ja Verwandtschaft – Liebe. Der Sohn meines Bruders.

»Du bist verheiratet! Warum in aller Welt hast du's uns nicht erzählt?«, sage ich schließlich. Ich schaue auf und sehe, wie die beiden aneinandergelehnt dastehen und mich beobachten. Sie hat die Arme um seinen Oberkörper gelegt, eine Pose der Intimität, wie ich sie noch nie gesehen habe, mit Sicherheit nicht zwischen meinen Eltern und nicht mal, als Fannie mit meinem Schwager ins Maisfeld ging. Ich fühle, wie mein Gesicht heiß wird. Ich habe die Situation falsch verstanden. Ich bin böse ins Fettnäpfchen getreten.

Es hätte mir klar sein müssen: George ist nicht mit diesem Mädchen verheiratet. Das Mädchen, die Mutter seines Kindes, ist nicht seine Frau.

»Entschuldigung«, sage ich. »Ich wollte nicht …«

»Wer braucht das schon?«, sagt George. Er küsst Tattie, oder sie reckt sich, um ihn zu küssen, richtig auf den Mund. Ich habe das Gefühl, durch ein Fenster eine Szene zu sehen, die nicht für meine Augen bestimmt ist – faszinierend, verboten. Ich blicke auf die hübschen, leicht gelockten schwarzen Haare des Babys. Es wird jetzt quengelig, wofür ich dankbar bin. Ich wiege es in meinen Armen, gehe durchs Zimmer, summe ihm seinen Namen ins Haar.

»Sie sieht aus, als wollte sie auch eins«, sagt Tattie.

»Vielleicht nimmt sie ihn ja mit«, sagt George. »Dann sind wir beide wieder unter uns.«

»Oh, Georgie.«

Ich gehe davon aus, dass sie witzeln, aber es missfällt mir trotzdem. Ich bringe das Baby wieder zu ihnen, übergebe Tattie das sich windende Bündel. »Er ist perfekt«, sage ich.

»Muss man doch sagen, oder?«

Muss man. In meinen Augen ist er immer noch perfekt, wie er da in der Tür dieses Zimmers steht, sieben Jahre später. Er ist klein, ernährungsbedingt im Wachstum zurückgeblieben, mager, ganz hervorstehende Hand- und Fußgelenksknochen. Er hält seine kleine Schwester wie ein Paket, das er ganz bestimmt nie fallenlassen wird, komme, was da wolle.

Ich will nicht, dass er Angst vor dem Messer hat, das ich in der Hand halte, aber was soll ich tun? Er wartet auf mich. Ich durchquere den kleinen Raum mit drei langen Schritten und schiebe den Jungen vor mir her, in den Garten hinaus. Ringsherum dichte Häuserreihen, aufdringlich, gleichgültig.

Wir stehen wohl beide unter Schock. Das Baby biegt den Rücken durch und heult los. Ich werfe das Messer – ein ganz normales Küchenmesser mit stumpfer Klinge – zwischen die verunkrauteten Tomaten.

»Polizei! Hilfe! Mord! Hilfe!«

Der Junge hört das Wort *Polizei* – oder ist es *Mord?* Ich hätte dieses Wort nicht benutzen dürfen, hätte überhaupt nicht so hysterisch schreien dürfen – und rennt weg. Gut, denke ich und vergesse für einen Moment, dass er ja noch ein Kind ist und in meiner Obhut. »Polizei! Polizei!« Dort rennt der Junge, das Baby in den Armen, verschwindet den Durchgangsweg entlang. Nach kurzem, verwirrtem Zögern renne ich ihm hinterher. Er kennt sicher alle Verstecke in der Nachbarschaft, aber mich kann er nicht abhängen. Ich folge ihm in kurzem Abstand, behalte ihn im Blick.

Ich will ihn entwischen lassen. Ich kann fühlen, was er jetzt fühlt – bilde ich mir jedenfalls ein. Ich kann fühlen, wie die Welt um uns herum zusammenbricht. Ich kann das Gewicht des Babys fühlen, das wie ein Anker ist, wie ein Extra-Herz. Ich kann den Drang zu rennen fühlen, den Drang, vor dem zu bleiben, was wie ein Lawine hinter uns herstürzt – wenn er nur schneller ist, kann er der Vernichtung ein Schnippchen schlagen. Kann er sich verstecken. Kann er das bisschen, das er hat, behalten.

Aber ich weiß, ich darf den Jungen nicht davonrennen lassen, nicht so. Ich laufe ihm nach, bis er vor Erschöpfung stehenbleiben muss. Ich schließe die beiden in meine Arme. Ich halte sie fest, solange ich kann, und dann nicht mehr. Es ist meine Pflicht, sie laufen zu lassen.

Oder?

Erst später frage ich mich, warum ich gar nicht auf die Idee gekommen bin, mit ihm davonzulaufen, sie beide an mich zu nehmen, zu dritt zu fliehen. Ich hätte doch wohl mit Sicherheit jeder Gefahr davonrennen können. Wir hätten unsere eigene Flüchtlingsfamilie bilden können, irgendwo anders.

Stattdessen werden mir das Baby und der Junge weggenommen. Ihre einzige rechtliche Angehörige ist ihre Mutter, jetzt eine Mörderin. Ich kann keine Ansprüche geltend machen, da ich mit den Kindern offiziell nicht verwandt und nicht verschwägert bin. Der Staat wird sich um ihre Unterbringung kümmern. Ich kann nur hoffen, dass der Junge vergisst, was vorher war. Dass er noch mal neu beginnt, wie es das Baby doch sicher kann. Um mich zu trösten, stelle ich mir vor, dass sie von wohlhabenden Leuten adoptiert werden, Tennisstunden bekommen und gebügelte weiße Hemden und Blusen, und dass der Duft von Rosmarinhähnchen aus einer sauberen, lichtdurchfluteten Küche durchs Haus zieht.

Während des Prozesses, der keine Woche dauert, bin ich jeden Tag im Gerichtssaal und mache danach Spätschicht bei der Zeitung, schreibe Überschriften und Bildunterschriften für die Morgenausgabe. Ich schlafe kaum, achte aber darauf, jeden Morgen adrett gekleidet in den Gerichtssaal zu kommen, mit ordentlich aufgestecktem Haar. Als ich in den Zeugenstand gerufen werde, antworte ich schlicht und sachlich. Ich erkläre, ich sei eine Freundin. Ob ich glaube, dass meine Freundin in dem Moment wahnsinnig gewesen sei? Auf jeden Fall war es eine Wahnsinnstat, sage ich, nicht rational zu erklären.

Ich versuche, Tatties Blick aufzufangen, um ihr mit den Augen zu sagen – was denn? Was würde ich ihr sagen, wenn ich könnte?

Ich bleibe. Ich mache die ganze Woche Notizen. Ich schreibe anhand meiner Notizen eine Story. Die Story des Gerichtsprozesses.

»Sie sind keine Kriminalreporterin, so viel steht fest«, sagt Miss Gibb. Sie rät mir dringend davon ab, meine Story dem Lokalredakteur der Zeitung, wo sie mir den Job besorgt hat, zu zeigen, aber dieses eine Mal schlage ich ihren Rat in den Wind.

»Mr. Stephens, hätten Sie mal einen Moment Zeit? Ich … ich bin beim Prozess gegen die Mutter gewesen, die ihre Kinder erstickt hat … ich habe eine Story geschrieben. Würden Sie sie sich mal kurz anschauen?«

»Sie interessieren sich für Verbrechen, hm?«

Ich verhalte mich völlig neutral. Ich beobachte, wie seine Augen meine sorgfältig getippte Seite überfliegen. Er zeigt keinerlei Regung, als er mir das Blatt zurückgibt.

»Stark. Farbig. Aber das ist keine ausgewogene Berichterstattung. Und das würde ich haben wollen. Ausgewogenheit.«

»Oh.«

»Das hier klingt, als ob sie die Frau kennen oder irgendwas in der Art. Sie können nicht hingehen und Ihre Sympathien so offen zum Ausdruck bringen. Das ist nicht Ihr Job als Reporterin.«

Fakt: Reporterin ist nicht mein Job. Noch nicht.

Fakt: Es wird mein Job sein, wenn dieses Gespräch vorbei ist.

»Sind Sie nicht diese Olympiasiegerin? Die, die über Miss Gibb zu uns gekommen ist?«

»Ja, die bin ich.«

»Sie schreiben grammatikalisch gut, das kann sich sehen lassen. Und sie haben keine Angst vor einer grausigen Geschichte – das gefällt mir. Von den meisten Frauen kann man das nicht sagen. Wir sind immer auf der Suche nach frischem Blut, einem neuen Blickwinkel. Demnächst beginnt ein Mordprozess. Mann, der seine Frau vor den Augen der Kinder erschlagen hat.« Er wartet auf eine Reaktion. »Er gehört Ihnen, wenn Sie wollen.«

»Danke.« Mein Ton ist ruhig, mein Gesichtsausdruck verändert sich kaum. Ich finde diesen Test nicht schwer.

»Ich habe nichts gegen ein bisschen Gefühl, wenn Sie dem

Ganzen einen weiblichen Touch geben wollen, aber werden Sie nicht parteiisch. Vielleicht war die Frau ja eine Xanthippe oder Schlimmeres, was wissen wir denn? Handhaben Sie das sauber. Aber denken Sie auch daran – ein bisschen Grusel fängt die Leser, Sie verstehen, was ich meine? Und Leser sind das, was wir wollen. Weit aufgerissene Augen. Da draußen tobt ein gnadenloser Kampf.«

Ich nicke, als ob ich ihn voll und ganz verstehe. Gnadenloser Kampf. Leser. Aufgerissene Augen. Grusel. Ich muss dem Impuls widerstehen, mein Notizbuch hervorzuziehen und mitzuschreiben.

»Danke, Mr. Stephens.«

»Sagen Sie Rudy zu mir.«

»Ich würde lieber bei Mr. Stephens bleiben, wenn es Ihnen recht ist.«

»Ganz wie es Ihnen beliebt, Miss.«

»Ich kannte sie«, sage ich nach einer kurzen Schweigepause. Er schichtet gerade Papiere auf seinem Schreibtisch um, und sein Kopf hebt sich ruckartig. »Diese Frau in meiner Story. Sie war eine Bekannte von mir.«

»Kleiner Rat – erzählen Sie solche Sachen nicht in der Gegend herum. So klug müssten Sie doch sein. Bringen Sie mich nicht noch dahin zu bereuen, dass ich Ihnen diesen Mordprozess gegeben habe.«

»Nein, Sir.«

»Sagen Sie Rudy zu mir.«

»Danke, Mr. Stephens.«

»Vermasseln Sie 's nicht, Miss …«

»Miss Smart.«

»Und ich darf Miss Smart zu Ihnen sagen?«

Ich öffne den Mund, klappe ihn wieder zu. Ach so, er scherzt. Er grinst.

Fakt: Es wird noch drei Jahre dauern, bis Mr. Stephens mich überreden kann, nach der Arbeit mit ihm etwas trinken zu gehen. Whiskey-Soda für ihn, Fruchtsaft für mich. Einmal Sportlerin, immer Sportlerin.

Fakt: Er ist verheiratet.

Fakt: Wir sind nie mehr als einfach nur Freunde, was auch immer andere denken mögen. Wir verstehen uns. Wir gehen gern ab und zu mal zusammen essen. Falls er auf mehr hofft, hofft er vergeblich und – die meiste Zeit – höflich.

Ich bin eine alleinstehende Frau eines gewissen Alters. Manche Komplikationen bleiben mir erspart. Da ist niemand, den ich pflegen muss, wenn er hinfällig wird, beispielsweise. Und auch niemand, der die kleinen Marotten mitbekommt, die ich in Jahren des Alleinlebens entwickelt habe. Es ist erstaunlich, worauf man verzichten kann, wenn man dafür seine kleinen Bequemlichkeiten, seine ausgetüftelte Balance von Ordnung und Unordnung behalten darf.

Eins ändert sich allerdings auch durch noch so viel Übung nicht. Im Abschiednehmen bin ich nicht gut. Diesen Trick habe ich nie gelernt.

Tatiana Lukivny sitzt neben ihrem Anwalt und weint. Ihr Gesichtsausdruck verändert sich nicht, aber die Tränen strömen ihr stetig über die Wangen.

Sie wird aufgefordert, sich vor Verhandlungsbeginn zu erheben, und sie gehorcht. Sie wird aufgefordert zu gestehen, dass sie, eine ledige vierfache Mutter, zweien ihrer Kinder das Leben genommen hat. Die Kinder werden namentlich genannt, Margaret, vier Jahre, und Cecily, drei Jahre, und Miss Lukivny stöhnt, was wohl als Bestätigung zu werten ist: Das sind die Kinder, die sie erstickt hat.

»Haben Sie sie geliebt?«, fragt der Richter.

Die Angeklagte starrt ins Leere, antwortet nicht.

»Haben Sie sie vielleicht weniger geliebt als die anderen beiden Kinder, die Sie nicht getötet haben?«

Die Angeklagte kann nicht antworten. Ihre Kehle ist von Tränen verstopft.

»Warum haben Sie das getan, Miss? Warum?«

Die Angeklagte ist zur Statue geworden. Sie sagt nichts zu ihrer Verteidigung.

»Tattie, ich bin's, deine Schwester, Aggie.«

»Herein.« Sie sitzt auf einem Stuhl mit gerader Lehne vor dem Fenster eines weißgetünchten, sehr kleinen Zimmer. Es sei ein Glück, dass sie ein eigenes Zimmer hat, hat sie mir erklärt. Da stimme ich ihr zu. Ich setze mich auf ihr Bett.

»Und? Wie geht's?«, frage ich wie immer.

»Gut«, antwortet sie.

Ich frage mich, warum sie nicht mit dem Gesicht zum Fenster dasitzt. Sie sitzt immer mit dem Gesicht zur Tür, wenn ich anklopfe und eintrete, immer mit dem Rücken zur Scheibe. Will sie denn nicht den Himmel sehen, das Gras, die Bäume? Hat sie Angst, dass sie der unwiderstehliche Drang überkommt, sich hinauszustürzen? Aber das Fenster ist abgeschlossen, was sie doch sicher weiß. Oder deute ich es falsch, und sie schaut nicht *nicht* zum Fenster, sondern zur Tür, weil sie darauf wartet, dass jemand hereinkommt?

Ich frage nicht.

»Freut mich, dass es dir gutgeht«, sage ich. Ich habe ihr ein Buch mitgebracht, ein leichtes Liebesmelodram, die Sorte Schmöker, die sie am liebsten mag. Sie haben ihr hier drinnen das Lesen beigebracht.

»Danke.« Sie schlägt den Deckel auf und blättert die Seiten mit dem Daumen durch. Ich glaube zu sehen, wie sie das

Buch näher an ihre Nase hebt, um den Geruch einzuatmen. Sie ist zerstreut und von mir bereits gelangweilt. Ich würde sie wohl als beeinträchtigt bezeichnen müssen, obwohl sie nicht verrückt wirkt, und auch bei keinem meiner Besuche, seit ich etwa ein Jahr nach dem Prozess zum ersten Mal hier war, verrückt gewirkt hat.

Wir waren beide so befangen bei jener ersten Begegnung. Wenn ich jetzt daran denke – wir waren beide so jung. Und doch wussten wir um Dinge, um die andere Leute, die meisten Leute, nicht wussten. Und wir waren familiär verbunden, das habe ich immer so empfunden, egal, was das Gesetz sagt.

Bei jenem Besuch fragte sie mich, ob ich ihre Kinder für sie finden könne.

Nein, sagte ich, so wenig wie für mich selbst.

Daraufhin driftete sie innerlich ab und tut es seither bei jedem meiner Besuche, aber ich komme dennoch und setze mich auf ihr Bett und frage, wie es ihr geht. Mir scheint, jemand muss es tun. Tattie hat mir hier und da etwas erzählt, und ich habe alles gesammelt, im Gedanken, einen Nachruf auf sie zu schreiben, wie ich es für so viele andere getan habe. Ich weiß, dass ihre Mutter starb, als Tattie noch ein halbes Kind war, dass sie mit ihrem Vater nicht auskam, dass sie es hasste, sich um ihre jüngeren Geschwister kümmern zu müssen, dass sie nicht »arbeiten wollte wie ein Pferd«, so wie ihr Vater es von ihr verlangte, und dass sie nicht bereit war, ihre Pflicht nur um der Pflichterfüllung willen zu tun. Ganz so hat sie es nicht ausgedrückt, aber so habe ich es verstanden.

»Ich mochte Pferde sehr«, hat sie mehr als einmal gesagt. Ihr Vater war Schmied, und sie hatte von klein auf mit Pferden zu tun gehabt.

»Warum?«, frage ich, bezogen auf die Pferde.

Sie sieht mich verächtlich an, weil ich es nicht von allein

weiß. »Weil sie wilde Geschöpfe sind, aber gezähmt und gefangen. So eins war ich auch.«

Bist du auch, denke ich, verkneife mir aber, es zu sagen.

Heute zieht sie sich in Schweigen zurück, und ich sehe, dass sie schon davondriftet. Also gestatte ich mir, ebenfalls davonzudriften. Ich schaue durch das Fenster in den Himmel, auf das Gras, die Bäume. Es ist 1951, und meine Mutter ist vor kurzem gestorben. Ich gestatte mir hier, in diesem Zimmer, an meine Mutter zu denken, mich gehenzulassen, nur ein kleines bisschen. Meine Augen brennen, und ich krame in meiner Handtasche nach einem Taschentuch, um mir die Nase zu schnäuzen.

Tattie seufzt tief. Sie starrt mit leerem Blick auf die Tür, die einen Spalt offen steht.

»Tattie«, sage ich und beuge mich vor. Immer schon eine zierliche Frau, ist sie jetzt fast schon substanzlos, während ich so etwas wie eine Vogelscheuche geworden bin, knochig, lang und dürr. Ich berühre ihre Hände, und sie zuckt zusammen und starrt mich an, jäh ins Hier und Jetzt zurückgerissen.

Ich sage: »Meine Mutter ist gestorben. Georges Stiefmutter. Eine wunderbare Frau.«

Als Reaktion drückt sie meine Hand, und ihr Mitgefühl rührt mich.

»Du fragst dich bestimmt, warum ich es getan habe, als Mutter«, sagt sie, »aber ich hab's gerade als Mutter getan. Du verstehst das nicht, weil du selbst nicht Mutter bist, aber deine Mutter hätte es verstanden.«

»Ja«, sage ich, um sie zu ermutigen. Sie hat noch nie von dem bewussten Tag gesprochen, und ich habe nie versucht, irgendwelche Erinnerungen aus ihr herauszuholen, geschweige denn Erklärungen.

Ich kann mich nicht entscheiden, ob sie völlig rational wirkt, als wir uns so ansehen, oder völlig verrückt.

»Ich wusste, sie würden sie mir wegnehmen. Eine wie ich, unverheiratet, allein, wie kann die ihre Kinder behalten? Sie würden sie wegholen. Ich habe ja überlegt, wie ich sie sonst noch behalten könnte. Ich habe mein Bestes getan. Aber es gab keine andere Möglichkeit, also habe ich einen Plan gemacht. Ich wollte sie mitnehmen, das ist alles. Alles, was ich wollte.«

»Der Junge ist gekommen, um mich zu holen, mit dem Baby«, sage ich.

»Er hat sich gewehrt«, sagt sie schlicht. »Er hat sich losgemacht.«

Oh.

»Er sollte als erster drankommen.«

»Bitte, du musst mir nicht mehr erzählen.«

»Rühr dich nicht, Mama, mach nichts. Ich komme wieder und bringe Hilfe mit.«

Und ich frage mich, während ich ihr so gegenübersitze, ihre Hände in meinen, ob ich es schaffen werde, sie wieder zu besuchen. Oder ob sie dasitzen und auf die Tür starren und vergeblich auf mich warten wird. Ich weiß es nicht.

Ich lasse sie meine Hände halten, sage aber, »Psst, schön ruhig sein jetzt«, als wäre sie ein Kind. Wenn ich sie wie ein Kind behandle, ist es leichter, sanft zu sein, obwohl alles in mir grob und schroff ist. Dummes Frauenzimmer!, denke ich. So schwer ist es nicht, ein Kind herzugeben. Man entschließt sich und lässt das Kind los. Man tut es einfach.

LUKIVNY, TATIANA. Gest. am 13. Februar 1963 nach langem gesundheitlichem Niedergang. »Tattie« wurde 1909 in Russland geboren, genaues Datum und Ort unbekannt. Sie kam bald darauf mit ihrer Familie nach Montreal, Kanada, und von da nach Toronto, wo sie George Smart heiratete und vier Kinder gebar. Mr. Smart erlag 1931 einer Krankheit, ein Verlust, von dem sich Tattie nie erholte. Vor ihr starben zwei ihrer Kinder, die Töchter Margaret (vier Jahre) und Cecily (drei Jahre). Informationen über den Verbleib ihrer anderen beiden Kinder, Rob (geb. 1924) und Judy (geb. 1931) bitte an A.F. Smart unter folgender Postfachadresse. Vertrauliche Behandlung zugesichert.

Zuschriften: keine
Vertraulich behandelt: alle.

19

Was bleibt

Ich erinnere mich gar nicht, dass der Fahrweg so lang war. Wir schaukeln auf und ab wie über Wellen. Zum Glück werde ich nie seekrank. Ich hatte immer schon eine robuste Konstitution.

Ich sehe, dass das Feld brachliegt, verunkrautet ist.

Auf dem Hügel, von wo aus man auf den Teich hinuntersieht, werden wir langsamer. Du solltest Gas geben, will ich dem Mädchen sagen. Aber wo ist das Wasser – verschwunden? Ich hatte einen Bruder, der in diesem Teich ertrunken ist. Er hieß, er hieß – James. Da ist eine flache Senke im Boden. Man wüsste nicht, dass da mal ein Teich war, wenn nicht der Leuchtturm daneben stünde. Aber das ergibt doch keinen Sinn. Warum sollte jemand einen Leuchtturm an einer Pfütze von Farmteich bauen? Zu meiner Überraschung erinnere ich mich, dass er fast fertig war, als Vater aufhörte, daran zu arbeiten. Die Bretter blieben ungestrichen und sind inzwischen grau verwittert, aber die Form des Gebildes ist unverkennbar, und ich sehe jetzt den Zweck.

So viele Jahre habe ich gebraucht, aber jetzt, wo die Räder durchdrehen und der junge Mann neben mir »Wir stecken fest!« und die Frau auf der anderen Seite »Sag niemals nie!« sagt und das Mädchen mit immer weniger Effekt aufs Gaspedal tritt – jetzt erkenne ich, dass der Leuchtturm dazu gedacht war, uns sicher nach Hause zu lotsen. Alle Kommenden. Alle Gehenden.

Mein Vater wollte uns nach Hause rufen.

Na ja, hier bin ich, so sicher in diesem sinkenden Schiff, wie ich nur sein kann.

Der junge Mann filmt pausenlos weiter.

»Es geht nicht«, sagt das Mädchen ungläubig und nimmt kapitulierend den Fuß vom Gas, worauf das Schwirren der Reifen verstummt. »Ich schaff's nicht.« Sie senkt kurz den Kopf, dreht sich dann zu mir um, auf den Schultern eine kleine Last von Scham. »Miss Smart, das klingt jetzt bestimmt fies, aber ich muss es Ihnen sagen. Wir sind pleite – ich bin pleite. Ich habe nicht das Geld, um weiter zu trainieren. Deshalb haben wir Sie hierhergebracht, deshalb drehen wir diesen Film, deshalb wollen wir, dass Sie Ihr Land verkaufen. Wir sind darauf angewiesen, dass Sie Ihr Land verkaufen, Miss Smart. Sorry, Mom, aber ich muss es ihr einfach sagen. Was habe ich schon zu verlieren? Unsere Farm ist nur etwas wert, wenn Sie auch verkaufen.«

Die Frau neben mir rutscht unbehaglich auf dem Sitz herum. Will sie denn ihre Farm verkaufen? »Da ist noch dein Dad«, sagt die Frau sanft.

»Dad.« Das Mädchen ist voller Verachtung, sagt aber nicht mehr dazu.

»Ich meine ja nur«, sagt die Frau, »dass wir das nicht alles Miss Smart aufbürden dürfen. Es ist eine schwerwiegende Entscheidung. Land zu verkaufen. Familieneigentum.«

Wir schweigen ein Weilchen.

Dann dreht das Mädchen sich wieder um und sagt: »Miss Smart, es gibt da einen Investor, der dieses Land will und unseres auch. Er plant ein Bauprojekt. Lighthouse Commons, so soll es heißen. Aber er will Moms Land nur kaufen, wenn er auch Ihres bekommt. Ich und Max – Max und ich – und Mom, wir… wir hatten große Mühe, Sie zu finden. Mom hat wer weiß wie viele Pflegeheime im Umkreis von mindestens hundert Kilometern angerufen. Vielleicht wollten Sie ja nicht gefunden werden. Vielleicht sind wir ja nicht, was Sie wollen, aber –«

»Kaley«, unterbricht ihre Mutter sie behutsam.

»Ach, was soll's? Vielleicht schaffe ich es ja gar nicht zu dieser Olympiade.« Das Mädchen umklammert das Lenkrad, dreht sich wieder nach vorn, murmelt vor sich hin.

»Du schaffst es zu den Spielen«, sagt der junge Mann. »Warum sonst drehen wir diesen Film?«

»Glaubst du, das ist so einfach? Man beschließt es, und dann klappt es auch? Man treibt das Geld auf, und es klappt?« Sie haut mit beiden Händen aufs Lenkrad. Sie brüllt. Das gefällt mir. Sie öffnet die Fahrertür und lässt sie sperrangelweit offen, als sie in den Matsch hinausgesprungen ist und losrennt.

»Oh, Kales.« Der junge Mann, der Max sein muss, seufzt.

»Es lastet zu viel Druck auf ihr«, sagt die Frau. »Ich glaube, wir alle erwarten zu viel von ihr.« Sie steigt aus, schließt sachte ihre Tür und dann die andere, ehe sie hinter dem Mädchen herläuft, aber mit schweren Schritten, nicht wirklich eilig.

Der junge Mann wartet, bis sie weg ist, ehe er widerspricht. Dann sagt er, vielleicht zu mir: »Das sind nicht wir, es ist Kaley selbst. Nichts davon geht von uns aus. Es geht alles von ihr aus.«

Ich beuge mich zum Türgriff neben mir und ziehe daran, indem ich meine unbeweglichen Finger hinter das blanke Metall hake. Nie war ich mir einer Sache sicherer. Ich drücke mit geschwollenen Händen, und die Tür geht auf. Ich werde nicht hinausfallen. Ich bugsiere meine erstarrten Beine aus dem Wagen und komme, ächzender Knochen für ächzender Knochen, in den Stand empor. Sinke in dem matschigen Frühlingsboden ein und halte mich am Wagendach fest, um nicht hinzufallen. Ich lüfte meinen Kopf im Spätnachmittagslicht aus, das flach über die Reihe von uralten Zuckerahornen fällt, räuspere mich und rufe: »Wie war noch mal ihr Name?«

Die Worte kommen, klar wie Glockenklang, direkt aus meinem Gehirn über meine Lippen.

Der junge Mann ist an meiner Seite, der Bruder des Mädchens – Max. »Die können Sie nicht hören«, sagt er.

»Sie ist eine gute Läuferin? Richtig gut?«

»Sie ist phantastisch! Sie ist gerade kanadische Frauen-Saisonbestzeit gelaufen, und sie wird nur noch besser, wenn sie die Chance bekommt. Sie braucht Zeit, aber ehrlich, Miss Smart, Kaley ist Spitze. Das erkennt nur nicht jeder.«

Er hält inne. Anscheinend kann er mich nur durch sein Kameraobjektiv anschauen.

»Wie war noch mal ihr Name?«, frage ich wieder.

»Kaley meinen Sie?«

»Nein. Nein.«

»Nancy heißt meine Mom. Und ich bin Max, okay?«

Nein! Der definitive Beweis. Ihr Name, ihr Name, ihr Name! *Der von Ediths Mädel.*

»Meine Großmutter meinen Sie? Die ist schon lange tot, wie Mom gesagt hat. Ich erinnere mich gar nicht an sie. Sie wurde Fannie genannt, glaube ich. Aber das war die Kurzform für irgendetwas anderes.«

Sie wurde Fannie genannt. Mehr brauche ich nicht zu wissen.

»Da – Kaley kommt zurück, ich wusste es«, sagt er. »Manchmal muss sie einfach laufen. Das ist für sie sowas wie ein Mittel gegen alles.« Er richtet die Kamera übers Feld, und wir sehen das Mädchen mühelos über den welligen Boden laufen, Unkraut niedertretend. Ihre Mutter steht zwischen uns und betrachtet sie anbetungsvoll, wie Mütter das tun. Sie dreht sich kurz zu uns um, als wollte sie sagen, Ist meine Tochter nicht großartig? Ist sie nicht außergewöhnlich? Seht ihr, was ich sehe?

Die Füße im Matsch, fühle ich ein Vibrieren durch meine Knochen gehen, meine Wirbelsäule wachrütteln. Ich habe so viele Jahre nicht mehr auf eigenen Beinen gestanden und bin ein wenig beschwingt. Nein – hochgradig euphorisiert.

Sie kommt zu mir zurück. Ich kann es nicht erwarten.

Ich lasse den Wagen los und mache einen Schritt und noch einen.

»Lange kannst du nicht mehr warten«, sagt Mutter, über mich gebeugt, im Flüsterton. »Nach den ersten Monaten hat sich das Baby fest eingenistet und wird trotzdem weiter wachsen. Verstehst du?«

Ich verstehe.

»Tut mir leid, Mutter.«

»Ich weiß. Lass mich dir helfen.«

In dem Moment kommt Cora ins Zimmer. Sie stürmt nicht direkt herein, tritt einfach nur ohne anzuklopfen zu uns und übernimmt das Geschehen. »Mutter, du hast gesagt, du machst das nicht mehr.«

Meine Mutter macht Cora wortlos Platz.

Cora kommt geradewegs zu mir und fängt an, mir Finger und Handteller in den Unterleib zu pressen, wie es meine Mutter auch getan hat, nur fester, grober. Ich zucke zusammen. »Dritter Monat, würde ich sagen«, erklärt sie mir. »Wie Mutter wahrscheinlich schon festgestellt hat. Du kannst hierbleiben. Wir haben regelmäßig Mädchen hier, seit ihr in Toronto seid, du und Olive. Für das Baby finden wir immer einen Platz, mach dir da keine Sorgen. Mutter?«

»Ja, Cora.« Die Worte sind ohne Melodie, weder Frage noch Antwort.

»Du wirst feststellen, dass sich hier viel geändert hat«, sagt Cora, jetzt an mich gerichtet. »Wenn du hierbleibst, meine ich. Du wirst merken, dass das hier nicht mehr der Ort ist, den du in Erinnerung hast.«

Doch als Cora hinausgeht, beugt sich meine Mutter wieder über mich und flüstert: »Was möchtest du, Kind? Ich werde dir helfen.«

Und ich stelle fest, dass ich mich Cora nicht widersetzen will. Ich will warten, dass Johnny kommt. Ich will warten.

Wie du willst, Aganetha.

Cora täuscht sich. Zuhause ist es so, wie ich es in Erinnerung habe, verändert, ja, aber nur durch eine hauchdünne Schicht Fremdheit. Die Gipswände sind durchlöchert, Vaters Kabel ziehen sich überall durch, binden das Haus zusammen, aber die Windmühle auf der Scheune dreht sich, und der Wald ist still, und ich kann spazieren, wohin ich will, obwohl mein Körper so plump und unansehnlich ist und ich alles daransetze, nicht gesehen zu werden. Wenn ich Schritte auf dem Weg höre, eile ich in die andere Richtung oder verstecke mich, indem ich mich tiefer in den Wald schlage, mich im Gesträuch zu verlieren suche.

Ich hülle mich in ein schweres Tartantuch. Ich stecke mein dicker werdendes Haar zu einem Flechtkranz auf und bürste es abends in der Stille des hinteren Zimmers, sodass es mich umgibt wie eine Wolke.

Meine Schwester Fannie kommt mich besuchen. Das überrascht mich nicht; ich bin dankbar, finde ihr unangekündigtes Erscheinen tröstlich und hoffe darauf wie auf das einer Freundin. Sie kommt durch die Löcher, die Vater in die Wände gebohrt hat, und ich wache auf und sehe sie in meinem Zimmer sitzen und durch das Fenster in die lichterlose Nacht hinausschauen.

Ich sage ihr, dass ich das Kind nach ihr nennen werde, falls es ein Mädchen wird. Das ist nicht recht von mir. Ich habe eingewilligt, das Baby nicht zu behalten. Aber ich hoffe immer noch, dass Johnny es sich anders überlegt und mich holen kommt, obwohl ich ihm nicht schreibe, ihn nicht darum bitte. Der Johnny, auf den ich warte, ist nicht der Johnny, den ich zurückgelassen habe, muss man wissen. Er ist eine verführerisch vage Figur in einer Geschichte, die ich mir erzähle, eine attraktiv ausgeschmückte und gleichzeitig völlig entleerte Figur. Mich selbst stelle ich mir so vor wie Tattie, dieses Baby an der Brust, in einem engen Zimmer, vor der Welt versteckt, und allmählich verstehe ich, wie Tattie glücklich sein kann oder zumindest einverstanden ist mit ihrer Situation, und nicht unglücklich – sie hat ja ihr Baby im Arm, ihre Kleinen um sich versammelt.

Meine Mutter hat einen Plan. Cora gefällt er nicht, sie meint, er wird nur Gerede und Probleme heraufbeschwören. Meine Mutter ist anderer Meinung, und um Coras Argumente zu entkräften, verspreche ich, der Grundforderung zuzustimmen: Das Baby wird nie von mir erfahren.

»Es ist ein großes Geschenk, das du da machst«, sagt meine Mutter.

Doch als ich es verspreche, gebe ich damit noch gar nichts her. Es kann sein, dass ich mich nur deshalb auf den Plan einlasse, weil ich, wider aller Logik und aller Indizien, immer noch glaube, dass Johnny kommen wird.

Ich wandere durch den Wald, ein unförmiges Gefäß, von ziehenden Schmerzen geplagt, weil das Gewicht des Babys auf meine inneren Organe drückt, als ich plötzlich ein deutliches *Plopp* höre, wie von einem Sektkorken – ein Geräusch, das mich an den Luxus nach dem Sieg erinnert –, und warmes Wasser sich meine Beine hinab ergießt, ein Schwall, der schnell zu einem Tröpfeln wird. Fast noch im selben Moment zieht sich mein Bauch zusammen, und Schmerz strahlt von einem winzigen zentralen Punkt aus, den ich beinah sehen kann, irgendwo tief drinnen. Der Austrittspunkt.

Ich stelle fest, dass ich keine Angst habe.

Ich stelle fest, dass ich nur eins will: hier im Wald bleiben, auf allen vieren, einfach vom Weg wegkrabbeln, in die Waldlilien, und das hier ganz allein machen. Es scheint eine Aufgabe, die man allein bestehen sollte, ein brüllender innerer Drang, den nur ich gut genug verstehe, um darauf zu reagieren. Und vielleicht würde ich mein Kind ganz allein zur Welt bringen, und vielleicht würde diese Geschichte anders ausgehen, aber ich höre Schritte auf dem Weg, und mein Instinkt befiehlt mir, vor ihnen davonzuwatscheln, so schnell ich kann. Jemand kommt, was nur selten passiert, aus dem Ort zur Farm, und mich darf niemand sehen. Ich beeile mich, bleibe nur während der rasendsten Schmerzcrescendos stehen, und bald schon habe ich den Schutz der Bäume verlassen und renne an der Scheune vorbei zum Haus. So man das rennen nennen kann.

Seltsamerweise ist es, wie ich erfahre, Edith, die hinter mir den Weg entlanggekommen ist.

Ich habe Edith in der ganzen Zeit hier nicht gesehen. Ich rede mir ein, dass ich sie nicht gemieden habe, aber das stimmt nicht. Ich habe sie gemieden. Klar, ich habe alle gemieden, aber ganz besonders Edith. Und jetzt ist sie es, die mir folgt, gerade eben außer Sicht, die auf dem Weg aus dem Ort zu sich nach Hause bei uns vorbeischaut.

Und so nimmt diese Geschichte den Gang, den sich andere ausgedacht haben, nicht ich.

Ich kaure auf Händen und Knien auf dem harten Fußboden neben dem Bett und wollte, ich wäre im Wald, auf der weichen Erde. »Edith ist hier.« Cora klopft an die Tür des Granny-Zimmers, kommt aber nicht herein. Die Laute, die ich von mir gebe, sind unmissverständlich.

Meine Mutter weicht einen Moment von meiner Seite, kommt wieder. Wir beide sind allein. »Du machst das sehr gut«, sagt sie. Hand auf meiner Stirn. Hand auf den Knochen in meinem Kreuz.

Ich habe mich in der Vertrautheit von Schmerz verloren. Die Disziplin des Gebärens hat Ähnlichkeit mit dem Laufen im Training und im Wettkampf. Das eine wie das andere ist ein Ausloten von Extrembereichen, ist mit dem Gefühl verbunden, über den Schmerz das eigene physische Selbst zu verlassen. Wie soll ich das erklären? Man gibt, was man irgend kann. Das kann mehr sein, als man weiß, und wie viel es genau ist, erfährt man nur, indem man frontal gegen die eigenen Toleranzgrenzen knallt. Das ist leichter, wenn man erst einmal akzeptiert hat, was passieren muss. Wenn man sich keine Gedanken mehr darüber macht, wie man nach außen hin wirkt oder wer man ist, sondern einfach nur *ist*.

Ich bin Muskeln, Kraft, Mich-Öffnen. Ich bin Ruhe, ganz entspanntes Warten. Ich bin effizient, stark. Der Druck zerreißt mich schier, aber ich presse. Ich laufe immer dann am schnellsten, wenn ich gegen den Wind arbeiten muss. Ich arbeite gegen den Widerstand an. Es könnte sonst wer im Zimmer sein, es kümmert mich nicht. Aber ich glaube, da ist nur meine Mutter. Nur sie. Ihr Finger hakt sich unter die festsitzende Schulter, ihre Stimme nimmt plötzlich einen energischen Ton an. Sie bewegt mich behutsam – *pressen, egal, wie es sich anfühlt, pressen jetzt, pressen, pressen* – und wir schütteln das Baby frei.

Was soll ich sagen? Freude durchflutet mich. Ich sacke zu Boden. Ich lache und weine.

Cora ist im Zimmer. Sie zieht mich aufs Bett, flach auf dem Rücken, und übernimmt die Aufsicht über etwas Unangenehmes, das jetzt passiert. Offenbar ist meine Arbeit noch nicht getan. »Pressen«, instruiert sie mich und knetet meinen Bauch, der so schlaff ist wie ein leerer Sack. Sie zieht an etwas, und es flutscht in einem Schwall, einem Rutsch aus mir heraus. Plötzlich wird mir übel, und ich würge und erbreche mich in eine Schüssel, die mir Cora hinhält.

Ich habe nicht mal den Kätzchenschrei des Babys gehört. Es wird sofort von meiner Mutter aus dem Zimmer getragen, die Nabelschnur zwischen uns ist durchtrennt. Ich bekomme die Kleine nicht zu sehen.

»Es ist leichter, etwas loszulassen, das man nie gehabt hat«, erklärt mir meine Mutter.

Ist es das?

Woher soll ich das wissen? Ich weiß nur, dass an dem, was ich tue, nichts leicht ist. Ich werde es immer weiter tun müssen, mein Leben lang. Ich tue es auch jetzt.

Mutter bringt mir Brühe und Toast mit Butter und Marmelade. Mutter bringt mir Kohlblätter, die ich auf meine Brüste legen soll, um den Schmerz von der unnützen, fiebrigen Milch zu lindern. Sie knetet meinen Unterbauch und sagt, dass alles gut läuft, dass meine Gebärmutter sich wie vorgesehen zusammenzieht, auf dem Weg ist, wieder das verborgene walnussgroße Etwas zu werden, das sie war.

Ich zucke unter dem krampfartigen Schmerz zusammen, der mich unter ihrer Berührung durchfährt.

»Dein Körper macht seinen Job.«

Ich trinke ihren Himbeerblättertee, den sie mir aus einer Porzellanteekanne in eine feine Tasse gießt und mit Honig süßt. Ich beuge das Gesicht über den Dampf, atme ihn ein, bade darin.

»Du wirst bald wieder mit dem Laufen anfangen können«, sagt meine Mutter.

Mein ganzer Körper erschauert, zieht sich in sich zurück. »Will ich nicht«, sage ich hilflos weinend. Das Weinen scheint Teil dieses Zustands, in dem überall etwas aus mir herausleckt. Der Ausfluss, die dickflüssige, bräunliche Vormilch, die Tränen, ja, selbst ein merkwürdiger Schweiß, der nachts meine Laken durchtränkt. Ausscheidung. Selbstreinigung.

Ich erkenne mich nicht wieder: Wo sind meine Zähigkeit, mein angeborener Wagemut, meine Leidensbereitschaft? Alles Dinge, auf die ich mich immer verlassen konnte. Habe ich ein neues Selbst geboren, eins, das empfindlich, ängstlich und unstet ist?

»Du wirst es schon wieder wollen. Es ist noch zu früh«, sagt meine Mutter.

»Aber wenn nicht? Wenn ich es nun nicht mehr will, nie wieder?« Im Moment scheint das möglich. Es scheint möglich, dass ich zu jemandem geworden bin, den niemand wiedererkennt, dass ich in eine unbekannte Spiegelwelt hinübergeschlüpft bin, in der nichts mehr einen Sinn ergibt und aus der ich nicht mehr zurück kann. Schwacher Körper, labile Seele, leere Arme, tropfende Brüste, schlaffe Haut, schmerzende Muskeln wie nach einem langen Rennen. Aber ich bin keins gelaufen. Ich habe für all das nichts vorzuweisen. Gar nichts.

»Aggie. Du wirst ein anderes Kind bekommen, eines Tages, andere Kinder.«

Ich falle in die Kissen zurück; die Tränen strömen haltlos, Tee schwappt auf die Bettdecke. Ich weiß erst jetzt, als sie es sagt, dass es das ist, was ich hören muss. Meine Mutter nimmt mir die Tasse aus den Händen, setzt sich neben mich auf die

Bettkante, streichelt mir das Gesicht. Sie segnet mich mit ihrer Verheißung, auch wenn sich diese als falsch entpuppen wird. Sie glaubt an die Möglichkeit. Sie glaubt an mich.

Was hat mein Vater zu sagen?

Er schweigt; ich sehe ihn gar nicht. Er kommt nicht in mein Zimmer, und ich erwarte es weder, noch wünsche ich es mir. Es ist fast, als ob er sich weigert, zur Kenntnis zu nehmen, was vor sich geht, was in seinem eigenen Haus passiert ist. Seine toten Kabel durchziehen die Wände und binden die Räume zusammen, aber bis hierher kommen sie nicht.

Und Cora?

Sie platzt ohne anzuklopfen dazwischen.

»Aggie braucht Ruhe«, sagt sie stirnrunzelnd, als wäre meine Mutter ein ungezogenes Kind, das sie bei etwas Ungehörigem ertappt hat. Cora fragt nicht um Erlaubnis und gibt keine Erklärung, sondern kommt einfach an mein Bett und presst die Finger in denselben Bereich zwischen den Hüftknochen, den meine Mutter geknetet hat. Coras Berührung ist grimmig, bohrend. Ich fühle ihre verurteilende Einstellung.

»Stopp.« Mutter zieht Coras Hände weg, grob. Ein Schrei hängt in der Luft. Meiner.

»Die Rückbildung verläuft bestens«, sagt Cora. Sie blickt auf mich herab, die Hände locker neben dem Körper, als hätte sie mich nicht soeben unnötig gequält. Schwestern. Was wir nehmen. Was wir geben. Worin wir uns überhaupt nicht ähneln.

Ihre so offenkundige Abscheu gibt für mich den Ausschlag. Ich werde Johnny sagen, das Baby sei gestorben. Ich komme gar nicht auf die Idee, dass ich gar keine Gelegenheit haben könnte, ihm irgendetwas zu sagen – ich tröste mich immer noch mit dem Unmöglichen, bilde mir ein, dass wir jetzt, wo das hier vorbei ist, noch mal neu anfangen könnten, als wäre nichts geschehen. Er braucht ja von alldem nichts zu erfahren, für ihn kann es ja sein, als wäre nichts geschehen. Das ist die Gabe des Granny-Zimmers. Ich fühle, wie mein Herz leer wird, frei von Bitterkeit.

Ich sage: »Ich habe Durst.« Und Mutter bringt mir eine neue Tasse nicht mehr so heißen Tee.

»Danke.« Ich setze die Tasse an die Lippen und trinke in steten Schlucken, ein Stärkungsmittel, ein Tröstungsmittel. Ich drehe den Kopf ein ganz klein wenig von den beiden weg, suche das blendende Licht: Wenn ich nicht zu dem Spiegel hinübersehe, vermag ich mir einzureden, dass auch ich weitermachen kann, als wäre nichts geschehen.

Und das habe ich bis jetzt getan. Und jetzt? Werde ich versuchen, es ihnen zu sagen – meiner Enkelin, meinen Urenkeln? Was soll ich tun?

Einmal gehe ich hin, um sie zu sehen.

Als ich im nächsten Sommer auf Besuch zu Hause bin, durchquere ich das Feld.

Ich schleiche mich aus dem Haus. Es ist leicht, niemandem zu sagen, wo ich hinwill – vielleicht nicht mal mir selbst. Der Mais geht mir bis über den Kopf, und ich folge den Reihen wie ein Kind, tue so, als wäre ich auf einer Erkundungsexpedition, bis ich am Rand von Ediths Hof ankomme, und da sitzt die Kleine, dick und zufrieden, soweit ich erkennen kann, auf einer Quiltdecke in der Sonne. Sie hört mich den Namen rufen, den ich ihr gegeben hätte: *Fannie*. Sie hört und sieht mich. Sie stemmt sich hoch und kommt auf ihren molligen Babyfüßchen auf mich zugewackelt – hat sie mich erkannt? Vertraut sie mir, weiß sie, wer ich bin? Ich habe das Gefühl, dass ich etwas furchtbar Unrechtes tue – oder vielleicht etwas noch Schlimmeres tun könnte –, und in meiner Angst weiche ich zurück und flüstere: »Nein. Komm nicht näher.« Als bestünde ich aus etwas Giftigem.

Und da kommt Edith ums Haus, einen Wäschekorb auf der Hüfte, mit verkniffenem, düsterem Gesicht, und ich rufe: »Edith, darf ich sie denn gar nie sehen, nie im Leben?«

Ich bereue den Ausbruch. Ich will mich dafür entschuldigen, aber Edith schnappt sich die Kleine und bedeckt sie mit dem Quilt, als ob auch sie glaubt, dass mein Anblick dem Kind Schaden zufügen könnte, und rennt mit ihr ins Haus.

Ich kann nicht weggehen, und weil ich nicht weiß, was ich tun kann, raufe ich mir die Haare und gehe im Kreis, bis Carson kommt und mich findet und nach Hause bringt. Wir gehen die Straße entlang, nicht durchs Maisfeld. Er führt mich, die Hände an meinen Oberarmen, eine freundliche Berührung, von einer Wärme, die wohl meine Schwester Fannie angezogen haben muss. Ich bin schwach genug, um dankbar zu sein.

Carson begleitet mich nicht die Zufahrt entlang. Er sagt, die Kleine – Frances hätten sie sie genannt – sei ein braves Kind und glücklich und Edith auch. Edith sei auch glücklich. Er und Edith, sie seien beide glücklich, miteinander. Er dankt mir.

Darüber bin ich froh. Es hilft ein bisschen. Nicht genug wahrscheinlich, aber immerhin ein bisschen.

Und dann sagt er: »Lass uns in Frieden ja?«

Er sieht meinen Gesichtsausdruck: ins Mark getroffen.

»Dann ist es für uns alle leichter. Es gibt sowieso schon Gerüchte – das ist kein Vorwurf an dich, ich sag's nur. Es regt Edith nur auf.«

Ich richte mich auf, straffe meinen Rücken. »Verstehe«, sage ich mit Mühe. Ich erkenne in gewisser Weise, dass Cora recht hatte – dass aus einem solchen Geschenk, so nah an der

Wahrheit, so nah an der Wunde, nur Gerede und Probleme erwachsen können – und will das Gegenteil beweisen.

Ich nehme den Namen von Ediths Tochter und schreie ihn von mir, über einen Abgrund, den ich nie überqueren werde – Frances, Frances, Frances – und höre erst jetzt aus dem Mund des jungen Mannes sein Echo, *Fannie*. Ist es ein Geschenk von Edith an mich, im Gegenzug für meins? Ich nehme es als solches.

20

Das Land

Sie wollen das Land.

Ich nehme an, ich kann darüber verfügen, Anwalt hin oder her, soweit überhaupt jemand das Verfügungsrecht darüber hat.

Mein Urgroßvater Robert Smart erwarb dieses Stück Grund und Boden von einem gewissen Mr. MacDougall, einem schottischen Unternehmer, der von den Indianern Land kaufte, das ihnen die britische Regierung für ihre Unterstützung im Krieg von 1812 übereignet hatte. Also gehört es jetzt wohl mir als der nächsten lebenden Nachfahrin meines Urgroßvaters, wenn es mir wohl auch andererseits so wenig gehört wie den anderen Smarts, die über die Jahre das Eigentumsrecht für sich beanspruchten.

Die jungen Leute hier wollen es verkaufen, damit Fremde mit Baggern und Planierraupen anrücken und abreißen und einebnen und parzellieren und bauen können. Der Gedanke schreckt mich nicht.

Ich sehe, dass Häuser und Scheunen und Gärten und Zäune, ja, selbst Bäume so vergänglich sind wie wir. Der Asphalt, der Beton, die Fundamente, selbst die solidesten Erfindungen und Eingriffe können nicht von Dauer und Bestand sein. Ich sehe, wie sich die Konturen der Landschaft langsam verändern, wie der Grund sich hebt und senkt, in jedem Frühjahr neue Steine an die Oberfläche spült. Ich sehe, wie die Wildblumen den Platz, der ihnen zusteht, wieder einnehmen.

Ich könnte euch das alles hier schenken. Wenn's nach mir geht, gerne.

Das Mädchen vergisst vor Erleichterung zu atmen und hat ganz kalte Hände. »Mom, hast du das gehört?«

»Es gehört euch«, erkläre ich ihnen, sage aber nicht dazu, *weil ihr zu mir gehört*. Macht damit, was ihr wollt, Kindeskinder von Edith.

Wie das Mädchen jetzt hüpft und jauchzt und mich packt und drückt und fast umreißt. Ich begreife nicht, wie sie so klein sein kann, wo ich doch so groß war.

»Sie war immer schon so – robuster, als sie aussieht«, sagt die Mutter des Mädchens stolz. »Hat sich aus ihrem Bettchen geworfen, bevor sie auf den Füßen landen konnte. Ist gelaufen, bevor sie krabbeln konnte. Hatte nie Angst hinzufallen.«

Die Kameralinse spiegelt die Sonne genau in meine Augen. Ich sage, so deutlich ich kann, dass es mein Wunsch ist, mein Eigentum dieser Familie zu schenken, meinen einzig bekannten lebenden Verwandten, direkten Nachkommen meiner Schwester Edith. Das Funkeln der Linse ist alles, was ich sehe, aber dann schwenkt es weg, und ich sehe wieder den Wald und den Matsch und den tief hängenden Himmel. Ich bin froh, dass ich hier bin, und ein bisschen überrascht, muss ich sagen.

»Dabei bleibt's? Es gehört uns?«

Ich sage leiser: »Versprochen ist versprochen.« Vielleicht stimmt es ja, was diese Frau behauptet – dass Edith eine große Gärtnerin war, während ich – ich bin wohl fürs Laufen auf die Welt gekommen. Ich habe gegeben, was ich zu geben hatte.

Ich mache einen Schritt weg, noch einen. Entferne mich.

Es leuchtet ein, dass Fannie hier auftaucht und mich zu sich winkt. Es leuchtet ein, dass sie übers Feld geht, ruhig und langsam in Richtung Wald. Es leuchtet ein, dass ich ihr folgen soll. Risse gibt es immer und überall. Ich weiß gar nicht, dass ich so weit rennen kann. Ich weiß gar nicht, dass ich überhaupt rennen kann, aber anscheinend tue ich es. Ich renne. Fannie, immer vorneweg, ruft mich. Sie kennt mich, wie ich war, kennt mich als das Mädchen, das ich immer sein werde.

Sie hat auf mich aufgepasst. Sie weiß Bescheid.

Fannie ist jetzt am Wald angelangt. Ich hole auf. Vor mir erheben sich die Bäume mit ihren langen Schatten, ihrem blassen, blühenden Bodenwuchs, ihren hohen Stämmen, kappen das Licht der rasch sinkenden Sonne. Fannie bleibt stehen, direkt vor mir, und ihr Haar fliegt, als sie sich umdreht.

Sie dreht sich um. Ihr Gesicht ist glatt und liebevoll.

Sie wartet.

Ich komme.

NACHWORT DER AUTORIN

Aganetha Smart ist eine fiktive Figur, die ich an der Olympiade von 1928 in Amsterdam teilnehmen lasse, den ersten Olympischen Spielen mit Frauenwettkämpfen in ausgewählten Leichtathletikdisziplinen. Als Inspiration dienten mir dabei reale Teilnehmerinnen, insbesondere die »Unvergleichlichen Sechs«, wie das kanadische Leichtathletinnen-Team bald genannt wurde. Die sechs Frauen übertrafen alle Erwartungen und kehrten im Triumphzug nach Hause zurück, nachdem sie etliche Medaillen gewonnen hatten, unter anderem Gold in der 4-x-100-Meter-Staffel und im Hochsprung.

Anders als in meiner Geschichte war es keine Kanadierin, die den 800-Meter-Lauf gewann: Der Sieg ging an die Deutsche Karoline (Lina) Radtke-Batschauer. Silber holte die Japanerin Kinue Hitomi, Bronze die Schwedin Inga Gentzel. Die kanadischen Läuferinnen Jean (Jenny) Thompson und Bobbie Rosenfeld belegten die Plätze vier und fünf in einem Endlauf, der sofort heftige Diskussionen auslöste.

Das ist das Stück Geschichte, das diesem Buch zugrunde liegt.

Zeitgenössische Presseberichte besagen, dass mindestens die Hälfte der 800-Meter-Finalistinnen im Ziel zusammenbrach oder es gar nicht erreichte, was erst in jüngster Zeit in Zweifel gezogen wurde. Das Tempo dieses Laufs war ohne Frage mörderisch – die Siegerin unterbot den Weltrekord um mehrere Sekunden –, und es ist durchaus denkbar, dass die Läuferinnen Zeichen der Erschöpfung zeigten, wie es im Ziel eines so hartumkämpften Rennens keine Seltenheit ist. Doch laut einem 2012 in der Zeitschrift *Runner's World* erschienenen Artikel gibt es Filmmaterial, das zeigt, wie das gesamte Feld das Rennen beendet und nur eine Läuferin an der Ziellinie stolpert und hinfällt, um schon Sekunden später wieder auf den Beinen zu sein. (Diese Läuferin war offenbar Bobbie Rosenfeld, eine der größten All-Round-Athletinnen Kanadas und Namenspatin einer Trophäe, die jeweils der kanadischen Sportlerin des Jahres verliehen wird – also wohl kaum ein schwaches Geschöpf.) Bei meinen eigenen Recherchen bin ich auf mindestens drei verschiedene und einander widersprechende Darstellungen dieses Laufs gestoßen, und ich sehe mich außerstande, auch nur mit einiger Sicherheit zu sagen, was sich tatsächlich abgespielt hat. Außer Frage hingegen stehen die Folgen: Ein unverzüglich einberufenes Komitee beschloss, dass Frauen bei künftigen Olympiaden keine längeren Strecken als 200 Meter laufen dürften. Erst bei den Spielen 1960 in Rom durften Frauen wieder über die 800 Meter starten.

Nur damit niemand glaubt, Diskriminierung im Laufsport gäbe es heute nicht mehr: Im Jahr 2011 verfügte der Weltleichtathletikverband, dass offizielle Rekorde von Frauen nur in reinen Frauen-Laufwettkämpfen aufgestellt werden können. Damit soll verhindert werden, dass Frauen mit schnelleren männlichen Tempomachern laufen. Nicht befasst hat sich der Verband mit der Frage, wie zu verhindern wäre, dass Männer mit schnelleren männlichen Tempomachern laufen. Durch die neue Regelung wurden zuvor von Frauen in gemischten Laufwettkämpfen aufgestellte Rekorde ungültig. Dabei ist doch anzunehmen, dass die Frauen, die diese Rekorde aufgestellt haben, auf ihren eigenen Beinen gelaufen sind und nicht von Männern huckepack über die Strecke getragen wurden. Aber vielleicht sehe ich die Problematik ja nicht differenziert genug. Und vielleicht lässt sich diesem letzten Satz ja entnehmen, warum ich in fiktionaler Form über dieses Thema schreiben wollte: Wenn ich mich in irgendeiner anderen Form damit befasse, kommt mir der Dampf aus den Ohren. Und wenn einem der Dampf aus den Ohren kommt, neigt man nicht zu einer ruhigen und sachlichen Argumentation.

Darum also Aganetha, die Läuferin, stellvertretend für alle Läuferinnen damals und heute.

Eine Figur in diesem Buch basiert allerdings auf einer realen Person: Miss Alexandrine Gibb. Nach ihrer eigenen aktiven Zeit als vielseitige Athletin wurde sie zu einer treibenden Kraft im kanadischen Frauensport, fungierte als Team-Managerin der kanadischen Frauen-Olympiamannschaft von 1928 und schrieb zugleich für den *Toronto Daily Star* über Frauen im Sport. Die Recherchen für dieses Buch begann ich eher durch Zufall mit ihren Kolumnen über jene Sommerspiele. Alex Gibbs Unabhängigkeit, Weitblick, Esprit und persönliche Ausstrahlung erschienen mir wesentlich für das Abschneiden der Kanadierinnen bei der Amsterdamer Olympiade, und so beschloss ich, »Miss Gibb« in Aganethas Geschichte aufzunehmen, als Tribut an die Frauen und Männer, die hinter den Kulissen des Sports wichtige Arbeit leisten, indem sie in administrativen Funktionen Prozesse initiieren, damit andere glänzen können.

Während ich gerade letzte Änderungen am Manuskript vornahm, wurde Geschichte geschrieben. Am 20. Oktober 2013 fiel der kanadische Frauen-Marathonrekord, der achtundzwanzig Jahre Bestand gehabt hatte. Gebrochen wurde er von Lanni Marchant aus London, Ontario, und – im selben Lauf, zweiunddreißig Sekunden später – von Krista DuChene aus Brantford, Ontario. Ich glaube, Aggie hätte sich gefreut.

DANK

Dieses Buch zu schreiben war ein reines Vergnügen. Aganetha muss wohl schon da gewesen sein und nur darauf gewartet haben, entdeckt zu werden, denn sie scheint mir so real, als hätte ich ihre Stimme transkribiert und nicht erfunden.

Wie immer haben viele Leute dazu beigetragen, dass dieses Buch jetzt vorliegt. Ich danke meiner Agentin Hilary McMahon für ihr unermüdliches Engagement. Ich danke meinen Lektorinnen: Janice Zawerbny von Anansi für die aufmerksame Erstlektüre und Claire Wachtel von Harper Collins für die respektvollen Anstöße, weiter an der Klarheit zu feilen. Ich danke allen, die (in Verlagsmanagement, Lektorat und Design) daran beteiligt waren, das Manuskript in ein fertiges Buch zu verwandeln, eine magische Kunst, die ich immer wieder gebannt verfolge. Ich danke Lisa Highton und all jenen Verlegern, die es unternehmen, diese kanadische Geschichte einem breiteren Publikum zugänglich zu machen.

Danke, liebe Familie und liebe Freunde, für eure nie endende Unterstützung und für die spontanen Feiern, wenn der Augenblick es verlangt. Ich danke euch, Angus, Annabella, Flora und Calvin, dass ihr mir die Zeit und den Raum zum Schreiben gegeben habt. Aber ich danke euch auch dafür, dass ihr diese Zeit und diesen Raum geentert habt – ihr ermöglicht es mir, mit dem Kopf bei der Sache, aber auch mit den Füßen auf dem Boden zu bleiben. Und ich danke dir, Kevin, für eine Partnerschaft, die abwechselnden Küchendienst, unter einen

Hut gebrachte Terminpläne und geteilten Optimismus umfasst, ohne sich darin zu erschöpfen, vor allem aber danke ich dir dafür, dass wir uns gemeinsam verändert haben.

Als ich mit diesem Buch begann, wusste ich nur, dass ich die tiefe Freude, die es bedeutet, Läuferin zu werden und zu sein, in Worte fassen wollte. Mein abschließender Dank geht darum an alle Läuferinnen – ob ihr nun physisch oder im Geist lauft. Möge euer Weg euer Weg sein.

Annie Barrows

In Liebe, Layla

Roman

704 Seiten, btb 71376
Aus dem Amerikanischen von Beate Brammertz

Der neue Roman von der Autorin des Bestsellers »Deine Juliet«

Sommer 1938: Layla Beck, Senatorentochter aus Washington, wird nach einer geplatzten Verlobung von ihrem Vater enterbt und in das verschlafene Örtchen Macedonia in West Virginia geschickt, wo sie als Stadtschreiberin fungieren soll. Layla tobt vor Wut, in ihren Augen kann sie dort nur völlig verrückt werden vor Langeweile. Und so erreicht sie die Stadt mit nur einem Ziel: so schnell wie möglich wieder von dort zu verschwinden. Die Geschichte des kleinen Ortes scheint für dieses Vorhaben auch bestens geeignet zu sein, denn sie ist äußerst kurz und ereignislos. Doch als Layla ihr Zimmer im Haus der Romeyns bezogen hat und die Bewohner näher kennenlernt, wird ihr schnell bewusst, dass das Leben dort einige Überraschungen für sie bereithält …

»Genauso entzückend exzentrisch wie ›Deine Juliet‹, dabei aber erfrischend anders. Wir fühlen mit den Charakteren, als wären sie unsere eigenen Nachbarn. Macedonia ist ein großartiger Ort, um in diesem Sommer etwas Zeit zu verbringen.«

The Washington Post